Priscille Sibley

Infirmière en soins intensifs de néonatologie, Priscille Sibley vit dans le New Jersey avec son mari et ses trois enfants. Passionnée d'écriture, elle a publié des poésies et des nouvelles, avant de rédiger son premier roman, *Poussières d'étoiles*, remarqué aux États-Unis et paru en 2013 aux éditions Les Escales.

Retrouvez toute l'actualité de l'auteur sur :
www.priscillesibley.com

POUSSIÈRES D'ÉTOILES

PRISCILLE SIBLEY

POUSSIÈRES D'ÉTOILES

Traduit de l'anglais
par Anath Riveline

LES ESCALES

Titre original :
THE PROMISE OF STARDUST

Pocket, une marque d'Univers Poche,
est un éditeur qui s'engage pour la préservation
de son environnement et qui utilise du papier fabriqué
à partir de bois provenant de forêts gérées
de manière responsable.

ISBN : 978-2-266-23957-8

Pour Tim, qui m'a donné son cœur
et le courage d'écrire.
Et pour Robert, Cole et Ethan,
qui m'ont appris pourquoi
il est important de ne jamais abandonner.

« Pour moi, t'aimer seule, te rendre heureuse,
ne rien faire qui puisse te contrarier,
voilà le destin et le but de ma vie. »

NAPOLÉON BONAPARTE
Lettres de Bonaparte à Joséphine,
Lettre XVII, 1796

1

L'appel des urgences

Tard, cette nuit-là – notre dernière nuit –, nous étions restés allongés, fascinés, une nouvelle fois hypnotisés par les Perséides, cette pluie de météorites qui transforment la nébuleuse en serpentins de lumière. Elles marquaient en quelque sorte un anniversaire, un événement estival qu'Ellie et moi affectionnions, et nous nous étions endormis sur le belvédère de notre vieille maison, ma ravissante femme blottie contre moi, sa tête nichée dans le creux de mon bras.

Si seulement j'étais resté à la maison le lendemain matin, si seulement j'avais regardé Ellie et compris que rien de ce que je faisais dans ma vie n'était aussi important que veiller sur ma femme. Si seulement, bon Dieu !

J'avais entendu les familles des patients jouer et rejouer le petit jeu du « si seulement ». Au cours des onze années où j'avais pratiqué la médecine, j'avais appris à reconnaître le déni et le marchandage. Mais la réalité est froide et impitoyable, et trop souvent irréversible. Je ne suis pas resté à la maison et Ellie non plus.

J'étais déjà à la clinique, affairé à examiner une IRM qui révélait, comme je le craignais, un glioblastome et à me demander combien de temps je ferais gagner à mon patient si je lui excisais cette tumeur maligne, quand la réceptionniste m'appela *via* l'interphone.

— L'hôpital sur la 3. C'est urgent.

— Merci, Tanya.

Je décrochai, les yeux toujours rivés sur les différentes coupes du lobe temporal.

— Docteur Beaulieu, annonçai-je.

— Bonjour, Matt, c'est Carl Archer, lança le médecin des urgences en se raclant la gorge. Il faut que tu viennes.

— Bipe Phil. C'est lui qui couvre l'hôpital.

— Il est déjà là. Il faut que tu viennes. C'est ta femme, expliqua Carl d'une voix plus crissante que des pneus sur le bitume. Elle a eu un accident.

Le ton, plus que les mots eux-mêmes, attestait de la gravité de la nouvelle. Une avalanche de questions resta coincée dans ma gorge. Si Phil était déjà sur place, est-ce que cela voulait dire que les blessures d'Ellie étaient neurologiques ? Ou peut-être mon associé était-il simplement passé aux urgences par hasard. Peut-être qu'à cet instant précis il racontait à Ellie des plaisanteries pour la distraire de contusions mineures. *S'il vous plaît*, pensai-je, *faites qu'elle ne soit pas morte*.

— Est-ce qu'Ellie va bien ?

Carl se racla de nouveau la gorge.

— C'est sérieux. Viens tout de suite. On t'attend.

J'entendis la tonalité.

Je bondis de mon fauteuil et traversai en trombe la salle d'attente, manquant de bousculer une femme debout à côté de son fils en fauteuil roulant, me tournant à peine vers la réceptionniste pour lui dire où j'allais. Après avoir couru jusqu'à l'hôpital situé à quatre pâtés de maisons de la clinique, j'arrivai en nage à l'entrée des urgences. Je poussai les portes à battants et me dirigeai vers la traumatologie. Phil Grey, mon associé, se tenait devant un chariot de réanimation rouge dont les tiroirs étaient ouverts. Il portait des gants stériles, une blouse et un masque chirurgical. Une potence pour intraveineuse était placée contre la civière avec une douzaine de sacs. Des tubes de toutes sortes s'échappaient des extrémités du patient. *Pas Ellie. Je vous en supplie, pas Ellie.* Le respirateur insufflait son oxygène dans le tuyau relié au corps. L'infirmière s'écarta et je vis le visage d'Ellie, aussi blanc que les draps, du sang séché dans ses cheveux blonds. Seul le tracé de son rythme cardiaque sur le moniteur indiquait qu'elle était encore en vie.

Son corps était raide et arqué, ses mains étaient pliées vers l'extérieur et ses orteils tendus vers l'avant. Cette position est celle de la rigidité de décortication, signe de dégâts cérébraux importants. Je tombai à genoux, sachant que ce qui lui était arrivé avait ravagé son cerveau.

Je ne pourrais dire exactement ce qui s'est passé ensuite. Peut-être quelqu'un m'a-t-il relevé. Peut-être l'ai-je fait seul. Phil m'a expliqué quelque chose au sujet d'Ellie et d'une chute depuis une échelle, d'une crise tonico-clonique dans l'ambulance. Et Carl s'agitait autour de nous, parlant d'un arrêt cardiaque et d'un score de Glasgow de cinq. De réanimation pendant quatre ou cinq minutes seulement. De ses pupilles fixes et dilatées. De son scanner. D'une opération.

Je touchai la main froide et crispée d'Ellie. Les gens me regardaient, me plaignaient. Certains avec qui je travaillais. D'autres dont je me fichais complètement. Je sortis une petite lampe de ma poche pour examiner les pupilles d'Ellie. *Allez, Ellie,* pensai-je. *Réagis. Dis-moi que je me suis trompé. Prouve-le-leur, à tous !*

Je passai la lumière sur les yeux de ma femme. Ils n'étaient plus verts mais d'un noir profond. Ses pupilles étaient immenses.

Je vérifiai ses réflexes et ne trouvai que la confirmation de mon premier diagnostic.

Je croisai le regard de Phil, noyé de larmes.

— Je vais te montrer le scanner. Je viens de brancher le moniteur pour surveiller la pression intracrânienne. Elle est très élevée. On a commencé les stéroïdes et le mannitol, je veux l'emmener en bas sur-le-champ. Je ferai tout ce qui est en mon pouvoir. Le docteur D'Amato va m'assister, le bloc est prêt.

L'espace d'une seconde, je me dis que j'allais les accompagner, mais je revins à la raison. Je ne pouvais pas plus inciser son cerveau ou regarder quelqu'un d'autre le faire que je ne pouvais me transformer en superhéros.

Phil brandit le scanner où l'on voyait le saignement compressant son tissu cérébral. Je m'appuyai contre le mur. C'était *impossible.*

Moins de douze heures plus tôt, Ellie et moi faisions l'amour sur le belvédère. Je devais encore être en train de dormir, de faire un cauchemar, m'inquiétant pour Ellie penchée sur la rambarde branlante. Il fallait que je me réveille. En observant ce qui se passait autour de moi, le tumulte des urgences, les traits du visage de Phil, son esprit logique préparant l'opération, lubrifiant les roues de la civière, je renonçai à la réalité, préférant croire à un mauvais rêve tenace. L'impuissance alimentait mon déni avec vigueur. J'errai dans la salle de traumato, tandis que l'infirmière, que je reconnaissais désormais, levait la tête après avoir vérifié l'un des tubes d'Ellie.

Non. Tout cela était bien vrai. Et ma femme, la jeune fille dont j'étais amoureux depuis mes dix-sept ans, la gamine que j'avais considérée comme ma meilleure amie depuis plus longtemps encore, était tombée et s'était ouvert le crâne. Même le meilleur neurochirurgien, mon ami et associé, ne serait pas en mesure de réparer les lésions.

Pendant une minute, je restai figé, me rappelant qu'Ellie ne voulait pas connaître une agonie interminable comme sa mère. Phil me colla un formulaire de consentement sous le nez.

— Signe pour que je puisse la descendre au bloc. Je n'ai pas besoin de t'expliquer.

— On devrait la laisser partir.

Je me tournai, puis m'écroulai dans les toilettes, où je rendis mon déjeuner. J'avais l'impression que tout ce que j'avais mangé dans ma vie se déversait dans ces toilettes d'hôpital. Ne pas commettre d'erreur. Ce serait irréversible.

Phil ouvrit la porte et me trouva en train de vomir.

— Matt, il faut que je la descende. Maintenant. On n'a pas le temps pour ces conneries. Écoute, aussi horrible que ça paraisse, tu sais sûrement aussi bien que moi qu'elle risque de ne pas survivre, mais tu te le reprocheras toute ta vie si on n'essaye pas.

Il me tendit une nouvelle fois le formulaire.

Qu'avais-je promis à Ellie le jour de notre mariage ?

Que je l'aimerais, l'honorerais et la respecterais. Il fallait donc que je respecte ses souhaits. Elle ne voudrait pas de ça. Je connaissais le peu de chance qu'elle survive. J'étais conscient des conséquences.

Je pris l'écritoire et donnai tout de même mon consentement.

Phil sortit, me laissant là à regretter ma trahison. C'était égoïste de ma part de vouloir qu'elle vive, sachant les souffrances qu'elle aurait à endurer, sachant que son cerveau ne pourrait jamais guérir d'une telle blessure. Voilà ce que cela me rapportait d'être neurochirurgien : je connaissais le pronostic. Je ne devais pas m'aveugler de faux espoirs. Rien ni personne ne pouvait ramener Ellie à la vie. Mais j'avais besoin d'elle. Il fallait que Phil la sauve, même si c'était impossible.

Je m'aspergeai le visage d'eau avant de retourner dans la salle. L'infirmière installait le respirateur portable pour qu'ils puissent l'emmener au bloc.

— Pourriez-vous me laisser une minute seul avec elle ?

L'infirmière contourna le matériel et me toucha le coude, comme on le ferait à un enterrement.

— Il faut qu'on la descende au bloc.

Je posai la main sur celle d'Ellie. Cette saleté de perfusion me gênait. Je me penchai pour déposer un baiser sur sa joue. Je ne pouvais pas l'embrasser sur la bouche à cause du tube qui jaillissait de ses lèvres telle une trompe.

— Je t'aime, Peep. Je t'aimerai toujours. Essaye de comprendre que je ne pourrai pas survivre sans toi. Reviens-moi. Je t'en supplie.

Des aides-soignants, un technicien respiratoire et

deux infirmières débarquèrent dans la salle. Ils débloquèrent les roues de la civière avant d'emmener Ellie avec le matériel encombrant.

Abandonné devant les portes de l'ascenseur, je tournai en rond. Il fallait que j'avertisse nos familles, son père et ma mère, mais je n'avais aucune idée de comment faire. Je sortis mon portable de ma poche et fixai l'écran. J'avais un message vocal d'Ellie. J'approchai le téléphone de mon oreille.

« Salut, c'est moi, disait-elle d'une voix douce. On peut faire un truc sympa ce soir ? Peut-être qu'on pourrait aller se balader sur la plage ? Écoute, je sais qu'on s'est réconciliés depuis, mais je suis désolée qu'on se soit disputés hier. Passons un moment ensemble au calme ce soir, pour parler, marcher main dans la main… Je t'aime tant. »

Elle s'interrompit un instant et on aurait dit qu'elle souriait quand elle reprit.

« Appelle-moi quand tu entendras ce message et on verra ce qu'on peut faire plus tard, OK ? J'ai trop hâte ! *Bye.* »

Je ne pouvais plus respirer. Ellie. Bon Dieu ! Il fallait qu'elle s'en sorte ! Phil entrerait au bloc et constaterait que les dégâts n'étaient pas aussi graves que l'indiquait le scanner. Je me mis à grommeler à voix haute. Ellie était brillante. S'il y avait bien quelqu'un qui pouvait se remettre d'une opération au cerveau, c'était elle. Je l'aiderais. Elle était tenace. Peut-être que j'avais mal compris. Je gardai le téléphone contre mon oreille, écoutant une nouvelle fois sa voix. Un flot de gens me ramena aux urgences. Carl me regardait alors que j'approchai de lui. Je voulais encore jeter un œil au scanner. C'était de la folie. *S'il te plaît, dis-le-moi. Dis-moi que ce n'est pas aussi grave qu'il n'y paraît.*

— Je ne… je ne sais plus ce que tu as dit tout à l'heure. Je dois être en état de choc. Qu'est-ce qui s'est passé exactement ?

Carl se frotta la nuque.

— D'après les secouristes, elle se trouvait chez son frère. Il est dans la salle d'attente, au fait. Apparemment, sa tête a percuté une pierre quand elle est tombée d'une échelle d'une hauteur de trois mètres. Ton beau-frère pourra sûrement t'en dire plus. Elle a fait une longue crise d'épilepsie dans l'ambulance sur le chemin des urgences. Peut-être pendant dix minutes. Elle était en arrêt respiratoire quand on nous l'a amenée. On l'a ventilée. Ça n'a pas été facile de l'intuber et elle a fait un arrêt cardiaque, mais on l'a ranimée assez vite.

— Elle était là depuis combien de temps quand tu m'as appelé ?

— Vingt minutes. On était occupés à la sauver.

Je déglutis, essayant de rassembler mes pensées. Il ne disait rien d'encourageant, et le mirage de mon déni se dissipait.

— Où est son scanner ?

— Phil l'a pris.

D'accord. Je n'ai pas les idées claires.

— Il faut que je parle à son frère.

Alors que je me dirigeais vers la salle d'attente, je croisai le directeur de l'hôpital qui me tendit la main.

— Docteur Beaulieu. J'ai appris que votre femme avait été emmenée au bloc. J'espère que tout se passera bien, affirma-t-il, hésitant un instant avant d'enchaîner : Je ne sais pas si vous êtes en état, mais la presse attend une déclaration.

— La presse ?

— La police est au courant de l'accident, expliqua Carl. Si Ellie McClure est emmenée à l'hôpital, ça fait la une. C'est une célébrité locale. Le Maine est comme une petite ville, tout le monde se souvient d'elle depuis l'époque où elle travaillait pour la NASA.

L'espace d'un instant, je fus perdu, puis je compris que Carl parlait de la navette spatiale. Elle était astrophysicienne, professeur d'université à présent. Mais, quatre ans plus tôt, elle avait volé dans l'espace, pour une mission de la NASA qui avait attiré sur elle l'attention de toute la planète.

Carl tritura son stéthoscope et s'adressa au directeur.

— Écoutez, on ne peut encore rien dire aux journalistes. Secret médical. Mais quand nous serons prêts…

— Je ne peux pas, là, excusez-moi.

Il fallait que je parle au frère d'Ellie. Je me frayai un chemin jusqu'à la salle d'attente, une pièce de six mètres sur six, avec des bancs en plastique et un écran plat fixé au mur. Christopher me tournait le dos, étudiant le contenu d'un distributeur. Je lui tapotai l'épaule et il se retourna en sursaut.

— Matt, enfin !

Affolé, le regard de Christopher fuyait vers les portes qui menaient aux urgences.

— Personne ne me dit rien ! s'indigna-t-il.

— Qu'est-ce qui s'est passé ?

— Est-ce qu'elle va bien ?

— Pas vraiment. Qu'est-ce qu'elle fichait sur une échelle ?

Il resta la bouche ouverte un moment, sans rien dire.

— Elle est passée nous voir. Arianne et moi, on lavait les carreaux, et le bébé avait faim, alors Arianne est entrée dans la maison pour lui donner à manger. Ellie a proposé de nous donner un coup de main et est montée sur l'échelle à la place d'Ari. Moi, je suis allé à l'intérieur pour frotter l'autre côté de la fenêtre, tu sais, pour m'assurer qu'il ne restait pas de traces. Et c'est là qu'Ellie s'est évanouie. Mais elle va s'en tirer, n'est-ce pas ?

Elle s'est *évanouie* ? Le mot s'imprima dans un tiroir à l'arrière de mon esprit. J'essayai de garder une voix ferme et me concentrai sur la pancarte « triage » au-dessus de la porte. Je ne pouvais pas regarder Christopher dans les yeux alors que me revenaient les images du scanner. Elle avait fait un arrêt cardiaque. Étant donné son apparence et sa posture, elle souffrait d'un traumatisme crânien sévère. J'annonçai l'inconcevable à Chris et à moi-même.

— Non. Je ne pense pas qu'elle va s'en tirer.

J'eus l'impression que la température de la pièce venait de chuter de vingt degrés.

— Où est ton père ?

— Attends, qu'est-ce que tu racontes ? demanda Christopher.

— Elle a une importante blessure à la tête. Vraiment sérieuse. Où est ton père ? Est-ce qu'il sait qu'elle est tombée ?

Christopher secoua la tête.

— Mais elle n'est même pas tombée de si haut ! Elle s'est éraflé la tête et tout, mais tu es neurochirurgien. Tu peux la soigner, non ? Tu l'as vue ? Tu lui as parlé ?

— Elle est inconsciente, dis-je, m'efforçant de ne

pas craquer. Je l'ai vue. J'ai… Écoute, Phil l'a emmenée au bloc. Appelle ton père, dis-lui de venir.

Je clignai des yeux plusieurs fois.

— Chris… elle ne va probablement pas survivre.

— Quoi ?

— C'est grave.

Je fis volte-face et quittai la salle d'attente.

Peut-être était-ce cruel de ma part de le laisser seul avec le pronostic, mais il fallait que je voie quelqu'un d'autre. Ma mère. Ça la tuerait. Ou ça me tuerait moi.

Ma mère était infirmière en obstétrique depuis quarante ans. Je ne savais pas si elle était de service, mais je pris l'ascenseur vers les salles de travail, franchis la sécurité en brandissant mon badge et me dirigeai vers le poste des soins infirmiers. Quelques personnes me reconnurent, me saluant d'un sourire.

— Salut, Matt. Linney est en pause, m'annonça une collègue de ma mère. Je crois qu'elle est en salle de repos.

Je tournai les talons et croisai une femme enceinte qui poussait une potence dans le couloir. Elle s'arrêta, à l'évidence stoppée par une contraction.

Des rires s'échappaient de la salle de repos, tandis que je poussai la porte. Maman était assise à la table, une tasse de mauvais café dans la main. Elle me regarda et se figea aussitôt.

— C'est qui ? demanda-t-elle.

— Ellie est tombée d'une échelle.

Soudain, je me retrouvai à sangloter sur les genoux de ma mère. J'ai trente-sept ans, mais j'aurais aussi bien pu être un nouveau-né qui pousse son premier cri. Sauf que, à ce moment-là, c'était un cri de mort.

2

L'opération

J'arpentais les couloirs de l'hôpital comme le Pac-Man du jeu vidéo, balayant chaque cybercentimètre, comptant les dalles en lino, tournant au coin d'un mur après l'avoir percuté.

Ma mère marchait à côté de moi, m'inondant de questions :

— Pourquoi s'est-elle évanouie ? Est-ce qu'elle était malade ?

Quelle importance de savoir pourquoi ? Seule la conséquence de la chute comptait.

— Ça m'étonnerait qu'elle se soit évanouie. J'imagine plutôt que Christopher était censé tenir l'échelle, mais qu'il a préféré aller pisser.

— Matt, sérieusement !

— Tu sais comment il est. Il a quoi, vingt-huit ans, et il a toujours besoin qu'Ellie lave ses vitres parce qu'il a trop peur de monter sur une putain d'échelle. En plus, ce ne serait pas la première fois qu'il lui fait faux bond quand elle a besoin de lui.

Maman m'attrapa par la manche.

— Tu es bouleversé et tu as besoin d'accuser quelqu'un.

Je me dégageai et tournai dans le couloir suivant.

— La seule fois qu'Ellie s'est évanouie, c'est quand elle a eu son hémorragie, le jour où on a perdu Dylan.

Même pour quelqu'un comme moi, un chirurgien, j'avais été choqué de voir la quantité de sang qu'une femme peut perdre en accouchant, quand les choses tournent mal. Et les choses avaient vraiment mal tourné ce jour-là.

— Elle n'est pas du genre à tomber dans les pommes.

— Elle s'est évanouie une fois dans l'allée, devant la maison de son père, contredit maman.

Je m'arrêtai net et baissai la tête vers ma mère.

— C'était quand ?

— Elle était enceinte, avant une de ses fausses couches, au début de la grossesse. Elle m'a fait jurer de ne pas t'en parler parce qu'elle ne voulait pas que tu t'inquiètes. Elle n'est pas de nouveau enceinte, n'est-ce pas ?

J'hésitai une seconde avant de répondre.

— Non. Elle n'est pas enceinte.

Alors que je reprenais mon pas de course, j'essayais de mobiliser toutes mes facultés pour assimiler la situation. Mon cœur s'était mis à battre la chamade en pensant à la possibilité d'avoir un enfant, à l'idée d'avoir une famille, mais Ellie n'était pas enceinte. Je ne lui aurais pas laissé prendre le risque après la dernière grossesse. Nous nous étions disputés la veille encore à ce sujet. La veille.

J'avais rejeté l'idée d'une seule syllabe. « Non. » J'étais doué pour dire non. Mais je revoyais Ellie debout sur le belvédère. Le soleil qui se reflétait sur la rivière l'éclairait comme un halo, rendant ses cheveux aussi blonds que quand elle était petite fille. Avec les années, ils avaient foncé, prenant des reflets de miel, mais ses yeux avaient gardé le même vert, aussi chaud que le sexe et paralysant que la colère. Et là, elle était en colère.

Je m'appuyai sur le montant de la porte du grenier, la regardant, observant la plante de son pied, la courbe de son mollet nu, la façon dont sa hanche se tournait légèrement vers moi, l'étroitesse de sa taille. Même furieuse, elle était belle, peut-être même plus belle encore. Elle n'avait pas beaucoup changé, c'était toujours la même petite fille déterminée et sûre de ses convictions.

— Il faut prendre des risques dans la vie, sinon, tu peux aussi bien partir t'enfermer dans une grotte.

Elle laissa échapper un soupir, puis s'approcha de moi et me caressa le visage du bout de ses doigts.

— Je suis désolée. Je sais que la perte du bébé t'a anéanti. Et moi aussi. Mais on devrait essayer. J'ai trente-cinq ans, Matt. Je n'ai pas toute la vie devant moi. Je veux essayer une dernière fois.

Une dernière fois.

Moins de vingt-quatre heures plus tôt, elle voulait qu'on prenne le risque. À présent, c'était terminé. Pour toujours, Ellie était perdue. J'étais perdu.

Quand ils ramenèrent Ellie du bloc, je compris à l'expression sur le visage de Phil, tandis qu'il m'accompagnait vers la pièce de repos de l'unité des soins intensifs, ce qu'il allait m'annoncer.

— Matt, commença-t-il, croisant les doigts comme s'il priait pour mon pardon. Je n'ai pas pu faire grand-chose. Elle a souffert de saignements méningés et de lésions de cisaillement.

Il s'interrompit pour reprendre son souffle.

— C'est un vrai chantier. Avec tous les œdèmes, son tronc cérébral aurait dû avoir une hernie. J'ai retiré une partie du crâne, arrêté le saignement, ponctionné les hématomes que j'arrivais à atteindre, mais tout, depuis ses lobes frontaux jusqu'à ses lobes pariétaux, est grillé…

Il se perdit dans les détails.

Je ne réagis pas. J'en étais incapable.

— Une fois les effets de l'anesthésie dissipés, on confirmera la mort cérébrale. Je… je n'arrive pas à croire que je te demande ça, bredouilla-t-il. Mais est-ce que tu… Enfin, est-ce qu'elle voulait faire don de ses organes ?

Je hochai la tête. Elle avait signé la case sur son permis de conduire, même si j'imaginais que ses problèmes auto-immuns pourraient la disqualifier désormais.

— Je m'occupe d'appeler la banque de donneurs de la Nouvelle-Angleterre.

J'essayai de me blinder et poussai la porte de la chambre. Il fallait que je voie Ellie. Même si je comprenais les dégâts causés par le traumatisme, ma femme n'était pas une patiente comme les autres. Je ne pouvais pas considérer la situation comme un cas clinique. Phil pouvait dresser le plus noir des tableaux, ce n'étaient que des mots. Bon Dieu, j'avais annoncé ce genre de nouvelles à plus de familles que je ne voulais me le rappeler.

À l'intérieur, je m'effondrai, comme dans l'un de ces trous noirs qu'Ellie avait passé sa vie à étudier.

Son existence, au sens le plus pragmatique du terme, s'était achevée. La preuve : le rapport chirurgical de Phil, un scanner et le corps flasque de ma femme gisant devant moi sur un lit d'hôpital aux soins intensifs. Je regardai, depuis le seuil, les infirmières ajuster ses sondes, brancher les moniteurs et nettoyer l'antiseptique sur son crâne rasé.

Je pris une grande inspiration, me préparant à l'inévitable. Il n'existe aucun test définitif pour juger de la mort cérébrale. Doppler transcrânien, réflexes cornéens, tests d'apnée : une série de critères, de réactions physiques – ou plutôt leur absence –, voilà tout ce dont on dispose pour l'établir. Je restais là, un peu chancelant, mais j'arrivais tout de même à me tenir debout, respirant à peine. Il me fallait du temps avant de pouvoir accepter tout cela. Elle n'avait pas d'autres blessures importantes. Pourquoi ne s'était-elle pas cassé une jambe ou un bras ? Même le cou ou le dos. Pourquoi avait-il fallu que ce soit la tête qui frappe la pierre ?

La main de Phil sur mon épaule me fit sursauter.

— Tu veux que je parle à ta famille ?

— Non. Je vais les voir dans une minute.

Qu'est-ce qu'une autre minute ou une autre année représentait désormais ? Au moins, pour le moment, ils espéraient encore. Entendre son rapport mettrait fin à tout. J'entrai dans la pièce et glissai ma main dans celle de ma femme. Elle était si froide. Ils n'avaient pas pris la peine de retirer son alliance, au bloc. Au moins, cette partie de moi était restée avec elle pendant que Phil l'avait opérée.

— Excusez-moi, intervint une des infirmières. Je dois vérifier sa perfusion.

Je reculai vers un coin de la pièce, à côté du lavabo. Je retirai mon alliance pour lire l'inscription gravée à l'intérieur. *Mon amour, ma vie, Peep*. Je la remis à mon annulaire avant de me diriger vers la salle d'attente des soins intensifs.

Je m'arrêtai avant d'entrer. Nos familles patientaient là… ou, plutôt, notre famille. Le pluriel s'était transformé en singulier depuis qu'Ellie et moi nous étions mariés. Non pas que la différence ait été tellement nette entre les Beaulieu et les McClure. Elle et moi avions grandi dans des maisons victoriennes mitoyennes, et les deux familles passaient facilement d'une cuisine à l'autre. Des deux côtés, nous nous sentions chez nous.

À présent, notre famille était installée dans cette salle d'attente. Le père d'Ellie, Hank, son frère, Christopher, et sa femme, Arianne. Et ma mère. Il fallait que je leur annonce qu'on avait perdu Ellie. L'un après l'autre, leurs regards se posèrent sur moi, alors que je me tenais dans l'embrasure de la porte. Son père brandit son poing devant sa bouche. Christopher se leva d'un bond. Ma mère soupira discrètement avant de s'écrouler, le buste replié sur les genoux. Elle se mit à pleurer en silence. Ma mère aimait Ellie, elle l'avait toujours aimée.

Je m'assis à côté d'elle et lui frottai le dos. Sur un plan émotionnel, je me sentais dans une cellule de privation sensorielle ou dans un tunnel plongé dans le noir. Je ne pensais pas revoir la lumière un jour.

Les mots sortirent de ma bouche, lentement d'abord, automatiques, répétés, comme si j'employais le nom d'Ellie, mais que je parlais de n'importe quel autre de mes patients.

— Elle a subi un traumatisme crânien dévastateur

et irréversible. La blessure a détruit le centre de la conscience. Elle ne se réveillera pas. Elle a signé la case de donneur d'organes sur son permis de conduire.

Je les regardai encaisser la nouvelle.

— Une fois l'anesthésie passée, deux médecins viendront déterminer si elle répond aux critères de la mort cérébrale. C'est le plus probable, et si ses problèmes auto-immuns ne la disqualifient pas en tant que donneur, elle aurait aimé faire don de ses organes. L'équipe arrivera certainement dans les prochaines vingt-quatre heures.

Christopher secoua la tête, pleurnichant.

— Non, non. C'est sûrement une erreur.

Mon beau-père me fixa, le refus d'accepter débordant de tous les pores de sa peau.

— Tu ne vas rien faire pour la sauver ?

— Je ne peux pas. Personne ne le peut, bredouillai-je, luttant contre mon propre déni.

— On peut sortir du coma, affirma Hank avec assurance, à la manière d'une vérité absolue.

— Pas elle. Ce n'est pas exactement un coma. Le coma provient généralement de lésions plus localisées. Souvent très graves aussi, mais Ellie a subi un traumatisme crânien fatal.

Ma voix tremblait. Ma mère me prit la main et j'enchaînai :

— Ellie n'aurait pas voulu être maintenue en vie dans cet état. Pratiquement toutes les parties de son cerveau sont touchées.

— Tu abandonnes ? Je ne te le permettrai pas, dit Hank en frappant l'accoudoir de son siège.

Je levai la tête vers le coin du plafond.

— Ce n'est pas une question d'abandonner. Et ce

n'est pas quelque chose qu'on permet ou qu'on interdit. Je regrette. Je vais aller m'asseoir auprès d'elle. Si quelqu'un veut se joindre à moi, pour lui dire au revoir, donnez une demi-heure aux infirmières pour la préparer d'abord.

— Oh, mon Dieu ! lâcha Christopher, tremblant tellement qu'il semblait sur le point de s'évanouir, et sa femme lui passa un bras autour de la taille.

Hank s'était planté sur le seuil de la porte pour m'empêcher de passer alors que je me levai.

— Pas question que je t'autorise à laisser mourir ma fille ! Je vais faire appel à la justice !

Quand j'essayai de le contourner, il me plaqua contre le mur. Son haleine puait le whisky. Comment avait-il réussi à se procurer de l'alcool à l'hôpital ? Plus exactement, quand avait-il replongé ? Je croyais qu'il était sobre depuis une vingtaine d'années. Mais ça n'avait aucune importance. Je ne savais pas quand il avait recommencé à boire, et ça m'était complètement égal.

Je lui attrapai les poignets pour les retirer de mes épaules.

— Je ne la *laisse* pas mourir. S'il existait un moyen de la sauver, je ferais tout ce qui est en mon pouvoir. Je l'aime, mais à la seconde où elle est tombée, c'était trop tard. Et elle ne voulait pas mourir comme sa mère, tu le sais très bien.

Ma mère s'immisça entre nous, comme un arbitre dans un combat de boxe.

— Allons, Hank, viens t'asseoir. Matt a raison. Il y a quelques années, Ellie a rédigé un testament biologique. Après la mort d'Alice. Dès qu'elle a eu dix-huit ans.

Maman avait toujours su réagir au quart de tour et son histoire tenait la route, c'était bien quelque chose qu'Ellie aurait pu faire, pourtant maman mentait. Après la longue agonie de sa mère, Ellie avait fait savoir à qui voulait l'entendre que son père n'avait pas su gérer sa maladie, mais elle me l'aurait dit si elle avait signé des directives anticipées. Pourtant, j'étais reconnaissant envers ma mère pour son imagination.

Ma mère renifla.

— Mon Dieu, tu as bu ? demanda-t-elle à Hank, sa voix déformée par la frustration.

— Un verre seulement, admit-il en secouant la tête.

Les yeux de maman s'emplirent de pitié ou de colère, difficile à dire, et elle se détourna de lui.

— Papa ! s'exclama Christopher. Qu'est-ce que tu fais ? Bon Dieu ! Appelle ton parrain, on va te fixer un rendez-vous.

L'espace d'une seconde, je vis Ellie dans les yeux de Christopher, sa façon de toujours essayer de maîtriser leur père, mais la lueur disparut aussi vite qu'elle était arrivée. Hank attrapa sa veste et bouscula son fils pour sortir. Christopher se replia sur lui-même et redevint l'homme-enfant que je connaissais, s'asseyant à côté de sa femme. Je me demandai comment il allait pouvoir survivre sans Ellie pour prendre soin de lui.

Je me demandai comment, moi, j'y parviendrais.

Même quand les infirmières n'étaient pas avec Ellie, elles pouvaient la surveiller, à travers la cloison en verre entre la chambre et le poste des soins infirmiers. Autrefois, et avec la perspective détachée d'un médecin, j'avais toujours considéré les chambres de l'unité des soins intensifs comme des aquariums. À présent, la métaphore de l'aquarium me semblait plus macabre et pertinente que jamais. J'imaginais Ellie flottant à la surface, sur le dos, perdue. Ou peut-être que c'était moi qui flottais, désincarné, pas à ma place. J'étais incapable de me concentrer ou de trouver du sens à tout ça. J'étais plongé dans un état de dissonance cognitive. Je n'arrêtais pas de murmurer à l'oreille d'Ellie, la suppliant de se réveiller. Je savais ce qui se passait. Je ne pouvais pas l'accepter, même si tout venait confirmer l'irréel. Une minute, je regardais le moniteur de pression intracrânienne, et la minute d'après, mon esprit pénétrait dans une réalité parallèle, un aquarium.

Il paraît que, juste avant de mourir, on voit sa vie défiler devant ses yeux. Je me demandais à quoi Ellie pouvait bien penser. À la meilleure manière de nettoyer les vitres ? Si elle devait asperger directement les carreaux ou mettre le produit sur le chiffon ? Sa contribution à cette Terre : des fenêtres impeccables.

Ou pensait-elle à nous ?

Le deuil connaît différentes phases, cinq si l'on en croit Kübler-Ross : le déni, la colère, la négociation, la dépression et l'acceptation. Pour moi, les quatre premières étapes se superposaient, mais j'étais très loin d'accepter quoi que ce fût. Là, c'était la colère qui avait pris le dessus ; la colère contre Ellie, contre son frère. Et je ne pouvais avouer à personne à quel point j'étais en colère contre Hank. En furie. J'enrageais, je fulminais. J'avais envie d'enfoncer mes poings dans le mur, ce fichu mur en verre, mais un reste de raison m'en empêchait. J'aurais été contraint de quitter les soins intensifs, quitter Ellie. Et il aurait fallu me tuer pour que j'obtempère. Au moins, le bon côté, c'est que je serais mort, moi aussi.

Sur le mur extérieur, la fenêtre à double vitrage de l'unité donnait sur les ambulances des urgences et ne s'ouvrait pas. Une chance, car j'envisageais tous les moyens pour en finir. *Oublie, Matt. On n'est pas assez haut, de toute façon.*

Le soleil avait abandonné le ciel et la lune fit une brève apparition. *Allez, Matt, trouve une faille. Une opération miracle, un médicament auquel personne n'aurait pensé. Pense à une innovation spectaculaire et sauve Ellie.* J'avais passé dix ans à étudier et encore sept à travailler comme un esclave pour la communauté médicale. Je méritais une récompense en retour. Je cherchais désespérément l'éclair de génie qui me ramènerait Ellie.

Un néant profond commençait à prendre la place de la colère. Vidé, j'arpentais le box de l'unité des soins intensifs, tournant la tête de temps en temps pour regarder à travers la vitre le poste de soins infirmiers. Je ne savais pas ce que j'espérais voir. Peut-être Ellie. Le corps qui gisait sur le lit n'était pas vraiment ma brillante femme. Je lui pris la main et m'assis dans le fauteuil mandarine en similicuir, à son chevet. *S'il te plaît, réveille-toi !*

Au bout d'un moment, j'allumai la petite télévision sur CNN. Un énième reportage sur la débâcle en Irak suivit l'annonce d'un tremblement de terre au Pérou. À l'instant même où je me levai pour éteindre, la photo d'Ellie apparut à l'écran. Un cliché d'une fête de la NASA. Elle était d'une élégance éblouissante dans sa robe bleue à fines bretelles, qui épousait son corps comme si elle était née dedans. Ses cheveux étaient plus longs à l'époque, jusqu'au milieu du dos, et elle avait davantage l'air d'une starlette hollywoodienne que de la scientifique chevronnée qu'elle était. *Était ?* J'avais utilisé le passé.

Je montai le volume.

« L'ex-astronaute Ellie McClure a été hospitalisée dans le Maine ce soir après un accident. Un porte-parole de la famille a fait la déclaration suivante : "Ellie McClure-Beaulieu est en unité de soins intensifs, dans l'attente des résultats de ses analyses. Sa famille demande qu'on prie pour elle." »

Je n'avais rien demandé. Je n'avais prononcé aucune déclaration, ni autorisé qui que ce fût à en faire. Des images de sa sortie dans l'espace apparurent à l'écran.

« Vous vous rappelez certainement que le docteur McClure a sauvé son coéquipier Andre Jabert au cours de la mission spatiale de 2004 qui avait pour objectif d'améliorer le télescope Hubble. Une micrométéorite s'était introduite dans la combinaison de Jabert, et McClure réussit à le ramener dans le vaisseau avant que sa tenue ne se dépressurise complètement. Ses blessures ont contraint *Atlantis* à atterrir en urgence, mais Jabert a survécu et a de nouveau participé à une mission spatiale. McClure en revanche a quitté la NASA quatre mois plus tard et est retournée dans sa ville natale pour épouser le neurochirurgien Matthew Beaulieu. Elle enseigne désormais à l'université de Bowdoin et est consultante pour le MIT et la NASA. »

La presse prépare d'avance des rubriques nécrologiques pour toutes les célébrités. Ils avaient sorti la sienne de la pile et la récitaient.

— Elle *enseignait*. Soyez précis au moins. C'est au

passé qu'il faut en parler, grommelai-je en éteignant la télé.

J'aperçus l'obstétricienne d'Ellie dans le poste de soins. Elle parlait à Phil. Je la saluai d'un hochement de tête.

Incapable de me concentrer, je me remis à réfléchir à la mort par empoisonnement au monoxyde de carbone, par overdose de Vicodin, ou par arme à feu, me promettant de recourir à l'une de ces possibilités une fois que j'aurais enterré Ellie. J'imaginais également comment je pourrais faire passer mon suicide pour un accident, me demandant si cela ferait avaler plus facilement la pilule à notre famille.

Le problème, c'est que j'imaginais le sourire moqueur d'Ellie, « la pensée du suicide est une puissante consolation, elle aide à passer plus d'une mauvaise nuit ». Elle aimait citer Nietzsche, ou du moins, ses répliques les moins misogynes. Elle les prenait au hasard. À la réflexion, elle n'aimait pas non plus son athéisme. Ces citations-là, je me les réservais, surtout les rares fois où elle allait à l'église le dimanche matin, alors que j'avais envie de rester au lit.

Où était Dieu, désormais ?

Du matériel arriva sur un chariot à l'entrée de la pièce, mais je ne levai la tête qu'en entendant mon prénom.

— Matt, je peux entrer ?

Blythe Clarke, l'obstétricienne d'Ellie, se tenait devant moi, haussant les épaules dans sa blouse. Comme toujours, un joli ruban rose égayait les cheveux blancs sévères de Blythe.

J'aurais préféré subir une séance de torture plutôt qu'avoir à faire la conversation. J'avais peur que la prochaine personne qui me dirait qu'elle était désolée reçût un coup de poing de ma part en pleine figure. Et pourtant, je la laissai entrer.

— Bien sûr.

À ma grande surprise, elle approcha du lit d'Ellie un appareil d'échographie portable.

Je plissai les yeux, me demandant ce que fabriquait Blythe. Ellie n'avait aucune autre blessure importante. Phil s'était posté à l'entrée de la chambre, alors que Blythe posait le dossier d'Ellie sur la machine. Ensuite, elle tira un tabouret pour s'installer à côté de ma chaise.

— Tu sais qu'on fait des tests de grossesse pour toutes les patientes de traumato.

— Elle n'est pas enceinte.

Je me pinçai l'arête du nez. Hormis l'épisode avec ma mère et peut-être encore un ou deux autres, j'avais réussi à me contrôler. Je ne pouvais pas gâcher ces derniers instants avec Ellie en pleurant. J'aurais tout le temps plus tard.

— En fait, le test que j'ai pratiqué aux urgences est revenu positif, annonça Blythe. Et les bêta-hCG indiquent qu'elle est à huit semaines de grossesse.

Phil s'éclaircit la voix.

— Je ne sais pas comment nous sommes passés à côté quand on l'a emmenée au bloc. Je ne comprends pas comment c'est arrivé.

— Non. C'est impossible, déclarai-je, me rappelant le test sous le lavabo, celui qu'elle avait acheté le mois d'avant, celui qu'elle n'avait pas ouvert parce que ses règles avaient débuté quand elle était rentrée de la pharmacie.

Cela ne faisait que quelques semaines et nous avions pris nos précautions.

— Elle prenait de l'aspirine pour bébé ? demanda Blythe.

— Oui.

Après la troisième fausse couche d'Ellie, Blythe avait découvert pourquoi Ellie n'était pas capable de garder ses bébés : elle souffrait d'une maladie auto-immune. L'aspirine, ce remède miracle, avait servi à traiter le syndrome d'Ellie.

Blythe me tendit la copie du labo.

Je lui arrachai presque le papier des mains. Elle était enceinte.

— Sérieusement ? Elle a eu ses règles il y a deux semaines. Ça ne peut pas être une erreur ?

— Ce n'était peut-être que de simples saignements. C'est pour cela que vous ne vous êtes doutés de rien. Je voudrais pratiquer une échographie pour voir si on peut déceler un rythme cardiaque fœtal. Après ce qui s'est passé aujourd'hui, il y a de fortes chances qu'elle ait fait une fausse couche.

Je passai une main dans mes cheveux, toujours sidéré.

Blythe appela une infirmière pour qu'elle tire les rideaux et éteigne les lumières. Ensuite, elle s'empara d'une sonde.

— Matt, je vais devoir procéder à une échographie endovaginale. Tu veux sortir ?

— Non, mais Phil, peux-tu nous laisser, s'il te plaît ?

Il sortit de la chambre.

L'infirmière, fraîchement diplômée, souleva la cuisse droite d'Ellie et Blythe inséra la sonde.

L'angoisse accéléra les battements de mon cœur. Combien de rayons X avaient été dirigés sur elle aujourd'hui ? Combien de médicaments avaient été injectés dans son corps aux urgences ? Quel mal cela avait-il pu causer à un fœtus en formation ? D'un autre côté, j'avais lu un article sur une femme déclarée en mort cérébrale qui avait porté à terme un bébé dans de bonnes conditions et je me demandais si c'était possible.

— Voilà ! s'exclama Blythe, en montrant le moniteur. Un battement de cœur.

Je plissai les yeux et m'approchai. Les petites pulsations sur l'écran me redonnèrent de la force.

— Elle est vraiment enceinte !

— Je dirais d'environ huit semaines, oui.

Blythe enregistra les données sur son disque dur. Inspirant profondément, elle se tourna vers moi.

— Je vais passer quelques coups de fil pour voir comment cela peut se dérouler. Je n'ai jamais traité ce genre de situation, mais lors d'une conférence à laquelle j'ai assisté, un des intervenants a exposé un cas identique. La famille n'a appris la grossesse de la femme en question qu'après un accident de moto. Elle a été maintenue dans un état végétatif pendant toute la grossesse et a tout de même donné naissance à un bébé en bonne santé.

Je ne me souvins de respirer qu'après l'apparition d'étoiles dans mon champ de vision.

— Connaissant les antécédents d'Ellie… tu penses que c'est possible ?

— Peut-être, lâcha Blythe en haussant les épaules. Phil a dit que son hypophyse et son hypothalamus sont intacts. Donc, si l'accident n'a pas détruit la glande pituitaire, son corps devrait être capable de réguler son niveau d'hormones et de maintenir sa température. Mais je ne sais pas, Matt. Difficile à dire.

— Elle a été enceinte quatre fois, elle n'est jamais allée jusqu'au terme.

— Pour la dernière grossesse, elle n'était pas loin. La raison pour laquelle le bébé est mort cette fois-là n'avait rien à voir avec ce que nous aurions pu prévoir.

Mon cerveau se vida de son sang en revoyant Dylan mort dans mes bras.

Blythe posa une main sur mon épaule.

— Je n'essaye pas de te dire ce que tu as à faire. Mais je pense que tu dois connaître tous les éléments avant de décider de débrancher l'assistance respiratoire.

3

Après l'opération

Maman entra dans la chambre d'hôpital d'Ellie avec deux gobelets de café dans les mains, ainsi qu'un sandwich. Je le mis de côté. Pour une raison que j'ignore, on essaye toujours de vous bourrer de nourriture quand vous êtes plein de tristesse. Je n'avais pas besoin de manger. J'avais besoin d'une raison pour continuer à vivre.

— Il faut que tu t'alimentes, Matthew.

Je haussai les épaules sans détourner mon regard de la fenêtre, me creusant les méninges pour déterminer ce qu'Ellie aurait voulu que je fasse.

Maman posa de nouveau le sandwich sur mes genoux et se tourna vers Ellie.

— Tu penses qu'elle souffre ?

— Non. Elle…

Le cerveau d'Ellie était mort. Elle ne ressentait plus rien et le vide dans lequel je plongeais, maintenant qu'elle était partie, me semblait sans fond.

Maman se pencha et embrassa Ellie sur la joue.

— Tu crois qu'elle peut encore nous entendre ?

— Non.

Ses lobes temporaux, la région du cerveau où se situe l'audition, étaient saturés de sang au point de créer une réelle inondation. Elle ne pouvait ni entendre, ni voir, ni faire quoi que ce soit. Et pourtant, j'avais passé une bonne partie de l'heure qui venait de s'écouler à chuchoter à son oreille, lui demandant ce qu'elle voulait que je fasse.

Ma mère posa délicatement la main sur mon épaule.

— Laisse-moi te ramener chez toi.

— Non.

Elle approcha une chaise de la mienne, dans l'espace exigu entre le mur et le lit.

— Il m'a fallu des heures et des heures pour partir quand ton père est mort. Mais elle n'est plus là, si ce que tu dis est vrai, si elle est en état de mort cérébrale, elle n'est plus là. Tu n'as pas à rester.

Je ne voulais pas me mettre à pleurer. Pas pour Ellie. Pas pour papa. Et pourtant, le fait qu'elle parle de lui faillit avoir raison de ma résolution. L'abîme de douleur qui s'ouvrait en moi, son éternité, s'installa dans ma réalité à venir. En outre, je gardais l'espoir que l'esprit d'Ellie s'attardait ici, même si je ne croyais pas à toutes ces foutaises.

— Écoute, maman, vas-y, toi. Je reste, ça ira, lançai-je platement.

Je sentais dans sa respiration le désir de faire ce que les mères font. Elle voulait me soustraire à tout ce chagrin, mais elle ne pourrait rien réparer.

Pour tenter, sans doute, de m'arracher à cet endroit, du moins par la pensée, comme elle ne pouvait pas le faire physiquement, elle me ramena à des jours plus heureux.

— Je n'arrête pas de repenser au jour où Alice et

Hank sont rentrés avec Ellie de l'hôpital quand elle est née.

Je hochai la tête, peu concentré sur ce que disait ma mère. Elle ferait probablement une fausse couche, mais son envie de tomber enceinte et d'avoir des enfants me persuadait qu'elle voudrait que j'essaye. En fait, tout ce qu'elle avait toujours dit me poussait dans cette direction.

Presque. Car Ellie ne voulait pas être maintenue dans un état végétatif. D'un autre côté, elle avait risqué sa vie quand elle l'avait estimé nécessaire, comme lors de sa mission spatiale.

— Alice a posé Ellie dans mes bras, ou plutôt dans les tiens, Matt, parce que tu étais assis sur mes genoux, se remémorait ma mère. Tu ne t'en souviens pas, dis-moi ?

— J'avais deux ans et demi, comment pourrais-je m'en souvenir ?

Et pourtant j'avais entendu cette histoire tellement souvent, comment j'avais porté Ellie quand elle n'avait que trois jours.

— Nous pensions que tu étais sourd, tu le savais ?

Maman se parlait à elle-même autant qu'à moi. Elle aussi avait besoin de penser à des événements plus réjouissants que l'état d'Ellie.

— Vous pensiez que j'étais autiste.

Le pédiatre était convaincu que je devais avoir un problème, parce que, jusqu'au jour où les McClure avaient ramené leur bébé à la maison, je n'avais jamais parlé. Mes parents avaient consulté des dizaines de spécialistes, aucun n'ayant pu trouver ce qui ne tournait pas rond chez moi, hormis le fait que je ne parlais pas.

Maman essuya une larme sur sa joue.

— Moi, je n'y croyais pas du tout. Je savais que tu allais bien et, quand Ellie s'est mise à roucouler, tu as dit « Peep ». Tu l'as appelée Peep très longtemps. Jusqu'à ce que vous commenciez à sortir ensemble.

Je hochai la tête. Parfois, je l'appelais Peep, comme petit mot doux, rarement devant des gens. Je tournai mon alliance sur mon doigt. *Mon amour, ma vie, Peep.*

— Ton père disait que tu ne supportais pas de te faire voler la vedette par le bébé.

— C'est plutôt comme si je l'avais attendue toute ma vie. Je ne peux pas imaginer ce monde sans elle.

Je haussai les épaules, résistant encore pour ne pas m'effondrer.

Ma mère hocha la tête.

— Moi non plus. Ça paraît impossible et pourtant on continue à avancer. J'y suis parvenue après la mort de ton père. Toi aussi, tu y arriveras.

— Elle est enceinte…

Ma mère ouvrit de grands yeux.

— Enceinte ?

— Huit semaines, apparemment. Mais on ne le savait pas. Elle avait eu ses règles.

— Oh, mon Dieu ! Alors c'est pour ça qu'elle s'est évanouie.

— Peut-être…

Je secouai la tête, me disant que c'était cette grossesse qui avait entraîné l'accident. En la mettant encore une fois enceinte, c'est *moi* qui lui avais fait ça.

— Je l'ai découvert il y a quelques heures. La procédure habituelle en traumato.

— Je suis désolée, mon chéri, lança maman en glissant sa main dans la mienne. C'est trop, là.

— Blythe Clarke pense que ce serait envisageable

de sauver… le bébé. Elle est en train de se renseigner en ce moment, elle appelle des périnatologistes dans tout le pays. Elle connaît des cas similaires.

— Matt… Matt, mais tu n'es pas sérieux, dis-moi ? Comment peux-tu penser qu'Ellie aurait voulu être maintenue sous assistance respiratoire ?

— Je n'ai pas encore pris de décision, mais je pense qu'elle aurait voulu que je tente le coup.

Maman cligna des yeux plusieurs fois.

— Elle a rédigé un testament biologique…

— Je croyais que tu l'avais inventé.

— Non. Elle en a bien signé un. Tu ne te souviens pas à quel point l'agonie interminable de sa mère a été affreuse pour elle ?

— Je sais, maman, mais Alice avait un cancer et elle souffrait. Ellie ne ressent aucune douleur. Tu ne penses pas qu'elle voudrait que le bébé voie le jour ?

Maman ferma les yeux, puis se couvrit le visage de ses deux mains.

— Si cela signifie rester sous assistance respiratoire pendant des mois, non, je ne pense pas. Je ne peux pas permettre que ce qui est arrivé à Alice arrive aussi à Ellie. Oh, mon Dieu, ce n'est même pas raisonnable de croire que cette grossesse pourra aboutir. Elle a fait tellement de fausses couches !

— C'était à cause du syndrome des antiphospholipides. Il existe un remède à ça.

Maman pinça les lèvres et soupira.

— Mon chéri, elle était sous traitement la dernière fois et pourtant vous avez quand même perdu le bébé.

— Mais pas à cause du SAPL.

— Mais il est mort, Matt.

Maman tendit le bras pour me prendre la main.

— Je suis désolée, mais il est mort. Et Ellie a failli y rester, elle aussi. Toi, tu as été anéanti. Je ne veux pas que tu recommences à espérer pour que finalement tout s'écroule à nouveau. Laisse Ellie partir en paix.

— Elle aurait voulu que je sauve ce bébé.

Maman se leva, regarda par la fenêtre et laissa échapper un nouveau soupir.

— Il est trop tôt pour prendre ce genre de décision. Es-tu sûr que tu ne cherches pas plutôt à garder une part d'Ellie en vie ?

— Bien sûr que si, mais je suis pratiquement certain qu'elle voudrait que je pense au bébé avant tout.

— Ce n'est pas encore un bébé à ce stade, corrigea maman en agitant la tête. Matt, on n'appelle même pas ça un fœtus, avant la huitième semaine.

Je fusillai ma mère du regard. Merci pour la leçon d'embryologie, je n'avais vraiment pas besoin de ça.

— Je comprends, déclara-t-elle. J'ai le cœur brisé moi aussi. Et je ferais n'importe quoi pour ramener Ellie parmi nous. Tu es dévasté, mais essaye de réfléchir en médecin que tu es. Quelles sont les chances qu'elle mène à terme une grossesse maintenant, alors qu'elle ne l'a jamais fait avant ? Une sur cent, sur mille ? Je l'aime. Elle est comme ma propre fille, tu le sais. Je veux qu'elle se réveille et…

La voix de maman se cassa.

— Mais ça n'arrivera pas. Renoncer n'est pas facile. Mais elle m'a fait promettre de ne jamais laisser personne lui imposer cela.

— C'est ma femme.

— Je le sais. Mais ta douleur t'empêche de réfléchir de façon lucide.

Ma mère affichait une expression de regret, mêlée à une détermination absolue.

La panique monta en moi, non parce que j'avais peur de ma mère, mais parce que c'était la personne la plus têtue et obstinée que je connaissais.

— Quand Ellie a-t-elle signé un tel document ? Où est-il ? Est-ce qu'il y figure une clause en cas de grossesse ?

Blythe Clarke revint dans la pièce, s'arrêtant en voyant le visage sévère de ma mère.

— Bonjour, Linney. Matt, j'ai réussi à avoir des informations. Quand tu seras prêt…

Je me levai et contournai la chaise de ma mère.

— Je t'écoute, Blythe. J'ai dit à ma mère qu'Ellie est enceinte.

Elle sortit un BlackBerry de la poche de sa blouse.

— La grossesse semble viable jusque-là. Le résultat dépendra de la stabilité de l'état d'Ellie.

— Mais elle n'est qu'à huit semaines ? intervint maman.

— Oui, répondit Blythe.

Maman ferma les yeux.

— Je ne peux pas te laisser faire ça à Ellie. Pas pendant des mois et des mois, affirma-t-elle en s'emparant de son sac à main. Je reviens dans quelques heures.

Elle sortit si vite de la chambre que j'eus l'impression qu'un semi-remorque venait de passer à côté de moi à toute allure.

— De quoi est-ce qu'elle parle ? demanda Blythe.

— Dis-moi d'abord ce que tu as appris.

Elle hésita un moment avant de répondre.

— J'ai trouvé une douzaine d'autres cas. Je ne peux rien promettre. On est en août, si on parvient à la maintenir sous respirateur jusqu'à Noël, le bébé aura vingt-six semaines.

— C'est terriblement prématuré.

— Oui. Je préférerais qu'on tienne jusqu'en février. Autour de Noël, le bébé sera petit, d'accord, mais il aura tout de même des chances de s'en sortir.

Je revoyais le service de néonatologie et les prématurés qui s'y trouvaient. Pas de beaux bébés joufflus, mais de petits êtres fragiles, malades et souffrants.

— Ma mère a dit qu'Ellie avait fait un testament biologique ou donné des directives anticipées. Je n'en avais jamais entendu parler jusqu'à maintenant.

— Hmm…

Blythe fronça les sourcils, intriguée.

— Je suis de garde ce soir, donc je reste dans le coin. Bipe-moi quand tu veux. Sinon, je passerai la voir demain matin.

— D'accord, acquiesçai-je, alors qu'elle quittait la chambre.

Perdu dans mes pensées, je n'avais pas remarqué que mon frère, Mike, était arrivé dans le couloir.

— Comment va-t-elle ? demanda-t-il. Je suis venu dès que j'ai entendu ce qui s'était passé.

— Entre si tu veux.

Il baissa les yeux sur sa salopette toute graisseuse de mécanicien.

— C'est grave ?

Incapable de trouver les mots, je me mis à trembler. Mike m'agrippa et m'étreignit comme si nous étions redevenus des petits garçons. Et il commença à pleurer.

— Allons, lançai-je en le prenant par les coudes.

Je le conduisis hors de la pièce. Même si Ellie ne pouvait nous entendre, je n'avais pas envie de pro-

noncer les mots « mort cérébrale » devant elle. Alors que nous traversions le long couloir de l'hôpital, je lui révélai la grossesse d'Ellie.

Il inspira si profondément qu'on aurait dit que tout l'air avait quitté ses poumons.

— Mais des mois ? Tu es sûr que tu veux tenir comme ça pendant des mois ?

— C'est jouable. Alors, oui, je suppose que je veux le tenter. Oui. Je suis certain qu'on devrait essayer, affirmai-je, certain surtout que j'étais dévasté.

4

2e jour

Le lendemain matin, quand Phil entra dans la chambre d'hôpital, je me redressai et me frottai la nuque, pendant que mon associé pratiquait des examens neurologiques sur Ellie. À plusieurs reprises, pendant la nuit, j'avais examiné ses pupilles et ses réflexes. Aucune amélioration n'était à signaler et, en tant que médecin, je ne m'attendais pas à un miracle. En tant que mari, je voulais qu'elle revienne et je continuais à traquer la moindre parcelle d'espoir.

— Melanie est dehors, annonça Phil. Elle aimerait voir Ellie.

Je hochai la tête. Même si on n'autorisait que les visites de la famille dans l'unité de soins intensifs, j'imaginais que les infirmières n'émettraient aucune objection en voyant la femme du neurochirurgien enfreindre les règles.

— Dis-lui d'entrer.

Phil se dirigea vers la porte et l'appela. Quand Mel pénétra dans la pièce, elle semblait au bord des larmes, mais au lieu de cela, elle inspira profondément et m'ouvrit grands ses bras.

— Je suis désolée, murmura-t-elle.

Elle me retint trop longtemps et trop fort pour que ce soit réconfortant, et pourtant je n'avais aucune envie qu'elle me lâche. Elle m'offrit le peu de consolation qu'elle pouvait. Est-ce que j'avais faim ? Est-ce que j'avais besoin de quelque chose à prendre à la maison ? Et des vêtements propres ?

Mel s'assit à côté du lit d'Ellie et prit la main de Phil comme si elle avait besoin de sa force.

— Phil dit que tu ne peux pas m'entendre, mais… Oh, mon Dieu…

Sa lèvre inférieure tremblait et elle leva les yeux vers son mari.

— Tu ne peux vraiment plus rien faire ?

Phil parut s'affaisser. Il secoua la tête.

Melanie pressa un moment le dos de sa main sur sa bouche.

— Bon, écoute, Ellie, on t'aime. Je ne veux pas que tu te fasses du souci pour Matt, ni pour aucun d'entre nous. Nous veillerons sur lui. Je te le promets.

Mel se leva d'un bond et se blottit dans les bras de son mari.

Une heure plus tard, ce fut le tour de Christopher d'entrer dans la chambre. Bouleversé, il n'avait pas tenu à voir Ellie la veille.

— Salut, lança-t-il, extrêmement mal à l'aise. Elle a le crâne entièrement rasé ?

— Oui, pour l'opération.

Il baissa les yeux.

— C'est trop injuste.

Injuste ? Tellement typique de Christopher. Un Calimero tout craché.

— Je n’aurais jamais pu imaginer qu’elle s’évanouirait.

— Tu veux que je te donne l’absolution en t’affirmant que ce sont des choses qui arrivent ? C’est vrai, ça arrive, les accidents. Mais celui-ci ne serait jamais arrivé si elle n’était pas montée sur cette foutue échelle.

Il s’agrippa à la rambarde du lit.

— Elle n’a jamais eu le vertige. Elle n’avait peur de rien.

En secouant la tête, je l’entraînai hors de la pièce. Ma femme ne pouvait pas m’entendre, elle ne pouvait pas entendre son frère, mais j’avais peur de lui coller mon poing dans la figure. Comment avait-il pu être assez lâche pour demander à sa sœur de monter sur l’échelle à sa place ? Et je ne voulais pas qu’elle soit là quand je donnerais une bonne déverrouillée à son cher Christopher.

Ellie.

Je tournai la tête et regardai par la vitre son corps immobile, gisant sur son lit d’hôpital, ses yeux fermés, gonflés par l’opération et la chute. Même si elle les ouvrait, elle ne pourrait pas me voir.

Rien d’étonnant à ce que les familles de mes patients plongent dans le déni. Je comprenais la physiologie des blessures d’Ellie et pourtant je n’arrivais pas à l’enregistrer. Je n’arrivais pas à saisir le chamboulement dans ma vie.

— Matt ? Tu as entendu ce que je viens de te dire ?

Je revins vers Christopher.

— Quoi ?

— Pourquoi tu m’as fait sortir de sa chambre ?

L’espace d’un instant, la peine avait pris le dessus sur ma colère, mais soudain, tel un démon, ma rage ressurgit.

— Ce n'est pas vrai qu'Ellie n'avait peur de rien. C'est juste qu'elle cachait ses peurs mieux que personne.

— De quoi avait-elle peur, si ce n'est de finir comme notre mère ?

Je le fixai un long moment. Elle avait peur d'une mort lente. Comment pouvais-je même envisager de la maintenir sous assistance respiratoire ? Parce que, me disais-je, elle était prête à risquer sa vie pour avoir un enfant.

— De ne pas réaliser ses rêves.

— Ça n'a rien à voir, lâcha-t-il, sa mâchoire se crispant. Elle n'avait peur que d'une seule chose : mourir comme ma mère. Quand est-ce qu'ils vont débrancher les machines ? Je… voudrais être présent.

— Ça n'arrivera pas. J'ai changé d'avis.

— Pourquoi ? Phil a eu une idée pour la sauver ? demanda Christopher, ouvrant de grands yeux.

L'espoir illumina son visage, tel le soleil déchirant les nuages. Mon Dieu, j'aurais tant aimé m'imprégner d'un peu de sa bienheureuse ignorance. J'agitai la tête.

— Personne ne peut plus rien faire.

Il pinça les lèvres et sembla inspecter le couloir, puis mon visage, avant de se cacher les yeux des deux mains.

— Mon père divaguait, hier. C'est toujours pareil quand il boit.

Je trépignai sur place, me rappelant l'époque où Hank avait commencé à se noyer dans l'alcool. Christopher n'avait que huit ans, la mère d'Ellie était en train de mourir et Ellie avait décidé de tout porter sur ses jeunes épaules.

— Ça m'étonne que tu te souviennes de la période où ton père buvait, commentai-je.

Hank avait dit adieu à la bouteille depuis longtemps, du moins jusqu'à la veille.

— J'étais assez grand. Tu n'en reviendrais pas de ce dont je me souviens. Tu ne peux pas imposer à Ellie ce que ma mère a enduré.

Je jetai un nouveau regard à travers la vitre en direction d'Ellie, horrifié par ma décision de la maintenir sous respirateur.

— Ce n'est pas la même situation. Elle ne souffre pas. Et elle est… enceinte. Si on parvient à ce qu'elle reste stable assez longtemps, on peut sauver le bébé.

Christopher resta quelques secondes sans voix.

— Quoi ? Pas encore ! Ça fait combien de fois, là ? Quatre ? Cinq grossesses ?

Il ouvrit les mains, comme s'il voulait étrangler quelqu'un. Moi, très probablement.

— Merde ! Je t'avais prévenu, la dernière fois, de ne plus la mettre enceinte. Elle a failli y passer !

Il se tourna vers la chambre. Il tremblait à présent de colère, ou de chagrin.

Je ne savais que dire, alors je me tus. Parce qu'à cause de moi elle était morte d'un traumatisme crânien.

Cela n'arrivait pas souvent que Christopher se montre protecteur avec sa sœur. Elle avait sept ans de plus que lui. Mais, après sa dernière fausse couche, il m'avait pris à part. À l'époque, j'étais de son avis. Essayer encore d'avoir un bébé était trop risqué.

— Elle ne m'avait pas dit qu'elle était enceinte, s'indigna Christopher.

— On ne le savait pas. C'est le début.

— Tu veux dire qu'il faudrait la maintenir sous assistance respiratoire pendant neuf mois ? Je ne crois pas, non. Elle ne voulait pas de ça. Moi, je ne veux pas de ça. J'ai déjà vu ma mère mourir comme ça.

Il s'élança dans le couloir des soins intensifs, pous-

sant les portes battantes à grand fracas, moi sur ses talons. Il était à mi-chemin de l'ascenseur quand je l'attrapai par le bras.

— On se fiche de ce que tu veux, Chris. Ce qui compte, c'est Ellie. C'est la famille qu'elle a toujours désirée.

— Attends, tu essayes de me culpabiliser parce qu'Ellie est tombée de l'échelle, alors que c'est toi qui l'as mise enceinte ? Connard !

Les portes de l'ascenseur s'ouvrirent et ma mère en sortit, l'air épuisée. Des mèches de ses cheveux gris lui tombaient sur le visage.

— Christopher, mon chéri, salua-t-elle en l'embrassant, avant de se tourner vers moi. Je l'ai trouvé, Matt. Ça m'a pris la moitié de la nuit, mais le voilà.

Elle me tendit un formulaire, un testament biologique avec des questions, sur lequel ne figurait pas la mention « directives anticipées ».

Je le parcourus rapidement. Il fallait cocher des cases.

Voudriez-vous être branchée à un respirateur si vous vous retrouviez dans l'incapacité de respirer ?

Oui ☐
Non ☒

Voudriez-vous être nourrie par sonde si vous vous retrouviez dans l'incapacité de vous alimenter ?

Oui ☐
Non ☒

Aucune mention spéciale en cas de grossesse. *Merde.*

De sa main d'adolescente, Ellie avait coché toutes les cases négatives du formulaire. En une phrase simple, elle résumait : « Je ne veux jamais être maintenue sous assistance respiratoire, à moins qu'il ne soit évident que je peux me rétablir. » Sa signature s'étalait en bas de la dernière page, les *l* et les *e* tout en boucle. Et, cerise sur le gâteau, Ellie avait pris le temps et la peine de faire certifier le document par un notaire.

Je me frottai les yeux, essayant de convoquer mes souvenirs. Aux urgences, après la mort de Dylan, est-ce que l'hôpital l'avait interrogée sur des directives anticipées ? C'était la procédure habituelle. Est-ce que je l'aurais remarqué si elle avait répondu qu'elle avait établi ce document ? J'étais sûrement trop préoccupé par le corps sans vie de notre fils. Il faudrait que j'examine les archives.

— Ça n'a aucune valeur, affirmai-je. C'est trop vieux. Son statut légal a changé quand nous nous sommes mariés. Je suis son mari, son parent le plus proche.

— Matthew, un testament biologique n'a rien à voir avec le parent le plus proche, ni avec la situation familiale. Tout ce qui compte, c'est la personne qu'Ellie a désignée, et c'est moi.

— Comment ça ?

Ma mère tourna le formulaire : au verso, Ellie précisait qu'elle confiait à ma mère le rôle de prendre les décisions appropriées au cas où elle ne serait plus en mesure de le faire elle-même. Ce document donnait à ma mère le pouvoir d'agir par procuration en tant qu'exécuteur testamentaire biologique.

Je levai les mains pour l'arrêter.

— Ah, non ! Ellie est enceinte. Tu sais à quel point elle voulait un bébé.

— Je suis du côté de Linney, intervint Christopher.

— On ne te demande pas de voter ! sifflai-je en froissant le formulaire.

— Rends-le-moi ! ordonna ma mère.

Je le gardai dans mon poing serré, me demandant jusqu'où ce cauchemar irait. Ma mère me grondant comme si j'avais deux ans ? Moi qui tapais du pied ? Je pensais avoir dépassé le stade où ma mère pouvait me faire céder en me foudroyant du regard.

— Il faut débrancher les machines. Je bipe l'infirmière en chef, déclara maman.

— Pourquoi est-ce qu'il te faut une infirmière en chef ? demandai-je.

Bon Dieu, je n'avais aucune envie que la mort d'Ellie devienne le sujet des commérages de l'hôpital.

— Parce que Ellie m'a choisie pour veiller sur elle, et toi, tu envisages de la maintenir sous assistance respiratoire. Ce n'est pas ce qu'Ellie voulait. C'est mal de lui faire subir ça, de te servir d'elle comme de couveuse pour quelque chose qui n'est même pas encore un bébé. Les femmes ne se réduisent pas à des réceptacles à progéniture !

Mon cœur tambourinait dans ma poitrine, si fort que ma vision se troubla.

— Ce n'est pas une couveuse. C'est la mère du bébé.

— Mon chéri. Sois réaliste, supplia maman, d'une voix bien moins combative. C'est à peine un fœtus et même s'il était plus avancé dans son développement, Dieu seul sait ce qu'il a subi hier. Avec l'arrêt cardiaque, les radios, les médicaments ? Tu n'as pas toute ta tête. Tu es bouleversé.

Maman tendit la main pour que je lui rende le testament.

Je ne bougeai pas.

J'étais persuadé qu'Ellie n'avait jamais imaginé un tel scénario.

— Je sais tout ça et je me fais du souci à cause des radios et des médicaments, mais…

— Mais rien, interrompit Christopher. Arrête. Tu ne vas pas la maintenir dans cet état !

Il fit volte-face et partit.

L'infirmière d'Ellie nous observait alors que nous revenions vers le poste de soins.

— Appelez l'infirmière en chef. Je veux lui parler. Je veux parler au directeur de l'hôpital, ainsi qu'à ses avocats. Il faut que le comité d'éthique se réunisse. Je veux parler au responsable des archives. Maintenant ! grondai-je.

L'infirmière pâlit.

— Pas grave. Je vais passer quelques coups de fil moi-même.

Cinq minutes après le début de la réunion du comité d'éthique, le directeur de l'hôpital, l'avocat et les membres de la commission étaient déjà engagés dans un débat animé. Ma mère posa fermement le document chiffonné sur la table.

— Le but du testament biologique est d'éviter ce genre de situation.

— Dans le Maine, ce que stipule un patient quand il en est capable, c'est-à-dire quand il peut se prononcer pour lui-même, prévaut sur tout le reste, affirma l'avocat, un type grassouillet, avec des oreilles tellement écartées qu'elles ressemblaient aux ailes d'un papillon.

Je sortis le dossier médical d'Ellie, qui datait de la naissance de notre fils.

— Mais juste là, on lui avait demandé si elle avait pris des dispositions de fin de vie et elle avait répondu non.

— Pourtant, elle l'a fait. Voici la preuve, riposta ma mère.

— Ce papier a été rempli quand elle était adolescente ! Ça fait plus de la moitié de sa vie. Jamais elle n'aurait pu imaginer une situation pareille.

— Et comment le sais-tu ? Elle ne te parlait même pas, à cette époque.

C'était vrai. Pendant quelques années, à l'époque où Ellie et moi étions à l'université, nous ne nous parlions plus.

— Elle a changé d'avis sur moi et sur beaucoup d'autres choses. *Ça remonte à dix-sept ans !* hurlai-je.

Le directeur de l'hôpital se leva.

— Arrêtez ! L'hôpital se refuse à prendre la responsabilité de cette décision, maintenant qu'elle est en litige. J'ignore ce que la loi dit à ce sujet.

— Ce qui importe n'est pas ce que veut ou ne veut pas la famille, expliqua l'avocat. Ce qui importe, c'est ce que le patient désirait. C'est le fond du problème. Ce qui me préoccupe, c'est que nous sommes en présence de deux documents contradictoires.

Le directeur poussa un profond soupir.

— Il faut s'en remettre à la justice. Laissons un juge en décider.

5

2e jour

Je sortis la carte de visite : *Jake Sutter, avocat*. Au printemps dernier, Ellie et moi étions tombés sur Jake dans un cinéma. Il m'avait tendu sa carte en disant : « Appelle-moi. Ce serait sympa qu'on prenne un verre. » Jusqu'à la veille, alors que je cherchais des papiers de l'assurance, j'avais oublié que j'avais rangé ses coordonnées dans mon portefeuille.

Annoncer à la standardiste que j'étais l'ancien colocataire de Jake à l'université me valut un rendez-vous dans la semaine. Lui annoncer que j'étais le mari d'Ellie fonctionna encore mieux, elle me fit patienter quelques secondes pour me passer directement son patron.

— Matt ? Nom d'un chien. J'ai entendu la nouvelle. Comment va-t-elle ? demanda Jake.

— Pas bien.

Je lui dressai le tableau, ne m'arrêtant de parler qu'au bout de cinq minutes pour reprendre ma respiration.

— Je ne sais pas comment m'y prendre, d'un point de vue légal.

Un court silence précéda sa réponse.

— Moi, je sais, mais tout d'abord permets-moi de te dire à quel point je suis désolé pour Ellie. Yvette voulait que je t'appelle hier soir, quand ils ont parlé de l'accident aux infos, mais je me disais que tu devais être à l'hôpital. Tu n'as pas quitté son chevet, n'est-ce pas ?

— En effet, à part pour assister au comité d'éthique.

— Ce qu'a dit l'avocat de l'hôpital n'est pas faux. Un juge voudra déterminer ce qu'Ellie aurait désiré dans de telles circonstances. Ça risque d'être délicat, néanmoins, je sais exactement comment aborder le sujet. Quand pourrais-tu venir à mon cabinet ? Je vais me libérer.

Comme toujours, Jake pensait tout savoir et, cette fois, j'espérais qu'il ne se trompait pas.

— Je ne veux pas la laisser. Tu ne pourrais pas te déplacer ?

— Ah… lâcha-t-il en déglutissant. Ce n'est pas un problème dont nous pouvons facilement discuter dans un hôpital.

Bon Dieu, j'avais failli oublier à quel point il détestait les hôpitaux et je n'avais pas le temps de me préoccuper de ses phobies.

On nous avait assigné, à Jake et moi, la même chambre sur le campus de l'université parce que le responsable des affectations avait pensé que venir de la même ville était un point commun suffisant. Mais nous n'avions pas grand-chose à partager hormis ce détail. Jake était le fils d'un ancien gouverneur du Maine, et moi, le fils d'un ouvrier d'une ville voisine. Le quartier d'où il venait était bien plus huppé que le mien. Cependant, nous étions tous les deux ambitieux.

Par conséquent, même si nous n'avions pas été les meilleurs amis du monde, nous étions des colocataires compatibles. Nous étions restés en contact un petit moment après nos études, mais une fois entré à l'école de médecine, je trouvais difficile de lui parler. Dès que je prononçais le mot « sang », il virait au vert et déclarait que, si Dieu avait voulu qu'on voie du sang, Il ne nous aurait pas recouverts de peau.

— Écoute, il faudra aborder un tas de problèmes médicaux. Si tu ne te sens pas à l'aise avec ça, est-ce que tu peux me donner le nom d'un collègue…

— Allons, Matt. Je n'interviens pas au chevet des malades. Je reste au tribunal. Oui, les hôpitaux m'angoissent. Tous ces gens qui se plaignent et l'odeur et… Quand ma femme a accouché de Janey… je n'ai pas supporté de la voir souffrir comme ça. Peut-être que je suis trop sensible. Donc, non, je n'aime pas les hôpitaux. Je ne sais pas comment tu y arrives, toi. Mais je peux m'occuper de la partie écrite et orale.

Dans d'autres circonstances, j'aurais éclaté de rire en entendant cette définition de lui-même. Il se voyait vraiment comme quelqu'un d'irréprochable. Mais, quand les gens prétendent qu'ils sont « trop sensibles » pour venir en aide à un blessé ou un malade, l'hypocrisie me rend fou. J'étais pragmatique et toujours disposé à intervenir, à aider les gens plutôt qu'à détourner les yeux, mais pour l'affaire que je lui confiais, ça n'avait aucune importance qu'il soit sensible ou pas. Je n'avais pas besoin de lui pour tenir la main d'Ellie, ni la mienne. J'avais besoin de quelqu'un de suffisamment qualifié pour battre ma mère devant un juge.

— Jake…

— Vas-y, je t'écoute, tu es mon ami. Vu la situation, je veux bien venir te retrouver. Qu'est-ce que tu en dis ? Trouve-nous un endroit pour discuter, une salle d'attente, non, un bureau, ce serait mieux. Je vais t'informer de tout ce que tu dois savoir. Mais sans obligation. Tu es libre de consulter un autre avocat. Je te dirai les questions que tu dois poser, sache toutefois que personne à Portland n'a mon expérience.

Même si la modestie ne l'avait jamais étouffé, dans ce domaine, Jake s'y connaissait. Je doutais qu'un autre avocat à Portland ait déjà plaidé des affaires devant la Cour suprême des États-Unis.

— D'accord, conclus-je.

Je réservai la salle de conférences à côté de l'unité des soins intensifs. À 19 h 10, il arriva, privé de son arrogance habituelle. Il portait un costume cousu sur mesure, des chaussures italiennes et une pellicule de sueur recouvrait sa lèvre supérieure.

— Assieds-toi, proposai-je en glissant la photocopie du testament biologique d'Ellie devant lui. Voici une copie du formulaire d'admission à l'hôpital qui date de l'hiver dernier.

Jake s'installa au bout de la table en bois stratifié et expira.

— L'hiver dernier ?

— Nous avons perdu un bébé en février. Il est mort-né.

Jake me fixa un moment avant de m'exprimer, de façon dérisoire, sa compassion.

— Matt, tu as enduré…

Je l'interrompis sans même prendre la peine de lever la tête.

— Elle n'a pas coché la case qui demandait si elle avait des directives anticipées. Tu vois ?

Je lui montrai l'emplacement sur le formulaire de l'hôpital. Pour la première fois, je me penchai attentivement sur son écriture. Pas besoin d'être un graphologue pour voir combien Ellie était faible quand elle avait rempli ce document. Elle était tellement ailleurs ce soir-là qu'elle n'avait peut-être même pas su du tout ce qu'elle signait.

Jake se tortilla sur sa chaise, ses yeux rivés sur moi.

— Tu tiens le coup ?

Je lui jetai un rapide coup d'œil, hochai la tête, puis détournai le regard. Je ne pouvais pas supporter de me plonger dans un autre drame, même s'il était prêt à écouter.

Respectant mon silence, il passa au document suivant.

— Même s'il est intitulé « testament biologique », ça n'en est pas exactement un. Un testament biologique est une série d'instructions isolées. Un tel document entre dans la catégorie des directives anticipées, mais il a une portée plus limitée. Des dispositions que le patient a rédigées, sans prendre en compte d'autres circonstances possibles. Bien sûr, Ellie a donné quelques instructions, mais surtout elle a nommé ta mère exécutrice testamentaire biologique. Ce qui signifie que son testament biologique, que nous avons ici, entre dans la catégorie des directives anticipées, dans un sens plus large. Le plus important, c'est qu'Ellie a pris certaines décisions par elle-même, mais elle a aussi désigné quelqu'un pour faire des choix, pas forcément stipulés dans le formulaire. Cela montre à la cour qu'Ellie était consciente qu'elle ne pouvait pas anticiper toutes les situations et elle a confié à ta mère le soin d'agir en son nom. Maintenant, ce que je vais t'expliquer, je doute que tu aies envie de l'entendre.

Je tirai une chaise et m'effondrai dessus.

— Tu as des arguments en ta faveur, là, et pas des moindres. Le problème, c'est que tu tiens à ta vie privée, or cette affaire va faire du bruit. Les journalistes sont déjà installés devant l'hôpital, et ça ne va pas s'arranger, parce que ça pourrait bien raviver l'affaire Roe contre Wade, qui a rendu légal l'avortement.

— Comment ça ? Il n'y a aucun rapport avec l'avortement.

— Pas directement, pour toi. Pour toi, il s'agit de ta femme et de ton enfant à naître, quelque chose d'intime. Légalement, en revanche, il s'agit des droits d'un bébé à naître contre ceux de sa mère. Et cela va avoir des implications à portée bien plus large. Le droit à la vie, le droit à la mort. Les droits du fœtus. Roe contre Wade. Mais mettons cela de côté pour l'instant.

Il s'adossa à sa chaise et se mordilla l'intérieur de la lèvre.

— Dans cet État, c'est la cour des successions qui arbitre ces questions. Il n'y a qu'un juge. C'est ce qu'on appelle un procès sans jury. Si Ellie n'était pas enceinte, l'affaire n'existerait même pas, il suffirait de suivre ce qu'elle a demandé dans ses directives anticipées, affirma-t-il en tapotant le document. Peu importe que ce testament soit vieux de mille ans ou qu'elle ait été célibataire à l'époque. C'est clair qu'elle ne voulait pas être maintenue en vie si elle entrait en phase terminale d'une maladie ou dans un état végétatif incurable.

Il inspecta les papiers devant lui et passa ses doigts manucurés sur sa barbe naissante.

— Tu m'as dit ne jamais avoir eu connaissance de ces dispositions de fin de vie ?

— Pas jusqu'à ce matin. Mais je savais que c'était la volonté d'Ellie. Avant de découvrir qu'elle était enceinte, j'avais accepté de débrancher l'assistance respiratoire…

Je fus incapable de prononcer un autre mot et cachai mon visage dans mes mains.

— Je comprends, murmura Jake en me tapotant l'épaule.

Il attendit que je me ressaisisse et demanda si nous pouvions reprendre.

— Dans beaucoup d'États, l'affaire serait tout de suite réglée, parce que la grossesse annule les directives anticipées d'une femme. Mais le Maine n'en fait pas partie. Du moment qu'elle avait des dispositions de fin de vie, il faut les prendre en compte.

Je faillis demander quels États, imaginant un instant que nous pourrions l'emmener dans un autre hôpital dans un autre État, mais c'était sans doute de la folie. Elle n'était pas assez stable. Et ma mère ne me laisserait jamais faire.

— Est-ce que c'est ton enfant ? demanda Jake. Je veux dire, s'ils font une recherche de paternité ?

— Bien sûr que c'est le mien. Elle n'aurait jamais…

— Ce n'est pas ce que je veux dire. Il faut que je sache que *génétiquement* c'est le tien. Vous n'avez pas fait appel à un donneur de sperme ou quelque chose du genre ?

— Pourquoi tu me demandes un truc pareil ?

— Réponds à la question, Matt. Génétiquement, c'est le tien ?

— Oui.

— Bon, au cas où on se verrait confrontés au problème. Entre-temps, il faut que je remplisse des documents qui demandent à la cour de statuer sur l'incompétence d'Ellie. Dans le Maine, on utilise un terme plus tendre, on parle d'incapacité. Connotation plus douce, mais les deux veulent dire qu'elle est inapte à agir de sa propre initiative. Donc, j'aurai besoin de déclarations sous serment de ses médecins, attestant de son état.

Je hochai la tête, il enchaîna, m'expliquant qu'il demanderait à la cour de me nommer tuteur d'Ellie. Mais cela ne signifiait pas que je pourrais prendre des décisions médicales en son nom. Il montra du doigt le testament biologique d'Ellie.

— Quand le juge verra ce document, il se peut qu'il le retienne.

— Tu penses que ma mère a le droit de débrancher le respirateur ?

Jake pencha la tête sur le côté comme s'il considérait la question.

— Nous avons le formulaire de l'hôpital qui remet en question la validité du document précédent. Mais oui, il est possible que le juge laisse ta mère prendre les décisions médicales pour Ellie.

Il prit une profonde inspiration.

— Et c'est pour cela que je voulais m'assurer que le bébé était bien le tien. S'il le faut, nous pourrons aborder la question sous un angle totalement différent. Si la cour prononce un jugement en faveur de ta mère, je demanderai que te soit donnée la tutelle de ton enfant à naître.

— D'accord, ça m'a l'air bien. Qu'est-ce que ça implique ? demandai-je en me redressant.

— C'est compliqué. Tu sais que j'ai travaillé sur des affaires de droit à la vie ?

— Ma mère invoquera le droit d'Ellie à mourir, ripostai-je. Et je jure de la laisser partir, après l'accouchement, mais…

Il m'interrompit.

— Je te promets qu'on aura recours à toutes les stratégies légales possibles pour donner à ton enfant une chance de vivre. Laisser Ellie partir ensuite est un tout autre problème, mais le plus urgent pour l'instant c'est de la maintenir sous assistance respiratoire jusqu'à ce que le bébé naisse, tu es d'accord ?

— Oui, lançai-je pour répondre à sa question rhétorique.

— Laisse-moi t'expliquer. Tu vois, la cour ne reconnaît pas de droits aux bébés avant leur naissance ou, en tout cas, elle ne leur en reconnaissait pas jusqu'à récemment. Et elle ne donnera la tutelle qu'à quelqu'un qu'elle estime avoir des droits humains. L'enfant à naître n'a pas voix au chapitre, ce qui constitue un obstacle, mais j'ai un plan. Je convaincs le juge. Il prononce un jugement en notre faveur. Le jugement crée un précédent…

Je toussai.

— Oublie les précédents ! Il ne s'agit que d'Ellie et du bébé !

— *Ton* bébé ! s'exclama-t-il comme s'il remettait une nouvelle fois en question la paternité de cet enfant.

— Oui.

— Et crois-moi, sauver ce bébé m'importe beaucoup, mais créer un précédent en obtenant du juge qu'il t'accorde la tutelle sera crucial pour les opposants à l'avortement, les pro-vie. C'est pour ça que l'affaire dépasse ce que tu peux imaginer. Ton seul souci, c'est ta femme et ton enfant, je sais, mais tout le mouvement d'opposition à l'avortement t'appuierait. Les avocats impliqués dans cette cause nous offriraient toute l'aide dont nous aurons besoin. Pour écrire un *amicus curiae*, faire des recherches, ou je ne sais quoi encore…

— Écrire quoi ? Oublie, peu importe. Pourquoi est-ce que les opposants à l'avortement s'intéresseraient à ce dossier ? Personne ne demande à Ellie d'avorter.

Un sourire supérieur se dessina derrière le doigt posé sur les lèvres de Jake. J'avais déjà vu cette expression sur son visage à maintes reprises. Il essayait de trouver une attitude feignant au plus près la sincérité, et j'y aurais cru si je ne l'avais pas connu à l'université, si je n'avais rien su de l'ambition qui l'habitait.

— Non, mais tu ne vois pas le parallèle ? Débrancher le respirateur, c'est mettre fin à la grossesse. Attends, je vais tenter de me faire mieux comprendre. Le quatorzième amendement accorde des droits aux gens. Tous les droits. Si la cour te nomme tuteur de ton enfant à naître, cela fait d'un fœtus une personne, au sens légal du terme, une personne avec des droits. Ces droits vont contrecarrer Roe contre Wade. Si Roe contre Wade est ébranlé, les États retrouvent la possibilité de remettre en question l'avortement.

— Je te le répète, je n'en ai rien à cirer !

Il me lança un regard mauvais et poursuivit.

— D'accord, très bien, mais si la cour te donne la tutelle, cela aura des implications plus vastes. Même si le juge est défavorable, on peut faire appel. Et cela nous fera gagner du temps. Et si nous échouons en appel, on se tourne vers la Cour suprême, on peut demander une ordonnance de *certiorari*.

— Une quoi ?

— Une ordonnance de *certiorari*, un recours extraordinaire. Ça veut dire qu'on demande à la Cour suprême de revoir une décision d'une cour inférieure. Si la Cour suprême t'accorde la tutelle, cela signifie, par essence, que le gouvernement des États-Unis accorde le statut de personne aux fœtus, et par conséquent tous les fœtus auront les mêmes droits que tout le monde. Et toute action qui détruirait un fœtus serait considérée comme un meurtre. L'avortement deviendrait partout illégal.

— C'est aller un peu loin et c'est à ce bébé-là que je veux donner une chance, rétorquai-je.

— Tu te souviens de l'affaire Scott Peterson ?

— Quel rapport avec Ellie, bon sang ?

— Essaye de me suivre. Tu t'en souviens ?

Je m'adossai à ma chaise et fixai Jake, mécontent. Il était comme ça. Quand il était lancé, impossible de l'arrêter. À l'époque de nos études, je quittais notre chambre de dortoir, mais je ne pouvais pas me permettre de partir maintenant.

— Peterson ? L'ordure qui a tué sa femme enceinte ? Oui, bien sûr.

— Il a été condamné pour le meurtre de sa femme *et* de son futur fils. Après cela, le Congrès a adopté un projet de loi sur la violence contre les enfants à naître. C'est une avancée considérable, parce que cette décision protège les fœtus. Les auteurs de l'amendement étaient des opposants à l'avortement. Officieusement, elle s'appelle la loi Laci et Connor.

— Bon Dieu, Jake, épargne-moi les détails et arrives-en aux faits !

— J'y arrive. La loi protège les fœtus et nous donne une base légale.

Je ronchonnai de façon inintelligible, comparer la situation d'Ellie à ce que Scott Peterson avait fait me révoltait. Je voulais arrêter ce cirque avant qu'il ne mette en branle toute l'artillerie lourde.

— Si on décide de demander la tutelle du bébé, on aura sans doute le soutien des opposants à l'avortement…

— Et si tu tournes ce procès en une campagne contre l'avortement, on va être la cible d'organismes comme la National Organization for Women, qui n'est pas moins radicale. Tu vas transformer ça en gigantesque foire.

Ma mère militait au sein de la National Organization for Women, la NOW. Dans les grandes lignes, c'était une organisation raisonnable, qui désirait que les femmes se voient offrir plus d'opportunités, mais le groupe ne manquait pas d'hystériques qui auraient bien fait brûler dans de l'huile bouillante les anti-avortement.

Jake ne broncha pas, esquissant juste un petit sourire méprisant quand je mentionnai la NOW.

— Les opposants à l'avortement constituent un mouvement humanitaire. Mais ne perdons pas de temps à débattre de la question. La carte de la tutelle présente d'autres risques. Et ce parce qu'on ne peut s'appuyer que sur deux affaires qui ont été jugées. La première, en Floride, comportait tous les points les plus controversés. Il s'agissait d'une handicapée mentale qui s'était fait violer. L'État a tenté de se voir attribuer la tutelle du bébé à naître. Pour abréger, la cour d'appel a refusé de concéder la tutelle en s'appuyant sur deux fondements : un, l'État n'avait pas son mot à dire, et c'est pour cela que je t'ai demandé si tu étais bien le père ; et deux, la Floride n'a aucun statut, aucune loi qui reconnaît au fœtus la possibilité d'avoir un tuteur.

— Donc, la femme s'est fait avorter ?

— Eh bien, non. L'affaire a traîné assez longtemps pour que le bébé voie le jour. Et je compte utiliser la même tactique. Je suis un homme de principe, un homme qui va à l'église tous les dimanches, un homme qui donne la priorité à sa foi, mais je suis aussi réaliste, Matt. L'État n'a pas gagné cette bataille, mais il a gagné la guerre. L'enfant est vivant… se réjouit-il en brandissant l'index. Un bébé sauvé, et j'ai bien l'intention de sauver aussi ton bébé. Sur un plan plus global toutefois, un jugement en faveur d'une tutelle pourrait sauver plus d'un million de bébés tous les ans. Je suis vraiment désolé pour ce qui est arrivé à Ellie, mais…

Je serrai les poings.

— Je refuse que tu fasses d'Ellie une martyre !

Il se tut assez longtemps pour que je ne m'attende plus à ce qu'il réplique. Ou peut-être savait-il que, s'il essayait, je le frapperais.

— D'accord, concéda-t-il, avant d'enchaîner avec une affaire en Pennsylvanie. Le juge a accordé la tutelle, mais je ne pense pas qu'en appel les défenseurs auraient eu la moindre chance.

Je me levai et fis les cent pas dans la petite salle de réunion.

— Donc, cette stratégie de tutelle, c'est du cinquante-cinquante, maximum ?

Jake hocha la tête.

— Mais on peut faire mieux, parce que, comme tu l'as dit, ce n'est pas une affaire d'avortement. Tu essayes de préserver ce qu'il reste de ta famille, ton enfant. En tant que père, tu as des droits, ou en tout cas, tu en auras quand le bébé sera né. C'est une situation particulièrement convaincante.

Je m'appuyai sur la table, les paumes sur le plateau.

— Mais mes droits ne sont valables qu'une fois que le bébé sera né, sauf si tu changes le monde et persuades le juge de m'accorder la tutelle.

— Exactement.

Je jetai un œil à l'écriture tremblante d'Ellie sur le formulaire de l'hôpital qui datait de la mort de notre nouveau-né.

— Et qu'en est-il du fait qu'elle n'a pas coché la case correspondant à l'existence de directives anticipées ?

— Je vais, bien évidemment, commencer par là. Mais il faut que tu saches que le frère d'Ellie va sans doute témoigner et le juge pourrait très bien être sensible à ses arguments.

— Christopher ? Comment sais-tu ce que Christopher va dire ?

— Il est passé aux infos ce soir.

— *Quoi ?* m'écriai-je, le sang affluant dans ma tête.

— Assieds-toi.

J'obéis, sidéré que Christopher ait trouvé l'audace de se tourner vers les médias.

— C'est la presse locale qui lui a mis le grappin dessus, mais c'est passé sur les chaînes câblées ce soir. En substance, il a dit que les blessures de sa sœur avaient été fatales, et que tu la gardais pourtant sous assistance respiratoire parce que tu nourrissais encore l'espoir délirant de la sauver. Il a dit qu'Ellie avait clairement exprimé sa volonté qu'on la laisse mourir par un testament biologique. Il a aussi affirmé que, bien qu'elle fût la personne la plus courageuse qu'il ait jamais connue, elle était terrorisée à l'idée qu'on la maintienne en vie de cette façon.

— Merde !

— Attention, rends-toi service et surveille ton vocabulaire, me gronda Jake avec une grimace. Au moins devant les caméras. Les journalistes vont faire leurs choux gras de cette histoire. Il faut que tu te présentes sous ton meilleur jour.

— Et tu penses que « mince » et « saperlipopette » passeront mieux ?

Jake secoua la tête.

— Je te crois quand tu prétends que, dans ces conditions, Ellie souhaiterait être maintenue sous assistance respiratoire. On va tout utiliser, y compris le fait que certains États interdisent d'arrêter les soins quand la femme est enceinte. Mais je veux que tu comprennes que j'essaye de te protéger. Certains vont te condamner parce que tu ne respectes pas ses dernières volontés. On aura l'impression que tu es prêt à la laisser souffrir pendant des mois. Et il est vrai que tu vas à l'encontre de ses dernières volontés.

J'encaissai son accusation. Ses mots me brûlaient le cerveau comme de l'acide.

— Il faut que tu passes pour un mari éploré et pour un saint, expliqua-t-il en me tendant un dossier. Voici mes tarifs. Ça, c'est l'acompte.

Le nombre de zéros après le premier chiffre me stupéfia. Je laissai échapper un sifflement. J'avais accumulé huit années de prêts étudiants et je ne travaillais pas dans le privé depuis assez longtemps pour les avoir entièrement remboursés. Alors de là à imaginer que je possédais une telle somme…

— Je peux gagner, si le juge ne se tourne pas directement vers ses directives anticipées. Je te garantis que je suis ton meilleur atout, Matt.

— Je n'ai pas autant d'argent. Bon Dieu, même si je l'avais, je n'ai pas pris de chéquier !

— Ne t'en fais pas pour l'acompte. On va s'en passer, on est amis, tout de même. Je veux cette affaire, parce que j'y crois. On peut même négocier le taux horaire à la baisse, selon la durée du procès. Il suffit que tu signes ici.

Il tourna quelques pages et m'indiqua une case vierge.

Inspirant profondément, je pris un stylo.

— Avant que je signe, il faut que tu comprennes une chose. Je me fiche de tes ambitions politiques, Jake. Je ne veux pas faire d'Ellie l'objet de propagande de qui que ce soit.

— Tu changeras vite d'avis.

Jake refusait manifestement de comprendre. Il faisait toujours ça. Pour lui, les gens n'étaient que des pions à utiliser dans son intérêt personnel.

— Non ! Si tu me représentes, l'affaire concerne ce problème en particulier. Je me fiche des anti-avortement et de tes projets de devenir gouverneur comme ton père.

— Je ne cherche absolument pas à devenir gouverneur. Yvette ne souhaite pas être la femme d'un homme politique et j'ai renoncé à la convaincre depuis longtemps. Mon seul but est de sauver ton bébé.

Jake tapota son index sur la case vierge.

— J'ai la technique pour gagner. Je suis un expert en droit constitutionnel. Je vais enseigner le premier amendement à Harvard, nom d'un chien ! je suis membre de la Christian Legal Society. On m'appelle régulièrement pour traiter des questions d'avortement.

Un souvenir s'afficha dans mon esprit, un flash de notre première année d'étudiants quand tout le monde posait les mêmes questions : tu t'appelles comment ? Tu viens d'où ? T'es en quoi ? Jake répondait toujours de façon étrange : « Jake Leahy Sutter, je suis républicain et je suis en route vers la Cour suprême, de préférence comme juge en chef. »

— Tu as toujours voulu être juge. Tu penses que ça va t'y mener ?

Il plissa les yeux et s'adossa à son siège.

— Allons, jamais je n'arriverai à enfiler la robe. Je suis trop engagé contre l'avortement, c'est rédhibitoire. J'ai toujours refusé d'afficher une indifférence de façade.

— D'accord. Jake, est-ce que j'ai ta parole que tu te concentreras sur Ellie et le bébé ? Oui ou non ?

Sa langue gonfla sa joue et il hocha la tête.

6

3e jour

Les opposants à l'avortement manifestaient déjà devant le tribunal où un juge allait décider du sort de ma femme. Non, il fallait que j'arrête de penser ainsi. Le sort d'Ellie avait été décidé quand elle était tombée de l'échelle. Je me battais pour la vie du bébé, notre bébé. Le plus déstabilisant, c'était qu'Ellie n'avait même pas l'air enceinte. Je n'avais pas encore senti le bébé remuer, ce n'était qu'un crépitement à l'échographie. Et pourtant, je savais que, si elle le pouvait, elle lui lirait déjà des histoires.

J'ajustai mon nœud de cravate et me frayai un chemin dans la foule de journalistes.

— Docteur Beaulieu, comment va votre femme ?

— Son frère a dit qu'elle n'allait pas survivre. Est-ce que vous avez un commentaire à faire ?

— Matt, une seule question au sujet d'Ellie, hurla un type que j'avais connu au lycée.

— Aucun commentaire, lançai-je.

Ils avaient entendu la version de Christopher. Je ne voulais pas davantage alimenter ce qui aurait dû rester une histoire privée.

Les pro-vie brandissaient des pancartes des deux côtés de la porte : SAUVEZ LA VIE, NE LA PRENEZ PAS. SAUVEZ ELLIE.

Même si, en principe, ils étaient de mon côté, j'évitai de croiser leurs regards. Ils ne manifestaient pas pour moi et certainement pas pour Ellie. Ils étaient venus défendre leurs propres revendications et notre tragédie n'était qu'un prétexte.

Je franchis les portes, espérant qu'une fois à l'intérieur du tribunal quelqu'un empêcherait les journalistes et les activistes de me suivre. Mais non.

Partout dans le pays, les tribunaux étaient équipés de détecteurs de métaux, mais pas Cumberland County District Court. Les reporters m'accompagnèrent jusque dans la rotonde, beuglant leurs questions.

Jake me rejoignit à mi-chemin et s'adressa à mes poursuivants.

— Vous devez certainement comprendre que le docteur Beaulieu et sa famille traversent une période particulièrement éprouvante. Nous n'avons aucun commentaire à faire, mais le moment venu, je donnerai une conférence de presse, et vous pourrez poser toutes les questions que vous voudrez.

À ma grande surprise, ils reculèrent. Pourtant, leurs yeux continuaient à me scruter comme s'ils s'attendaient à percevoir un secret honteux.

Au bout du couloir au carrelage noir et blanc, ma mère se tenait auprès de Christopher. Elle semblait avoir pleuré. En passant à côté d'elle, je ressentis presque de la pitié pour elle. Presque. Elle souffrait, mais nous étions en guerre. L'amour peut conquérir, il peut aussi diviser.

Les journalistes trouvèrent Christopher et s'entretinrent avec lui.

Je me tournai vers Jake pour chuchoter à son oreille.

— Comment les opposants à l'avortement ont-ils découvert cette histoire ?

— Allons…

— Tu les as invités à se pointer ici ?

— Ça n'a pas été nécessaire. Depuis que Christopher s'est adressé à la presse, les médias ne parlent plus que de ça et les activistes s'en sont emparés de leur propre initiative.

— Mais comment ont-ils été mis au courant du procès ?

— Je suis sûr qu'ils consultent les registres de la cour comme les journalistes. Moi, c'est ce que je ferais. Ils se battent pour que les femmes ne soient plus brutalisées, pour qu'on n'assassine plus des enfants.

— Jake ! sifflai-je.

— Je sais. Ce n'est pas mon combat cette fois, se reprit-il en lissant le revers de sa manche. Tu as une mine affreuse, au fait. Quand est-ce que tu as dormi pour la dernière fois ?

— Je dormirai quand tu parviendras à convaincre le juge de maintenir Ellie sous assistance respiratoire.

— On y travaille, m'assura Jake, avant de s'arrêter devant les portes de la cour pour murmurer à mon oreille : Cela risque de prendre un moment, alors il vaut mieux que tu te ménages. Traduction : dors. Mais, franchement, je serais ravi que la justice avance au même rythme que ma grand-mère atteinte de Parkinson. Plus ça traîne, plus Ellie poursuit sa grossesse et mieux c'est pour nous. Prie aussi pour que le juge ait un cœur et une mère catholique.

Jake s'interrompit en haussant les sourcils.

— Eh, mais tu es catholique, toi. Dis à ton prêtre que je veux qu'il témoigne.

— Mon prêtre ?

— Tu es pratiquant, non ? demanda-t-il en faisant un pas vers moi. Les catholiques sont opposés à l'avortement. Je veux que tu aies l'air le plus fervent possible, même si tu es athée.

Élevé dans la foi catholique depuis le baptême jusqu'à la confirmation, en passant par les sacrements du mariage avec une vraie messe organisée pour faire bonne mesure, je n'allais jamais à l'église et n'étais même pas sûr de croire en Dieu. Ellie, si, en revanche. Il lui arrivait même d'assister à la messe de temps en temps. Moi, j'aimais l'idée d'un Dieu bienveillant et adhérais à l'aspect altruiste de la doctrine chrétienne. D'un point de vue philosophique, cela me plaisait. D'un point de vue spirituel, en revanche, je restais sceptique. Si Dieu n'existait pas et que le paradis et l'enfer n'étaient que des mythes, j'avais perdu Ellie pour toujours. Je suppose que, à ce moment-là, j'avais envie de croire en Dieu comme un enfant s'accroche à l'idée du Père Noël.

Jake baissa les yeux vers son BlackBerry qui sonnait et l'éteignit. Je l'imitai, remarquant que Melanie m'avait laissé un message vocal.

— Je n'ai jamais compris pourquoi les catholiques prient des saints et vénèrent Marie. Enfin, au moins l'Église reconnaît la vie dès la conception, ajouta Jake, un rictus aux lèvres. De toute façon, il est temps que tu en tires quelque chose de plus que le poisson le vendredi…

Je n'avais ni l'énergie ni l'envie de défendre le catholicisme.

— Donc, tu vas te servir de la religion ?

— Bien évidemment. La liberté religieuse est dans la Constitution, tu ne le savais pas ?

Christopher et ma mère ouvrirent les portes du tribunal et disparurent à l'intérieur. Ma mère aussi était catholique, mais très progressiste. Elle défendait en outre les droits des femmes et la possibilité qui devait leur être donnée de choisir leur vie.

Jake me tapota l'épaule en franchissant le seuil.

— Respire profondément. Avec un peu de chance, le juge ne décidera pas directement en faveur du testament biologique d'Ellie avant de nous écouter.

Je cherchai des yeux le père d'Ellie parmi le public. Personne n'avait vu Hank depuis des jours. Emporté par l'un de ces délires dans lesquels l'esprit vous entraîne avant d'accepter la mort d'un être cher, je songeai qu'Ellie allait se faire un souci monstre pour son père.

Les murs et le plafond du tribunal étaient faits de panneaux en bois. Maman n'avait pas pris d'avocat. Elle était installée seule dans le box du défendeur, mais Christopher était juste derrière elle, lui donnant des conseils tout bas.

Jake et moi étions assis à la table des requérants. Il feuilleta les papiers qu'il avait sortis de sa mallette, tandis que je faisais tout pour éviter le regard de ma mère. En temps normal, malgré ses soixante-trois ans, elle n'en faisait pas plus de cinquante, pourtant aujourd'hui, à la lumière du matin qui filtrait par le vasistas, la finesse de sa peau me frappa. Elle semblait avoir pris un coup de vieux et avait mauvaise mine, mais j'imaginais que je ne devais pas avoir l'air plus frais. Je me dis que, si tout cela échouait, si le bébé ne survivait pas, lui non plus, mourir d'épuisement m'éviterait de devoir me suicider.

Le greffier entra.

— Mesdames et messieurs, la cour.

Son Honneur, le juge Martin Wheeler, le suivit de près et s'assit. Tel un raz de marée, tout le monde se leva, puis se rassit. Le juge, âgé d'une cinquantaine d'années, posa quelques papiers sur son bureau, sortit une paire de lunettes de sa mallette en cuir et les essuya avec un tissu, tout en commençant à parler.

— La première affaire concerne la tutelle demandée pour la personne d'Ellie Leonore Beaulieu. Son mari, Matthew Beaulieu, a enregistré une requête pour la tutelle, et Elinor Beaulieu, qui demande également la tutelle, s'oppose à cette requête. La cour notera qu'Elinor Beaulieu est la belle-mère d'Ellie Leonore Beaulieu. Les noms sont les mêmes.

Ma mère leva la main.

— Je peux vous expliquer. Alice, la mère d'Ellie, lui a donné mon nom. Mais tout le monde m'appelle Linney, donc vous pouvez m'appeler Linney si cela simplifie les choses.

Le juge se pinça les lèvres et je m'attendais à une objection ou à une leçon d'étiquette. Mais, au lieu de cela, il s'arma de toute la patience d'un maître d'école.

— Oui.

Il épela chacun des noms et enregistra ma mère, Elinor, comme Mme Linney Beaulieu.

— Avez-vous décidé de vous faire représenter légalement, madame Beaulieu ?

Ma mère secoua la tête.

— Non, j'ai juste rempli les formulaires comme

on me l'a demandé au tribunal des successions. Ellie avait rédigé un testament biologique. Elle ne voulait pas continuer à vivre de cette façon.

— Techniquement, il s'agit de directives anticipées, contrairement à ce qui est écrit sur le dossier. Mais nous y reviendrons bientôt, ainsi qu'à votre déclaration sous serment, affirma le juge Wheeler. La première démarche consiste à déclarer Ellie Beaulieu définitivement inapte.

Il se cala contre son siège et résuma les attestations des médecins qui décrivaient en détail les blessures d'Ellie et leur pronostic vital. Le juge leva la tête vers Jake et lui demanda s'il reconnaissait qu'Ellie était définitivement inapte. Ensuite, il posa la même question à ma mère.

— Oui, Votre Honneur, répondit-elle.

— Voyez comme il est simple de se mettre d'accord sur certains points. Essayons de réitérer l'expérience à l'avenir, déclara le juge. Ellie Beaulieu est considérée inapte et peut être soumise à tutelle.

Je déglutis avec peine, réprimant mon envie de vomir. Une étape supplémentaire avait été franchie dans la déshumanisation d'Ellie, comme si on parlait d'une dépouille ou d'un cadavre.

Le juge Wheeler mit de côté le document.

— Quant à la question du tuteur, nous avons un désaccord. Et même si tous les papiers ont été signés, le problème reste de savoir ce qu'Ellie aurait décidé dans de telles circonstances. Le docteur Beaulieu affirme que, si sa femme n'avait pas été enceinte, il aurait débranché l'assistance respiratoire. Cependant, il pense qu'étant donné la situation Ellie aurait voulu poursuivre la grossesse même si cela implique de la maintenir sous assistance respiratoire pendant toute la durée de sa grossesse. Il accepte de débrancher le respirateur une fois le bébé né.

Le juge jeta un regard par-dessus ses lunettes.

— Mme Linney Beaulieu pense le contraire. Dans son attestation, elle explique qu'elle a été amie pendant de nombreuses années avec Alice McClure, la mère d'Ellie. Linney a été choisie pour être la marraine d'Ellie et a été présente tout au long de son éducation. Après la mort d'Alice McClure, Mme Beaulieu a continué à avoir une relation très proche avec Ellie. Au cours de la phase terminale du cancer d'Alice McClure, cette dernière est entrée dans un coma de trois mois. Des infirmières se relayaient à son chevet au domicile des McClure durant cette période, et l'effet de cette agonie sur Ellie, alors adolescente, a été le refus absolu de tout acharnement thérapeutique. Elle a signé ce soi-disant testament biologique dès qu'elle a atteint la majorité et a ainsi donné procuration à Mme Linney Beaulieu pour agir en cas d'incapacité définitive. Si la tutelle est accordée à Mme Beaulieu, elle donnera l'ordre aux médecins de débrancher l'assistance respiratoire d'Ellie pour la laisser partir en paix.

Wheeler s'arrêta de parler et posa le dossier devant lui, avant de croiser les mains.

— Madame Beaulieu, étiez-vous au courant de la grossesse d'Ellie quand vous avez rédigé votre requête ?

— Oui. Mais elle est au tout début de sa grossesse. Pour que le fœtus ait une réelle chance, pendant des mois et des mois…

— C'est un bébé, pas un fœtus ! cria une bonne femme mal fagotée en se levant.

Ma mère tourna la tête.

La pimbêche fixa ma mère et se mit de nouveau à crier.

— Elle porte un bébé en elle !

— Silence ! ordonna Wheeler d'un ton menaçant, et toutes les têtes s'orientèrent de nouveau vers lui.

Il attrapa son marteau et, bien qu'il ne s'en serve pas, je sentis toute son autorité dans ce geste.

— Nous sommes dans un tribunal, si quelqu'un se permet de parler alors qu'il n'en a pas reçu l'autorisation, je le fais renvoyer sur-le-champ.

Jake s'empara de son stylo comme s'il s'apprêtait à poignarder son calepin. Je me concentrai sur le juge, m'efforçant de percer le mystère qui se cachait derrière les traits de son visage. Je ne savais pas si la femme l'avait mis en colère ou s'il était intervenu pour faire respecter sa fonction. En l'espace de cinq secondes, le pli entre ses deux yeux disparut et une expression plus douce s'afficha.

J'avais toujours imaginé les juges d'une certaine façon : droits comme des pics, une tenue impeccable, la cinquantaine ou plus. Mais Wheeler avait des cheveux assez longs et bouclés, camouflant mal une calvitie naissante. Il avait les épaules rentrées et une mâchoire plutôt délicate. Malgré tout, au moment de l'esclandre causé par la femme, il était parvenu à affirmer son autorité.

Il parcourut les papiers étalés devant lui et en sortit le testament biologique d'Ellie, tout chiffonné par ma colère.

— Ce document datant de 1991 fait office de directives anticipées, signées par Mme Ellie McClure-Beaulieu. Elle avait, à l'époque, dix-huit ans, ce qui faisait d'elle une adulte légalement, expliqua-t-il en tirant un autre formulaire. Et voici l'admission à l'hôpital d'Ellie Beaulieu signée par cette dernière en février de cette année. Elle n'a pas coché la case indiquant qu'elle aurait établi des dispositions de fin de vie. Cela peut signifier qu'elle annule de la sorte le document de 1991. Cependant, son frère, Christopher McClure, a rédigé une certification pour soutenir la requête de Mme Linney Beaulieu, affirmant que sa sœur et lui se sont à maintes reprises entretenus du droit à décider de sa mort et du fait qu'elle ne voulait pas être maintenue dans un état végétatif.

Le regard de Wheeler parcourut l'auditoire.

— Ce n'est pas tant une question de tutelle que la question de savoir ce qu'aurait voulu Ellie Beaulieu dans de telles circonstances tragiques. J'accorde la tutelle provisoire à Matthew Beaulieu en attendant de rendre un jugement définitif. Maître Sutter, combien de temps vous semble-t-il nécessaire pour présenter votre affaire et combien de témoins envisagez-vous d'appeler à la barre ?

Jake se frotta le menton en consultant un calendrier.

— Je dirais cinq jours. Je compte appeler à la barre le docteur Beaulieu, des experts médicaux, dont le docteur Philip Grey, des amis intimes, des membres du clergé…

J'essayai de lui faire signe discrètement pour le dissuader de citer mon associé Phil, mais il ne le remarqua pas.

Le juge griffonna les noms avant de lever la tête.

— J'ai un autre procès programmé la semaine prochaine, mais nous pouvons commencer le 1er septembre… Non, c'est la fête du Travail. Alors fixons le début au 3 septembre.

Il se tourna vers maman.

— Et vous, madame Beaulieu ? Combien de temps vous faut-il pour présenter votre dossier ?

— Je ne comprends pas exactement comment tout cela fonctionne, mais ne peut-on pas commencer plus tôt, Votre Honneur ? Ellie n'aurait pas voulu être maintenue dans cet état tout ce temps.

Wheeler secoua la tête et s'exprima sur un ton pragmatique.

— Madame Beaulieu, j'entends bien que vous vous sentez dans l'urgence, cependant mon agenda croule sous les affaires que les deux parties considèrent aussi comme urgentes. Je vous conseille de vous faire représenter légalement pour les audiences.

— Votre Honneur, intervint Jake. La majorité des États rejettent les dispositions de fin de vie quand une femme est enceinte. Que ce soit…

— Maître Sutter, le Maine n'est pas un de ces États. La séance est levée.

Il rassembla ses papiers et sortit du tribunal sans se retourner.

Bon sang. Je jetai un regard à Jake, il était à peine intervenu. Pourquoi n'avait-il pas demandé au juge de m'accorder la tutelle du bébé ?

Jake referma son attaché-case.

— Réserve une nouvelle fois la salle de réunion. Pour aussi longtemps que tu peux. Il me faut ses dossiers médicaux et je vais devoir parler à ses médecins. Et à toi.

— Il ne faut pas faire témoigner Phil, dis-je tout bas.

— On en parlera plus tard. En *privé*.

Il semblait tendu et irrité.

— Matt ! m'appela ma mère.

Tous les muscles de mon corps se crispèrent. Je lui tournai le dos et sortis.

7

3e jour

Les vitres de l'unité de soins intensifs n'offraient d'habitude aucune intimité à Ellie, mais les rideaux avaient été tirés autour de son lit quand je rentrai du tribunal. J'approchai de sa chambre sans pouvoir la voir et je n'avais qu'une seule peur : qu'elle soit morte sans moi à ses côtés.

J'ouvris le rideau, faisant sursauter une jeune infirmière qui se trouvait là avec une bassine et des serviettes.

— Oh, docteur Beaulieu. Je m'apprêtais à lui faire sa toilette.

Respirer était devenu une action réfléchie. Pour Ellie, une ventilation mécanique lui ouvrait les poumons dix-huit fois par minute. Pour moi ? À cause d'une toilette avec une éponge, j'avais oublié d'inspirer comme si j'avais perdu la plus fondamentale des fonctions vitales.

— Ah, d'accord. Au fait, vous pouvez m'appeler Matt. Laissez-moi la laver.

— Vous n'avez pas à le faire.

— S'il vous plaît. Je voudrais m'occuper d'elle.

Je pouvais faire si peu pour Ellie, désormais. Alors que j'aurais encore voulu lui offrir tant de choses : une vie dans laquelle on vieillit ensemble avec des enfants, des petits-enfants et des repas de famille. Or, tout ce que je pouvais lui donner était un bain.

— Très bien, lança l'infirmière en posant la bassine.

Elle vérifia les perfusions et sortit.

À l'instant où j'avais vu Ellie aux urgences, j'avais su que la situation était désespérée. Mais, même après quelques jours, la voir dans cet état me retournait. Je ne sentais plus Ellie. Dans la vague intimité que procurait le rideau, je pris mon visage dans mes mains et sanglotai.

— Eh, Peep, dis-je en l'embrassant sur la joue.

Son œil gauche était encore gonflé.

— Est-ce que je te manque ? Dieu sait combien tu me manques. Essaye de tenir le coup, s'il te plaît, murmurai-je.

Je baissai les yeux vers son ventre. C'était là que se développait un bébé qui était en partie Ellie, en partie moi. Un bébé que je voulais aimer, mais qui, à cause de mon chagrin, me donnait l'impression d'être un inconnu venu d'une autre planète. Pourtant, avant, chaque fois qu'Ellie était enceinte, elle prenait ma main pour la poser sur son ventre.

Je croyais presque l'entendre : *Eh, dis bonjour au bébé !*

Je mis la main tout en bas de l'abdomen d'Ellie.

— Salut, toi. Tiens bon, toi aussi.

J'essorai l'éponge au-dessus de la bassine et continuai à lui parler comme si elle pouvait m'entendre.

— Je m'attendais à ce que le juge soit une sorte de vieillard grisonnant. Mais ce type ressemble beaucoup à Tom Hanks dans *Big*. Sans le sens de l'humour. Faut dire, il n'y a pas de quoi rire, là. Je n'ai pas du tout réussi à le cerner. Il a dit à maman de prendre un avocat. Ce serait sans doute mieux pour nous si elle ne l'écoutait pas.

Délicatement, je lavai le visage d'Ellie, prenant soin de ne pas toucher à la sonde d'intubation qui sortait de sa bouche et au tube d'alimentation enfoncé dans ses narines. Deux protubérances répugnantes sur son joli visage. Je savais que le tube endotrachéal allait être remplacé d'ici deux ou trois jours par une trachéotomie, mais même sans cela, j'étais bien conscient qu'Ellie ne ressemblerait plus jamais à ce qu'elle avait été. Elle n'était plus derrière ses yeux.

Phil avait retiré une partie de son os pariétal gauche pour soulager la pression de l'œdème cérébral, ce qui lui déformait complètement la tête. Et ses cheveux. Pour une opération planifiée, les infirmières essayent de raser le moins possible, mais au bloc, ils n'avaient pas eu le temps de soigner l'esthétisme. Ils lui avaient rasé tout le crâne. Après seulement deux jours, un duvet blond lui recouvrait la peau.

Pendant un moment, elle avait adopté une teinte plus claire, mais après notre mariage, elle était retournée à sa couleur d'origine, un blond plus foncé et chaleureux. Elle ne voulait plus rien utiliser de toxique au cas où elle tomberait enceinte.

— Plus de colorant, ni dans ma nourriture ni dans mes cheveux, avait-elle affirmé.

Elle voulait des enfants, en bonne santé, et elle n'avait qu'une idée en tête : tout faire au mieux pour eux.

À présent, en guise d'alimentation saine, on lui injectait des stéroïdes et des diurétiques puissants pour réduire le gonflement du cerveau. Les radios l'avaient traversée de radiations.

Je plongeai l'éponge dans l'eau tiède et l'essorai de nouveau, puis retirai à Ellie sa blouse d'hôpital, en faisant attention à ses perfusions. Athlétique, Ellie avait même couru des marathons et son corps était sublime. Je lavai ses formes sans vie, qui perdaient déjà de leur tonus.

Phil Grey passa la tête par le rideau, et d'instinct, je la couvris pour ménager sa pudeur.

— Oh, désolé, s'excusa Phil, mal à l'aise, vêtu de sa tenue de chirurgien.

— Comment ça se passe, au bloc ? demandai-je en hochant la tête pour le rassurer.

— Tranquille, répondit-il. J'ai parlé à D'Amato. Il a dit que leur clinique pourrait nous filer un coup de main pendant ton congé. Et il t'envoie ses meilleures pensées.

— Remercie-le pour moi. Je lui revaudrai ça plus tard.

— Il le sait.

Phil se gratta la joue et détourna le regard.

— Alors, le tribunal ?

— Ça va.

Je laissai l'éponge dans la bassine, me levai et mis mes mains mouillées dans ma poche.

— Le juge a fixé une date pour l'audience. Mon avocat veut faire témoigner Blythe et un des médecins des soins intensifs. Peut-être toi.

— Tu es vraiment sûr que c'est ce que tu veux ? questionna-t-il en fronçant les sourcils.

Je n'étais plus sûr de rien, mais j'avais peur de

lui faire part de mes doutes, surtout s'il en parlait à la barre.

— Oui. J'ai pris la bonne décision.

Je me plantai devant la fenêtre.

— Tu laisserais Melanie partir, si tu étais à ma place ?

— Oui. Je crois, oui. Question d'éthique. Ne pas nuire. Elle ne voulait pas être maintenue en vie. Et de toute façon, tu vas la perdre.

— Je l'ai déjà perdue, dis-je en regardant dans le vide. Je sais que les probabilités sont contre moi. Mais Ellie tenterait tout pour sauver le bébé. Si tu témoignes, qu'est-ce que tu vas dire ?

Phil réfléchit un moment avant de frissonner.

— La vérité. D'un point de vue médical, jusque-là, elle est stable. Si elle survit, elle restera dans un état végétatif perpétuel, peut-être même des années durant. Tu es prêt pour ça ? Qu'elle vive indéfiniment ?

Ma tête tambourinait aussi férocement que si j'avais de la fièvre.

— Après l'accouchement, je la laisserai partir.

— Tu te souviens combien de temps la cour a mis à accepter de débrancher le cathéter de Terri Schiavo ? interrogea Phil. Quand cette histoire a fait le tour des médias, Ellie a été très touchée. Elle n'était pas du tout d'accord avec le mouvement pro-vie.

— C'est différent. Dans le cas Schiavo, les parents étaient dans le déni total. Ils pensaient que Terri réagissait à leurs stimulations. Je suis tout à fait conscient de la situation.

— Mais pas le père d'Ellie. Tu as dit qu'il refusait de débrancher le respirateur.

Je pris une seconde pour penser à mon beau-père,

à ses problèmes d'alcoolisme et me demander si son opposition poserait un problème, qu'Ellie arrive à mener sa grossesse jusqu'à son terme ou qu'elle fasse une fausse couche.

— Je m'occuperai de Hank, le moment venu. Si jamais il réapparaît, bien sûr.

Pour couronner le tout, je me faisais de plus en plus de souci pour Hank. Je me demandais s'il s'était soûlé à mort ou s'il était parti se perdre quelque part.

— D'une façon ou d'une autre, il faudra bien que tu lui dises adieu, affirma Phil. Et alors, tu te souviendras d'elle comme elle est devenue, pas comme elle était en réalité.

— Je n'ai sans doute pas besoin de le répéter, mais elle est enceinte. Donc, on ne peut de toute façon pas réfléchir comme ça. Elle voulait un enfant.

— *Elle* voulait un enfant ? Et toi ?

Je croisai enfin son regard. Bien sûr que je voulais un enfant avec Ellie. Nous voulions tous les deux une famille. Mais seul ? Est-ce que je voulais élever un enfant seul ? Je me sentais si perdu. Je hochai la tête.

Les narines de Phil s'écartèrent alors qu'il expirait.

— D'accord.

Pendant encore une minute ou deux, il revint sur son état clinique.

— Melanie veut que je te ramène à la maison pour dîner, conclut-il.

Je secouai la tête.

— Remercie-la pour moi quand même.

L'espace de quelques secondes, il parut s'apprêter à essayer de me convaincre. Je préparai mes arguments, mais il n'en fit rien.

— D'accord.

Phil prit congé sans insister.

Je changeai l'eau qui était devenue froide et continuai à baigner ma femme. Elle n'avait pas l'air enceinte, son ventre était encore plat. Peut-être que ses seins étaient légèrement plus pleins. Je m'émerveillai comme toujours en admirant ses tout petits pieds et soudain je fus traversé par l'image d'Ellie en train de tenir un nouveau-né dans ses bras. Le flash s'évanouit aussi vite qu'il était venu.

Je me séchai les mains, sortis mon portable et réécoutai le message qu'Ellie m'avait laissé le matin de sa chute.

« Salut, c'est moi… »

8

3e jour

En général, on arrête l'assistance respiratoire quelques heures après avoir déterminé la mort cérébrale. C'était à Noël, l'année précédente, que j'avais maintenu quelqu'un le plus longtemps « en vie ». Une adolescente qui, en pleine tempête de pluie verglaçante, sa première en tant que conductrice, était sortie de la route pour percuter un arbre. Son père, réserviste en Irak, était rentré aux États-Unis en urgence. Nous avions gardé sa fille branchée suffisamment de temps pour qu'il puisse lui faire ses adieux. Il s'était écoulé quatre jours, sept heures et trente minutes entre l'accident et la déclaration de sa mort.

À Ellie, il faudrait cinq ou six mois pour sauver le bébé.

Jake s'installa dans la salle de réunion des soins intensifs pour interroger tous les médecins d'Ellie, et Phil passa en premier. Il ne pensait pas que c'était réalisable. Le corps d'Ellie pouvait présenter à tout moment des signes d'affaiblissement. Du moins, c'est ce que je lui entendis dire à Jake, alors que je me tenais devant la fenêtre à regarder les nuages noirs qui se rassemblaient à l'horizon.

J'avais rencontré Phil lors de mon internat en neurochirurgie. Il était mon aîné d'un an, brillant, charitable et inflexible. Il s'était donné comme mission de sauver les gens – chaque fois que c'était possible. Il croyait en la dignité de la vie et au libre arbitre. Pour lui. Pour ses patients. Pour Ellie.

Mais, surtout, Phil connaissait Ellie personnellement. Non, nous ne sommes pas supposés parler de nos patients en dehors du travail, mais Phil et moi étions amis. Nous nous fréquentions. Parfois, nous parlions travail à la maison. Nos femmes étaient présentes. Et Ellie comme Melanie exprimaient leurs opinions. En tant que neurochirurgien, vous êtes constamment confronté à la question de la qualité de vie. Ce problème ne me laissait aucun répit. Il rongeait Phil de la même façon. Et maintenant, alors qu'il présentait la situation à Jake, Phil expliquait très clairement qu'il ne pensait pas qu'on arriverait à sauver le bébé qui grandissait dans le ventre d'Ellie.

Peut-être que s'accrocher à l'espoir qu'une partie d'Ellie pourrait continuer à vivre était irrationnel, mais, la nuit avant l'accident, Ellie avait répété avec insistance que parfois on doit savoir prendre des risques. Elle parlait, bien sûr, de retomber enceinte. Je m'étais disputé avec elle parce qu'une autre grossesse aurait été extrêmement dangereuse. Bon Dieu, je n'avais aucune envie de jouer avec la vie d'Ellie, mais ça, c'était avant. À présent, Ellie était déjà en état de mort cérébrale. Et aussi improbable que cela puisse paraître, le bébé était encore en vie.

Je revoyais son désespoir, la nuit où notre bébé

Dylan était mort. Ses supplications et sa façon de m'implorer de le sauver, même si cela devait lui coûter la vie, à elle.

Elle voulait un enfant alors et elle voudrait encore un enfant aujourd'hui. C'était tout ce qui me restait : lui donner le bébé que tout le monde voulait que j'oublie. Je faisais ce qu'il fallait. J'en étais de plus en plus persuadé. Et cela me faisait enrager que toute ma famille pense connaître Ellie mieux que moi, ou qu'ils me prennent pour un dément incapable d'accepter la réalité. Qu'ils croient que je ne pouvais pas la laisser partir. Que je ne voulais pas qu'Ellie meure. Mais je savais tout à fait qu'il était trop tard pour la sauver !

Je sortis en trombe de la salle de réunion et me dirigeai vers les seules toilettes privées de l'étage. Je refermai la porte derrière moi pour me réfugier au calme. Dans la pénombre, je m'effondrai, me laissant aller à l'immense peine que je combattais de toutes mes forces. Si je m'écroulais devant eux, ils me mettraient de côté. Si je perdais ma crédibilité, ils prendraient parti pour ma mère. Si je devenais le veuf éploré, personne ne me croirait capable de logique. Mais si je me trompais sur toute la ligne ? Je me tapai la tête contre le mur en céramique, une fois pour chaque émotion qui traversait mon esprit. Je ne savais pas combien de temps je pourrais continuer à faire semblant. Je voulais mourir. Je voulais tuer quelqu'un.

Du dos de la main, j'essuyai la morve qui coulait de mon nez. Je frappais du pied le mur sous le lavabo en même temps que je donnais des coups de tête. Encore et encore.

Mon pied traversa la cloison.

Et merde ! Je dégageai mon pied et tâtonnai pour trouver l'interrupteur. Merde.

Je tentai de remettre la plaque de plâtre à sa place, mais elle s'effrita. Je sortis des toilettes discrètement et tombai droit sur Jillian Waters, l'infirmière gestionnaire qui me dévisageait.

— J'ai… euh… j'ai fait un trou dans le mur.

Elle passa la tête par la porte avant de me faire face.

— Joli. Ça va ?

Je déployai des efforts incroyables pour garder une voix neutre, mais elle se cassa quand j'ouvris la bouche.

— Ça va, lâchai-je tant bien que mal.

— Écoute, va marcher un peu. Je vais prévenir la maintenance. Pas que tu as fait ça, mais… bref. Tu veux que j'appelle quelqu'un pour toi ?

— Non. Non, merci.

Je longeai les couloirs sans fin, les uns après les autres, entrai dans une cage d'escalier, montai un étage, contournai le service orthopédique, me cognai dans les murs. Encore un étage, la télémétrie, un autre, la pédiatrie. Je m'apprêtais à poursuivre mon ascension, quand je vis le gosse de douze ans que j'avais opéré la nuit qui avait précédé l'accident d'Ellie. Il était assis dans un fauteuil roulant et ses parents le poussaient dans ma direction.

Je m'arrêtai et dessinai sur mon visage un sourire professionnel.

— Bonjour. Tu ne te souviens sans doute pas de moi. Je suis le docteur Beaulieu, c'est moi qui t'ai opéré.

Le garçon leva légèrement la main pour me saluer.

Mme Nguyen s'agenouilla pour se mettre à la hauteur de son fils.

— Le docteur Beaulieu a dit que tu étais très costaud !

Le garçon hocha la tête, bougea les lèvres, mais sa langue s'entortilla, lui faisant prononcer des mots inintelligibles. Je ne compris rien de ce qu'il dit.

Le père tendit sa main pour serrer la mienne.

— Le docteur Grey est très satisfait des progrès de Mark. L'orthophoniste a dit qu'il pourrait commencer à travailler avec lui dès lundi.

— Excellent, commentai-je.

— Nous sommes désolés de ce qui est arrivé à votre femme. Nous vous avons vu ici, aux soins intensifs, à côté de la chambre de Mark, mais vous paraissiez occupé, expliqua Mme Nguyen.

— Je ne vois plus de patients pour le moment, affirmai-je en hochant la tête. Mais je suis ravi que tout se passe bien, Mark.

Et c'était vrai, pourtant, je n'avais aucune envie d'être là, à discuter avec eux.

Mark fit un nouveau signe de la main.

Je lui rendis son salut.

— Tu t'en sors comme un chef, mon gars. Je passerai te voir plus tard.

Même si je n'avais aucune intention de reprendre ma vie normale dans l'immédiat, ni de recommencer mes tournées.

— Docteur, Mark dit qu'il voit double, déclara le père.

Bon Dieu, je ne faisais que passer par la pédiatrie. Je voulais sortir prendre l'air, que quelqu'un d'autre se charge de son cas.

— Donnez-moi quelques instants pour trouver un ophtalmoscope et je vous retrouve dans sa chambre.

Des cartes de vœux de rétablissement dessinées par une petite sœur, à en croire les sourires, les soleils et les marguerites mauves, décoraient la chambre de Mark. Des marguerites ou des échinacées ? C'était la fleur préférée d'Ellie.

La mère de Mark accrocha la poche de sérum au crochet du lit, tandis que j'examinais son fils. Incroyable comme les mères font toujours ça. Elles apprennent tout ce qu'il faut savoir pour venir en aide à leurs enfants.

C'est là que je fus frappé par l'idée que le bébé dans le ventre d'Ellie n'aurait jamais de mère qui ferait cela pour lui. Ce serait à moi de m'en préoccuper. Il faudrait que je sois à la fois son père et sa mère.

L'examen neurologique de Mark était bon. Il ne me fut pas facile de juger sa cognition, étant donné ses problèmes d'élocution. Il souffrait d'aphasie, un trouble du langage neurologique, touchant aussi bien le champ récepteur que l'expression, à ce que je pouvais en conclure. Quand je lui demandai de montrer sa mère, il échoua et les yeux de la pauvre femme se remplirent de larmes, mais il ne devait plus savoir ce que signifiaient les mots « montrer » et « mère ». Il savait peut-être tout de même qui elle était.

Je me baissai pour regarder l'enfant dans les yeux.

— Nous savons que tu as des difficultés pour nous comprendre, mais nous sommes convaincus que tu vas progresser.

Je souris, espérant que mon ton et la douceur que je tentais d'afficher sur mon visage le rassureraient. Je levai la tête vers le père.

— Comment avez-vous compris que Mark voyait double ?

— Plus tôt dans la journée, il a dit deux, deux, *hai bà mẹ hai cha*. Et il a essayé de prendre ma main, mais il n'a attrapé que le vide.

— Vous parlez vietnamien à la maison ?

— Mais aussi anglais, précisa la mère en se penchant vers moi.

— Tout à l'heure, quand je vous ai vus dans le couloir, est-ce qu'il parlait vietnamien ?

— Il a dit bonjour, confirma-t-elle.

— Très bien. Et maintenant il a répondu en mélangeant les deux. En vietnamien, demandez-lui s'il peut montrer son père.

Elle s'exécuta et il désigna de façon correcte son père. Le soulagement adoucit ses yeux.

— Excellent. Il comprend, assurai-je. L'œdème cérébral est toujours présent, mais je suis confiant, la situation va s'améliorer avec le temps et avec les soins. En tout cas, je vais informer le docteur Grey de mon examen.

Quand je revins à l'unité de soins intensifs, Phil auscultait Ellie.

— Un problème ? demandai-je.

— Non, répondit-il en retirant ses gants. L'infirmière m'a demandé de jeter un œil à son incision. J'ai retiré quelques fils et appliqué un pansement. Ce n'est rien.

J'observai de quoi il parlait et hochai la tête. Érythème inoffensif. OK. Il fallait que je retrouve le sens des proportions.

— Le petit Nguyen voit double en plus de son aphasie. Son examen confirme tes dernières remarques.

— Je vais demander qu'on pratique une IRM.

— C'est fait. Je m'en suis occupé. On l'a emmené en radio.

— D'accord. Je vais vérifier les résultats. En ce qui concerne Ellie, ce que j'ai dit à ton avocat, dans la salle de réunion... ça ne t'a pas plu...

— Non, pas vraiment, reconnus-je en me frottant les yeux. D'un point de vue clinique, je comprends pourquoi tu as dit ça. Les probabilités ne sont pas en notre faveur. On n'a que très peu de chance d'arriver à sauver le bébé. Et alors ? Tu refuses de comprendre. Il faut que j'essaye !

Je secouai la tête.

— Va surveiller le petit Nguyen. Allez, s'il te plaît.

Phil partit sans se presser, m'adressant un dernier regard en sortant.

Merde !

— Eh, Peep. Tu te souviens de ce gosse que j'ai opéré la veille de ton accident, au lieu de passer ce temps avec toi ? Il s'en sort relativement bien, mais je veux que tu saches : je ne t'aurais jamais laissée si j'avais su que nous avions si peu de temps.

Le silence, ponctué par le sifflement du respirateur et les bips partout dans l'hôpital, condamnait mes piètres excuses.

— Tu me manques tellement, Ellie ! Dieu, comme tu me manques...

Je repartis vers la salle de réunion. Le médecin de l'unité des soins intensifs, Clint Everest, répondait encore aux questions de Jake. C'était un type dégingandé, sans un poil sur le caillou, mais pas le moins du monde dérangé par sa calvitie. Même si nous avions pratiquement le même âge, il donnait l'impression d'avoir déjà tout vu, tout fait. Diplômé à la fois en réanimation et en immunologie, il se chargeait toujours des pathologies auto-immunes, lupus, syndrome de Guillain-Barré, maladie d'Addison. Il expliquait à Jake les problèmes auto-immuns d'Ellie, en général mineurs, hormis quand elle était enceinte, comme maintenant.

Je connaissais déjà le sujet par cœur et n'avais pas la patience d'écouter l'exposé dans les moindres détails.

— Si tu as besoin de moi, je retourne auprès d'Ellie, lançai-je.

— Il se fait tard, répliqua Jake. Je reviendrai te parler demain matin.

Je retournai dans la chambre et m'assis à côté du lit. La main d'Ellie commençait à se contracter. Habituellement, je demandais à des physiothérapeutes de se charger de cas pareils, déléguant le traitement des séquelles neurologiques. Mais pas maintenant. Je ne pouvais pas regarder ailleurs. Le cerveau d'Ellie avait subi des traumatismes qu'aucun neurochirurgien ne pouvait réparer, cependant je pouvais au moins essayer de garder son corps en bon état. J'ouvris le tiroir de son chevet et fouillai à la recherche d'une lotion. Je lui pris la main et me mis à lui masser les muscles.

Alors que je m'étais assoupi, j'entendis qu'on appelait mon nom.

— Docteur Beaulieu ?

Deb était une des infirmières du service de nuit, l'une des plus douées qu'il m'ait été donné de rencontrer.

Je repris conscience. Elle était toujours à côté de moi.

— Oui… Vous savez que je m'appelle Matt, n'est-ce pas ?

— En effet. Une femme au téléphone demande à vous parler. Keisha ? Elle dit qu'elle appelle de Nouvelle-Zélande et qu'elle n'arrive pas à vous joindre sur votre portable, mais que vous accepterez de lui parler.

Je m'étais déjà levé pour me rendre au poste de soins infirmiers, tandis que Deb finissait de m'expliquer qu'elle craignait que cela soit une autre journaliste.

— Non, pas de souci.

La secrétaire m'indiqua le combiné et je m'en emparai.

— Keisha ?

Je dus patienter un moment avant d'entendre le doux accent des Bahamas de Keisha.

— Matthew, dis-moi que ce que les médias racontent est faux.

Je m'écroulai sur une chaise, regardant dans la direction de la chambre à peine éclairée d'Ellie.

— Elle est tombée. Je ne sais pas quoi te dire. Je ne sais pas ce que tu as entendu.

Un gémissement à l'autre bout du fil peut faire autant de vacarme que deux planètes qui entrent en collision.

— Dis-moi qu'elle n'est pas vraiment morte…

J'inspirai profondément et parlai du bébé à la meilleure amie d'Ellie.

9

4e jour

Hank se tenait debout devant moi. Il caressait le bras d'Ellie. Elle n'avait jamais ressemblé à son père. Elle avait tout hérité de sa mère, son teint clair, la finesse de sa silhouette, alors que lui était trapu et brun. Enfin, il était brun avant que ses cheveux ne commencent à tomber et que le reste vire au gris. Mais cela le rendait plus distingué. Hank avait toujours affiché une assurance, une prestance et une combativité impressionnantes. Du moins, au cours des vingt dernières années.

Exactement à l'opposé de ce qu'il était quand il buvait. Son monde alors n'était que douleur et angoisse.

Aujourd'hui, les yeux de Hank ne parvenaient pas à se fixer. Dans ses habits froissés, il n'arrivait ni à croiser mon regard, ni à parler sur un ton posé quand il observait Ellie. Il m'avoua tout de même qu'il venait de passer les quelques derniers jours dans des bars où il s'était tellement soûlé qu'il avait fini par perdre connaissance, avant de se réveiller dans un hôpital à Brunswick. Ils l'avaient laissé sortir sobre et repentant.

— Je ne sais pas quoi dire d'autre que je suis désolé,

lâcha-t-il, contrit. Je suis conscient qu'elle aurait été très déçue.

— Elle t'aurait dit qu'elle t'aimait. Ne répète pas les mêmes erreurs, c'est tout, dis-je, réprimant ma colère.

— J'ai encore merdé.

Encore. Oui. Encore une fois. Pendant quelques années, il avait sombré dans l'alcoolisme, à l'époque du cancer de la mère d'Ellie et longtemps après sa mort. Nous étions en train de perdre Alice et, à quinze ans, Ellie essayait de vivre avec sa propre tristesse, tout en s'occupant de Christopher et en soutenant son ivrogne de père. Nous lui avions tous pardonné, mais personne n'oubliait. Il avait rendu la situation encore plus pénible pour tout le monde.

Pourtant, il avait réussi à s'en sortir et je l'admirais profondément pour cela : il luttait avec ses propres démons, aidait les autres aux Alcooliques Anonymes. Et, quand il était devenu mon beau-père, il était aussi devenu comme un père pour moi.

Hank s'humecta les lèvres.

— C'est vrai ce que disent les journaux ? Elle est enceinte ?

Je hochai la tête.

— Et maintenant tu te bats devant un juge pour qu'elle vive ?

Fermant les yeux, il attendit ma réponse comme s'il priait.

Je réfléchis à la manière dont j'allais lui présenter la situation.

— Je me bats pour que le bébé vive, Hank.

L'espace d'une seconde, je pus voir Dylan. Mon fils aurait six mois, aujourd'hui. Il gazouillerait et sucerait son pouce. Je m'étais battu pour lui et j'avais échoué. Pour Ellie, il fallait que ce soit différent, cette fois-ci.

— Je vais t'aider, assura Hank. Est-ce que tu as un bon avocat ?

— Jake Sutter. Il est excellent. J'ai fait mes études avec lui.

— Celui qui était à ton mariage ? demanda Hank en grimaçant. Petit, voix râpeuse ? Celui qui parlait tout le temps de politique ?

— Exactement. Il a défendu une affaire en faveur des pro-vie devant la Cour suprême, après seulement quelques années de pratique…

— Il a gagné ?

— Non, mais le vote était serré, quatre voix contre cinq. Ce qui veut dire qu'il a convaincu un certain nombre de jurés.

— Il est cher ? Il te fait payer ?

— Oui aux deux questions. Mais ça ne fait rien, j'ai l'argent.

J'ajoutai en bafouillant que ça m'endetterait à vie et que je m'en fichais. Cela ne comptait pas.

— J'ai de l'argent, Matt.

— Je ne veux pas que tu croies…

— Je peux le payer. Qui sait ? Au moment où le bébé naîtra, peut-être qu'Ellie se réveillera, affirma Hank en la regardant. On se comprend, on se bat tous les deux pour la vie de notre *bébé*.

— J'apprécie ta proposition, Hank, vraiment. Et je suis content que tu sois de mon côté, mais écoute…

Je devais trouver les mots justes. Il fallait que je me montre franc, tout en évitant que mes paroles le renvoient dans le bar le plus proche.

— Je donnerais tout ce que j'ai pour qu'Ellie se réveille, mais c'est impossible.

Je repensai aux lésions que Phil avait décrites au sujet du cerveau de ma femme. Elle ne se réveillerait jamais, malgré mon désir qu'elle ouvre enfin les yeux, malgré le refus de Hank d'accepter la réalité, mais ce n'était pas le moment de détruire les illusions de mon beau-père. La maison était au nom d'Ellie. Son grand-père la lui avait léguée. Il faudrait que je demande à Jake si je pouvais la vendre, ne serait-ce que pour obtenir la tutelle provisoire. D'accord, j'étais un neurochirurgien réputé, mais je remboursais encore mes prêts étudiants. Donc l'argent, d'un point de vue pragmatique, représentait quelque chose : la possibilité de se battre. Et surtout, j'avais besoin d'avoir quelqu'un de mon côté.

— Je vais sans doute devoir te demander ton aide, selon le temps que tout cela va prendre. Les frais médicaux, les honoraires de Jake. Je m'en veux de te solliciter. Je ne le ferais pas si je pouvais m'en sortir seul.

Je pouvais probablement faire un emprunt à la banque, négocier avec l'hôpital. Il faudrait que je trouve une solution.

— C'est ma fille, déclara-t-il. Et je peux me permettre de m'occuper d'elle. Avoir de l'argent ne signifie qu'une seule chose pour moi : subvenir aux besoins de ma famille.

— C'est moi qui ai cette responsabilité. Je ne devrais pas avoir à te demander cela.

Nous avions toujours veillé l'un sur l'autre, Ellie et moi.

— J'ai eu de la chance dans l'immobilier. Juste

de la chance. Alors tais-toi. On est une famille. Les factures seront payées, conclut Hank.

Un des moniteurs d'Ellie sonna. Son oxymètre chuta à quatre-vingts, puis soixante-quinze, tandis que sa peau prenait une teinte grisâtre. J'augmentai l'oxygène qui venait de son respirateur avant de prendre un stéthoscope pour écouter ses poumons.

Une des infirmières se précipita dans la chambre.

— Il faut l'aspirer, lançai-je, les idées se bousculant dans ma tête.

La cacophonie perpétuelle et les moments de crise aux soins intensifs m'étaient familiers, je savais bien que le tube endotrachéal pouvait se boucher et qu'il fallait souvent le dégager. Mais pour moi, Ellie n'était pas une patiente. C'était ma femme. Alors, j'observai le visage de l'infirmière pour comprendre ce qui se passait. Est-ce qu'il fallait que j'intervienne et que je remplace la sonde d'Ellie ? Ou peut-être serait-il plus sage que je cherche le médecin de service ?

La grande aiguille tourna doucement tout autour du cadran, avant que le taux d'oxygène d'Ellie ne remonte à un niveau acceptable et, enfin, je me remis à respirer.

L'infirmière leva les yeux vers moi et me sourit.

— Elle va bien.

— D'accord, lâchai-je, remarquant que Hank avait reculé et s'agrippait désormais à l'évier, plus pâle et plus âgé que l'instant d'avant.

— Ce genre d'incident arrive tout le temps, assurai-je, espérant qu'il n'avait pas remarqué à quel point je m'étais inquiété.

— Matt, je veux un verre, admit-il.

Mais avant que je ne puisse le sermonner, il enchaîna.

— Je vais plutôt appeler mon parrain. Encore une fois. Et après, j'aurai quand même besoin d'un verre.

— Ne fais pas ça, ordonnai-je en plantant mon regard dans le sien. J'ai besoin que tu restes sobre. J'ai besoin de ton aide pour traverser cette épreuve. Et pas seulement pour l'argent.

Il se frotta les yeux, essuyant ses larmes.

— Elle va vraiment mourir, n'est-ce pas ?

— Peut-être que le bébé va survivre, affirmai-je en lui tapotant l'épaule, et il éclata en sanglots comme à l'annonce de la mort de la mère d'Ellie.

Je ne me joignis pas à ses pleurs. Je ne pouvais pas craquer devant mes collègues. Mais au fond de moi, une autre couche de déni s'effritait en repensant aux mots de Hank : « Elle va vraiment mourir, n'est-ce pas ? »

Non, Hank, songeai-je. *Elle est déjà morte. On l'a déjà perdue.*

Phil entra dans la chambre d'Ellie, effectuant sa tournée du matin, et me tendit un petit sachet préparé par Melanie : une pomme tranchée et un sandwich au bacon sans la croûte.

— On voit bien qu'on a des mômes à la maison, plaisanta-t-il en m'adressant un clin d'œil. Tiens.

Il me tendit un journal qu'il gardait sous le bras. Le *Portland Press Herald* affichait en une :

UNE ASTRONAUTE ENCEINTE
EN MORT CÉRÉBRALE
La famille se déchire devant les tribunaux.

Phil s'appuya contre le mur tandis que je parcourais l'article. Mon esprit épuisé déchiffra les mots de la journaliste sans grande surprise. Elle rapportait sans fioriture inutile ce qui s'était passé durant l'audience et je lui fus reconnaissant de ce minimum de décence. Pourtant, la transcription de la vie d'Ellie en noir et blanc sur une feuille de chou rendait encore plus concrète, solide, pesante la situation en la transformant en une histoire publique offerte à tous.

— Bon sang ! m'exclamai-je.

— On en parle aussi dans le *Boston Globe*. Et sans doute dans tous les journaux du pays. La télé a opté pour une version plus riche en sensations fortes.

— C'est-à-dire ?

— Ils disent que tu agis à l'encontre de la volonté d'Ellie. Ils jouent la carte de ton beau-frère. Les pro-vie diffusent leur vitriol avec la même intensité. Allume le poste, tu verras par toi-même.

Je me frottai la nuque, jetant un coup d'œil au téléviseur éteint monté sur le mur.

— Fallait s'y attendre, commentai-je.

Phil prit une profonde inspiration.

— Tu devrais rentrer chez toi et dormir un peu, aujourd'hui. C'est ma faute. Si je n'avais pas insisté pour l'opérer…

— Arrête ça. Réfléchis. Au contraire, si tu ne l'avais pas opérée, le bébé aussi serait mort. La seule raison pour laquelle je continue à me battre, c'est le bébé.

Phil détourna le regard.

— Je suis vraiment désolé de ce qui se passe. Tu ne voulais pas que je pratique l'opération au début. Je me sens responsable de ce qui t'arrive. Et la presse…

Il feuilleta le journal.

— Merde, Phil, arrête ça, je te dis ! Que les médias

aient décidé de s'y intéresser est regrettable. Jake m'a prévenu que l'affaire risquait de devenir sinistre.

Être dans la ligne de mire des médias n'était qu'un dommage collatéral. L'analogie avec la guerre se faisait de plus en plus pertinente. J'étais en guerre, l'enjeu étant de défendre ce qui restait d'Ellie : le bébé. J'étais conscient de mon désespoir, or, un homme désespéré est un homme dangereux… et prêt à tout. Je me fichais que ma réputation, ou même ma propre vie, s'effondre. Ça pouvait bien me tuer ou détruire pour de bon ma relation avec ma mère et mon beau-frère, qu'importe ? Je n'avais plus rien à perdre si ce bébé ne survivait pas. Je m'accrochais à cet enfant comme s'il pouvait me sauver, plutôt que le contraire.

Phil trépignait.

— D'accord, je ne vais pas essayer de te faire changer d'avis, mais tu as l'air épuisé. Elle est stable, ses gaz du sang sont bons, pourquoi ne rentres-tu pas chez toi pour dormir un peu ? Tu n'as pas vraiment dormi depuis l'accident. Peut-être que ça t'aiderait.

La perspective d'aller me coucher était séduisante. Et même si je n'appréciais pas que Phil sous-entende que je n'avais pas les idées claires, je savais qu'il avait raison. Je n'avais pas les idées claires. Mais j'avais peur de laisser Ellie, peur que quelqu'un débranche son respirateur en mon absence. Je devais sembler complètement irrationnel. J'étais en général d'avis que la qualité de vie était au moins aussi importante que sa longévité. Si j'avais été à la place de Phil, j'aurais sans doute pensé comme lui.

Me dire qu'Ellie aurait voulu que je sauve le bébé ne me cachait pas l'évidence qu'elle aurait détesté se trouver dans ce lit, incapable de contrôler sa vessie et ses intestins. Il n'y avait rien de beau ni de digne dans sa mort. Et être persuadé qu'elle aurait sauté hors de la navette spatiale au moment du décollage si cela avait permis de sauver ce bébé ne changeait rien. C'est moi qui la mettais dans cette position affreuse. Rester à ses côtés était mon devoir.

— Je pique un somme de temps en temps.

— De temps en temps, ce n'est vraiment pas suffisant. Tu as une mine exécrable. Écoute, Matt, on devrait lui faire une trachéotomie et lui mettre une sonde GPE. C'est Clint qui va s'en charger. Tu veux qu'il te présente les avantages et les risques ou tu peux simplement signer là ?

Phil me tendit une feuille de consentement pour la trachéotomie et la GPE, une sonde qui permettrait de l'alimenter.

Je m'emparai du formulaire et le signai.

— Va te doucher et te raser, me conseilla Phil en secouant la tête. Quand tu reviendras, ce sera fini. Ne reste pas pour regarder.

— D'accord.

— Au fait, j'ai remonté la dexaméthasone de Mark Nguyen. Son œdème empire. Merci d'avoir demandé une IRM.

— Pas de quoi.

Je me levai et la pièce se mit à tournoyer.

— Il faut que tu dormes. Va te coucher quelques heures dans la pièce des astreintes. Tu voudras que je te rédige un compte rendu ?

— Non.

Je devais surtout garder la tête froide. Quand je revins une heure plus tard, la chambre me parut encore plus silencieuse. De la bouche d'Ellie ne sortait plus l'espèce de trompe d'éléphant du tube endotrachéal. À la place, sa gorge avait été incisée pour poser la trachéotomie. Son superbe cou, le creux que j'embrassais tendrement, laissait désormais passer un autre tuyau.

Je sortis une photo d'elle de mon portefeuille. Comme toujours, ses yeux pétillaient alors qu'elle me souriait. Je ne me souvenais pas d'une seule occasion où elle n'avait pas l'air de connaître un secret que j'ignorais. Et le mystère qui l'entourait me captivait.

Mais plus maintenant. À présent, elle ne réagissait pas du tout et ses yeux étaient… vides. Je lavai ses lèvres gercées avec un peu d'eau avant de les enduire de baume.

— Tout va bien, Peep.

Je mentais, ne prononçant ces mots que dans mon propre intérêt.

10

4e jour

Je me sauvai par une sortie réservée au personnel et quittai l'hôpital en évitant les pro-vie et la presse. Je marchai vite, dans l'urgence, repérant à peine les parcs alentour. L'hôpital est situé sur une colline qui domine le côté ouest de Portland, et les journées sans nuages, on peut voir les montagnes Blanches. Aujourd'hui, le temps menaçait de virer à l'orage et, pourtant, cela faisait du bien d'être dehors et de bouger. Après quelques minutes, je ralentis, respirai et regardai autour de moi.

Même si on était en plein mois d'août, quelques érables isolés revêtaient des couleurs d'automne. Je me penchai pour ramasser une feuille tombée trop tôt, avec des stries or et rouge. Elle était magnifique et bouleversante, un peu comme Ellie. Je la voyais partout. Ma fatigue m'empêchait de me concentrer.

Je devais retrouver Jake pour parler de l'affaire. Malgré son aversion pour les hôpitaux, lui et sa femme habitaient tout près, et quand j'arrivai au bout de la promenade, je les vis, main dans la main, en train d'admirer le paysage. Les deux étaient habillés en vêtements de lin, décontractés et neutres. Yvette passait pratiquement inaperçue à côté de son mari. À l'époque de Columbia, je pensais que Jake l'avait choisie à cause de sa stature. À côté d'elle, il semblait immense : un petit gars avec une petite amie plus petite encore. Plutôt jolie, elle était si discrète qu'elle me mettait mal à l'aise.

Un jour, Ellie avait qualifié Yvette de « miniature ». J'avais été surpris de l'entendre parler ainsi. Quelqu'un d'autre aurait dit « petite » ou « menue » ou peut-être même « minuscule ». Mais non, Ellie avait employé un terme moins commun.

— Réfléchis, m'avait-elle dit. On dirait une poupée parfaitement proportionnée. Même sa voix est petite.

— Je ne pensais pas que tu étais aussi médisante.

— Mais pas du tout ! s'était-elle défendue en s'étirant alors que nous avions fini notre jogging matinal. C'est l'exemple type des contraires qui s'attirent. Elle est timide, pas Jake. Elle est douce et Jake est… Passons. Je ne vais pas gagner, là, je passe vraiment pour une langue de vipère.

Je l'avais attirée contre moi et lui avais levé le menton.

— C'est pareil pour nous ?

Elle avait penché la tête pour considérer ma question, avant de m'enlacer.

— Il y a une forte attraction, c'est évident. Mais non, nous sommes des âmes sœurs et nous avons besoin l'un de l'autre pour être entiers.

À voir Jake et sa femme blottis l'un contre l'autre, je ressentis la vive douleur de la jalousie. Qu'ils s'aiment de la même façon qu'Ellie et moi nous étions aimés, ou différemment, peu importait : ils étaient encore là, l'un pour l'autre. Moi, tout ce que j'avais, c'était la solitude. Et son poids m'écrasait si lourdement que je me demandai si je pourrais encore soulever les pieds pour retourner à l'hôpital.

Avant que je prenne la décision de les interrompre, Jake me salua d'un geste ample et passa le bras autour des épaules d'Yvette pour venir dans ma direction. Il me serra la main et elle osa à peine croiser mon regard.

— Reviens dîner avec Matt, lança-t-elle à son mari.

Je secouai la tête. Je n'avais vraiment pas besoin de mondanités en ce moment.

— Merci, mais je suis pris.

Elle sourit, affichant une pitié non dissimulée en me touchant l'épaule. C'était la plus grande manifestation de chaleur qu'elle m'avait exprimée depuis toutes les années que je la connaissais.

— Je vous laisse parler, les garçons, conclut Yvette.

Ils s'embrassèrent et elle partit.

Dès qu'elle fut assez loin, Jake me fit part de ses plans. Sa discussion avec Phil l'avait convaincu qu'il ne ferait pas un bon témoin pour nous.

— Est-ce que certains des amis d'Ellie seraient prêts à dire au juge qu'elle voulait un bébé plus que tout ?

Je lui parlai de Keisha et du fait qu'elle était en année sabbatique en Nouvelle-Zélande.

— Mais elle sera de retour d'ici quelques jours.

— Il faut que je m'entretienne avec elle avant vendredi. J'ai un rendez-vous demain après-midi avec ton prêtre après la célébration d'un baptême. L'Église n'a pas beaucoup aidé dans l'affaire Schiavo, mais c'est vrai que Terri Schiavo n'était pas enceinte.

— Tu as conscience que nous n'étions pas des catholiques fervents ? Même Ellie n'assistait à la messe que deux, trois fois par an.

— Il va falloir que tu t'y mettes, ne serait-ce que pour sauver les apparences. Quand es-tu allé à l'église pour la dernière fois ?

Cela remontait à six mois.

— Pour l'enterrement de Dylan. Nous avons donné une messe pour lui. Seulement la famille.

— Ça date trop. Les catholiques disent les derniers sacrements. Est-ce qu'on a lu les derniers sacrements à Ellie ?

Il piochait dans tout ce qu'il pouvait. Même les derniers sacrements entraient dans son plan d'attaque.

— Non. Je n'y avais même pas pensé. Et à propos, ça s'appelle onction des malades, pas derniers sacrements.

— D'accord, concéda-t-il, un peu plus respectueux. Il faut qu'on dresse de toi et d'Ellie un portrait de catholiques pratiquants. Ce serait bien de faire intervenir le prêtre. Je sais que tu n'as jamais été très porté sur la religion, mais Ellie et toi, vous avez été mariés par un prêtre, non ?

— Elle voulait se marier à l'église.

Et elle aurait voulu recevoir l'extrême-onction, alors pour elle et pas pour Jake, j'allais sans doute faire appel au prêtre.

— Elle allait à la messe de temps en temps et en général sans moi.

— Est-ce qu'elle est retournée à l'église depuis l'enterrement ? interrogea Jake en m'indiquant un banc dans le parc.

Je m'écroulai sur le siège usé, le regard perdu dans le brouillard qui cachait la rive.

— Pour vendredi saint. Elle a toujours assisté au chemin de croix. Elle le faisait déjà avec sa mère.

Pour Alice, ça revêtait une importance primordiale. Même après toutes ces années, Ellie continuait à aller à l'église le vendredi saint et ensuite elle déposait des fleurs sur la tombe d'Alice.

— Mon associé affirme que les prêtres n'aiment pas dire de quelqu'un qu'il est membre de la congrégation s'ils ne le voient pas régulièrement aux services. Or, il faut que je puisse l'appeler à la barre.

Il s'installa à côté de moi et sortit de sa poche une liasse de fiches retenues par un élastique. Il se mit à les éplucher.

Le plus drôle, c'est que quand Jake parlait du catholicisme, il était tout le temps à côté de la plaque. Je n'avais jamais entendu un catholique employer le mot « congrégation ». C'était une paroisse. On parlait de messe, pas de service. À contrecœur, je me rendis compte que tous ces termes, ce vocabulaire religieux, étaient gravés en moi. J'étais lié aux offices du dimanche, à l'eucharistie et à la profession de foi : *Par l'Esprit-Saint, il a pris chair de la Vierge Marie*... J'avais beau chercher à résister, cela faisait partie intégrante de mon identité.

— On enchaîne, lança Jake. Quand tu témoigneras, je préfère te poser les questions d'ordre neurologique plutôt qu'à Phil. Tu es aussi qualifié que lui pour y répondre. Tu leur diras qu'une personne dans l'état d'Ellie ne ressent aucune douleur. Et n'est consciente de rien.

Je hochai la tête. Elle ne souffrait pas. Elle n'avait pas peur. C'est ce que je me répétais tout le temps pour me rassurer.

— Si la partie adverse laisse entendre que ton témoignage est biaisé par ton implication, je ferai appel à un autre neurologue ou neurochirurgien pour confirmer tes propos. Ensuite tu parleras de tes relations avec Ellie et tu raconteras à la cour vos efforts pour avoir un bébé, et combien Ellie désirait encore avoir un enfant après toutes ses fausses couches. Cela ira dans le sens de ce que tu essayes de faire pour elle.

Jake consulta une autre fiche.

— Vu la manière dont le juge a rejeté ma mention des autres États qui révoquent les directives anticipées en cas de grossesse, je ne jouerai pas cette carte pour le moment.

Même dans le cas où j'aurais eu la conviction qu'Ellie serait d'accord pour être maintenue sous assistance respiratoire, je n'étais pas certain de ma position quant à cette révocation générale des autres États. Il fallait que je prenne le temps d'y réfléchir, mais je me demandais combien de femmes étaient au courant.

— Est-ce que tu peux demander à la cour d'interdire la présence des journalistes ? Je ne veux pas que notre vie soit étalée à la une des journaux.

— Je sais que tu aimes rester discret, mais leur présence est un atout pour nous. Plus ce sera médiatisé, moins on pourra ignorer la détresse du bébé. Les politiciens pourraient même prendre parti pour nous et faire voter une loi concernant les dispositions de fin de vie et la grossesse. C'est vrai que le juge ne se laissera pas influencer par l'opinion publique, mais il tiendra à soigner son image. Il voudra que son jugement soit irréprochable, pour ne pas risquer que sa décision soit annulée en appel. La bonne nouvelle, c'est que les gens qu'il fréquente penchent vers la droite. Malheureusement, cela veut aussi dire qu'ils sont constitutionnellement conservateurs. Espérons juste que les pro-vie pèseront plus lourd dans la balance.

Jake s'empara d'un calendrier.

— Dans trois semaines, Ellie entrera dans son deuxième trimestre. À ce que j'ai compris, les fausses couches se déroulent surtout les trois premiers mois.

— Pas avec son trouble auto-immun. À cause du SAPL, les fausses couches ont tendance à arriver plus tard.

Je déglutis. Pour nous, elles s'étaient produites à la douzième semaine, à la quatorzième et encore à la dix-neuvième semaine. Et ensuite Dylan est mort-né.

— Tu as déjà interrogé l'obstétricienne d'Ellie, n'est-ce pas ?

— Non. Le docteur Clarke vient dans mon bureau lundi matin.

— Je me fais du souci pour l'état général d'Ellie, son assistance respiratoire. Plus elle est maintenue sous respirateur, plus elle a de risques de connaître d'autres complications.

Deux femmes, des ballons de prompt rétablissement dans les mains, longèrent la promenade. Jake se leva pour les saluer.

— Je voudrais te présenter ces dames, Jake. Voici Sherry O'Reilly et Patricia Kent du mouvement Children from Conception. Tu connais cette organisation ?

Je laissai échapper un profond soupir.

— Je te l'ai déjà dit, ne mêle pas ta cause à tout cela.

— Pourriez-vous juste nous accorder une minute de votre temps, docteur Beaulieu ?

La femme qui venait de prendre la parole avait le physique d'une institutrice de maternelle.

— Si vous preniez la peine de nous écouter, vous verriez que nous pouvons servir les intérêts de votre femme et de votre futur enfant.

Je me détournai d'elles, décidé à garder mon calme. Pourtant, après avoir fait quelques pas, je revins en arrière, furieux.

— Depuis trente ou quarante ans, les mouvements anti-avortement ont brillé par leur inaptitude à faire bouger les lois. Pourquoi diable pensez-vous que vous pourriez m'aider ?

— Parce qu'il est toujours plus facile de se concentrer sur une situation isolée pour susciter la compassion, dit celle qui avait l'air d'une institutrice. Les gens aiment parler des droits de l'homme et il me semble que, dans cette affaire, une femme a perdu tous ses droits. Si elle n'était pas tombée, votre femme ne se serait pas fait avorter, n'est-ce pas ?

— En effet, mais ce n'est pas le problème.

— Bien sûr que si ! Les mouvements d'opposition à l'avortement parlent déjà beaucoup de votre cas. Ce que nous voulons, c'est nous organiser de façon globale, en contactant tout le monde, depuis les législateurs jusqu'aux groupes de prière.

— Nous pouvons réunir les meilleurs avocats pour chercher la faille, intervint l'autre femme.

Je lançai un regard mauvais à Jake.

— Vous voyez ce que vous faites ? Vous profitez tous de cette affaire. Moi, ce qui m'intéresse, c'est ce qu'elle aurait voulu qu'on fasse pour elle si elle avait été en état de mort cérébrale.

Elle est en état de mort cérébrale, songeai-je.

— Oui, continuai-je. Je pense qu'elle aurait voulu que je sauve le bébé. Alors allez-y, priez. Mais restez loin du tribunal, je vous en supplie. Vous ne pourrez que contrarier le juge. C'est ce qui s'est passé quand cette femme s'est mise à beugler en pleine audience l'autre jour.

Ensuite, je tournai mon attention, ou plutôt ma rage, sur Jake.

— Tu as vu le visage de Wheeler. Et c'est lui qui va prendre la décision, je te le rappelle. Le fait est que je ne veux pas de ton cirque. Cette affaire ne concerne que ma femme et mon bébé !

Deux immeubles plus loin, Jake toujours sur mes talons, je fis volte-face pour lui parler.

— Ne me tends plus jamais un piège pareil ! Sinon tu es renvoyé ! Peut-être même que je devrais te virer sur-le-champ !

— Tu fais une erreur. Tu veux sauver une vie, et on va peut-être y parvenir, mais on pourrait aussi changer la loi sur l'avortement.

— *Dernier avertissement !* hurlai-je, sans me soucier de qui m'entendrait. Je ne vais pas te laisser te servir d'Ellie pour réaliser tes ambitions. Tu le fais à ma façon, ou je me passe de tes services.

— Matt, Matt, Matt, scanda Jake en secouant la tête comme si j'étais un enfant naïf. Tu crois que tu peux trouver quelqu'un de mieux préparé que moi ? Ou que tu peux débarquer dans le tribunal et demander tout seul au juge de maintenir Ellie sous assistance respiratoire ?

— Ce n'est pas ce que j'ai dit.

Même si l'idée m'avait en effet traversé l'esprit.

— Grandis un peu, me sermonna Jake. C'est la justice. Elle fonctionne avec des précédents, des jurisprudences, des lois, des jugements. Il faut qu'on donne au juge une raison de maintenir Ellie dans son état alors qu'elle a si clairement exprimé ses volontés de ne pas rester branchée à des machines. J'œuvre dans ton intérêt. Je veux te présenter toutes les possibilités légales. Tu es vraiment trop aveugle pour voir ce que je fais ?

Je l'examinai, englué qu'il était dans son ego surdimensionné et son arrogance supérieure. Malgré ma colère, je parvins à me poser pour me demander s'il avait raison, si j'étais vraiment trop naïf. Pour sauver le bébé d'Ellie – d'Ellie ? de nous deux ? –, il faudrait un réel miracle. Est-ce que j'étais réaliste ? Sans doute que non. Oui, j'étais prêt à accomplir la seule chose qui terrifiait ma femme. Et je me préoccupais du tapage qui entourait l'affaire ? Je m'inquiétais que tout cela devienne une grande foire ? Qui de nous deux, de Jake et moi, avait les idées les plus claires ? Je me fichais complètement de ses tentatives de rattrapage. Je ne voulais pas forcer les femmes à porter des bébés dont elles ne veulent pas.

— Allons, ponctua Jake, retournons dans ton bureau et parlons de la manière dont on va sauver ton bébé.

Il tendit son bras comme s'il s'attendait à parer un coup.

— Je connais mes priorités. Cette affaire. Et toi ? Qu'est-ce que tu veux faire ?

Je déglutis, essayant d'humidifier ma gorge plus sèche que le désert.

Il me donna une tape sur l'épaule et fit un signe de tête vers mon bureau. Nous partîmes dans sa direction.

Jake prit sur mon bureau le cadre qui abritait la photo d'Ellie.

— Elle a l'air d'un ange, là-dessus.

En faire un ange, c'était un peu réducteur : elle pouvait faire preuve d'un humour caustique des plus féroces et elle savait m'ensorceler au lit comme personne. La profondeur de son esprit, sa douceur tournoyaient dans mes pensées en un kaléidoscope de qualités – et aussi de défauts : elle ne prenait jamais le volant, n'était pas capable de jeter quoi que ce soit, riait parfois de ses propres plaisanteries. Et, comme elle avait un don pour les cartes, elle trichait toujours au black-jack. Je l'aimais. Je l'aimerais toujours. Notre relation ne regardait personne, je n'avais pas à me justifier devant Jake ou un juge. Ou ces bons samaritains dans le parc. Et surtout pas devant une cour remplie de journalistes. Mais, d'une certaine façon, c'est Jake qui avait raison : pour remporter l'affaire, il fallait que j'affronte les pièges.

— Elle pouvait être ange ou démon, dis-je en faisant les cent pas sur le tapis berbère que je venais d'installer.

J'avais toujours eu du mal à rester en place et, loin du lit d'hôpital d'Ellie, je me sentais abandonné et nerveux.

Il me fixa un moment. Même à l'époque où nous étions colocataires, à Columbia, mon impatience l'agaçait. Je le connaissais assez bien après ces quatre années durant lesquelles nous avions partagé la même chambre pour le comprendre sans qu'il ait à parler.

— D'accord, lâchai-je en m'écroulant dans mon fauteuil.

Jake sortit de nouveau sa pile de fiches.

— Tu as une mine affreuse.

— Tu me l'as déjà dit hier.

— Oui, eh bien, ça ne s'arrange pas.

Il hocha la tête, comme pour dire qu'il avait fait preuve de suffisamment d'intérêt pour son client et qu'il pouvait poursuivre. Il remua dans son siège et changea de position.

— Laisse-moi te poser quelques questions. Est-ce qu'Ellie avait rédigé ses dernières volontés, ainsi qu'un testament ?

— Oui.

— Tu m'apporteras une copie. Il faut que je voie ça. Essaye de me dresser la liste la plus précise possible de ses biens.

— Nous avons surtout rédigé un testament pour désigner un parrain au cas où il serait arrivé quelque chose à Ellie, lors de sa dernière grossesse. Mon frère Mike et sa femme devaient être le parrain et la marraine.

Il griffonna quelques mots.

— Et ses biens ?

— La ferme appartient à la famille d'Ellie depuis plus d'un siècle, donc elle est à son nom, mais elle me revient si elle meurt, ou à nos enfants si nous décédons tous les deux. Si nous mourons tous les deux, et si nous n'avons pas d'enfant, elle retourne à son frère. Nous avons des assurances-vie classiques, quelques économies, des actions, des CD… Vraiment pas une fortune. Je ne travaille dans une clinique privée que depuis quatre ans. Je rembourse encore mes prêts étudiants. Et avec Phil, on a dû investir dans du matériel médical et autre équipement. On a pris la décision d'acheter le bâtiment.

Jake leva les yeux de ses fiches.

— Et le salaire d'Ellie ?

— Tout le monde pense que les astronautes gagnent des mille et des cents parce que c'est un métier prestigieux. Mais non, la NASA paye vraiment mal. Ceux qui s'y engagent le font par vocation, parce qu'ils rêvent de quasars et de découvrir des microbes sur Mars. Elle n'est pas encore titularisée à Bowdoin. N'était pas. On ne manquait de rien, mais on ne roulait pas sur l'or non plus. On mettait un peu de côté. On a un compte commun.

— Je dois te poser une autre question : est-ce que tu gagnes quelque chose, financièrement parlant, je veux dire, à maintenir Ellie sous respirateur, pendant plusieurs mois ? Comme un contrat de mariage, qui stipulerait que tu ne peux hériter qu'après un certain nombre d'années de vie commune ?

— Bon Dieu, mais non ! Tu penses vraiment que je fais ça pour l'argent ?

— Non, mais le problème pourrait être soulevé à l'audience.

— On n'avait pas établi de contrat de mariage.

— Parfait. Trouve-moi son testament, une photocopie suffira. Est-ce que vous avez parlé de directives anticipées quand il a été question du testament ?

Il tourna les pages de son calepin.

— Je suis allé avec elle chez le notaire, pour faire un testament en mon nom aussi. Je ne me souviens pas qu'on ait abordé la question des directives anticipées.

Je me creusais les méninges.

— Maintenant que j'y pense, l'hôpital m'avait appelé pour une urgence. Je suis retourné chez le notaire le lendemain.

— Contacte-le. Essaye de voir s'ils en ont parlé. Avant de t'engager dans une relation avec Ellie, quelles étaient ses convictions personnelles ? Elle était croyante ? Qu'est-ce qu'elle pensait de l'avortement ?

— On ne va pas recommencer ? fulminai-je.

Il secoua la tête et le silence tomba quelques instants sur la pièce, le cliquetis de la pendule comme seul fond sonore.

— Je ne te piégerai plus comme je l'ai fait tout à l'heure, mais ça ne veut pas dire que je ne vais pas essayer de connaître ses positions face à l'avortement. Je ne ferai plus rien dans ton dos, même si je pense qu'on pourrait aboutir à une avancée historique.

— Tu es un vrai crétin, tu sais.

— Je suis ton avocat et tu dois m'écouter. Il faut qu'on arrive à convaincre le juge pour qu'il prenne les décisions qu'Ellie aurait prises si elle l'avait pu. Connaître ses convictions est pertinent. Ainsi que ses sentiments en ce qui concerne le bébé à naître. Donc, ce qu'elle pensait des bébés avant leur naissance est important.

Je me levai pour me diriger vers la fenêtre. Le brouillard était si épais désormais que je voyais à peine l'autre côté de la rue. Mes perspectives sur mon avenir et sur mes alliés étaient également embrumées. Tout ce que je savais, c'était que j'avais besoin de son aide. Je n'avais aucune idée d'où trouver un autre avocat susceptible de remporter l'affaire.

— Qu'est-ce qu'elle pensait de l'avortement ?

— Elle n'était pas *pour*, dis-je, mentant à moitié.

— Tu aurais un document écrit sur le sujet ?

— Écrit ? Pourquoi aurait-elle écrit quoi que ce soit sur l'avortement ?

Il lâcha un bruyant soupir.

— Elle aurait pu appartenir à un groupe *via* son église.

— Non. Elle n'appartenait à aucun groupe.

— Est-ce qu'elle a apporté sa contribution à un mouvement pro-vie, quel qu'il soit ?

— Non.

— Est-ce qu'elle faisait partie d'une organisation caritative ?

— Contre le cancer du sein, c'est ce qui a tué sa mère. Et nous parrainons quatre enfants au Guatemala par le biais de Save the Children.

À chaque bébé que nous avions perdu, nous avions parrainé un autre enfant.

— D'accord, mais il nous faut quelque chose qui montre qu'elle était pro-vie, qu'elle pensait que la vie commençait à la conception, que ce bébé aurait déjà été réel pour elle. Peut-être qu'à l'université elle a pris des cours d'éthique, et que ses dissertations sont rangées quelque part.

— Elle était diplômée de physique et d'astronomie. Sa thèse de doctorat traitait des ondes magnétohydrodynamiques.

— Quoi ?

— Ça concerne l'état plasma, les étoiles à neutron, je crois.

— Elle a sûrement pris des cours de culture générale en première année à Bowdoin, insista Jake en secouant la tête.

— Je ne sais pas. En fait, on ne se parlait pas, à cette époque.

Il se gratta le menton.

— C'est vrai. Vous aviez rompu après le lycée. Comment j'aurais pu oublier toutes tes journées passées à traîner en écoutant cette chanson de U2 ? C'était quoi, déjà ? « I'm Losing You » ?

— Elle s'appelle « The Sweetest Thing », la plus tendre des choses.

Et comme dans les paroles, je la perdais. Mais cette fois, c'était bien pire.

— Exact. Écoute, il faut que tu fouilles dans ses affaires, me demanda Jake. Pour voir si elle a encore ses travaux universitaires. Tout ce qu'elle a écrit, tout ce qui indiquerait qu'elle ferait passer le bébé en priorité.

Je revis Ellie, assise au bord de la rivière qui coulait devant notre propriété, ses pieds jouant dans l'eau, son journal intime dans les mains. Je la revis, les soirs d'hiver, installée devant la fenêtre, admirant la neige qui tombait et notant ses pensées. Je me rappelai Ellie, quelques nuits plus tôt, les jambes croisées, écrivant à la lumière de sa lampe, à côté de la porte qui menait au belvédère.

— Quoi ? questionna Jake.

— Je ne sais pas…

Je me frottai les yeux avec la paume de mes mains, me demandant ce qu'elle avait écrit dans tous ces journaux remplis au fil des années. Elle m'avait confié, un jour, qu'elle avait commencé l'année où j'avais étudié dans un lycée à l'étranger. Elle m'avait écrit des lettres qu'elle ne m'avait jamais envoyées. Elle disait qu'elle débutait toujours par « Cher Matt », plutôt que « Cher journal ». Mais elle ne m'avait jamais montré toute cette prose. Et un peu intimidé, je n'avais jamais osé y jeter un œil. Un jour, je l'avais interrogée sur ce qu'elle consignait dans ces pages et elle m'avait répondu : « Certaines personnes méditent. C'est comme ça que j'avance. C'est comme si je parlais à mon meilleur ami. Tu es mon meilleur ami, mais sois content, je t'épargne mon côté le plus geignard. »

Peut-être que je n'avais pas voulu savoir si elle geignait à mon propos. Bon sang, comme elle me manquait ! J'aurais tout donné pour pouvoir l'entendre, même l'entendre râler ou m'insulter.

— Ça va ? demanda Jake, me sortant de mes pensées.

Je levai les yeux vers lui.

— Oui. Je vais voir ce que j'arrive à tirer, mais je ne suis pas sûr de trouver quoi que ce soit qui pourrait nous être utile. Écoute, la vérité, c'est que, politiquement, Ellie était pour que les femmes aient le choix.

Jake renversa la tête et se couvrit les yeux.

— Non, ce n'est pas ce que je veux entendre.

— J'ai dit *politiquement*. Elle ne voulait pas convaincre qui que ce soit de ses convictions. Elle ne voulait pas qu'on jette des bébés dans des bennes à ordures, ou que des femmes meurent d'hémorragie dans un coin parce qu'elles auraient eu recours à un charlatan qui leur aurait enfoncé un cintre dans le vagin. Mais Ellie n'aurait jamais avorté, quoi qu'il lui en eût coûté.

Je ne voulais pas me confier à Jake, mais la vérité aurait refait surface pendant l'audience, parce que ma mère était au courant. Je ne pouvais pas cacher ce genre d'éléments à Jake.

— Quand Ellie était âgée de quinze ans, et moi de dix-sept, je l'ai mise enceinte.

Jake ouvrit de grands yeux et se redressa sur son siège.

— Qu'est-il arrivé au bébé ?

Je pris une profonde inspiration et lui parlai du bébé qu'Ellie et moi avions perdu, bien des années plus tôt.

11

Vingt ans avant l'accident d'Ellie

À la fin du mois de mai 1988, je retournai chez moi après avoir passé ma deuxième année de lycée au pays de Galles dans le cadre d'un programme d'échange. J'avais l'impression d'avoir mûri là-bas, comme si faire l'amour pour la première fois avait fait de moi un homme. Plus tard, je compris qu'il ne suffisait pas de perdre sa virginité pour devenir adulte. J'étais toujours le même gosse de dix-sept ans, son chewing-gum en bouche, qui était parti dix mois plus tôt, fier comme un paon. Le plus jeune de quatre frères, je me disais que j'allais enfin être pris au sérieux et ne plus passer pour l'avorton de service.

Rien n'avait vraiment changé chez nous. Ou un peu, quand même. Mon frère, Mike, avait quitté la maison et maman avait redécoré sa chambre avec du papier peint immonde à motif floral. À part cela, aucune fourchette ni petite cuillère n'avait bougé dans le buffet.

Mais, à côté, Alice McClure, la mère de ma meilleure amie, était en train de mourir et elle comptait énormément sur Ellie pour toute une série de tâches qui allaient de s'occuper de son petit frère de sept ans jusqu'à surveiller Hank pour qu'il ne descende pas trop de bières.

Avant que je parte au pays de Galles, Ellie me suivait partout comme un chiot agaçant, avec ses grands yeux verts pétillants. Si Ellie n'avait pas sauté deux années pour atterrir dans ma classe, j'aurais été premier dans toutes les matières. Elle était surdouée, moi, juste brillant. Une rivale que je tolérais. La fille d'à côté, une voisine, une amie par la force de la proximité.

Et pourtant, elle m'avait manqué plus que n'importe qui pendant mon séjour à l'étranger, surtout après que ses lettres quotidiennes avaient arrêté de me parvenir sans explication. À peine étais-je rentré que je me mis à sa recherche. Non pas parce que je m'avouais la vérité : je l'aimais plus que je n'aimerais jamais personne. Ce n'était pas encore le cas. Je n'étais pas encore sorti de mon narcissisme d'enfant.

Non, je frappai à la porte derrière sa maison parce qu'elle n'était pas venue à l'aéroport avec le reste de la famille. Je lui donnai une deuxième chance de m'accueillir et l'invitai à une fête qu'organisait un ami en mon honneur.

Elle ne se fondait pas suffisamment dans le moule pour aimer participer à ce genre de soirées. Cependant, elle accepta à contrecœur, parce que je le lui avais demandé. Alors que j'attrapais une bière, saluant la foule qui s'était réunie pour célébrer mon retour, je me rendis compte qu'Ellie avait disparu.

Son père m'avait sommé de bien veiller sur elle quand j'étais passé la prendre. Inquiet, je la trouvai vingt minutes plus tard, dehors sur la pelouse, à regarder le ciel. Bien sûr, j'aurais dû commencer par là. Avec ou sans son télescope, elle aimait observer les étoiles.

— Il y a trop de monde pour moi…

Je pris place à côté d'elle, les bras derrière la tête.

— Où est Orion ?

Elle gloussa.

— On ne peut pas voir Orion l'été.

Sans hésiter, elle tendit la main vers le ciel.

— Là, c'est Véga, Altaïr et Deneb, le triangle d'été, chacune la plus brillante de sa constellation.

Je la regardai. Elle se retenait d'en dire plus. Elle devait sans doute connaître l'équivalent d'une encyclopédie d'informations, y compris la masse solaire et la luminosité de chaque étoile.

— J'ai aussi vu quelques étoiles filantes, lança-t-elle.

— Tu as fait un vœu ?

— Il faudrait un vrai miracle pour qu'il se réalise, dit-elle avec une grimace et en secouant la tête.

— C'est quoi ?

— Peu importe. C'est interdit de révéler un vœu, sinon il n'a aucune chance de se réaliser.

Sa voix se cassa. Elle se redressa et me tourna le dos, sans parvenir à retrouver sa voix d'avant.

— Faut que je file.

Je posai la main sur son épaule et l'attirai contre moi. Son visage était chaud et humide, et je me demandai comment j'avais fait pour ne pas avoir vu qu'elle avait pleuré.

— Qu'est-ce qui se passe ?

Elle ne dit rien, mais s'agrippa à moi. Cela devait concerner sa mère.

— Le cancer du sein se soigne, non ? demandai-je.

— Si on le détecte à temps.

— Et ce n'est pas le cas ?

— Le cancer a atteint ses os.

Soudain, je compris que la perruque blonde qu'arborait sa mère cachait autre chose que de la vanité. Dans une lettre que maman m'avait écrite en janvier, elle m'avait parlé du cancer d'Alice. Elle devrait subir de la chimiothérapie et des rayons, à ce qu'avait dit maman, mais je n'avais pas pleinement pris conscience de la gravité de la maladie. Alice pouvait mourir. Alice. Bon Dieu !

— C'est mauvais ? Si c'est dans ses os ? questionnai-je.

— Terrible. Ne le dis à personne, d'accord ? me supplia Ellie en tremblant. Elle essaye d'être courageuse.

Et Ellie aussi était courageuse. Intrépide. Même adolescente.

Je lui embrassai le front, un geste de tendresse, rien de plus.

— On va voir si on aperçoit une autre étoile filante, proposai-je.

Allongés dans l'herbe, côte à côte, je lui pris la main, en scrutant le ciel, cherchant une façon de la réconforter. Je ne trouvais rien. La soirée aurait dû se passer autrement. J'aurais dû être en train de m'amuser avec mes amis.

Nous étions assez proches des torches à la citronnelle pour que, après un moment d'adaptation à la pénombre, je parvienne à distinguer les traits de son visage. Je me retrouvai en train de la fixer. Elle n'avait plus son appareil dentaire et était devenue ravissante en mon absence.

De temps en temps, un ou deux jeunes traversaient la pelouse. Aucun d'eux ne nous adressa la parole. Nous non plus. Et nous ne nous parlions pas pour autant.

Au bout d'un moment, la respiration d'Ellie se fit plus calme. Au loin, la basse d'une chanson de Billy Idol résonnait depuis la maison. Détachés du vacarme, l'activité devint de plus en plus distante, jusqu'à ce que je me mette à rêver. Je ne sais plus de quoi. Comme tous les rêves, les images s'embrouillèrent.

Quand j'ouvris les yeux, mon visage était à quelques millimètres de celui d'Ellie. Je tournai le cadran de ma montre pour consulter l'heure. Il était un peu plus de 22 h 30.

— Réveille-toi, chuchotai-je.

Au lieu de s'accélérer, sa respiration se fit encore plus profonde. J'effleurai ses lèvres avec ma bouche, autant par curiosité que par désir. Ses paupières tremblèrent. Tandis que nos lèvres se touchaient si délicatement, je me demandai si j'étais le même gars qu'au pays de Galles, celui qui considérait le sexe comme un objectif.

Comme les lèvres d'Ellie étaient douces ! À tout moment, je me disais qu'elle allait éclater d'un rire enfantin comme son petit frère quand elle l'avait chatouillé avant qu'on sorte de chez elle. Elle aussi était une enfant, mais elle ne rit pas.

Et pour la première fois, elle ne m'apparut plus comme une enfant. Je passai les doigts sur sa joue, incapable de comprendre pourquoi je n'avais jamais essayé de l'embrasser avant.

Son souffle s'accéléra, alors que ses lèvres retenaient les miennes, la pression augmentant, hésitante. J'essayai de glisser ma langue dans sa bouche, mais j'étais allé trop loin. Elle se dégagea et posa la main là où nous nous étions liés, sans me lâcher du regard. Puis elle me toucha le visage comme pour me rendre le baiser.

Je ne savais absolument pas ce que je devais faire. Je la voulais, mais c'était Ellie…

Elle se leva, tout aussi incertaine.

— Il doit être tard. Il faut que je rentre.

Je me levai à mon tour et glissai une mèche de cheveux derrière son oreille, décidé à l'embrasser de nouveau, plus sérieusement cette fois, mais elle recula.

— Ellie…

Qu'est-ce que je devais dire ? Que je ne voulais pas qu'elle parte ? Il le fallait pourtant. Le couvre-feu était déjà passé.

— Je te raccompagne.

Pas un mot sur le baiser. Pas un mot tout court pendant un moment.

Les arbres, de hauts chênes, des érables et des pins, nous cachaient le ciel alors que nous arpentions les rues. Je trébuchai sur un nid-de-poule et, gêné, j'essayai d'en rire.

— J'aurais dû prendre une lampe torche.

Mon bras frôla celui d'Ellie, à moitié volontairement, à moitié parce que je ne voyais rien. Je voulais lui prendre la main, mais elle avait eu un tel mouvement de recul quand j'avais tenté de l'embrasser… Et la possibilité de changer une relation si engoncée dans des rôles bien déterminés paraissait plus aventureuse que tout ce que j'avais jamais entrepris dans ma vie.

Après quelques maisons, elle s'arrêta.

Je me tournai vers elle, sentant le besoin de la toucher encore.

— Matt ? murmura-t-elle dans la pénombre. Est-ce que ça compte comme un baiser ?

— Quoi ? Ça ? Euh… oui, je suppose. Qu'est-ce que tu veux dire ?

— Je n'ai jamais embrassé personne avant. Est-ce que ça compte comme un vrai baiser ? Est-ce que tu voulais m'embrasser ?

— Oui. Pas au début, mais après, oui. Je voulais t'embrasser. C'est bizarre ?

Elle glissa sa main dans la mienne.

— Non, c'était bien…

— Et si je t'embrassais une deuxième fois ?

Je m'approchai, me penchant vers elle.

Une voiture sortit d'une allée et nous fit nous lâcher, tels des coupables pris la main dans le sac, pour parcourir, maladroits, les quelques mètres qui nous restaient.

La télé éclairait le salon de sa maison d'une teinte bleue.

— Il est 23 heures passées, dis-je. Tu es en retard. J'entre avec toi pour parler à ton père.

Elle ouvrit la porte. Son père était vautré sur le canapé.

— Inutile, il dort, chuchota Ellie. Bonne nuit, Matt.

La porte se referma doucement sur mon visage.

À travers la fenêtre, je vis Ellie ramasser des bouteilles de bière sur la table basse devant son père, allumer la lumière de la cuisine et disparaître à l'arrière de la maison.

Au pays de Galles, j'avais couché avec une fille dont je me fichais complètement, et qui cherchait encore plus que moi à étoffer son palmarès. Cette nouvelle fascination que j'entretenais pour Ellie ne devait pas être semblable. Il fallait qu'on prenne soin l'un de l'autre ou notre histoire était vouée au désastre. Même à dix-sept ans, j'en étais conscient. Mais le fait était que je l'aimais. C'est ce qui rendait la relation si effrayante pour moi. Je l'aimais déjà avant, même si ce n'était pas comparable. Pendant des jours, je m'efforçai de me convaincre que ce n'était qu'un béguin passager.

En outre, Ellie n'était qu'une enfant. Et je me mis à compter les jours. Encore douze, et elle aurait quinze ans, puis onze, dix. Soudain, cela n'eut plus aucune importance. La mère d'Ellie fut hospitalisée d'urgence pour une infection sanguine et son grand-père mourut d'une attaque cérébrale. Pour couronner le tout, je fus percuté par une voiture.

En fait, c'était Hank qui m'avait fauché, pas délibérément bien sûr. Il avait bu et je faisais du jogging dans le noir. Une pluie fine tombait, et Hank m'avait renversé, me cassant la jambe. Mon tibia gauche était fracturé. Il continua sa route, ne s'étant aperçu de rien. Mes parents comprirent ce qui s'était passé le lendemain. Sa voiture était entrée dans l'allée quelques minutes après l'accident et papa trouva du tissu qui provenait de mon short sur le pare-chocs de Hank.

Pour maman et papa, mes blessures représentaient un dilemme moral. Hank devait arrêter de boire avant qu'il ne tue quelqu'un, surtout parce que ce quelqu'un pouvait être moi. Papa pensait qu'une condamnation pour conduite en état d'ébriété doublée d'un délit de fuite pourrait enfin ouvrir les yeux de Hank sur son état. Maman s'inquiétait de la gravité de la maladie d'Alice. Elle avait peur de ce qu'il adviendrait d'Ellie et de Christopher si Hank était emprisonné. Une mère mourante, un père taulard, le cocktail idéal pour placer Ellie et Christopher en maison d'accueil. Ils n'avaient pas de famille, seulement mes parents, et biologiquement, il n'existait aucun lien entre nous.

Mes parents décidèrent de gérer la situation par eux-mêmes. Ils s'entretinrent avec Hank et, rongé par le remords, mais soulagé que ma jambe puisse se remettre, il se rendit à sa première réunion des Alcooliques Anonymes. Il proposa de payer mes frais de scolarité pour l'université et resta sobre, une courte période seulement.

Les adultes se concentrant sur leurs propres préoccupations, cela nous laissait tout le temps à Ellie et à moi de nous voir. Personne ne nous surveillait jamais. Personne même ne remarqua que nous étions constamment fourrés ensemble. Et pourquoi se seraient-ils doutés de quoi que ce soit ? Comment auraient-ils pu imaginer que notre relation avait évolué ?

Que le coup de foudre soit un mythe ou un phénomène avéré, je ne saurais le dire, mais tomber amoureux d'Ellie fut pour moi tout aussi inattendu. Je regrette de ne pouvoir affirmer que ce fut un amour chaste et pur, et que j'aurais été prêt à attendre le temps qu'il fallait pour lui faire l'amour. Mais j'avais dix-sept ans. J'avais déjà senti les courbes et l'attrait d'un bassin de fille sous le mien. Je savais qu'Ellie était trop jeune. Sincèrement. Pourtant, je ne pouvais m'expliquer la soif que j'avais d'elle. Et c'est seulement avec le recul que je compris à quel point j'avais eu tort de la pousser à faire l'amour avec moi.

Je travaillais de nuit pour la société de vente par correspondance L. L. Bean, profitant de la matinée pour dormir et retrouvant Ellie l'après-midi quand elle ne devait pas garder Christopher. Je tentais sans cesse de mettre les mains à des endroits auxquels elle m'interdisait l'accès.

Elle avait été la petite-fille préférée de son grand-père et il lui avait légué sa maison quand elle avait grandi. L'endroit était libre pour nos rencontres.

Nous en profitions le plus possible. Nous passions notre temps à rouler maladroitement sur le canapé, contrariés par ma jambe plâtrée. Un jour, je parvins même à l'attirer dans la chambre et à la déshabiller à moitié, avant qu'elle ne dise non. Nos parents ne semblaient pas au courant de nos agissements et, de toute façon, ils n'avaient pas l'air de s'en soucier. Hank participait toujours aux séances des Alcooliques Anonymes. Alice, bien qu'elle fût toujours hospitalisée, allait mieux et mes parents étaient occupés à garder Christopher et à se rendre chacun à son travail.

Au milieu du mois d'août, Ellie s'intéressa de près à la météo parce que les pluies de météorites, les Perséides, allaient arriver et un ciel dégagé était indispensable pour voir les étoiles filantes. Sur le belvédère de la maison, elle installa son télescope. L'hôpital avait libéré Alice la veille, et les deux familles organisèrent un pique-nique tranquille au bord de la rivière. Alice, Hank et mes parents se réunirent sous le chapiteau, et Christopher courait partout, ses bras hyperactifs s'agitant dans tous les sens. Le seul endroit où Ellie et moi étions à l'abri de Christopher était le belvédère, parce qu'il avait beau remuer les bras, le pauvre bougre ne tenterait jamais de voler. Il souffrait d'un vertige viscéral. La maison de son grand-père se situait sur un terrain d'une centaine d'hectares qui s'étendait jusqu'à la rivière. De la forêt principalement, à l'exception d'une parcelle de pelouse qui rejoignait la rive. La ferme, comme nous l'appelions, était en fait une maison victorienne octogonale, le top de l'architecture à une certaine époque. Elle était entourée d'une terrasse et dominée par un belvédère sur lequel Ellie aimait regarder le ciel.

— Tu n'as pas besoin de télescope pour voir les étoiles filantes, commentai-je en me frottant le tibia.

Maintenant qu'on m'avait retiré mon plâtre, j'étais pris de démangeaisons insupportables.

— Chut, ne dis pas ça à mes parents. Ils vont m'obliger à regarder depuis la cour de la maison.

— Ils ne peuvent pas nous entendre d'ici, affirmai-je en l'attirant dans le grenier pour l'embrasser.

Je la collai contre le mur et glissai les mains sous sa chemise pour lui dégrafer son soutien-gorge.

— Matt, non. Arrête !

Je l'ignorai, lui embrassant le cou, les oreilles, tout ce qui avait déjà provoqué une réaction chez elle.

— Mes parents. Et s'ils nous cherchent ?

Je posai la main sur ses seins.

— Matt, demain soir. Pas maintenant.

— Demain ? répétai-je, tout mon corps tendu d'anticipation.

Elle frissonna avant de croiser mon regard, hésitante et craintive.

— Si tu arrives à te procurer des préservatifs… je remonte ici demain soir pour voir les Perséides. Seule. Tu crois que tu pourras venir ? Tu ne travailles pas demain, n'est-ce pas ?

Il me fallut un moment pour reprendre ma respiration.

— Vraiment ?

— Je veux… faire l'amour avec toi, répondit Ellie en hochant la tête.

— Bon Dieu, comme je t'aime, Peep !

— Moi aussi. Il faut juste qu'on soit prudents.

Et nous l'avons été. Mais, manifestement, pas assez.

12

Vingt ans avant l'accident d'Ellie

En septembre 1988, j'entamai ma dernière année de lycée et Ellie m'était passée devant. L'université de Bowdoin l'avait autorisée à assister à des cours le semestre précédent, car le lycée de Freeport ne savait plus quoi lui apprendre, et elle avait impressionné tous les professeurs. Le responsable des auditions avait vérifié son âge, ses résultats et ses notes et l'avait inscrite pour tout le premier semestre. Comme elle était trop jeune pour conduire, j'avais proposé de la récupérer tous les après-midi, mais ce n'était qu'une excuse pour passer plus de temps avec elle chez son grand-père.

Alors que le froid s'intensifiait, le diagnostic d'Alice empirait. Pleinement consciente de l'issue inévitable, Alice décida d'arrêter le traitement contre l'avis de son mari.

Les larmes d'Ellie ne me surprirent pas. Elle voulait profiter des derniers instants avec sa mère et séchait les cours, restant debout la moitié de la nuit pour rattraper son retard. Elle se négligeait complètement. Pourtant, nous parvenions tout de même à nous retrouver. Là où la distance aurait pu s'installer, c'est une plus grande intimité, au contraire, qui prit place. Je jurais que je comprenais sa douleur et j'aurais voulu l'en libérer. Nous étions des enfants, mais nous formions une famille à nous deux, et je ne pouvais voir mon avenir qu'avec elle : un jour, on se marierait.

Un après-midi, au milieu du mois de novembre, nous étions dans la maison de son grand-père, devant un feu de cheminée, blottis sur le canapé. Elle ne se sentait pas bien. Tout le monde l'avait remarqué.

— La petite est épuisée, répétait maman. Elle veut tout faire dans la maison pour Alice et, en même temps, elle a ses études. Pourquoi Hank n'engage-t-il pas une femme de ménage ? Il en a les moyens.

Je caressai les cheveux d'Ellie. Elle se redressa d'un bond et partit dans la salle de bains. À travers la porte en chêne, je l'entendis vomir. Je fus frappée d'une idée irrationnelle. Même si je savais que le cancer n'était pas contagieux, c'était une pathologie de famille. Puis, me trouvant particulièrement stupide, je songeai que c'était la chimiothérapie qui faisait vomir, pas le cancer.

— Peep ?

— Va-t'en.

— Je peux entrer ?

— Non !

— Ellie, tu es malade. Tu ne devrais pas voir le médecin ?

La porte s'entrouvrit et, pâle comme un linge, elle retourna sur le canapé et se cacha le visage dans les mains.

— Qu'est-ce qui se passe ? demandai-je en lui frottant le dos.

Ellie me regarda, les yeux plus grands que des soucoupes.

— Je n'y ai pas fait tout de suite attention, dit-elle, le menton tremblant. Je crois que je suis enceinte.

Ellie ne voulait pas que j'entre pendant que le médecin l'auscultait. Par conséquent, je restai assis dans la salle d'attente à tuer le temps en feuilletant des brochures sur les maladies sexuellement transmissibles. Je n'en avais pas. Chaque fois que j'avais eu un rapport sexuel, j'avais utilisé un préservatif. Chaque fois. Je lus aussi de la documentation sur les contraceptifs. Les préservatifs. Comment les utiliser correctement. Je savais tout cela, j'en avais déjà acheté des boîtes et des boîtes. Le seul problème, c'est que je n'avais jamais lu les instructions où il est précisé qu'il faut être encore dur quand on ressort.

Avec la fille au pays de Galles, je m'étais empressé de sortir. Avec Ellie, j'adorais rester. Et une fois, le préservatif s'était un peu enlevé quand j'étais sorti. Pas complètement, alors je m'étais dit qu'on était tranquilles.

La porte du cabinet s'ouvrit et une femme en blouse me pria de la suivre.

Quand je la vis, Ellie portait une de ces chemises d'hôpital, assise sur une table avec des étriers. Au moins, elle n'avait pas les pieds dedans. Elle baissait la tête et ne me regardait pas.

— Vous voulez l'annoncer à Matt, ou vous voulez que je le fasse ? demanda le docteur.

Ellie se mordit la lèvre et fixa ses mains qu'elle serrait si fort que les jointures en étaient blanches.

— Elle est enceinte de dix semaines environ. Plusieurs options s'offrent à vous. Il faudra que vous décidiez vite si vous voulez interrompre la grossesse. Il nous reste à peu près deux semaines. Vous pouvez garder le bébé. Ou vous pouvez décider de le faire adopter. Je vous conseille vivement d'en parler à vos parents.

Ellie se leva, attrapant l'arrière de sa chemise.

— Non, mes parents ne doivent pas le savoir. Pas maintenant. Jamais.

Elle courut dans la salle de bains et claqua la porte.

Pendant un moment, je restai sans voix, puis je sentis le regard du médecin sur moi.

— Sa mère est très malade, dis-je pour toute explication.

Et soudain la gravité de la situation me frappa de plein fouet.

— Je voudrais que vous vous entreteniez avec l'un de nos conseillers.

— D'accord.

Une fois le médecin sorti, Ellie réapparut, rhabillée, une expression de panique totale sur le visage. Elle lâcha ses chaussures sur le sol et glissa les pieds dedans.

— Partons.

— Le docteur veut que nous parlions à…

— Je ne peux pas. Pas maintenant. S'il te plaît, Matt. Ramène-moi à la maison.

Je n'en fis rien. Une fois dans la voiture, j'eus une autre idée et je m'engageai sur l'autoroute, m'insultant en silence, tout en conduisant. J'avais promis de prendre soin d'elle, de faire attention quand nous faisions l'amour, mais j'avais été tellement arrogant, tellement sûr de tout savoir. Et elle m'avait fait confiance.

Une heure plus tard, je pris une sortie tout près d'une ville au bord de la mer. Le froid mordant était typique d'une journée de novembre. Il faisait gris et les feuilles étaient tombées des arbres. Je me garai devant un motel pour marcher dans le sable. Le vent balayait l'Atlantique, sec, mais pas glacial. Je lui pris la main.

— On peut faire tout ce que tu veux.

— Je ne veux pas être enceinte. Est-ce que j'ai l'air enceinte ?

Je secouai la tête. Mais ses seins avaient pris du volume et son ventre s'était arrondi, alors qu'avant il était tout à fait plat. J'avais préféré me dire que c'était dû à la maturité, aux formes qui changent.

— Tu veux avorter ?

Elle se tourna vers moi.

— Comment je pourrais faire ça ? Ma mère est mourante. Je prie Dieu tous les jours qu'il la sauve et tu veux que je tue un bébé maintenant ?

— Non, Peep, je n'ai pas dit ça.

Je ne savais plus ce que je pensais. Ni ce que je disais. Ni ce que je voulais. Si, je voulais qu'elle ne soit pas enceinte.

— Mes parents nous aideront. Juste après m'avoir tué, bien sûr.

— J'ai quinze ans. Je ne peux pas avoir de bébé. Il faut que je m'occupe de Christopher, je l'ai promis à ma mère.

Elle se mit à pleurer à gros sanglots. Je la pris dans mes bras et nous nous assîmes sur le sable froid, blottis l'un contre l'autre.

Nos rêves s'envolaient, la fac de médecine pour moi, le MIT et la NASA pour elle. Et puis, il y avait le plus immédiat. Alice le saurait. Et mes parents. Je leur infligeais la pire des déceptions. Hank allait regretter de ne pas m'avoir tué le soir de l'accident. Je n'aurais pu imaginer pire catastrophe. Pourtant, une partie de moi, une partie infime, était éblouie que nous ayons conçu un bébé. Je n'en voulais pas, mais nous l'avions tout de même conçu.

— Combien de temps tu penses que je pourrai le cacher ? demanda-t-elle.

— Tu ne peux pas le cacher, ça va vite devenir évident.

Elle lissa tout contre elle son gros pull, à la mode de l'époque.

— Bientôt, sûrement, mais pour l'instant je peux le cacher. Ma mère n'aura pas à le savoir. Enfin… je ne veux pas qu'elle meure… Mais les médecins lui ont donné deux ou trois mois à vivre, et si j'arrive à le cacher assez longtemps, elle n'aura pas à se faire du souci pour moi. Comment est-ce que je pourrais lui faire ça maintenant ?

Elle se remit à pleurer, cette fois, les deux mains sur son bas-ventre.

— Et ensuite ? demandai-je.

— Je ne suis pas prête. Je veux avoir un bébé, mais pas tout de suite. Je veux aller au MIT. Je veux…

Elle grelottait comme si elle mourait de froid, comme si elle était terrifiée.

— Et si on le faisait adopter ?

— L'abandonner ? Non. Je ne sais pas…

Je me levai et lui tendis la main. Nous partîmes vers le bout de la plage, là où la rivière se jette dans l'océan.

— On pourrait se marier.

Elle parut sidérée.

J'aurais dû me mettre à genoux. Je savais que c'était la marche à suivre quand on demandait sa main à une femme. Alors, je le fis, me sentant stupide en plus de coupable.

— C'est pour toujours, non ? Alors marions-nous.

Elle s'agenouilla à côté de moi et plaqua son visage contre mon torse. Elle resta là quelques minutes, et je réfléchis à la folie dans laquelle nous étions engagés. Comment Ellie et moi pourrions-nous nous marier et jouer la petite famille parfaite ?

— Je t'aime, murmura-t-elle. Tu sais que je t'aime, n'est-ce pas ?

Je hochai la tête.

— Mais, Matt, c'est impossible. Nous n'avons pas l'âge. Je n'ai pas l'âge. Je ne suis pas prête pour me marier, ni pour avoir un enfant. Une partie de moi le voudrait. Je veux tout cela, mais pas maintenant. Pas tout de suite.

Je ne savais pas quoi dire, alors je ne dis rien.

— Tu veux vraiment te marier et avoir un bébé maintenant ? m'interrogea Ellie.

Elle se dégagea juste assez longtemps pour me regarder dans les yeux. Je secouai la tête.

— Moi non plus. Qu'est-ce qu'on va faire ? murmura-t-elle.

Une ambulance rouge éclairait la rue de son gyrophare. Elle ouvrit la portière de la voiture avant même que je l'arrête.

— Qu'est-ce que tu fabriques ? hurlai-je, enfonçant le frein.

Elle sauta du véhicule et s'élança en trombe vers la maison. Je la suivis.

Les ambulanciers attachaient Alice sur une civière, pâle, terreuse et sans sa perruque. Mes parents assistaient à la scène.

— Maman ? Qu'est-ce qui s'est passé ? demanda Ellie en attrapant la main de sa mère.

Les secouristes installèrent la civière à l'arrière de leur camion. Alors qu'Ellie essayait de monter aussi, ma mère la retint par les épaules et l'attira contre elle. Le mot « crise » vola dans les airs. Se dégageant, Ellie repartit vers l'ambulance. Elle embrassa le front de sa mère.

— Maman, je t'aime.

— Il faut qu'on emmène votre mère à l'hôpital. S'il vous plaît, sortez de l'ambulance, la pria un des secouristes.

— Sors de là, Ellie, appela Hank.

Il portait Christopher dans les bras. Il se tourna et partit vers la maison, comme si Ellie n'avait d'autre choix que de lui obéir, comme si elle n'avait pas besoin de son père tout autant que Christopher.

Reniflant, Ellie descendit de l'ambulance et se jeta dans mes bras.

— C'est impossible ! Pas tout en même temps !

Je la serrai contre moi et chuchotai à son oreille.

— Tout ira bien, tu verras. Je t'aime et je te jure que je vais m'occuper de toi.

Sans réfléchir, je l'embrassai et, quand elle se sépara de moi, je sentis la surprise dans le regard de ma mère.

Mon père se tenait sous le porche et me dévisageait.

— Mais où est-ce que vous étiez ? Toi et Ellie auriez dû être à la maison depuis des heures, on se faisait du souci !

— On est allés se promener. Qu'est-ce qui s'est passé ?

Se libérant de mon étreinte, Ellie courut rejoindre Hank et Christopher, avec maman sur ses talons.

Papa suivit Ellie des yeux.

— Alice a été prise de convulsions sur le carrelage de la cuisine. C'est quoi, cette histoire entre toi et Ellie ?

— Je l'aime.

— Tu l'aimes ? Depuis quand ?

— Cet été, répondis-je en haussant les épaules.

Il prit une profonde inspiration.

— Mon fils, elle est trop jeune pour toi. Elle a quatorze ans.

— Non, elle a eu quinze ans en juillet. Et tu ne comprends pas, papa. Je l'aime vraiment. D'amour.

Quelque chose dans sa façon de me fixer me dit que je lui en avais trop révélé. Papa se frotta le front dégarni.

— Matt, n'y pense même pas. Elle est trop jeune, tu es trop jeune… Ne fais pas ça. Je suis sérieux.

Je lui adressai un regard mauvais. Dans quelques mois, il serait clair que son avertissement était arrivé trop tard. Nous devions désormais mettre une croix sur tous les rêves que nous nourrissions.

Le lendemain, je traînai presque Ellie de force au planning familial où, après une séance assommante avec une assistante sociale, nous fut donné le nom d'une agence d'adoption et d'une clinique pour le suivi de la grossesse d'Ellie. Nous avions un plan, mais cela ne rendait pas la situation plus facile pour autant.

Après la crise d'Alice, l'hôpital la renvoya chez elle, avec des antiépileptiques et tout un stock d'analgésiques. Nous n'étions pas les seuls, Ellie et moi, à garder un secret. Alice avait souffert en silence de douleurs toujours plus intenses.

Comme si elle avait attendu de célébrer une dernière fête avec sa famille, Alice ne se leva pas le lendemain de Thanksgiving. Personne ne parvint à la réveiller. De nouveau, une ambulance arriva, mais cette fois, Ellie semblait résignée. C'était elle qui portait son frère. Hank faisait les cent pas, énumérant à l'équipe de secouristes la liste des médicaments d'Alice.

J'essayai de prendre Christopher des bras d'Ellie, mais il s'accrochait à son cou et refusait de la lâcher. Je n'arrêtais pas de me dire qu'elle n'aurait pas dû porter un poids pareil, alors qu'elle était enceinte de trois mois. Je finis tout de même par la forcer à s'asseoir sur les marches avec Christopher sur les genoux.

— Tout va bien, Christopher. Maman dort, le rassura Ellie. L'hôpital va la réveiller.

— Mais je veux maman !

— Ne t'inquiète pas, je vais m'occuper de toi. Viens, je vais nous préparer un petit déjeuner, dit-elle en le conduisant à l'intérieur.

Après le week-end de Thanksgiving, Hank avait supplié l'oncologiste de redémarrer la chimiothérapie, mais celui-ci avait refusé. Il lui avait proposé à la place de garder Alice à l'hôpital pour qu'elle y meure, ou que Hank la ramène chez lui avec des soins sur place.

Et c'est ainsi que la maison des McClure devint le repaire de la mort.

Alice était tombée dans ce que les médecins appelaient un « coma léger », mais ce n'était pas l'impression qu'elle donnait. Elle restait allongée sur un lit d'hôpital de location, au beau milieu du salon, se contorsionnant la plupart du temps. Comme elle n'était pas assez consciente pour boire ou manger, elle était maintenue en vie grâce à un tuyau enfoncé dans une narine qui lui injectait des aliments directement dans l'estomac. Pire encore, comme elle n'avait pas la force de se rendre jusqu'aux toilettes, l'odeur d'urine et d'excréments avait élu domicile dans la maison.

Dès que l'infirmière d'Alice ne s'affairait pas à prendre soin de tous ses besoins physiques, à la tourner, à la changer, à remplir le sac qui servait à la nourrir, elle comblait le silence en discutant sans fin, sur un ton monotone.

Je m'asseyais dans un coin, le plus discret possible. Je me plongeais dans un livre, m'isolais en gardant invariablement un casque sur les oreilles, la musique parfois allumée, parfois éteinte. Je faisais tout pour me fondre dans le papier peint. Là, mais sans l'être.

À l'opposé, l'infirmière, une femme rondelette autant au niveau des joues que du postérieur, essayait de s'intégrer à la famille, faisant de son mieux pour s'occuper des enfants.

— Quand est-ce que vous allez installer le sapin de Noël ?

Ellie leva la tête du livre qu'elle lisait à Alice.

— Comment ?

— Est-ce que ta mère aime Noël, Ellie ?

Ellie se pinça les lèvres, incapable de trouver ses mots.

— Peut-être qu'elle aimerait avoir un sapin. Qu'est-ce que tu as demandé pour Noël, toi ? Les filles de ton âge veulent en général des vêtements.

— Sans doute, lâcha Ellie en se levant. Vous pensez vraiment qu'on devrait décorer la maison ?

— Vous devriez faire tout comme d'habitude. Préparer des gâteaux, acheter du cidre, tout ce que vous faisiez jusque-là.

Elle regarda son petit frère à l'autre bout du salon, qui construisait un château fort en Lego.

— Eh, Christopher, tu veux m'aider à préparer des gâteaux ? Je te laisserai lécher la cuillère.

— Oui ! Super ! s'écria le garçonnet en courant dans la cuisine.

Alice gémit, comme elle le faisait si souvent, et l'infirmière se leva.

— Vous ne pouvez pas lui donner quelque chose contre la douleur ? demanda Ellie à l'infirmière.

Cette dernière consulta sa montre.

— Dans une heure seulement.

— Ce n'est pas juste !

— La souffrance n'est jamais juste. Elle ne l'est pas pour ta mère. Elle ne l'est ni pour le malade, ni pour des enfants comme vous.

L'après-midi, j'essayais de faire mes devoirs chez les McClure pour qu'Ellie ne reste pas seule, mais nous parlions de moins en moins. Nous n'avions aucune intimité, et je n'arrivais plus à la divertir avec les fêtes organisées au lycée, les potins sur qui sortait avec qui, ou les matchs de basket-ball. La plupart du temps, c'était comme si elle ne m'entendait pas.

Quand Hank se trouvait à la maison, il semblait évident qu'il s'était remis à boire. Il bafouillait et trébuchait sur des objets imaginaires. Je tentai d'en parler à Ellie, mais elle se contenta de hausser les épaules.

Un soir, j'entendis mes parents se disputer.

— Va lui parler ! criait ma mère.

— Je l'ai fait, riposta mon père en s'écroulant sur une chaise. Je l'ai traîné à ses réunions des Alcooliques Anonymes, je l'ai même menacé d'appeler la police pour rapporter ce qu'il avait fait à Matt. Si Hank est décidé à se noyer dans la boisson, comment veux-tu que je l'en empêche ?

Pestant, maman sortit de la maison pour se rendre chez les McClure.

Quelques minutes plus tard, Ellie frappa à notre porte.

— Matt, appela mon père en criant, Ellie est ici. Allez vous balader tous les deux, ou voir un film. Prenez la voiture.

Il prit les clés et les serra dans sa main avant d'enchaîner.

— Soyez sages.

Nous partîmes, nous autorisant un peu de liberté en nous agrippant l'un à l'autre. Nous n'avions pas cessé de faire l'amour. Cela nous était encore plus impératif qu'avant : l'acte était pour nous l'assurance et la promesse que nous allions survivre ensemble. J'avais besoin d'elle. Et quand nous étions tous les deux, elle me montrait bien qu'elle avait besoin de moi, elle aussi.

Ce Noël fut un simulacre pitoyable de fête. Ma mère devait travailler, et avec mon père et mes frères, nous avions prévu de descendre chez tante Beth pour le dîner de Noël. Mike et moi devions aller frapper chez les McClure pour leur proposer de se joindre à nous.

Ellie nous invita à entrer dans la cuisine, nous installa à la table et nous offrit du chocolat chaud avec des petits gâteaux.

— Je ne pense pas que nous ayons le temps, Ellie, s'excusa Mike. On est juste passés voir si vous vouliez nous accompagner.

— On ne peut pas. L'infirmière est de congé aujourd'hui, je m'occupe de ma mère.

Hank bavait sur le canapé du salon. Même le jour de Noël. Je le haïssais !

Elle me serra dans les bras et, alors qu'elle se reculait, les cheveux qui couvraient sa joue se déplacèrent, révélant un gros hématome mauve.

— Il faut qu'on y aille, Matt, lança Mike sur le pas de la porte.

— Qu'est-ce qui s'est passé ? demandai-je en lui soulevant une mèche pour mieux voir.

— Rien.

Elle se dépêcha de cacher la marque.

— Dis-moi la vérité !

— Papa nous a emmenés à la messe de minuit, avoua Ellie en chuchotant. Il était… ivre.

— Attends, tu es montée en voiture avec lui alors qu'il avait bu ?

Je tournai la tête vers l'allée, m'attendant à voir une voiture emboutie.

— Je sais, mais je ne m'en suis rendu compte qu'après, affirma Ellie en s'accrochant à ma manche. Il a fait une scène dans l'église et le diacre nous a demandé de partir. Bref, papa a essayé d'envoyer une droite au pauvre homme, mais il l'a raté et c'est moi qui ai reçu le coup. Il ne voulait pas…

Je partis en trombe vers le salon, prêt à tirer Hank de son canapé et je ne sais quoi encore. Je ne réfléchissais plus.

Mike m'attrapa par le bras.

— Du calme !

Papa entra à ce moment et remarqua la tension.

— Qu'est-ce qui se passe ici ?

— *Hank a frappé Ellie !* hurlai-je en essayant de me dégager de l'emprise de Mike.

— C'était un accident ! insista Ellie. Il ne voulait pas.

— Mike, emmène Matt dans la voiture. Laisse-moi me charger de ça.

Mike dut pratiquement me porter. Je n'étais plus un *petit* frère, mais Mike était le plus grand et le plus costaud des quatre. Il me cloua contre la voiture.

— Calme-toi. Laisse papa gérer la situation.

Quand papa sortit enfin de la maison, il expliqua que Hank était dans les vapes, bien trop soûl pour discuter.

— Il prend la voiture alors qu'il a bu, papa, et il emmène Ellie avec lui. *Il l'a frappée !*

— Je m'en occupe, Matt. Mets-toi ça dans le crâne, d'accord, conclut-il, sa voix plus ferme que jamais.

Quatre heures plus tard, de retour du repas chez tante Beth, je me ruai chez les McClure.

— Retourne à la maison ! m'ordonna papa. Je vais lui parler, moi… Enfin, s'il est réveillé.

Mais je n'écoutai pas et entrai chez les McClure par la porte de derrière.

Hank se trouvait dans la cuisine, la tête dans les mains.

Je pris place sur la chaise en face de lui et le menaçai de mon doigt pointé sur lui.

— Si jamais tu frappes Ellie encore une fois, je raconterai à la police ce que tu m'as fait ! Tu es une saleté d'ivrogne et un père pire encore. Ne pose plus jamais la main sur elle !

Hank leva la tête, le regard vide.

— Quoi ?

— Laisse, me supplia Ellie en me tirant par le bras. C'était un accident. Il ne s'en souvient même plus.

— Me souvenir de quoi ?

— Tu as trop bu, papa. Et tu m'as… euh… tu m'as frappée. Tu ne voulais pas me faire mal, c'était un accident.

— Il faut que tu te ressaisisses, Hank, ou Linney et moi, nous devrons en parler aux autorités, déclara papa, se penchant sur la table de la cuisine pour fixer Hank dans les yeux. Tu vas perdre tes mômes en plus de ta femme.

Éclatant en sanglots, Ellie se précipita à l'étage où je la suivis, mon père sur les talons.

— Tu ne peux pas faire ça, Dennis ! criait-elle à l'intention de mon père. Il est bouleversé à cause de ma mère. Il n'est pas dans son état normal.

Sa voix devint toute petite, comme celle d'une fillette.

— J'ai besoin de lui…

Papa me poussa et souleva le menton d'Ellie avec sa main pour examiner son hématome.

— Je sais bien, Ellie, mais ça ne peut pas continuer ainsi. C'est allé trop loin.

Mon père serra Ellie dans ses bras et, soudain, il eut un mouvement brusque de recul en baissant la tête vers son ventre. Ses yeux se posèrent sur moi comme le canon d'un pistolet.

— Non !

Fermant les yeux, il secoua la tête.

— Non, répéta-t-il. Je ne veux pas le savoir. Pas aujourd'hui…

13

Dix-neuf ans avant l'accident d'Ellie

Ellie ne retourna pas à Bowdoin pour le deuxième semestre. Elle raconta à tout le monde qu'elle ne pouvait pas laisser sa mère. À moi, elle expliqua que c'était parce que le bébé devait naître avant la fin du semestre. La fin du printemps. La fin de tout.

La panique grondait dans mon esprit d'adolescent de dix-sept ans et je sentais le besoin d'en parler avec mon père. Vu sa réaction quand il avait senti le ventre d'Ellie, il savait. Vu sa façon de m'éviter depuis, il me détestait. J'avais conscience de l'avoir déçu. Et je ne savais pas ce qui était pire.

Avant qu'Ellie ne tombe enceinte, je projetais de m'inscrire dans une des universités de l'Ivy League. À vrai dire, le seul fait de faire des études supérieures aurait déjà été pour moi une réussite. Même si mon père avait été accepté à Dartmouth, il n'y était pas allé. Mes parents avaient eu leur premier enfant six mois après avoir fini le lycée, et mes trois frères avaient fait des études professionnelles. Keith était maître d'œuvre, Doug, plombier et Mike, mécanicien. Rien que des métiers honnêtes, mais pas ce que je voulais pour moi. Je voulais prouver que j'étais capable de mieux.

Au lieu de cela, j'avais prouvé que je pouvais mettre une fille enceinte.

M'emparant d'une boîte de Cheerios, je m'installai à la table de la cuisine.

— Il a neigé la nuit dernière, m'annonça mon père d'une voix monotone.

C'était la première fois depuis des jours que papa tenait compte de ma présence. Il prit une cuillerée de flocons d'avoine.

Il n'avait pas besoin de me dire de m'occuper de dégager l'allée, c'était sous-entendu. Trois ans plus tôt, il avait eu une attaque cardiaque en passant la pelle. Je me levai, ouvris le placard pour prendre le matériel et enfilai ma veste.

— Ça va mal à côté, soupira-t-il.

Je n'avais rien à répondre à cela.

— Ta mère pense qu'on va finir par se retrouver à demander la garde d'Ellie et de Christopher si Hank n'arrête pas de boire. Mais ta mère ne s'est pas encore aperçue qu'Ellie est enceinte.

Je me demandai si le nœud qui grossissait dans ma gorge était comparable au bébé qui grandissait dans le ventre d'Ellie. Je sentis les yeux de mon père fusiller mon dos. Je fis volte-face, provocateur, aussi peu légitime que ça l'était.

Il paraissait triste, bien plus que fâché.

— Ça va compliquer les choses. Je n'imagine pas qu'Alice va tenir encore longtemps, lança papa en soupirant. Qu'est-ce que vous avez l'intention de faire avec le bébé ?

Je ne parvins pas à articuler deux mots intelligibles.

Il se leva et posa la main sur mon épaule.

— Je serais bien hypocrite si je te condamnais, mais Ellie est si jeune… Vous êtes tous les deux si jeunes…

Est-ce qu'il me donnait l'absolution ? Je n'aurais su le dire, pourtant, son geste me réconforta.

— Elle veut confier le bébé à l'adoption.

Papa parut pensif.

— Quand doit-elle accoucher ?

— Fin avril.

Il avança lentement vers l'évier.

— Abandonner un enfant est plus difficile qu'il n'y paraît. Nous y avions pensé, pour ton grand frère, mais au moment où ta mère l'a senti bouger…

— Elle ne veut pas mettre au courant qui que ce soit. Hank va paniquer, hein ?

— Oui. Je ne sais pas. Sans doute…

— Elle veut attendre pour lui en parler qu'Alice… tu sais…

meure.

— Une crise à la fois.

— Bon Dieu ! lâcha mon père. D'accord.

Il jeta un œil à travers la fenêtre, vers la maison des McClure.

— Je n'en reviens pas qu'elle soit encore en vie. Les médecins ne lui donnaient pas plus que jusqu'à Noël. Et on est déjà mi-janvier.

Quelques jours plus tard, Ellie prit ma main pour la poser sur son ventre.

— Tu sens ? C'est le bébé. Je le sens depuis près d'une semaine, mais maintenant, j'en suis sûre.

Je ne sentais rien du tout. J'étais sur le point de me

moquer d'elle avec un « Ouais, c'est cool », quand je perçus un frémissement sous sa peau.

— Merde ! C'est impossible !

Elle sourit, apparemment comblée.

— Waouh ! C'est toi qui fais ça ?

— Non. C'est elle, toute seule. Ça fait drôle de penser que j'ai une autre personne en moi.

— Tu penses que c'est une fille ?

— Ne t'en fais pas, dit Ellie en haussant les épaules. Je sais qu'on ne peut pas la garder. Enfin, la, le. Mais, Matt, j'aime ce bébé. Je rêve de la prendre dans mes bras et de sentir son parfum de bébé…

L'odeur qui me vint à l'esprit fut celle des couches sales chez mon frère, du vomi, du lait caillé. Mon cœur tambourinait dans ma poitrine, parce que je savais qu'Ellie n'abandonnerait jamais ce bébé, comme ma mère avait été incapable de faire adopter mon grand frère, Doug. Dans un an, Ellie et moi nous retrouverions avec un bébé, mais sans avenir. Un relent acide fut tout ce que je pus imaginer.

— Tu comprends quand je te parle du parfum des bébés, hein ? demanda Ellie.

Je voulais lui sourire, pourtant j'en fus incapable.

— J'imagine…

— Pas grave. C'est juste que les bébés sentent bon la vie et que ma maison empeste la mort…

Au lycée, une de mes anciennes petites amies s'était remise à flirter avec moi. Je ne savais pas pourquoi elle pensait que j'étais libre, mais chaque fois que j'allais à mon casier, je la trouvais sur mon chemin, faisant voler ses cheveux, me frôlant la main.

— Le bal d'hiver est ce vendredi. Je te laisserai m'y emmener si tu me le demandes gentiment…

— Je sors toujours avec Ellie, rétorquai-je.

Je me rendis compte que la façon dont je le présentais donnait l'impression que ce n'était que temporaire, comme si demain je pourrais la quitter. Je ne pouvais pas tant qu'elle était enceinte et je n'avais pas non plus l'intention de la quitter après. Cependant, je ressentais comme une pointe de soulagement à me dire que, si nous faisions adopter le bébé, rester avec Ellie serait de nouveau mon choix. Je l'aimais, mais j'avais tellement peur !

— Elle a beaucoup grossi, persifla Donna. Je l'ai vue l'autre jour dans un magasin. Tu peux trouver mieux. Emmène-moi au bal, s'il te plaît.

— Je suis avec Ellie, répétai-je en m'éloignant, me demandant comment ni ma mère ni Hank n'avaient remarqué qu'elle grossissait.

Comme d'habitude, de retour du lycée, je m'arrêtai chez les McClure avant de déposer mes livres chez moi. Le cauchemar continuait en plein milieu de leur salon, que j'avais rebaptisé « salle à mourir ». Un jour, d'ailleurs, cela m'avait échappé, mais j'avais réussi à bredouiller « manger » pour camoufler « mourir ».

Alice gémissait de ses longues plaintes qui ponctuaient chaque moment au 43 Chamberlain Street. L'infirmière la tournait pour éviter les escarres.

— Bonjour, Matt.

— Où est Ellie ?

— En haut. Elle ne se sent pas bien. Je l'ai convaincue de dormir un peu.

— Ah.

Je me demandai si sa fatigue était due à sa grossesse et montai les marches.

— Je vais voir comment elle va.

— Puis-je vous parler ?

Je me tournai pour regarder la grosse bonne femme.

— Hank est sorti et Christopher encore à l'école, sinon je n'aborderais pas le sujet, mais ça devient difficile à ignorer…

— Quoi ? demandai-je, le cœur battant.

Elle plissa les yeux, comme pour me certifier que j'étais vraiment stupide s'il fallait qu'on me mette les points sur les *i*.

— Je l'ai entendue parler à sa mère.

Comment Ellie pouvait-elle parler à sa mère ?

— Pardon ?

— Elle s'assoit toujours auprès de sa mère quand je sors fumer, et parfois je la surprends en train de chuchoter à l'oreille de sa mère. Écoutez, Ellie a très peur. On pourrait croire qu'elle gère bien la situation, mais c'est faux. Ce n'est qu'une enfant.

— Qu'est-ce qu'elle lui a dit ?

— Elle a promis d'appeler le bébé Alice…

Je repensai à ce que mon père m'avait confié à propos de ma mère. Bon sang, Ellie avait choisi un nom !

— C'est dur d'avoir quinze ans et d'être enceinte, déclara l'infirmière. Encore plus quand on voit sa maman mourir, sans parler de l'état de son père. Je sais que vous n'êtes qu'un enfant, vous aussi, mais restez auprès d'elle tant qu'elle traverse toutes ces épreuves, ou elle ne s'en sortira pas.

Je ne savais pas ce qui laissait croire à l'infirmière que je pouvais laisser tomber Ellie. Je grommelai quelques mots et continuai à monter l'escalier. Nous avions tous les deux peur, il n'y avait aucun doute là-dessus. J'avais été accepté à toutes les universités auxquelles j'avais envoyé ma candidature. Je voulais toujours Columbia, mais vu les circonstances, j'aurais déjà de la chance si je pouvais assister aux cours de l'université du sud du Maine ; ou même dans une école professionnelle. J'étais habité par le ressentiment. La culpabilité et le ressentiment. Peut-être que l'infirmière avait pu lire cela en moi.

J'entrouvris la porte de la chambre d'Ellie. Elle sursauta en entendant le grincement, puis s'allongea de nouveau sur les oreillers. Sa chemise remonta légèrement, révélant son ventre arrondi. Que ma mère n'ait rien remarqué était tout simplement invraisemblable. Hank avait une excuse, lui. Au cours des quelques derniers mois, il n'avait plus lâché la bouteille.

Soudain, Ellie replia les jambes comme si elle avait mal.

— Oh, mon Dieu ! s'exclama-t-elle en ouvrant de grands yeux.

— Qu'est-ce qui t'arrive, Peep ? demandai-je en m'asseyant à côté d'elle. Tu es malade ?

— Matt ? Oh ! lâcha-t-elle en grimaçant. J'ai des crampes !

— Ce n'est pas le bébé ?

Elle prit son ventre dans ses deux mains.

— Bien sûr que non, il ne doit pas naître avant des mois !

J'acceptai son explication.

— Tu veux aller chez le médecin ?

— Je ne crois pas, Matt. L'infirmière sait que je suis enceinte. Elle m'a posé la question directement.

— Je suis au courant. Il faut qu'on en parle à ton père avant qu'il ne le découvre.

— Pas encore…

Elle baissa la tête. Je ne pouvais dire si elle avait

peur ou honte, et je ne voulais pas le lui demander. Je scrutai la pièce pour trouver un autre sujet de conversation. Récemment, nous ne parlions plus que de sa mère ou du bébé. Cela devenait vraiment sordide.

— Il y a le bal, vendredi. Tu veux qu'on y aille ?

— Vraiment ? demanda-t-elle, son visage s'éclairant.

— Oui, ce serait sympa, non ? Sortir ensemble. On n'est jamais allés ensemble à une fête de l'école.

Elle souleva un sourcil et regarda son ventre.

— Et ça ?

— Et alors ? Tout le monde va bien finir par le savoir, tôt ou tard. Autant garder la tête haute, dis-je en posant une main sur son ventre. Comment va le petit bout de chou, d'ailleurs ?

— Tranquille.

Pendant deux mois, j'avais vu sa mère geindre. J'avais appris à reconnaître la douleur, fulgurante d'abord, puis se répandant petit à petit dans le corps. Le ventre d'Ellie devint dur comme de la pierre, et elle suffoqua.

— Mais c'est quoi, ça ?

Je connaissais la réponse à ma question. Ma mère m'avait raconté que le ventre d'une femme pouvait devenir plus dur que du granite pendant une contraction.

— Tu as commencé le travail ?

— Non, lâcha-t-elle. C'est trop tôt…

Elle m'attrapa le bras.

— Je t'emmène à l'hôpital. Attends ici.

— Peut-être à la clinique…

— Non, à l'hôpital.

Je dégringolai l'escalier et m'arrêtai dans le séjour. L'infirmière me dévisagea.

— Ellie va mal, il y a un problème. Je reviens tout de suite.

L'infirmière se précipita à l'étage.

La voiture de ma mère était garée dans l'allée. Je passai par-dessus la clôture et la montagne de neige à côté pour filer vers la cuisine. Maman épluchait des carottes en fredonnant une chanson stupide des Supremes : *« Stop... before you break my heart... »*

— Il faut que j'emprunte ta voiture.

J'attrapai ses clés sur leur crochet et me dirigeai vers la porte.

— Achète-toi ton propre cheval et après tu pourras emprunter celui des autres. Il faut que j'aille…

— C'est une urgence. C'est Ellie. Elle est malade. Il faut que je l'emmène à l'hôpital.

Maman prit son sac à main sur la table de la cuisine.

— Qu'est-ce qu'elle a ? Où est-elle ?

Il fallait que j'invente un mensonge. Ce n'était pas le genre de nouvelle qui s'annonçait sans ménagement.

— Intoxication alimentaire. Je ne suis pas sûr. Laisse-moi prendre la voiture, maman.

— C'est moi qui conduis si Ellie est malade.

Je ne savais pas quoi faire, mais avant de pouvoir réagir, je me retrouvai devant la porte des McClure. Alice était si immobile que je me demandai si elle avait eu le bon goût de mourir. Maman s'arrêta un moment à côté de son amie, tandis que je montais les marches quatre à quatre vers la chambre d'Ellie, qui était vide. Je retournai dans l'entrée. Maman était dans l'escalier.

L'infirmière sortit de la salle de bains.

— Il faut qu'elle aille à l'hôpital. Je pense qu'elle a commencé le travail.

— Qui a commencé le travail ? demanda maman.

Je déglutis.

— C'est Ellie. Elle est enceinte.

Le choc déforma les traits de ma mère, mais elle n'hésita pas un seul instant. Elle ouvrit en grand la porte de la salle de bains et trouva Ellie pliée en deux sur le sol.

— À quel mois es-tu ? demanda maman en s'accroupissant à côté d'elle.

— J'avais rendez-vous demain à la clinique pour mon contrôle du cinquième mois. Ce ne sont que des crampes.

Maman toucha le ventre d'Ellie pour sentir les contractions, et en moins de deux minutes, nous fûmes dans la voiture en route pour l'hôpital. Ma mère mit de côté la surprise, la déception et la colère pour être efficace.

— Il faut que je joigne ton père, Ellie. Tu sais où il est ?

— S'il te plaît, ne lui dis rien !

Elle agita la tête. Elle avait tellement l'air d'une petite fille à cet instant que je perçus l'évidence criante, même si je m'étais bien gardé d'y songer jusque-là. Elle était encore une enfant. Nous étions tous les deux des enfants.

— Il faut qu'on arrive à joindre ton père afin qu'il signe un consentement pour les soins.

Ma mère endossait un rôle que je l'avais rarement vu prendre. Infirmière en obstétrique, je l'avais entendue raconter des milliers d'histoires d'accouchements, mais étrangement, je ne me l'étais jamais représentée dans ce contexte, prenant le contrôle, pas comme ma mère, mais comme quelqu'un d'autre.

— Je suis enceinte. Ça veut quand même dire… qu'à la clinique… ils me… aïe !

Le visage d'Ellie se tordit de douleur.

— Où est ton père ?

— Je ne sais pas… Quelque part en train de se soûler, lâcha Ellie, les dents serrées.

À notre arrivée à l'hôpital, ma mère se saisit d'un fauteuil roulant pour conduire Ellie directement aux salles de travail. Trois infirmières qui faisaient souvent équipe avec maman parurent quelque peu stupéfaites.

— Alors, tu déniches des jeunes filles dans la rue et tu nous les ramènes maintenant, Linney ? s'étonna une des collègues.

— Voici mon fils, Matt. Et elle, c'est sa petite amie, Ellie McClure. Elle est enceinte de dix-neuf ou vingt semaines et elle a des contractions. Quel est l'obstétricien de service ?

— Blythe Clarke est de garde, tous les autres sont à une conférence.

— Merci, mon Dieu. Appelle-la. Va te changer ici, Ellie, ordonna ma mère en lui tendant la blouse d'hôpital et en m'entraînant dans le couloir.

L'expression sur le visage de maman se durcit.

— Pourquoi ne m'as-tu rien dit ? me reprocha-t-elle dans un murmure. Je t'ai expliqué comment fonctionne la contraception. Et même si tu n'as pas fait attention, elle aurait au moins pu se faire avorter. Nom de Dieu, elle a quinze ans ! Tu peux faire une croix sur tous tes projets, Matt.

Je jugeai que ce n'était pas le meilleur moment de lui avouer que j'avais fait de mon mieux pour ne pas l'écouter lorsqu'elle m'avait donné ces explications détaillées, ni de lui assurer que j'avais utilisé des préservatifs ; seulement pas comme il fallait. Et ce n'était pas non plus le lieu pour lui confier qu'Ellie n'avait pas voulu entendre parler d'avortement. Toute la colère que ma mère nourrissait envers moi n'arrivait pas à la cheville de ce que je ressentais, moi. À cet instant, je me fichais bien de savoir si ma mère parviendrait à me pardonner un jour. J'étais désolé de l'avoir déçue et sans doute mise dans l'embarras devant ses collègues de travail, mais je ne me préoccupais que de l'état d'Ellie.

— Est-ce que ça va aller pour Ellie ?

Dans un mouvement de frustration, maman leva les mains en l'air et retourna dans la salle. Je la suivis.

L'infirmière passait deux ceintures autour du ventre d'Ellie.

— Il faut que je trouve le rythme cardiaque du bébé.

Elle tenait à la main un petit engin qu'elle passait sur la peau d'Ellie de haut en bas et de bas en haut. D'un côté à l'autre. Il émettait un son gluant et sifflant. L'infirmière, un voile d'inquiétude sur le visage, leva la tête vers ma mère.

— Des saignements ? demanda ma mère, prenant l'appareil des mains de sa collègue pour continuer l'exploration, avec le même bruit discordant.

— Non, juste des crampes, dit Ellie en grimaçant. Comme maintenant.

— C'est une contraction, mon cœur, rectifia maman.

— Mais c'est trop tôt, riposta Ellie.

Sa réaction me sidéra. Je n'arrivais pas à comprendre comment elle pouvait encore être dans le déni. Maman parlait parfois de son travail, et je savais que les médecins, dans certains cas, pouvaient interrompre un accouchement prématuré, mais pas toujours. Parfois les bébés naissent tellement tôt qu'ils passent des jours et des jours dans une couveuse.

Maman continua à chercher les battements du cœur. Avec Ellie, nous avions entendu les petites pulsations à de nombreuses reprises, dans la clinique. À présent, rien de tel.

— Le médecin à la clinique, où est-ce qu'il trouvait le cœur ?

Lentement, Ellie indiqua un endroit sur son ventre.

— Est-ce que le bébé bouge ? demanda l'infirmière.

— Non, pas depuis hier.

Ma mère serra les dents et elle se tourna vers l'autre infirmière.

— Va chercher une machine à échographie.

— Qu'est-ce qui ne va pas ? demandai-je, tout en songeant : *Qu'est-ce qui ne va pas encore ?*

— Parfois, ce n'est pas facile de trouver les battements du cœur, me rassura ma mère.

— C'est pour ça que le bébé est si calme ? interrogea Ellie d'une voix plus aiguë.

Elle venait de comprendre, tout comme moi, ce qui se passait. Non seulement elle avait commencé le travail, mais le bébé était en difficulté. Je fis le tour du lit pour me poster à un endroit où ni les machines, ni les gens ne pourraient se mettre entre nous. Elle cacha sa tête dans mon torse et j'enfouis la mienne dans ses cheveux.

L'infirmière approcha un échographe de son lit. C'est à cet instant que le docteur Blythe Clarke entra dans la salle, ruban rose dans les cheveux, comme si elle essayait de signaler qu'elle était une fille. Même si elle était moins grisonnante à l'époque, elle me parut très âgée.

— Bonjour, je suis le docteur Clarke. Est-ce que vous avez été suivie pendant votre grossesse, mon cœur ?

— Oui, à la clinique de Brunswick.

Blythe posa une série de questions. Nous répondîmes à tour de rôle. Vitamines, OK. Prises de sang, OK. Tout va bien, OK. Dix-neuf semaines.

— D'accord, je vais vous examiner.

Elle passa la sonde sur le ventre d'Ellie. Une image circulaire apparut à l'écran.

— Voilà la tête de votre bébé, annonça le docteur en regardant tour à tour Ellie et le moniteur.

— Ici, c'est le torse, murmura-t-elle.

Ma mère ferma les yeux.

Le docteur Clarke laissa échapper un profond soupir.

— Quand avez-vous senti un mouvement pour la dernière fois ?

— Hier soir, avant d'aller me coucher.

Le docteur posa une main sur celle d'Ellie.

— Et voilà le cœur de votre bébé. Je suis désolée, mais il ne bat pas.

Elle fixa l'écran.

— Mais… mais… il faut qu'il batte ! Est-ce que vous voulez dire… Oh, non, s'il vous plaît, non ! Oh, mon Dieu, s'il vous plaît !

Sur le moniteur, un tracé plat.

— Vous voulez dire qu'elle est morte ? couina Ellie.

— Je regrette, confirma le docteur doucement.

Tant d'émotions se déversèrent en moi : la tristesse, l'inquiétude, la colère, la déception et, j'avais honte de le reconnaître, le soulagement. Je me sentais soulagé et horrifié à la fois de pouvoir éprouver une telle sensation. Je pris la main d'Ellie qui me repoussa. Ma mère essaya d'en faire autant, mais se fit accueillir de la même façon.

— C'est une contraction très forte. Je vais vérifier le col, déclara le docteur Clarke.

L'infirmière lui tendit une boîte de gants stériles et un tube de substance visqueuse.

— Sors d'ici, Matt, ordonna ma mère en me poussant dehors.

— Linney, tu peux rester avec moi ? gémit Ellie d'une voix qui me sembla soudain si jeune.

— D'accord, ma chérie.

— Et moi ?

— Attends dehors quelques minutes, gronda ma mère.

L'espace d'un instant, je crus qu'Ellie allait parler, mais elle n'en fit rien.

Je me retrouvai congédié, inutile, coupable et triste. Ma petite amie ne voulait pas de moi avec elle. Elle voulait une mère, n'importe quelle mère, parce qu'Ellie était encore une enfant. Et moi aussi, je voulais ma mère, mais tout ce que j'avais en tête, c'était à quel point ma mère me détestait désormais, et tout le mal que j'avais causé à Ellie. Je restai collé contre la porte, essayant d'écouter ce qui se passait à l'intérieur.

— Elle est entièrement dilatée. À ta prochaine contraction, Ellie, je veux que tu pousses, pria le docteur Clarke.

— D'accord.

— Il faut lui mettre une perfusion. Appelez le labo, pour une prise de sang, et demandez à la clinique ses antécédents.

Ce qui me sembla une éternité passa, pourtant il n'avait pas dû s'écouler plus d'une demi-heure. Maman sortit dans le couloir et me prit le bras pour marcher quelques mètres. Je la fixai, incapable d'articuler la moindre question. Est-ce qu'Ellie va bien ? Qu'est-ce qui s'est passé ?

Ma mère évita mon regard jusqu'à ce que nous ayons atteint la fenêtre, tout au bout.

— Maman ?

— Physiquement, Ellie va se remettre.

— Et le bébé ?

— C'était une fille. Je veux que tu retournes auprès d'Ellie et, même si ça sera très difficile, je veux que tu prennes le bébé dans tes bras. Si tu ne le fais pas, tu le regretteras toute ta vie.

Mes jambes se dérobèrent. Je pensais qu'elle essayait de me punir, de me confronter à mon erreur. Mais ma mère me serra contre elle.

— Je t'aime, Matt. Va dans la chambre. Parle à Ellie. Je vais appeler à la maison. Ton père doit être rentré, est-ce qu'il est au courant ?

Je hochai la tête, pensant que ma mère le fustigerait sûrement de ne rien lui avoir dit.

Maman soupira.

— Une fois que j'aurai parlé à ton père, je viendrai te rejoindre pendant que tu tiendras ta fille.

Ma fille ?

Pâle et à bout de forces, Ellie était assise dans son lit. L'infirmière injectait une substance dans la poche à perfusion. Se contentant de fixer ses genoux, Ellie ne leva pas la tête.

— Hello, lançai-je.

— Tu penses qu'on devrait lui donner un nom ?

Je ne m'étais pas permis d'en choisir un… En fait, si. Mais elle devait aller dans une autre famille. Je voulais l'appeler Alice, comme ma mère, mais ça ne paraît plus correct maintenant. Tu penses qu'on devrait lui donner un nom ?

— Oui, répondis-je, me surprenant moi-même.

C'est alors que je vis le bébé, emmitouflé dans une couverture sur les genoux d'Ellie. Il était si petit, peut-être vingt centimètres. Je déglutis avec peine.

— Tu as des préférences ? demanda Ellie.

Cette question me parut complètement absurde. Quelle importance ? Nous ne l'appellerions jamais à table, ni ne lui chanterions « Joyeux anniversaire ».

— Je ne sais pas…

— Il faut que ce soit spécial, parce que ce sera la seule chose que nous lui offrirons.

C'est là que la réalité me foudroya. C'était un bébé, qui aurait pu grandir, devenir une personne. J'étouffai.

— D'accord, un nom.

Elle posa une main sur mon épaule.

— Ce que tu veux, parvins-je à prononcer.

— Celina. C'est un joli nom, n'est-ce pas ? C'est tiré de Séléné, la déesse de la lune, et…

— Ça me va, l'interrompis-je, parce que je savais que je ne pourrais pas supporter d'entendre toutes ses considérations sentimentales.

Chaque fois que nous regarderions la lune, nous penserions à Celina. Je savais en tout cas que ce serait le cas pour moi.

— Je suis sûre qu'elle aurait été très belle. Et intelligente, bien sûr.

— Brillante, comme toi, affirmai-je en m'approchant pour la regarder.

— Tu veux la prendre dans tes bras ?

Je hochai la tête, même si je n'en avais pas envie.

Alors qu'Ellie posait la couverture dans mes bras, je ne pus sentir le poids du bébé. C'était comme si elle n'avait pas été là du tout.

— Je suis désolée, Matt.

— Pourquoi ?

— Ça doit être ma faute. La mort est tout autour de moi. Dans ma maison. Dans mon corps. Partout… Je suis vraiment désolée.

Je m'assis sur le lit, à côté d'Ellie, et lui embrassai les cheveux.

— Non, Peep. Ce n'est pas… ta faute.

J'avais l'impression que c'était entièrement la mienne. Je m'étais persuadé qu'Ellie n'aurait pas abandonné le bébé. Et je lui en avais voulu pour ça, mais maintenant que je voyais Celina, je compris que, moi, non plus, je n'aurais jamais pu m'y résoudre.

Maman frappa à la porte, entra et s'assit sur une chaise dans un coin. Elle avait les yeux rouges.

— Quand vous serez prêts, quelqu'un va venir la chercher pour l'emmener. Tu vas être déplacée dans une chambre du service.

— L'emmener ? Qu'est-ce qu'ils vont faire d'elle ? demanda Ellie en m'arrachant le bébé pour le serrer contre elle.

— Certains optent pour un enterrement. D'autres préfèrent simplement que l'hôpital se charge de tout.

Ce que voulait dire maman, c'est qu'ils allaient la jeter aux ordures.

— Non. Un enterrement, déclarai-je.

— Que l'hôpital se charge de tout ? Non. Mais un enterrement… je ne peux pas en parler à mon père.

Pas avec l'épreuve qu'il traverse. Qu'est-ce qu'on va faire, Linney ?

Ellie se mit à sangloter à chaudes larmes.

Pendant plusieurs minutes, dans le silence déchiré par ses pleurs, je la serrai dans mes bras, tandis qu'elle serrait Celina.

Maman finit par prendre la parole.

— J'aimerais bien ne pas être de ton avis en ce qui concerne Hank, mais ce n'est pas le moment de lui en parler, en effet, Ellie. Je vais voir ce que je peux faire avec l'hôpital. Je vais essayer de leur demander de nous envoyer les frais d'hospitalisation plutôt que chez vous. Et l'autre option, ce serait de la faire incinérer. Papa et moi, nous pouvons payer la facture. Ensuite, vous pourrez disposer de ses cendres. On vous donnera une urne, mais vous pourrez enterrer ses cendres ou les garder, les jeter dans l'océan. Ce sera à vous de décider.

— L'incinérer ? répétai-je.

Ils allaient la brûler. Je me retins de vomir.

— Sûrement pas !

— Si, c'est bien, Matt, déclara Ellie en s'essuyant le visage.

Ses larmes recommencèrent à couler, inondant ses joues. Elle les sécha du dos de la main, tout en continuant à serrer le bébé contre son cœur avec l'autre.

— Tu connais cette chanson, « Woodstock » ? Elle dit que nous sommes des poussières d'étoiles, et c'est vrai. Nous sommes issus de la poussière d'étoiles. Tout sur cette Terre n'est que cendres.

Sa voix se cassa.

Une infirmière fit irruption.

— On va vous changer de chambre, Ellie. Vous êtes prête, ma belle ?

— Tu vas me manquer, murmura Ellie en embrassant la toute petite tête de Celina avant de me la passer.

On allait la brûler, quel que soit l'euphémisme qu'employait Ellie. Sentant le vertige poindre, je chuchotai à l'oreille de mon bébé.

— Je suis désolé.

Maman me la prit des mains et réprima ses propres larmes.

— Viens là, mon petit ange. Je regrette de ne pas t'avoir connue…

Chaque année depuis, j'essayai de voir les Perséides. Cela me paraissait si loin, la première fois où Ellie et moi étions restés réveillés pour les voir dans la maison de son grand-père, notre maison désormais. Nous avions conçu Celina peu de temps après cette première nuit ensemble. Durant les années qui suivirent, j'avais emprunté plus d'une route dégagée, pour grimper sur le toit de ma voiture et les observer. Je me disais que Celina me verrait et saurait que je pense à elle. D'autres années, quand je n'avais pas le choix, je les admirais depuis un toit de New York, m'imaginant que je pouvais voir des rais de lumière.

Celina, notre petite étincelle de poussière d'étoiles.

14

Après l'accident d'Ellie
4e jour

— Donc, vous avez perdu Celina ? conclut Jake en secouant la tête. À cause du trouble auto-immun d'Ellie ?

— Sans doute.

Je sortis d'un tiroir un manuel qui contenait un chapitre traitant du syndrome des antiphospholipides et le posai sur mon bureau.

— Un peu de lecture, si ça te chante…

Je tirai d'un classeur une chemise remplie d'articles sur la question.

— Ou tu peux te contenter de ce que Clint t'a dit sur le SAPL quand tu l'as interrogé.

— Tu as beaucoup de matériel, là. Tu fais tes devoirs, toi, c'est le moins qu'on puisse dire, me félicita Jake en feuilletant les pages.

— Ce n'est pas un problème neurochirurgical. Avant le diagnostic d'Ellie, ce n'était qu'une note de bas de page dans ma formation. Mais, depuis quatre ans, ça fait partie intégrante de ma vie.

— Tu penses que je devrais savoir autre chose ?

— Ce n'est pas ce qui a *tué* notre dernier bébé.

— Alors, c'était quoi ?

— Nous étions chez nous quand Ellie a perdu les eaux. Une suite de catastrophes. Et très vite. J'ai appelé une ambulance, mais…

Je ne pus continuer. Je me remis à faire les cent pas.

— On n'est pas arrivés à l'hôpital à temps. Pas à temps pour le bébé.

Une heure plus tard, nous discutions encore de ce qui s'était passé et de pourquoi je n'avais pas voulu réessayer.

Je lui racontai toute notre vie, même s'il connaissait déjà assez bien la mienne. Je lui parlai d'Ellie, de la période où nous avions été séparés. De la NASA et d'Adam, même si je ne pense pas avoir mentionné son nom, seulement qu'elle avait vécu avec lui.

Enfin, à 19 heures, il fut temps de prendre congé l'un de l'autre.

15

4e jour

J'entrai dans notre cuisine vide et allumai la lumière. Les tennis d'Ellie gisaient sous une chaise et la fougère piquait du nez par manque d'eau. Je m'attendais presque à ce que notre labrador jaune, Hubble, se jette sur moi, mais mon grand frère, Mike, l'avait emmené chez lui depuis trois jours.

Le silence.

Dans toutes les pièces je sentais la présence d'Ellie, les couleurs qu'elle avait choisies pour la décoration, les livres rangés sur les étagères, les photos de nous, de nos amis et celles de sa période dans la NASA. Elle n'était pas vraiment désordonnée, mais personne ne pouvait l'accuser d'être maniaque. Les objets atterrissaient là où ils atterrissaient.

— La gravité, disait-elle. Je le ramasserai plus tard.

Elle ne se préoccupait pas toujours des plus petits détails de la vie.

Je tombais régulièrement sur des reçus, fourrés dans des endroits surprenants.

— Tu es comme un prof distrait, la taquinai-je, un jour.

— Je sais où tout est rangé. Tout. Je sais que plus d'un grincerait des dents en constatant mon apparent manque d'organisation, concéda Ellie en se tapotant la tempe. Mais tout est là, j'ai un algorithme très précis dans la tête.

— Je n'en doute pas, acquiesçai-je, même si c'est moi qui m'occupais des factures.

En pénétrant dans notre chambre, j'espérais retrouver son odeur dans notre lit, mais elle avait enlevé les draps le matin de son accident, laissant la couette pliée sur la banquette.

Je me rendis dans la salle de bains pour chercher une parure propre. Un sac en plastique était posé sur le bord du lavabo. Dedans, je trouvai de l'aspirine et des photos de notre voyage sur l'Île-du-Prince-Édouard, le mois précédent. C'était moi qui apparaissais sur la plupart des clichés. Elle adorait mitrailler avec un téléobjectif et me prendre par surprise. Elle disait que c'était là qu'on capturait l'essence de quelqu'un, sa vérité.

C'était Ellie, tout en mysticisme, superstitions et contradictions. J'aimais cet aspect de sa personnalité. Le monde la voyait comme une scientifique passionnée. Et elle l'était, à n'en pas douter. Combien de gens obtiennent leur doctorat avant l'âge de vingt-deux ans ? Cependant, ma brillante épouse avait aussi peur des chats noirs qui croisaient sa route. Elle formulait des vœux en voyant une étoile filante, même si elle était capable de calculer mathématiquement la décroissance orbitale d'un satellite et d'expliquer la chimie et la physique derrière la fission. Et elle ne laissait jamais un rocking-chair vide basculer d'avant en arrière, quelque chose dans le balancement évoquant la mort d'un enfant. *Le vide.* Nous avions tout de même perdu nos bébés. Tous avant même qu'ils ne naissent.

Pourquoi imaginais-je que ce serait différent cette fois ? Que ce bébé vivrait, qu'Ellie pourrait être maintenue dans cet état assez longtemps pour le mettre au monde ? Parce que, cette fois, il fallait que ce soit différent. Parce qu'il fallait que je lui offre l'enfant qu'elle avait toujours désiré. Parce que je la revoyais encore en larmes, Celina dans les bras. Parce qu'une part de moi portait encore ce premier bébé, ainsi que tous nos bébés. Parce que…

Le bébé dans le ventre d'Ellie n'était qu'une ombre dans une échographie. Une lueur. Et pourtant, il fallait que je le rende réel.

Dylan était un vrai bébé, de deux kilos cent. À l'hôpital, ils avaient pesé son petit corps et ils nous avaient donné ses mensurations comme si ça l'avait rendu vivant. On était supposés se raccrocher aux chiffres, faire notre deuil avec. J'avais tenu mon fils dans les bras. J'avais essayé d'insuffler la vie en lui. J'avais échoué.

Peut-être que c'était ce que je faisais maintenant, insuffler la vie dans ce bébé, ressusciter un peu de ma femme adorée. Je ne pensais pas qu'un bébé me la ramènerait, mais elle avait toujours rêvé d'en avoir un. Il fallait que je garde en vie ses rêves et ses espoirs.

Je feuilletai les photos et tombai sur son sourire radieux. Son merveilleux sourire. Son sourire parti pour toujours.

— Qu'est-ce que tu veux que je fasse, Peep ?

Quelques jours plus tôt, elle avait dit qu'avoir un enfant valait la peine qu'on prenne tous les risques.

Est-ce que cela justifiait qu'on la maintienne dans

un état végétatif ? Est-ce qu'elle serait de cet avis ou est-ce que je m'aveuglais ?

Je glissai dans ma poche une photo d'Ellie qui marchait le long de la plage de sable rouge et rangeai les autres dans le sac, m'arrêtant net. Je venais d'apercevoir un test de grossesse sous le lavabo. Je m'en emparai. La boîte était vide. Je cherchai autour de moi. Est-ce qu'elle avait fait le test ? Savait-elle qu'elle était enceinte ? Ou peut-être qu'elle l'avait simplement jeté à la poubelle pour qu'on ne se dispute pas.

Elle ne savait pas. C'était impossible. Elle ne serait pas montée sur l'échelle si elle avait su.

La chambre à coucher de la ferme était petite et simple, peinte en gris clair.

— Le gris, c'est reposant, avait affirmé Ellie.

Elle était juste assez grande pour un lit double bien trop court pour ma taille, mais comme ça, Ellie et moi nous touchions toute la nuit, ce qui présentait des avantages non négligeables.

Je ne pourrais plus jamais y dormir sans Ellie à mes côtés. Je pris la couette et mon oreiller, avec l'intention de les emporter en bas, sur le canapé du salon. Au lieu de cela, quand j'arrivai devant la porte du grenier, je me figeai, perdu dans l'immensité de ce qui venait de m'arriver.

Je me traînai dans l'escalier. Seulement cinq nuits plus tôt, j'étais rentré tard, après une opération d'urgence pendant mon jour de repos. Les jambes croisées, Ellie m'attendait dans le grenier, sous la lumière d'une lampe. Elle lisait les vieux journaux intimes de sa mère et écrivait dans le sien.

Elle aurait encore dû se trouver ici, à cacher ses lettres sous la trappe, où elle les tenait éloignées du reste du monde. Quelles étaient les chances que j'y trouve ses convictions que la vie commençait ou non dès la conception ? Pratiquement inexistantes, mais qu'importe. De toute façon, je n'avais pas le courage de regarder maintenant. C'est là que je l'avais vue pour la dernière fois, que je l'avais tenue contre moi. C'était là que nous avions fait l'amour pour la première fois. Et la dernière.

Mais elle n'était pas là. Et la maison pulsait d'un silence assourdissant.

J'allumai la lampe et passai par la porte pour me rendre sur le belvédère. En attendant le passage d'une météorite, j'étalai la couette et m'assis dessus pour regarder le ciel. L'apogée du phénomène était passé, mais l'orbite de la Terre croisait encore les traînées d'étoiles filantes. Quel vœu devais-je formuler ? Retourner dans le passé ? Pour lui dire de ne pas monter sur cette échelle. Je pouvais prier pour que le bébé survive malgré les risques accablants. Ou alors je pouvais demander de mourir dans mon sommeil pour rejoindre Ellie. Le vide n'était pas loin de m'engloutir.

Je me recroquevillai sur le côté et pleurai. Plus fort que je n'avais jamais pleuré.

Quand je me réveillai, les premières lueurs du jour éclairaient le ciel. J'avais des courbatures parce que j'avais dormi sur un sol dur, parce que je m'étais laissé aller et parce que j'avais une vision plus claire de l'avenir.

16

5e jour

J'aurais dû m'attendre à voir l'écriture d'Ellie sur le miroir embué de la salle de bains. « LA PLUS DOUCE DES CHOSES ! » Pratiquement tous les jours, Ellie me laissait quelques mots sur la glace, et quand je me douchais, une phrase apparaissait. Parfois c'était un vers tiré d'un poème. Elle aimait Dickinson, Thomas et Rossetti. D'autres fois, c'était simplement « VA SAUVER UNE VIE » ou « JE T'AIME ».

Et je souriais en effaçant le miroir avant de me raser. Aujourd'hui, je m'essuyai et attendis que la buée se dissipe. Je regardai les mots d'Ellie s'évanouir.

J'ouvris le robinet d'eau chaude pour que la vapeur envahisse de nouveau la pièce. Mais son message ne refit pas surface. Au lieu de cela, il se condensa et tomba dans le lavabo en lourdes gouttelettes. Je me demandai le sens de ses mots. Est-ce que c'était le titre de la chanson de U2 que j'écoutais en boucle ? C'était, le plus probablement, juste sa façon de me dire qu'elle m'aimait. Elle m'aimait. Et c'était « la plus douce des choses ».

L'arôme du café et des petits pains au maïs de ma

mère arriva jusqu'à moi. J'entendis, en même temps, le robinet couler et le cliquetis de la vaisselle. Je compris sur-le-champ que ma mère était entrée chez moi sans y avoir été invitée. Je dévalai l'escalier, prêt à la jeter dehors. Je l'aurais fait, mais ses yeux recelaient une profonde tristesse. Si nous n'avions pas été adversaires devant un tribunal, nous aurions pu faire le deuil ensemble. Elle aurait pu m'expliquer comment elle avait trouvé la force de survivre à la mort de mon père.

Mais, à présent, c'est une autre perte que je pleurais, celle de ma mère. Avant l'accident d'Ellie, maman et moi avions été très liés. Mais, devant la cour, ma mère n'avait pas menti en affirmant qu'Ellie était comme une fille pour elle, plus proche encore peut-être. En tout cas, plus proche qu'un fils.

Maman me tourna le dos quand je me ruai dans la cuisine.

— Hubble est toujours chez Mike. Je t'ai préparé ton petit déjeuner…

— Je peux me débrouiller tout seul.

— J'ai cuisiné de l'agneau hier soir et je t'en ai gardé un peu pour faire des sandwichs. Ne t'inquiète pas, j'ai pensé à enlever le gras, mais il faut que tu manges, et tu aimes l'agneau.

Elle passait une éponge sur le plan de travail.

— Je peux me débrouiller tout seul, répétai-je.

Elle se comportait comme si je dépendais encore d'elle pour me nourrir, tenir ma maison, avoir des principes moraux, et elle s'agitait encore comme si elle dressait à un adolescent la liste de tout ce qu'il devrait faire pendant qu'elle serait au travail.

— On devrait se serrer les coudes, tous les deux.

— Je ne peux pas, vu que tu essayes de tuer ma femme.

Choquée par cette accusation, maman recula d'un pas.

— Tu n'es pas sérieux, n'est-ce pas ? J'aime Ellie.

— Sors d'ici.

L'espace d'une seconde, je voulus la pousser hors de ma maison de force. Une seconde où j'oubliai qu'il s'agissait de ma mère. Se serrer les coudes ? C'est elle qui nous déchirait. Nous étions mariés, Ellie et moi. Quels sont les vœux qu'on prononce le jour des noces ? *Ce que Dieu a uni, l'homme ne doit point le séparer.* Bravo. Encore fallait-il en convaincre ma mère.

— Sors d'ici, répétai-je.

Maman fit comme si elle ne m'avait pas entendu. Elle s'essuya les mains sur un torchon, puis, sans discrétion excessive, se tamponna les yeux. Elle versa deux tasses de café qu'elle posa sur la table.

— Assieds-toi dix minutes seulement. Mange quelque chose. Je ne suis pas prête à t'enterrer, toi aussi. Allons, le pain au maïs, c'est ton préféré.

— Mais tu es prête à enterrer Ellie ?

Je la fusillai un moment du regard, refusant de la lâcher. Je voulais la punir. Elle me tendit une assiette. Je n'avais aucune envie de prendre le temps de me faire un petit déjeuner ou de m'arrêter dans un fast-food, par conséquent, je pris l'assiette et m'assis à table.

— Nous ne sommes pas des ennemis, juste des adversaires, déclara ma mère.

Je ne lui parlai pas en dévorant son sandwich et en avalant son café.

— Les journalistes n'ont pas arrêté d'appeler, lança-t-elle en glissant une feuille de papier sur la table. J'ai changé de numéro, il est sur liste rouge.

Je jetai un œil vers mon répondeur qui clignotait furieusement.

— Tu devrais faire comme moi.

Maman fixait sa tasse. C'était rare qu'elle évite ainsi son interlocuteur.

Je me levai et écoutai les premiers messages d'une longue liste, les effaçant dès que j'entendais l'identité de celui qui appelait.

— Pourquoi ne me laissent-ils pas tranquille ?

— Parce qu'ils pensent qu'Ellie leur appartient aussi un peu à eux. Quand elle est allée dans l'espace, elle s'est insinuée dans l'imaginaire de ceux qui voulaient croire aux héros. Et parce que les gens ne veulent pas qu'on les maintienne en vie contre leur volonté.

J'adressai à ma mère un regard mauvais.

— Devenir un légume effraye tout le monde, mon chéri. Je suis désolée, mais vu ton métier, tu devrais le savoir.

— Un état végétatif n'est pas la même chose qu'être un légume, bon Dieu ! Et toi, tu devrais le savoir. Elle a eu une blessure à la tête. Très grave, mais c'est encore un être humain, pas un légume.

Je lui tendis la main, elle l'attrapa et je me dégageai.

— Rends-moi mes clés.

— Matthew, je suis désolée.

Ma mère s'épongea le front.

— Je pensais que tu y verrais plus clair aujourd'hui. Il va falloir que je fasse appel aux services d'un avocat. Je m'en occupe après vendredi. Nous sommes dans deux camps opposés, mais s'il te plaît, comprends-moi.

— Comprendre quoi ? Bon Dieu, quoi ? Que tu ne peux même pas imaginer que je puisse avoir raison ?

— Elle était terrifiée à l'idée de finir comme Alice.

— Ça n'a rien à voir. Alice souffrait tout le temps. Pas Ellie. Et Ellie est enceinte. Alice ne l'était pas. Et même si Ellie avait mal, elle se serait sacrifiée pour le bébé.

— Mais comment sais-tu qu'elle ne souffre pas ? Quand Alice était malade, les médecins affirmaient que, comme elle était dans le coma, elle ne ressentait aucune douleur. Et toi et moi, nous savons tous les deux que c'était faux. Comment sais-tu qu'Ellie ne souffre pas, à aucun niveau ? Elle ne peut pas te le dire. Et si sa tête la torturait affreusement ? Si elle était enfermée dans cette douleur ?

Une boule se forma dans ma gorge, m'interdisant de riposter immédiatement.

— J'ai examiné son électroencéphalogramme, finis-je par répondre. Il n'y a pratiquement plus d'activité cérébrale, maman. Ce qui reste est artificiel.

Artificiel. Comme je détestais ce mot. Le tracé artificiel était tout ce qui restait de l'essence d'Ellie.

— Elle n'est plus là.

Ma mère frissonna, puis se figea, absorbant sans doute le vide créé par l'absence d'Ellie. Doucement, elle se leva et se dirigea vers la porte. Elle sortit mes clés de son sac, qui pendait au crochet.

— Tu t'aveugles sur ce que tu fais subir à Ellie. Et à toi, dit-elle en posant les clés sur le comptoir de la cuisine. Et ça me terrorise.

17

6e jour

Les gens s'efforcent du mieux qu'ils peuvent de ne pas dévisager les victimes d'une tragédie, mais ils le font tout de même. Ils ne peuvent détourner les yeux d'une jambe manquante par exemple. Alors que je faisais la queue dans la cafétéria, je sentais leurs regards sur moi. Pourtant, il me fallait de la caféine presque autant qu'il me fallait de l'air.

Mon portable sonna. Après les salutations d'usage, Jake alla droit au but. Est-ce que j'avais trouvé les papiers ? Où était le testament d'Ellie ?

Préoccupé par la visite de maman et épuisé, je n'avais rien cherché la seule nuit où j'étais retourné à la maison.

— On en a parlé il y a deux jours déjà, me sermonna-t-il. Il faut qu'on se prépare pour l'audience.

À midi, je laissai de nouveau Ellie avec Hank et je partis à la banque. Dans le coffre, je trouvai nos testaments, certificats de naissance, mandats, cartes de sécurité sociale, rien que des babioles sans importance. Rien n'était en sécurité, encore moins nos vies.

En fait, je ne voulais pas rédiger de testament.

C'était l'idée d'Ellie et elle ne m'avait pas vraiment laissé le choix : nous allions tous les deux mourir un jour ou l'autre. J'avais côtoyé la mort sous toutes ses formes affreuses et je comprenais bien cette fatalité. Mais la planifier demandait du courage, et je n'avais jamais été très brave.

Contrairement à Ellie. Imaginez monter dans une navette spatiale un peu plus d'un an après la catastrophe de *Columbia*. Elle était terrorisée. Heureuse, mais terrorisée. Et pourtant, elle n'avait pas hésité.

Après, elle m'avait avoué que, pendant qu'on l'attachait dans *Atlantis*, elle avait songé qu'elle était maudite et priait pour que tous les membres de l'équipage ne meurent pas à cause d'elle.

— C'était idiot, m'avait-elle dit. Ne ris pas, mais aucune femme dans ma famille du côté de maman n'a vécu au-delà de quarante ans, depuis six générations.

Je le savais, je l'avais accompagnée au cimetière et avais lu les pierres tombales avec elle.

— Quoi ? Une sorcière a jeté un mauvais sort à toutes les femmes de ta lignée ? l'avais-je taquinée.

— Vas-y, moque-toi de moi.

Le rire est un mécanisme de défense. J'avais regardé sa mère mourir. Je connaissais le grand-père d'Ellie et j'avais vu les cicatrices qu'il portait depuis l'accident mortel de sa femme.

Quand nous avions eu cette discussion, Ellie était très avancée dans sa grossesse. Elle m'avait pris la main pour que je sente Dylan donner des coups.

— Je ne vais pas mourir jeune. Nous allons le voir grandir, mais à l'intérieur d'*Atlantis*, j'étais effrayée. J'avais peur de condamner mes coéquipiers.

Je lui avais embrassé la bouche, puis le ventre.

— Nous allons devenir une famille. Nous allons vivre une longue vie heureuse.

— Si j'avais dû mourir jeune, ç'aurait été à bord de cette navette, n'est-ce pas ? Laisse-moi rédiger ce testament, ne serait-ce que pour écarter les mauvais esprits.

Ainsi, en signe de solidarité, j'avais consulté un avocat pour que nous ayons tous les deux un testament, afin d'apaiser ses superstitions et de lui permettre de dormir plus paisiblement. Nous avons tout de même perdu Dylan. J'ai perdu Ellie. La seule chose qui me restait, la seule partie d'Ellie que je n'avais pas perdue, était dans son ventre.

Je retournai chez moi et fouillai dans nos papiers, livres de comptes, factures et dossiers médicaux. À l'intérieur, je ne trouvai rien qui soutiendrait notre requête. Je ne pus mettre la main sur ses cours ou ses travaux universitaires. Peut-être qu'elle les gardait dans son bureau à Bowdoin.

Un orage de fin d'après-midi grondait au loin, et quelques minutes plus tard, le vent remonta la rivière en hurlant jusqu'à notre maison. Je montai l'escalier pour vérifier que les fenêtres étaient bien fermées et trouver les journaux d'Ellie. Soudain, j'entendis un claquement dans le grenier et m'élançai dans la chaleur sous les combles. Les portes-fenêtres donnant sur le belvédère battaient dans les rafales de vent. Je les refermai, puis me baissai pour ramasser la lampe qu'elles avaient renversée. L'ampoule était brisée. Parfait. Juste ce qu'il me fallait. Je balayai le verre et soulevai une trappe. À l'intérieur d'un trou dans le plancher, Ellie cachait ses journaux, ainsi que ceux de sa mère. Un des nombreux compartiments secrets dans la maison de son arrière-grand-père contrebandier.

Les écrits d'Alice n'apporteraient rien à l'affaire en cours. Je n'avais besoin que de ceux d'Ellie. Je trouvai des centaines de lettres, des milliers peut-être, bien plus que je ne l'avais imaginé. Je ne savais par où commencer, si elle les avait classées par ordre chronologique, ou si elle les avait simplement rangées là au hasard. À un certain moment, elle s'était mise à écrire dans des cahiers, et il devait y en avoir une vingtaine. Bon sang, et si elle écrivait sur Adam, ce qu'ils avaient partagé, leur vie sexuelle…

J'avais eu d'autres relations, j'avais été charmé par d'autres femmes au cours des années où Ellie et moi avions été séparés, mais je ne voulais pas savoir pour elle. Avec lui.

Je rejetai l'idée dans un coin de mon esprit et me rappelai que je devais chercher un élément précis : la preuve qu'elle se rétractait de ses directives anticipées. Au fond de moi, je savais qu'elle n'aurait jamais fait une chose pareille. Elle avait eu en horreur l'agonie de sa mère.

Je m'emparai des sacoches reliées et des cahiers marbrés puis les posai sur le sol du grenier parce que mon portable vibrait dans ma poche. Je me dépêchai de l'en sortir, m'attendant à ce que ce soit un appel de l'hôpital. Non. Ce n'était que Melanie. Encore.

— Bonjour, Melanie.

— Et si tu venais dîner ? On fait un barbecue. Des épis de maïs et des steaks. Ça te fera du bien de prendre un peu l'air.

— Ah, oui, merci pour l'invitation, mais je dois chercher des papiers pour mon avocat. Une autre fois.

Après avoir raccroché, je jetai un œil à la taille de la pile. Cela m'occuperait toute la nuit. Ou plus, sûrement bien plus. Tout d'abord, il me fallait encore du café et l'assurance qu'Ellie était toujours stable. Aussi appelai-je l'hôpital. Les infirmières m'annoncèrent que son état n'avait pas changé. Ensuite, ce fut Hank qui vint me parler, me confirmant ce qu'elles avaient dit. Il accepta de passer la nuit auprès d'Ellie.

Je sautai la plupart des premières pages, me concentrant sur celles qui dataient d'après notre mariage. Cela faisait bizarre de lire « Cher Matt ». Encore plus bizarre quand elle semblait vraiment s'adresser à moi. La plupart des lettres étaient affectueuses. Certaines, moins, comme celle qu'elle avait écrite un jour où j'avais oublié de l'appeler et que j'étais coincé à l'hôpital, un autre où je lui avais posé un lapin, parce que je remplissais de la paperasse au cabinet. D'autres encore étaient des balivernes sentimentales. Et je les savourai toutes, oubliant mon objectif, le passage que je devais trouver, quelque chose concernant son testament biologique.

Autour de minuit, j'emportai les lettres dans le salon et, peu de temps après, je m'endormis, rêvant d'Ellie dans mes bras, lisant ses lettres à haute voix.

2 octobre 2004

Cher Matt,

Demain matin, toi et moi, devant nos familles, nous allons nous unir pour la vie. Je devrais être nerveuse. Je devrais trembler de ne pas avoir pris la bonne décision. Mais, au lieu de cela, je suis sereine.

Que nous ayons choisi de dormir séparément cette nuit est la décision la plus absurde que j'aie prise de ma vie. Voilà une vérité sur laquelle l'Église catholique a tout à fait raison : le mariage est un sacrement que le prêtre ne donne pas. Il le préside, c'est tout, mais le sacrement en lui-même est donné à la femme par l'homme et à l'homme par la femme. Je me marie avec toi et toi avec moi. C'était la seule raison pour laquelle je voulais me marier dans une église, pourquoi c'était important pour moi, alors que nous n'allons pas à la messe. Je crois à notre mariage plus certainement que je ne crois à quoi que ce soit.

Je t'ai aimé toute ma vie. N'en doute jamais. Même quand je ne pouvais le voir clairement, je t'aimais. Je te sentais dans mon âme. Donc ce mariage, demain matin, n'est que le sceau de ce que j'ai toujours considéré comme mon destin. Notre destin. Je t'aime, Matthew. Et je t'aimerai jusqu'à la fin de ma vie. Et plus encore.

Ton amour,

Peep

18

Dix-neuf ans avant l'accident d'Ellie

J'ai décidé de devenir docteur en assistant à mon premier miracle médical. J'avais sept ans. Ma famille pique-niquait au bord du lac Sebago et mon frère, Mike, qui avait à l'époque dix ans, s'est jeté dans l'eau en se balançant à une corde. Il n'est pas remonté à la surface prendre de l'air. Papa a plongé et l'a repêché, flasque et bleu. Ma mère l'a ressuscité en lui faisant du bouche-à-bouche, des compressions, la totale en cas de noyade. Au bout de deux jours, un œil au beurre noir et quelques points de suture en prime, il est sorti de l'hôpital et rentré à la maison.

Les histoires ne se finissent pas toutes aussi bien, mais je ne l'appris que dix ans plus tard. Alice agonisait. Tout allait de travers depuis quelques semaines. D'abord, Ellie avait perdu le bébé, et ensuite les infirmières de la clinique appelèrent les services sociaux.

A posteriori, il semble incroyable que personne n'ait réagi plus tôt à ce qui se passait chez les McClure. Peut-être que tout le monde avait réussi à se convaincre que mes parents étaient à côté pour veiller sur Christopher et Ellie. Mais Hank s'était mis à disparaître des jours entiers.

Le rapport de négligence fut publié après quelques semaines, expliquant que, le jour de la fausse couche d'Ellie, Christopher était rentré de l'école et personne n'avait été présent pour s'occuper de lui. La raison de l'absence d'Ellie n'était pas mentionnée, seulement qu'elle ne l'attendait pas à la maison. Bien sûr, l'infirmière était là pour soigner leur mère mourante, mais ce n'était pas à elle qu'incombait la responsabilité d'un gosse de huit ans. Cette nuit-là, Hank n'était pas rentré et n'avait pas appelé pour prévenir. L'infirmière rapporta que, le plus souvent, il était ivre mort.

Entre la fausse couche et la réception du rapport de la commission des services sociaux, mes parents avaient également envisagé d'appeler les autorités.

— Avant que Matt et Ellie perdent la raison, nous aurions pu demander la garde des enfants, avait argumenté ma mère. Mais on ne peut plus permettre qu'ils vivent sous le même toit désormais. On n'arrivera jamais à les tenir à distance.

— On ne pouvait pas non plus quand Ellie habitait chez les McClure, de l'autre côté de l'allée, avait riposté mon père. Quelle est la différence ?

Ai-je déjà mentionné le fait que la grille d'aération dans ma chambre me faisait profiter de toutes les conversations dans la cuisine ? Leurs mots s'envolaient vers moi tel un essaim de frelons.

Je continuai à aller chez Ellie tous les jours après les cours. Elle retrouva sa silhouette en quelques semaines seulement. Je recherchais sa présence plus que tout, mais elle ne voulait pas de moi. Elle disait qu'elle avait peur de retomber enceinte. Nous avions déjà fait une bêtise. Elle refusait de prendre la pilule parce qu'elle ne voulait pas avoir le cancer du sein comme sa mère. L'intimité physique et émotionnelle que nous avions partagée disparaissait à mesure qu'elle se concentrait de plus en plus sur l'état d'Alice.

— Laisse-la partir, papa, suppliait-elle. Arrête de la nourrir. Si maman n'avait pas ce tube enfoncé dans le nez, elle serait… elle serait en paix. Regarde-la ! S'il te plaît ! Elle souffre. Donnez-lui plus de calmants, au moins !

Elle implorait les infirmières. Elle implorait Hank. Mais, même quand Hank se trouvait à la maison, il était si imbibé d'alcool qu'il ne voyait pas ce que les autres voyaient. Je suppose que c'était l'effet recherché.

Un jour, alors que l'infirmière prenait sa pause-cigarette, Ellie avait essayé de crocheter la boîte qui contenait les médicaments. L'infirmière avait menacé d'appeler la police. C'était peut-être à ce moment qu'ils avaient décidé de prendre des mesures.

— Qu'est-ce que tu avais l'intention de faire ? hurlai-je, alors qu'Ellie sortait en trombe.

— Je voulais juste lui donner une dose assez forte pour qu'elle n'ait plus mal. C'est horrible ! Aussi horrible que de torturer quelqu'un ! Pourquoi ne la laisse-t-il pas partir ? Pourquoi les médecins ne mettent-ils pas un terme à son supplice ? Mon père se noie dans l'alcool pour oublier, mais pendant ce temps, ma mère souffre.

— Qu'est-ce que tu veux qu'ils fassent ? Qu'ils l'aident à mourir ? Qu'ils l'euthanasient ?

Dans l'allée, Ellie me contourna.

— Tu penses vraiment que ce serait si condamnable ? Si je me trouvais à sa place, je demanderais à mourir.

Je ne la reconnaissais pas quand elle était comme ça. Ses yeux s'agitaient dans tous les sens comme si elle était enfermée dans une pièce en feu.

— Je dois aller réviser pour mes examens, lançai-je, me défilant, incapable de participer à cette scène.

Une autre semaine passa. Hank disparut pendant trois jours.

C'est alors que cela arriva.

Nous ne nous parlions plus et Ellie ne m'avait même pas dit qu'il était parti. Je le découvris en rentrant à la maison. Sur une note que maman avait laissée sur la table de la cuisine :

Nous avons retrouvé Hank. Papa l'emmène quelque part pour qu'il dessoûle. L'infirmière a appelé les services de l'enfance. Je vais à Portland pour essayer de sortir Ellie et Christopher de la maison d'accueil.

Je sautai par-dessus la clôture entre nos deux allées pour me rendre chez les McClure.

L'infirmière ouvrit la porte.

— Je n'avais pas le choix. Je suis légalement tenue de rapporter les négligences et les abus. Votre famille a essayé de protéger les enfants, mais c'est la débandade.

Derrière l'infirmière, Alice gisait, plus squelettique que jamais. Les bruits qui sortaient d'elle prouvaient qu'elle luttait pour respirer.

— Je n'ai pas rapporté aux services sociaux la grossesse d'Ellie. Et si vos parents ne parviennent pas à obtenir la garde d'Ellie et Christopher, je plaiderai pour leur cause. Ils les aiment, c'est clair. Mais Matt, vous et Ellie ne devez plus faire de bêtises. Si cela devait se reproduire, les pauvres enfants finiraient en maison d'accueil.

— Ne vous en faites pas, Ellie ne me laisse plus l'approcher.

Prenez d'un côté une jeune fille de quinze ans venant de perdre un bébé et, de l'autre, un lycéen en chaleur, et nous voilà dans une impasse. Mon père me menaçait de me retirer mes économies pour l'université. Ma mère de me castrer. Et chaque fois que j'essayais de la toucher, Ellie se rebiffait, horrifiée. Et Alice n'en finissait plus de mourir. Jour après jour, elle ne se décidait pas à rendre son dernier souffle. C'était comme si elle n'allait jamais le faire.

Maman revint à la maison vers 22 heures ce soir-là, avec Christopher et Ellie. Le visage d'Ellie était rouge et bouffi. Celui de Christopher, dégoûtant de morve.

Maman n'arrêtait pas de faire non de la tête. Papa me fit signe de l'accompagner, alors qu'il emmenait Christopher à l'étage, dans ma chambre. Après l'avoir déposé sur la couchette du haut de mon lit superposé, papa me demanda de veiller sur lui.

— Il a peur. Je veux que tu restes avec lui.

Je suivis mon père dans le couloir.

— Laisse-moi d'abord parler à Ellie.

Il me repoussa, sa main sur mon torse.

— Va te coucher. Tu as école demain. Ta mère va ramener Ellie chez elle. L'infirmière est là-bas et l'assistante sociale a dit qu'Ellie pouvait rester dans sa maison du moment que l'infirmière y était.

Je n'avais pas cours le lendemain matin, on était vendredi, mais dès que j'ouvris la bouche pour riposter, Christopher se mit à pleurnicher.

— C'est trop haut ! Je veux Ellie !

— Vas-y. Reste avec lui, ordonna mon père. Laisse ta mère s'occuper d'Ellie.

Je baissai les bras et partis rejoindre Christopher.

— Tout va bien, bonhomme. Je suis là.

— Je veux Ellie !

— Moi aussi.

Je retirai ma chemise et me glissai sous la couverture de la couchette du bas.

— C'est trop haut, se lamenta Chris. Je peux dormir avec toi ?

Le seul McClure avec lequel j'aurais voulu dormir, c'était Ellie.

— Mais non. Tu ne peux pas tomber, avec la barrière.

— S'il te plaît, est-ce que je peux dormir avec toi ?

— Le lit est trop petit.

— À ta place, Ellie m'aurait laissé.

Et merde. Sans doute qu'elle l'entendait se plaindre jusque dans la cuisine. Alors, pour le faire taire, je cédai.

— Allez, viens.

Ses jambes passèrent devant mon visage et il atterrit sur mon bras. Après quelques minutes à se tourner et se retourner dans tous les sens, il se cala contre le mur. Je regardai dans la direction de la maison des McClure. Je m'attendais à ce que maman rentre tout de suite après avoir raccompagné Ellie, mais je ne l'entendis pas revenir.

Le lendemain matin, maman préparait du bacon et du pain au maïs. Je m'écroulai sur la table de la cuisine.

— Christopher ronfle.

Maman posa une tasse de café devant moi. Un peu hébété, je le reniflai. Elle ne m'avait jamais donné de café auparavant, même si j'en avais déjà bu.

— C'est pour moi ?

Aucune réponse.

— Maman ? Ça va ?

Elle me dévisagea, comme si elle me voyait pour la première fois.

— Pourquoi est-ce que tu bois du café ? me demanda-t-elle, puis elle enchaîna avant que je n'aie le temps de répondre : Allez, dépêche-toi, tu vas être en retard pour l'école.

— On est samedi…

On frappa à la porte et l'infirmière entra.

— Je suis désolée de vous déranger, s'excusa-t-elle en s'éclaircissant la voix. Alice McClure est morte il y a une heure et Ellie est inconsolable.

Même après avoir prié des mois pour que sa mère parte enfin en paix, Ellie n'était pas préparée à ce choc.

On ne l'est jamais.

19

Un an avant l'accident d'Ellie

Nous étions au lit à discuter des différences entre les deux sexes. Après les commentaires anatomiques habituels et évidents, le genre que seuls des amants peuvent partager, la conversation dévia vers les aspects psychosociaux, spirituels et les clichés. J'affirmai que les hommes étaient plus agressifs et les femmes plus maternelles.

— Les femmes sont plus fortes, plus sûres d'elle, déclara Ellie.

Je bandai un muscle.

— Tu veux rire, contredis-je.

— Non, les hommes ne manquent pas de testostérone pour montrer leurs biscoteaux – très jolis, d'ailleurs – et pour s'affirmer, mais ils ont besoin d'être rassurés. Je veux dire que vous, et je ne parle pas de toi en particulier, mais de tous les hommes en général, vous avez besoin de contrôler tout ce qui vous échappe. Les hommes ne comprennent pas les femmes, alors ils les dominent.

— Quoi ?

— Si un homme a un souci technique pour ainsi

dire, est-ce que tu crois qu'il se confierait à un copain de la gym ? Je ne pense pas. Non, il jouerait encore plus la carte du machisme, se vanterait de toutes ses conquêtes et se ferait passer pour un vrai tombeur.

— Tu as quelque chose à me reprocher ?

Elle leva les yeux au ciel.

— Non, tu n'as aucune inquiétude à te faire dans ce domaine. Et tu le sais. Laisse-moi t'expliquer le contre-exemple. Si une femme ne peut pas mener ses grossesses jusqu'à leur terme, ce qui personnellement me met autant dans une situation d'échec en tant que femme qu'un homme qui ne pourrait pas avoir d'érection, qu'est-ce qu'elle va faire, à ton avis ? Qu'est-ce que j'ai fait ? J'ai trouvé une autre femme qui a traversé le même genre de situation et on n'arrête pas d'en parler ensemble. Les hommes sont incapables de faire ça. Ils ne sont pas assez sûrs d'eux.

— Ou, comme je l'ai dit, les femmes sont plus maternelles. Vous vous maternez l'une l'autre. C'est pareil. On est d'accord sur tout, tu avais déjà remarqué ?

Elle me frappa avec son oreiller.

L'autre femme qu'Ellie avait trouvée était Keisha Sudani. Elles avaient au moins ça en commun : leur incapacité mutuelle à avoir un enfant. Keisha n'arrivait pas à tomber enceinte et Ellie ne parvenait pas à mener ses grossesses jusqu'à leur terme. Oui, elles étaient toutes les deux professeurs associées à Bowdoin, mais Ellie enseignait la physique et l'astronomie, et Keisha, l'histoire des femmes. Chaque minute qu'elle avait de libre, Ellie la passait dehors, à courir, nager, retourner la terre dans le jardin. Le seul moyen de convaincre Keisha de se salir les mains aurait été de lui dire que ça lui permettrait de concevoir. Elle avait tout essayé, depuis les FIV, les épices et l'acupuncture, jusqu'aux remèdes tribaux du Pacifique Sud. Keisha souffrait de stérilité, mais aucun médecin n'avait réussi à en diagnostiquer la cause. Tout allait très bien, sauf que Keisha et son mari étaient en mal d'enfants, comme Ellie et moi.

20

Après l'accident d'Ellie
7e jour

Après avoir passé plusieurs mois en Nouvelle-Zélande, Keisha se rendit à l'hôpital directement à sa descente de l'avion. Ses yeux noirs se remplirent de larmes lorsqu'elle toucha le crâne rasé d'Ellie.

— Ma chère amie, ma chère amie, regarde-moi ce qu'on t'a fait, murmura-t-elle avec son accent caressant, avant de lever les yeux vers moi. Comment va le bébé, Matthew ? Et toi, comment ça va ?

— Je tiens bon. Et la... Le bébé va bien, bredouillai-je.

J'avais failli dire : « La grossesse se passe bien. » J'y pensais encore en ces termes : « la grossesse ». Ma femme était enceinte.

— Dis-moi ce dont tu as besoin et je le ferai, déclara Keisha.

— Est-ce que tu pourrais témoigner qu'Ellie aurait voulu que le bébé vive ?

— Comment ça, elle l'aurait voulu ? Elle aurait supplié qu'on la laisse mener la grossesse à terme ! Je ne comprends pas comment ta mère peut envisager de débrancher le respirateur alors qu'Ellie porte un bébé.

Je revis Ellie me prendre la main et la poser sur son ventre pour sentir Celina ou Dylan donner des coups. J'entrais en contact avec l'enfant à l'intérieur d'elle. Jamais Ellie ne le ferait avec ce bébé-là. Soudain, je songeai que peut-être jamais je ne me sentirais lié à cet enfant sans Ellie, et que je devrais l'élever seul. Jusque-là, jamais tout cela ne m'avait traversé l'esprit.

— Matthew, ça va ?

— Oui. Merci. Ah, et est-ce que tu pourrais passer dans son bureau à Bowdoin ? Tout emballer ? Voir si tu trouves un document qui pourrait indiquer ce qu'elle ferait dans une situation pareille, même vaguement...

— J'ouvre les yeux, promit-elle avant de se tourner vers Ellie. La voir dans cet état me brise le cœur...

Elle se pencha pour embrasser le front d'Ellie.

— Je t'aime, ma douce amie.

Je comptais deux alliés : Hank et Keisha. Mais bien plus d'adversaires. Christopher et sa femme, Arianne, une petite blonde réservée, arrivèrent pour voir Ellie. Ils restèrent quelques minutes, puis partirent à la hâte. Mes trois frères, un par un, ou parfois tous ensemble pour se donner du courage, défilaient pour me rappeler l'agonie d'Alice. Doug était parti dans le Vermont juste après le lycée et, comme il était l'aîné et moi le cadet, nous n'avions jamais été proches. Il m'entoura les épaules de son bras.

— Matty, c'est terminé. Laisse-la partir. Tu n'as pas les idées claires.

— Ce n'est pas terminé. Pas tant qu'Ellie est enceinte.

Mon frère Keith tenta une autre approche : maman

et la culpabilité que je devrais ressentir de m'opposer à elle. M'opposer à elle ? Comme si j'étais un adolescent rebelle et pas un adulte raisonnable. Et Mike se transformait en fontaine chaque fois qu'il mettait les pieds dans la chambre d'Ellie, bafouillant qu'elle ne devrait pas rester dans ce lit. Je lui dis de ne plus revenir. Si quelqu'un devait pleurer, c'était moi. Mais je ne pouvais pas. Il fallait que je fasse bonne figure, que je me montre sûr de moi.

Mike continua à venir et je lui en étais reconnaissant. C'était le seul qui arrivait à parler d'autre chose, même s'il était contre l'idée de maintenir Ellie sous assistance respiratoire. Nous formions tout de même une famille.

Entre deux visites, tout ce dont j'avais envie, c'était de m'asseoir dans un coin de sa chambre d'hôpital et d'entendre sa voix à travers la lecture de ses lettres. Mais les gens se succédaient par vagues : ma famille, celle d'Ellie, les médecins – ceux que j'avais choisis et ceux qui témoignaient pour ma mère.

Et le prêtre, père Meehan, avec son pantalon noir et son col blanc, apparut sur le pas de la chambre. Aurais-je dû lui confesser qu'il était la dernière personne que j'avais pensé à appeler ? Je ne croyais pas que l'âme d'Ellie avait besoin de rédemption ou qu'une espèce d'incantation ferait la moindre différence auprès du Tout-Puissant, du père, du fils et du Saint-Esprit. Je me sentais hypocrite d'utiliser le père Meehan pour me présenter devant la cour et jurer sur la Bible qu'Ellie était dans les bonnes grâces de Dieu et qu'en la maintenant dans cet état je respectais son droit de pratiquer sa religion, ainsi que l'exprimait le premier amendement. Pourtant, je lui tendis la main et lui mentis. Ou alors je lui dis la vérité. Qui sait ? À mes yeux, elle était la meilleure des femmes, et jamais je n'aurais pu imaginer qu'elle irait ailleurs qu'au paradis si elle devait mourir. Je n'ajoutai pas que je doutais qu'un tel endroit existât.

Il la bénit avec des huiles, prononça des prières et lui donna l'extrême-onction. Quand il se tourna pour partir, je ne sais ce qui me prit, mais je m'écroulai sur la chaise et me mis à sangloter.

— Je suis désolé, finis-je par murmurer.

— Je me souviens de votre mariage, lança-t-il. Je n'ai pas si souvent l'occasion de marier des astronautes. Ni l'un ni l'autre n'avez beaucoup assisté à la messe depuis. Elle est passée de temps en temps au printemps.

Je sortis une boîte de mouchoirs du tiroir de son chevet pour me moucher.

— Après la mort de Dylan.

Il hocha la tête et attendit un instant avant d'enchaîner.

— C'est pour cette raison que vous avez perdu la foi, Matt ?

— Je ne sais pas. Peut-être que je ne l'ai jamais eue.

Le père Meehan secoua la tête, de colère ou par pitié, je n'aurais su le dire.

— J'ai parlé avec votre avocat. Il voudrait que je dise que vous et Ellie étiez des catholiques pratiquants, et je suppose que c'est pour cela que je suis ici. Pour donner le change.

— En partie, concédai-je. Mais Ellie aurait voulu offrir une chance à ce bébé. Elle aurait voulu des prières.

Il semblait peser mes mots.

— Et vous ? Vous voulez donner une chance à ce bébé ?

— Bien sûr. Nous voulions avoir des enfants, dis-je, hésitant à continuer. Si je vous parais ambivalent, comprenez que c'est parce que j'ai perdu Ellie, elle est partie pour toujours. Je suis brisé, épuisé. Mais nous voulions des enfants. Nous en avons toujours voulu.

— Écoutez, voilà ce que je pense, déclara-t-il en hochant la tête. Je sais que vous vous inquiétez de savoir si le bébé va naître ou non. Et vous pensez que, sans cela, plus rien n'a d'importance. Mais vous vous éloignez de l'Église, Matt.

— N'utilisez pas mon manque de ferveur religieuse contre mon bébé. Et peut-être qu'Ellie n'allait pas régulièrement à l'église, mais elle croyait en Dieu. Ce serait sans doute plus facile si j'y croyais moi aussi.

— Je sais qu'elle était croyante. Elle n'assistait pas souvent à la messe, mais elle était venue me parler après avoir perdu l'un de ses bébés. Elle croyait que la vie commençait dès la conception. Quand je dirai cela devant le juge, je ne mentirai pas. Je vais témoigner, pour elle et pour le bébé. Mais je voudrais vous demander quelque chose.

— Tout ce que vous voudrez.

J'étais prêt à passer un marché avec le diable ou son envoyé. Peu m'importait.

— Quand le bébé sera né, je veux que vous veniez à l'église. Venez, même si vous n'y croyez pas, au départ. Suivez le protocole comme tout le monde au début. Faites baptiser le bébé, promettez de l'élever dans la foi. Vous voyez, je veux lui offrir une chance, moi aussi.

Après tout, c'était une toute petite concession. Qui aurait pensé que le marchandage de ma tristesse aurait été si concret ?

— L'église. Je veux bien.

Le père Meehan leva la main et se signa.

— Ce dimanche, ce serait un bon début…

21

8e jour

Le changement de garde n'est pas le moment le plus tranquille. Les infirmières oublient de baisser la voix quand elles se saluent, comme si c'était une journée de bureau banale. On entend les complaintes habituelles sur le travail à venir, et ensuite le défilé commence.

L'infirmière de nuit conduit celle du jour dans la chambre d'Ellie, pour lui faire les transmissions tandis que sa collègue vérifie les poches de perfusion, relit les instructions et contrôle les tracés sur les moniteurs.

J'étirai mon corps fourbu sur ma chaise et partis vers la salle de repos. Faire partie du personnel présente des avantages, comme pouvoir prendre une bonne douche chaude et se raser sans quitter le bâtiment.

Quand je revins, ma mère était assise sur ma chaise, les coudes sur les genoux, la tête dans les mains. Je jetai un regard au respirateur, au moniteur d'Ellie : mêmes données, un rythme sinusoïdal régulier. J'inspirai et me tus, attendant que maman lève les yeux.

Mais elle n'en fit rien. Et je compris après un moment qu'elle pleurait, comme elle le faisait toujours, en silence, ses épaules s'agitant presque imperceptiblement.

— Ça va ? demandai-je malgré ma colère sourde, mon ressentiment et mon indignation.

La liste n'avait pas de fin.

Elle sursauta, se dépêchant d'essuyer ses larmes, puis hocha la tête. Elle était vêtue de sa tenue d'infirmière cachée sous une blouse et elle avait attaché ses cheveux en chignon.

— Je déteste ça, lança-t-elle en faisant un signe de la main vers Ellie. Ça ne devrait pas se passer comme ça, Ellie, Ellie…

Elle répéta son prénom, telle une incantation.

Une partie de moi voulait chasser maman de cette pièce. Mais une autre partie mourait d'envie de la serrer dans mes bras pour effacer la douleur et l'horreur cachées derrière ma réserve.

— Non, ça ne devrait pas. Mais c'est le cas et il y a encore une vie en jeu.

— Ce n'est pas ce que je voulais dire… Je voudrais retourner en arrière. Je voudrais qu'elle soit de nouveau sur pied.

— Enfin. On est d'accord sur un point, dis-je, sentant ma résolution fléchir. Tu travailles aujourd'hui ?

— J'essaye, mais… Bref…

— Ne me dis tout de même pas que tu as été envoyée ici pour vérifier le rythme cardiaque.

— J'étais de service, déclara maman en me dévisageant. Ma patiente a lu mon nom sur mon badge et m'a demandé si j'étais de la famille de l'astronaute. Quand je lui ai dit oui, elle m'a dit de sortir de sa chambre, que j'étais une criminelle qui tuait les bébés. Moi ? J'ai déjà vu des folles au cours de ma carrière. Une gamine de seize ans par exemple n'a pas apprécié que je lui demande de pousser, elle m'a attrapée par la gorge et y a enfoncé ses doigts si profondément qu'elle a laissé des marques, mais personne ne m'a jamais accusée de quelque chose d'aussi ignoble que de tuer des bébés.

— Alors, pourquoi est-ce que tu es ici ? Tu veux que je te dise que tu es une sainte ? Je ne vais pas t'offrir mon soutien. Tu as tort dans cette histoire.

Maman ne me regardait pas. Elle caressait le bras d'Ellie.

— Je ne crois pas. Elle ne voulait pas mourir de cette façon, affirma-t-elle en se penchant pour embrasser Ellie sur le front. Je n'ai rien fait quand Alice agonisait. Je n'ai pas su affronter Hank. Je n'ai pas insisté auprès des oncologistes. Je ne me suis retournée contre personne à l'agence de soins à domicile. Je suis restée à ma place en bonne infirmière docile. À cette époque les infirmières ne faisaient pas de vague. Ça ne se faisait pas de s'affirmer. Nous n'avions pas voix au chapitre alors. J'ai été élevée à la vieille école, comme on dit. Et depuis, j'ai toujours regretté mon silence, ma passivité. J'ai laissé tomber ma meilleure amie. Je l'ai laissée souffrir.

Maman caressait toujours le bras d'Ellie.

— Je ne ferai pas ça à Ellie. Je me battrai pour elle et pour ce que j'estime juste. Et je suis désolée que cela nécessite de me battre contre toi.

Maman tremblait quand elle passa à côté de moi.

— Je t'aime, Matt. N'oublie jamais ça. Mais j'aime Ellie, aussi.

Hank sortait en général de chez lui pimpant et bien habillé, pourtant, ce jour-là, on aurait dit qu'il avait dormi dans ses vêtements et ne s'était pas changé. Je m'approchai de lui. Il sentait l'after-shave Old Spice et pas la bière ou un autre alcool. Il secoua la tête.

— Je n'ai rien bu.

— D'accord, concédai-je, masquant à peine ma perplexité.

— Honnêtement. Je suis dans cet état parce que je viens de descendre d'un avion. Je suis allé à Houston la nuit dernière.

— Pourquoi ?

— Adam, siffla Hank, méprisant.

Je savais que Hank n'avait jamais apprécié Adam, sans doute parce qu'il était plus âgé qu'Ellie d'au moins dix ans, et qu'elle n'avait que vingt-trois ans quand elle avait emménagé avec lui.

Pour tout dire, moi non plus, je ne l'avais jamais apprécié. Pendant huit longues années, il avait eu la femme que je voulais.

— Tu es allé voir Adam ?

— Il m'a appelé. Matt, il dit avoir la preuve qu'Ellie ne souhaiterait pas être maintenue sous respirateur. Il va venir témoigner.

Les muscles de mon cou se tendirent comme si on venait de m'assener un violent uppercut.

— Témoigner ? De quelle preuve parle-t-il ?

— Il ne m'a rien dit. Ou rien voulu me dire. C'est pour cela que j'ai fait le voyage. J'ai essayé de lui tirer les vers du nez. Il n'arrête pas de laisser des messages sur mon répondeur depuis l'accident. Il a fini par me menacer : « Si vous n'arrivez pas à convaincre ce connard », ça, c'est toi, Matt, désolé, « d'éteindre le respirateur d'Ellie, je le ferai moi-même ». C'est pour ça que je suis parti à Houston. Mais il a seulement dit qu'il avait la preuve.

Cela n'avait aucun sens qu'Adam intervienne dans cette histoire après tant d'années.

— Quelle ordure ! lançai-je. Oublie-le. S'il avait quelque chose d'important, il t'aurait dit ce que c'était.

Peut-être qu'Ellie avait raison. Comme tous les représentants de mon sexe, mis au pied du mur, je faisais les gros bras, même s'il n'y avait rien derrière.

Je laissai Hank avec Ellie et partis retrouver Jake dans son bureau, franchissant la distance qui le séparait de l'hôpital sans m'en apercevoir. La réceptionniste m'avait invité à entrer et quand j'arrivai, Jake était en communication sur son BlackBerry. Je m'effondrai dans le fauteuil en face de lui.

— Matt vient d'arriver, Yvette. Oui, oui, je lui dirai. Je t'aime, conclut Jake en raccrochant. Yvette me dit de t'embrasser pour elle. Ça te va si je me contente de te transmettre le message ?

— Pas de problème, acquiesçai-je, me disant que finalement elle n'était peut-être pas aussi froide que ça. Tu la remercieras pour moi.

— Tu n'as pas eu de problèmes pour sortir de l'hôpital ? demanda-t-il en pensant aux journalistes.

— La pluie a l'air de les avoir éloignés. Ou alors ils commencent à se désintéresser. J'espère que c'est plutôt ça.

— J'en doute, dit-il en ouvrant sa mallette.

— Keisha jette un œil aux affaires d'Ellie à Bowdoin.

— Je dois dire que j'apprécie beaucoup la professeure Sudani. Vraiment beaucoup. Je me suis entretenu avec elle pendant quelques heures. Une féministe pro-vie. Ça me convient tout à fait.

Je lui tendis le testament d'Ellie et lui confiai que

l'avocat auquel nous nous étions adressés n'avait pas préparé de directives anticipées. Ensuite, je lui parlai du journal intime qu'elle rédigeait, en partie sur des feuilles volantes, en partie dans des cahiers.

— Et ? interrogea Jake en s'adossant sur sa chaise.

— Rien qui indique ce qu'elle aurait fait dans de telles circonstances. En tout cas pas jusque-là.

Il me demanda depuis combien de temps elle écrivait, et quand je le lui révélai, il me proposa de faire lire ses productions par ses associés.

— Non, m'y opposai-je instantanément. C'est personnel. De toute façon, j'ai appris autre chose. Son ancien… Adam Cunningham, le type avec lequel Ellie a vécu pendant quelques années, prétend avoir une preuve qu'Ellie aurait refusé d'être maintenue sous respirateur.

Jake se tapota le menton avec les doigts.

— Ta mère a pris un avocat et cet Adam Cunningham figurait sur la liste de ses témoins. Dis-moi ce que tu sais de lui. Est-ce qu'Ellie est restée en contact avec lui ?

— Peut-être qu'ils s'envoyaient des vœux à Noël, mais rien de plus. Pour ce qui est de sa formation, il a obtenu un doctorat de Princeton, et il travaille à la NASA comme ingénieur aérospatial. Aux dernières nouvelles, il s'occupait de problèmes de sécurité, comme les boucliers thermiques sur les navettes spatiales.

Jake attrapa son stylo et l'agita dans ma direction.

— Attends, je crois que je l'ai rencontré une fois. Princeton, tu m'as traîné de force à une soirée là-bas. Je me souviens qu'Ellie était avec un grand type. C'était lui ?

— Sans doute. Il fait au moins deux mètres.

Je lui racontai combien de temps leur relation avait duré et, que finalement, comme la plupart des couples, ils s'étaient séparés. Plus tard, Ellie m'avait avoué qu'elle n'avait jamais vraiment réussi à m'oublier et que c'était pour cela qu'elle n'avait pas pu s'engager avec lui.

— Mon associée fait des recherches sur lui. Est-ce qu'elle va trouver quelque chose pour le discréditer ?

— Hormis le fait qu'il aime tout contrôler ? Je ne pense pas.

— Quelle est sa preuve ?

— Aucune idée. Il a parlé à Hank, pas à moi. Mais il a refusé de la lui révéler. Comme je te l'ai dit, Adam aime avoir le contrôle. C'est tout à fait son genre. Il agite un grand drapeau rouge, derrière lequel il cache un couteau.

22

Dix-neuf ans avant l'accident d'Ellie

Avec Ellie, nous n'étions pas restés ensemble comme nous aurions dû le faire. Notre relation s'était étiolée. Nous nous étions éloignés. Essentiellement par ma faute. L'automne où j'étais parti à l'université de Columbia tandis qu'Ellie était restée à la maison. Officiellement, après l'intervention de l'assistante sociale, Hank avait arrêté de boire, mais il lui arrivait encore de perdre pied, et Ellie estimait que Chris était trop petit pour se débrouiller seul. Par conséquent, plutôt que d'aller dans l'université de ses rêves, elle s'était résignée à rester à Bowdoin, qui n'était pas un mauvais établissement, mais pas aussi prestigieux que le MIT.

Six semaines après le début des cours, je détruisis tout en me soûlant à une fête et en couchant avec une de mes camarades. En revenant chez moi pour Thanksgiving, je confessai ma faute. Effondrée, Ellie refusa de me parler. Elle ne répondit plus à mes appels, mes lettres et mes supplications sur le pas de sa porte pendant cinq longues années.

Deux années après notre rupture, elle partit de son côté passer son doctorat à Princeton, où elle se fit alpaguer par Adam Cunningham, qui ne perdit pas une seconde pour lui mettre le grappin dessus.

Du moins, ce fut mon impression. Pas tant à cause de ce qu'Ellie m'en dit, car elle ne m'en parla pas, mais par la façon dont j'interprétai les faits que maman me rapporta. Dès son arrivée à Princeton, Ellie rencontra Adam, et ensuite, il ne cessa de lui tourner autour. Les deux premières années, Ellie affirmait qu'ils étaient seulement amis. C'est vrai qu'il voulait plus, mais elle n'avait que dix-huit ans. Lui en avait vingt-neuf.

23

Après l'accident d'Ellie
10e jour

Jamais je ne parvins à comprendre pourquoi Ellie était restée avec Adam pendant huit ans, mais dix mois avant sa mission spatiale, ils finirent par rompre. Cela aurait dû marquer la fin de son influence dans la vie d'Ellie, et pourtant, avant le début de l'audience, je devais également m'inquiéter de ce qu'il cachait dans sa manche.

Je me trouvais dans le poste de soins infirmiers, engoncé dans ma veste de costume, à discuter avec Clint des anticoagulants d'Ellie, quand j'aperçus Adam dans la chambre, debout, me tournant le dos. Ses mains étaient comme à son habitude, nouées derrière sa tête.

Et puis quoi encore ? Le personnel de l'hôpital allait peut-être laisser les journalistes entrer pour prendre des photos d'Ellie gisant sur son lit, le crâne rasé, incapable d'avaler sa propre salive.

Je me ruai dans la chambre, l'esprit chargé de dix jours de douleur et de colère, remonté à bloc et prêt à exploser. La cible était toute trouvée. Cela faisait des années que je voulais régler mes comptes avec lui.

Je l'attrapai par le bras et le fis pivoter.

Une expression de mépris remplaça vite son air surpris.

— Ellie ne voulait pas mourir de cette façon, déclara-t-il. Pourquoi est-ce que tu lui imposes cela ?

— Mais qu'est-ce que tu fiches ici ? Seule la famille est autorisée à entrer.

— J'ai dit que j'étais de la famille. C'était vrai, il n'y a pas si longtemps encore.

Son regard me quitta pour se poser sur elle, l'ombre de ce qu'elle avait été autrefois.

Je frissonnai à cette pensée.

— Non. Tu ne l'as jamais été.

— Et pourtant si. Peut-être pas officiellement, mais selon la loi commune du Texas, j'étais considéré comme son mari.

— Oh, arrête !

— Quel est ton problème ? demanda-t-il, avec son accent traînant de l'ouest de la Virginie. Nous avons vécu ensemble pratiquement deux fois plus de temps que la durée de ton mariage. Et de toute façon, je sais ce qu'elle aurait souhaité dans de telles conditions.

La peur et la rage, deux émotions étroitement liées, me projetèrent vers lui. Je n'étais pas d'un naturel violent, mais là j'étais prêt à faire une exception, et peu m'importait qu'il fasse une tête de plus que moi.

— Sors d'ici ! hurlai-je, lui donnant une dernière chance.

Il plissa les yeux en baissant la tête vers moi, esquissa un sourire narquois qu'il se dépêcha d'effacer.

— Quand Ellie était avec moi, elle m'a donné une procuration pour prendre les décisions médicales à sa place en tant qu'exécuteur testamentaire biologique.

Même si le coup ne fut pas physique, il me sonna tout autant.

— Je ne serais jamais intervenu si tu l'avais laissée partir en paix. Mais tu t'y refuses. Et d'après ce que j'ai lu dans les journaux, tu n'avais même pas connaissance de ses directives anticipées dont parlait ta mère. C'est donc ma responsabilité de faire entendre sa volonté. J'ai parlé à l'avocat de ta mère, et il va déposer la requête que l'hôpital débranche le respirateur.

Le sol menaçait de se fendre sous moi. J'attrapai la barrière du lit.

— Écoute, Matt…

Il prononça mon nom avec un réel mépris.

— Selon l'avocat de ta mère, le document que je lui ai fourni devrait mettre fin à toutes les spéculations concernant ce qu'Ellie aurait souhaité.

— Tu n'as jamais su ce qu'Ellie souhaitait. Et, de toute façon, il peut se passer beaucoup de choses en cinq ans.

Ou en dix. Ou à l'instant où une tête percute une pierre.

— Je savais ce qu'elle voulait. Et c'est moi qui ai pris soin d'elle quand personne d'autre ne l'a fait. Elle me faisait confiance, mais à toi, jamais. Et apparemment à juste titre. Je ne remets pas en question le fait qu'elle se soit mariée avec toi. Aussi insipide que cela puisse paraître, elle a décidé de quitter la NASA et de mettre fin à sa brillante carrière pour se marier avec son voisin d'enfance. Mais *ça*, elle ne le voulait pas. C'est ce qui la terrorisait le plus. Cette idée la réveillait la nuit. Elle pleurait pour sa mère, impuissante dans son coma. Christopher disait que ça la torturait toujours. Quand Ellie a signé ses dispositions de fin de vie, eh bien, elle a pris ses propres décisions et, à l'évidence, elle ne te faisait pas du tout confiance pour les prendre à sa place. Avoir été marié avec elle ne t'autorise pas à agir à ta guise. C'est de l'abus de pouvoir et je compte bien y mettre un terme. Je suis son exécuteur testamentaire, et avant la fin de cet après-midi, les machines seront débranchées.

Adam se pencha pour l'embrasser sur la joue.

Machinalement, ma main se souleva comme pour le plaquer contre le mur, mais je parvins à me retenir avec une force de volonté dont je me serais cru incapable.

— Laisse-moi voir ce document ! ordonnai-je en lui tendant la main.

— Il est chez l'avocat de ta mère.

La seule chose qui pulsait plus fort que mon cœur était mon désir de pulvériser Adam. Peut-être était-ce l'étincelle dans ses yeux, son aplomb calculé qui me retint, l'idée que, si je perdais le contrôle, il l'emporterait en gardant le sien.

— J'appelle la sécurité, menaçai-je. Sur-le-champ.

— Pas la peine.

Il leva les bras au ciel et recula.

Je sortis mon portable de la poche de mon pantalon et composai le numéro de Jake. La tonalité résonna jusqu'à ce que le répondeur s'enclenche. J'attendis le bip.

— Jake, on est dans le pétrin. Appelle-moi.

Pendant cinq bonnes minutes, je tombai sur sa messagerie quand, enfin, je réussis à lui parler.

— Ne t'en fais pas pour la loi commune. Le problème, c'est ces nouvelles directives anticipées. On se retrouve au tribunal dans moins d'une heure pour l'audience régulière. Alors, plutôt que de me demander de te tenir la main, laisse-moi réfléchir à la manière d'aborder le sujet.

24

10e jour

En route vers le tribunal, les reporters nous suivirent, Jake et moi, comme si nous étions le joueur de flûte de Hamelin et notre musique, mon drame qu'ils couvraient. Ils aboyaient des questions auxquelles nous répondions par un silence délibéré, jusqu'à ce que l'une d'entre eux s'arrête devant moi en brandissant son micro.

La caricature de la journaliste, avec ses yeux bleus et son sourire ultrabright vissé aux lèvres.

— Comment va Ellie ? Est-ce que son état s'améliore ? Est-ce qu'elle a parlé ?

Manifestement, la jeune femme, présentatrice sur une chaîne locale – comment s'appelait-elle déjà ? Paige Cartwright –, ne comprenait pas le sens de mort cérébrale. Ou peut-être espérait-elle provoquer une réaction. J'ouvris la bouche pour parler.

Jake me prit par le bras.

— Le docteur Beaulieu n'a aucun commentaire à faire, mais il demande qu'on prie pour sa femme et son enfant à venir.

Je voulais plus que des prières. Je voulais que toutes

ces ordures dégagent de ma vue. Je voulais qu'on me laisse tranquille. Et pouvoir décider du destin d'Ellie.

Je voulais qu'Adam meure.

Et tout ce que j'avais, c'était une convocation au tribunal. Même si la technologie médicale parvenait à maintenir le corps d'Ellie dans cet état assez longtemps pour qu'elle donne naissance à mon enfant, le juge risquait de se contenter du papier d'Adam pour ordonner à l'hôpital de débrancher les machines. Des prières ? Bon Dieu, j'avais besoin de bien plus que cela !

Je n'avais aucune patience envers les médias. Ils exploitaient notre tragédie. Paige Cartwright m'enfonça pratiquement son micro dans la bouche.

— Mais, docteur Beaulieu, si Ellie avait des directives anticipées, est-ce que cela ne revient pas à dire que vous utilisez son corps contre sa volonté ? Est-ce que la forcer à rester branchée à un respirateur pendant la durée de la grossesse ne s'apparente pas à un viol ?

— *Quoi ?* hurlai-je. Comment osez-vous ?

— Du calme ! somma Jake en posant une main sur mon épaule. Pas de commentaire.

Je restai figé, comme sonné, conscient que je devais l'ignorer, mais tellement furieux que si j'avais eu affaire à un homme, je lui aurais envoyé mon poing dans la figure. Je voyais clairement le stratagème, pourtant j'étais incapable de bouger.

Cartwright pencha la tête sur le côté.

— Mais vous ne souhaitez pas expliquer votre position ? J'aimerais beaucoup vous interviewer, docteur Beaulieu.

— Vous n'êtes pas sérieuse, rétorquai-je. J'essaye de sauver ma famille, et vous comparez cela à…

Je ne pouvais même pas prononcer le mot.

— Vous n'êtes qu'une opportuniste sadique.

La lueur dans ses yeux trahit une réaction, peut-être du mépris, ou alors de la satisfaction.

— Je n'ai jamais dit qu'elle est tombée enceinte à la suite d'un viol, riposta Cartwright. Mais maintenir Ellie dans un état végétatif contre sa volonté pour préserver une grossesse qui n'a pas beaucoup de chance de voir le terme s'apparente à un viol.

Jake me poussa derrière lui.

— Ne dis rien ! me lança-t-il avant de se tourner vers Cartwright.

C'était évident que lui aussi devait déployer des efforts impressionnants pour garder son calme et qu'elle espérait que nous en serions incapables.

— Vous essayez de nous soutirer une déclaration en utilisant ce terme, affirma Jake. Nous n'avons aucun commentaire à faire.

Tels des vautours autour d'une proie, les reporters se resserrèrent sur nous.

— Le Merriam-Webster définit le viol comme l'acte de contraindre, de forcer le corps d'une personne, expliqua Cartwright. C'est considéré comme une violation scandaleuse. Ellie McClure a exprimé son refus d'être maintenue sous respirateur. N'est-ce pas une violation scandaleuse de sa volonté, une contrainte faite à son corps ? Vous la forcez à rester dans un état végétatif. N'est-ce pas, par définition, un viol ?

Cartwright s'était préparée, récitant par cœur une définition gravée dans son cerveau. Autrefois, Ellie avait su faire ça, utiliser sa mémoire photographique, elle pouvait réciter toute une page ou tout un paragraphe d'un texte qu'elle avait lu. Mais la comparaison entre Ellie et cette sorcière s'arrêtait là. Jamais Ellie n'aurait agressé une personne rongée par le chagrin. De toute façon, elle n'agressait pas les gens comme ça.

Et c'est ce que faisait Paige Cartwright pour vivre.

— Poussez-vous de mon chemin, sifflai-je entre mes dents.

Un cameraman s'écarta, ce qui nous permit de nous glisser dans la brèche creusée dans le mur de reporters.

Et pourtant Paige Cartwright ne s'arrêta pas là.

— Depuis la nuit des temps, les femmes ont été utilisées pour engendrer une descendance, elles ont été *forcées* par des tyrans, des rois. Par des fascistes !

— Aucun rapport avec la situation actuelle, riposta Jake, pratiquement aussi indigné que moi.

— Les femmes dans l'Allemagne nazie ont été engrossées comme du bétail et contraintes à porter des enfants pour la patrie.

— Oh, bon sang ! m'exclamai-je en pivotant, les poings serrés. Cet enfant ne lui a jamais été imposé. Nous avons conçu ce bébé ensemble, par amour. Elle aurait insisté pour pouvoir le sauver. Maintenant, foutez-moi le camp !

— Allons, Matt. Ne restons pas ici.

Jake me tira par le bras.

Je me plantai sur place, foudroyant la journaliste du regard. Les appareils photo mitraillaient. La jubilation autour de moi était palpable. Je voyais déjà les gros titres : « Le mari de l'astronaute dans le coma explose lors d'une interview ». Je m'efforçai de baisser le ton.

— Elle adorait les enfants. Elle les *adorait*…

Je me frayai un chemin sans ménagement et ne jetai plus un regard en arrière.

À la porte de la salle d'audience, Jake se tourna violemment vers moi et laissa échapper un soupir bruyant.

— J'ai essayé de te mettre en garde. Ne relève pas leurs provocations, surtout pas dans le tribunal. Ni en dehors d'ailleurs. Le juge lit la presse. Je reconnais que je ne l'avais pas vue venir, celle-là, et elle a employé des mots particulièrement virulents, mais c'est terminé. Maintenant oublie. On se concentre sur le procès, à présent. Et ne fais plus aucun commentaire, jamais, d'accord ?

Je hochai la tête, tremblant de rage. Je respirai profondément et franchis les lourdes portes du tribunal.

Alors que nous nous installions, je remarquai, assis à côté de ma mère, un homme d'une quarantaine d'années, brun, en train de tapoter son carnet avec un stylo. Juste derrière eux, je vis Adam.

Jake se pencha vers moi.

— Le nouvel avocat de ta mère, commenta-t-il. Paul Klein. Il travaille pour un cabinet de taille moyenne. Il a déjà plaidé dans des affaires d'erreur médicale.

Le greffier annonça l'entrée du juge. Tout le monde se leva.

Une fois à sa place, le juge Wheeler brassa des papiers devant lui.

— Tout d'abord, veuillez noter dans le dossier que Mme Linney Beaulieu est désormais représentée par maître Paul Klein. Maintenant, passons à l'ordonnance de justification. Ci-joint est présenté un affidavit avec ce qui tient lieu de directives anticipées signées par Ellie McClure. Ces dispositions de fin de vie attribuent une procuration médicale à Adam Cunningham. Maître Sutter, je vous écoute.

Jake se leva et boutonna sa veste.

— Votre Honneur. Le document présenté par Adam Cunningham n'est qu'une photocopie et non l'original.

Au cours des cinq dernières années, Ellie Beaulieu n'a gardé aucune relation substantielle avec M. Cunningham autre que leur collaboration professionnelle au sein de la NASA. Elle aurait très bien pu déchirer le document original en quittant le domicile qu'ils avaient autrefois partagé. De plus, au Texas, ces directives anticipées auraient été automatiquement annulées en cas de grossesse.

— Oui, mais si vous vous en souvenez, nous ne sommes pas au Texas, maître Sutter, affirma le juge.

— Ce qui explique pourquoi je demande que ce document soit exclu.

Le juge Wheeler croisa les mains puis se pencha en avant.

— Ce qui intéresse la cour est ce qu'Ellie aurait voulu qu'on fasse en son nom dans le cas où elle aurait été incapable de s'exprimer par elle-même. J'aimerais connaître ce qu'Ellie a écrit dans le document daté de 2003. Nous reconstituons ici les pièces d'un puzzle. Maître Klein, auriez-vous des preuves pour confirmer que ces directives anticipées sont encore d'actualité ?

— Nous ne sommes pas en possession de l'original pour le moment, Votre Honneur. Nous essayons de contacter l'avocate qui s'est occupée du dossier.

— Très bien, ponctua Wheeler. J'entendrai les témoignages concernant ces dispositions de fin de vie ainsi que les autres témoignages des deux parties présentes. Et comme nous avons déjà programmé de nous voir ce matin, je vais vous demander de présenter vos discours d'ouverture.

Jake griffonna quelques mots dans son calepin : « Motifs d'appel. »

— Juste une remarque, continua le juge. À cause

du changement de perspective, comme nous passons de la demande de tutelle à la demande de débrancher l'assistance respiratoire, Mme Linney Beaulieu devient désormais la requérante. Docteur Beaulieu devient le défendeur. Maître Klein, êtes-vous prêt ?

— Oui, Votre Honneur.

Klein fit trois pas vers l'auditoire et regarda dans les yeux les journalistes de CNN, FOX, ABC, NBC, CBS, du *New York Times* et du *Boston Globe*. Parmi les reporters, Paige Cartwright m'adressait un sourire rayonnant. Elle n'était qu'une pigiste minable d'une petite ville, avec une grosse histoire à se mettre sous la dent. À l'évidence, elle voulait se faire un nom devant les grandes chaînes. Et quand elle m'avait piégé avec son interprétation perverse de la situation, j'avais mis les pieds dans le plat. Je me maudissais, m'efforçant de rester concentré sur le procès et sur l'avocat de ma mère.

Pendant les quelques minutes qui suivirent, Klein résuma la position de ma mère en roulant un crayon mal taillé entre ses paumes.

— Chaque fois que le sujet était soulevé, chaque fois qu'on parlait du droit à la mort dans les journaux, Ellie informait sans ambiguïté tous ceux qui la côtoyaient qu'elle ne voulait pas qu'on la maintienne en vie s'il n'existait aucun espoir qu'elle se remette.

Il insista sur le fait que la décision d'Ellie avait été motivée par la longue agonie de sa mère, à laquelle elle avait assisté.

Je revis, comme si elle était devant moi, Alice sur le lit d'hôpital que Hank lui avait loué. La regarder mourir avait un temps complètement anéanti le caractère invincible d'Ellie. Ce ne fut qu'arrivé en fac de médecine que je compris à quel point le long calvaire d'Alice m'avait changé moi aussi. Cela m'avait rendu plus sensible à la qualité de la vie et à l'impact de la maladie sur toute une famille.

Ma famille. Alice et Ellie ne se ressemblaient pas seulement physiquement. Toutes les deux avaient perdu la possibilité de parler pour elles-mêmes, de choisir leur destin. Et comme Hank, je me battais contre des probabilités infimes qu'un miracle se produise. Je n'appréciais pas la comparaison, tout en reconnaissant sa pertinence.

L'avocat de ma mère articulait les arguments depuis sept ou huit minutes déjà quand il en vint aux directives anticipées.

— En tant qu'adulte compétente, Ellie n'a pas signé un mais *deux* documents indiquant qu'elle refusait qu'on prenne des mesures extrêmes pour la garder artificiellement en vie. La loi atteste qu'elle a un droit inaliénable à l'autodétermination. Sa grossesse n'y change rien, exception faite des lois du Texas. Elle a affirmé qu'elle ne voulait pas être maintenue sous assistance de quelque sorte que ce fût. S'il vous plaît, faites respecter sa volonté. Merci, Votre Honneur.

Le visage de Wheeler ne trahit aucune émotion.

— La cour demande à entendre maître Sutter.

Jake se leva et jeta un rapide coup d'œil aux journalistes avant de prendre la parole.

— Votre Honneur, Ellie Beaulieu était une femme prévenante, brillante et complexe, qui savait peser le pour et le contre d'une situation.

Il parlait comme s'il connaissait les désirs d'Ellie, peut-être parce qu'il m'avait soutiré des remarques pour décrire sa personnalité intense autant que tendre.

— Le jour qui a précédé son terrible accident, Ellie

et Matt ont parlé de la possibilité de fonder une famille. Malheureusement, aucun des deux ne savait qu'elle était déjà enceinte.

Jake s'arrêta, son regard dirigé sur moi, puis il hocha la tête dans ma direction.

Je déglutis avec peine. Si seulement j'avais su pour le bébé, tout aurait été différent. Elle ne serait jamais montée sur l'échelle. Peut-être que je serais resté à la maison ce matin-là et nous aurions fêté l'événement.

— Nous sommes ici pour déterminer ce qu'elle aurait voulu qu'on fasse en son nom, enchaîna-t-il en se frottant la nuque. Elle voulait avoir des enfants, même au péril de sa vie.

Il continua en défendant son point de vue comme il me l'avait exposé, à une exception près. Il ne mentionna pas la demande de tutelle pour le fœtus. Cela ne me sembla pas être un oubli.

Jake se tourna de nouveau vers moi, et le juge l'imita.

— Votre Honneur, Ellie a épousé Matthew et ils rêvaient de fonder une famille. Faisons en sorte que le vœu d'Ellie soit exaucé.

Il revint à notre table, déboutonna sa veste et s'assit.

Un greffier approcha du juge et lui tendit un papier.

— Merci, messieurs. J'ai besoin d'une pause de vingt minutes pour traiter un autre différend. Ensuite, maître Klein, vous convoquerez à la barre votre premier témoin.

Tandis que Jake profitait de la pause pour classer ses papiers, je lus une lettre qu'Ellie avait écrite quatorze ans plus tôt.

25

Quatorze ans avant l'accident d'Ellie

Une lettre dans son premier cahier.

12 mars 1994

Cher Matt,

Je n'ai pas écrit hier soir. Je me sentais trop épuisée, vidée. En deuil. Je n'arrive pas à me faire à l'idée que ton père est mort, ni que c'est moi qui ai eu à t'apprendre la terrible nouvelle.

Mais ton frère m'a appelée et m'a dit qu'il ne voulait pas que tu sois seul quand on t'annoncerait la crise cardiaque de Dennis. Il m'a demandé si je pouvais passer te prendre. New York est sur la route du Maine depuis Princeton après tout, a-t-il dit. Pas exactement. Et je n'avais jamais conduit à l'intérieur de New York avant ça. Mais apparemment Mike, si, et il m'a indiqué comment me rendre dans ton appartement à l'école de médecine. Donc, c'est moi qui ai dû te le dire.

Il faut que j'arrête de trembler. Je ne peux pas écrire comme ça. Et il faut que je fasse le tri dans mes émotions, sinon, je ne trouverai plus jamais le sommeil.

Pendant cinq ans je t'ai évité chaque fois que nous nous retrouvions tous les deux chez nos parents. Je refusais de te parler. Linney a dit que j'avais une attitude passive-agressive plus grande que la distance de la Terre à la Lune. Mais, franchement, j'étais tellement humiliée. À l'époque je pensais que tu m'aimais autant que je t'aimais. Et tu m'as brisé le cœur, Matt. Tu es parti à l'université en me promettant qu'on resterait ensemble pour la vie. Et tu as couché avec une autre fille. Tu es revenu me dire que tu étais désolé. Tu as dit que tu m'aimais toujours. Mais comment aurais-tu pu m'aimer et faire l'amour avec quelqu'un d'autre ? Ça n'a pas d'importance. Ça ne devrait pas avoir d'importance. Dennis est mort.

J'aimais ton père. J'ai le cœur déchiré pour ta mère. Et hier, il a fallu que je t'apporte une nouvelle d'une telle tristesse. J'en suis désolée, parce que je n'ai jamais voulu te faire du mal. Pas comme ça.

Quand ma mère était malade, tu m'as tenu la main. Tous les jours. Tu es resté auprès de maman et de moi tous ces après-midi. Quand ma voix se cassait de lui avoir fait la lecture pendant des heures, c'est toi qui prenais le relais. J'avais besoin de toi à l'époque et tu étais là. On s'aimait. Je le sais. Je le pensais.

J'avais besoin de toi. Je ne pense pas que j'ai jamais cessé d'avoir besoin de toi. Et hier, je me suis rendu compte à quel point j'avais été mesquine tout ce temps. Je ne t'ai jamais pardonné d'avoir, je ne sais pas, grandi ? Tourné la page ?

Tu as pleuré quand je t'ai parlé de l'infarctus. Tu as pleuré dans mes bras. Et je voulais t'arracher cette douleur parce que tu m'as portée à travers ces jours noirs quand maman était malade et que nous avons perdu notre bébé. Et j'avais envie de faire de nouveau l'amour avec toi. Comme nous le faisions quand ce n'était pas uniquement pour le sexe. J'y ai pensé l'espace d'un instant quand tu étais dans mes bras, quand je te tenais serré contre moi. Je voulais t'embrasser. Je voulais même être encore plus proche, mais trop de temps a passé. Nous étions des enfants à l'époque. Pourtant, tu fais toujours partie de qui je suis, de qui je suis devenue, et j'ai vraiment pris conscience de ça, hier soir, en rentrant chez moi.

À la radio, ils ont diffusé « I want to Know What Love Is ». J'ai changé de station. Je ne pouvais pas faire autrement. C'était la chanson qui passait la première fois qu'on a fait l'amour. La nuit où les Perséides ont déversé leur pluie d'étoiles célestes au-dessus de nos têtes.

Le bébé, voilà ce qu'elle était. De la poussière d'étoiles. Bon ! Il faut que je me concentre.

Après quelques minutes, tu as dit : « Peep, je me serais bien proposé pour conduire, mais à cause des examens, ça fait deux nuits que je ne dors pas. Je nous tuerais tous les deux. »

Tu m'as appelée Peep. Personne ne m'a plus jamais donné ce petit nom depuis des années. Personne d'autre que toi ne m'a jamais appelée Peep. J'ai failli me mettre à pleurer. À cause de ton père. À cause de notre bébé. À cause de tout ce que j'ai perdu dans ma vie. Mais surtout parce que c'était comme si quelqu'un reconnaissait cette petite fille en moi. Pour la première fois depuis des années, je me rappelais qui j'étais.

Et qui tu étais.

Tu m'as manqué. J'ai fui la douleur de ton absence.

Ensuite, j'ai croisé ton regard l'espace d'un instant et mon cœur a battu si fort que je me disais que tu devais sans doute entendre l'intérieur de mon âme. Ça m'a effrayée. Alors, comme une lâche, je me suis tournée vers la ligne jaune sur l'autoroute et je t'ai dit de dormir.

Voilà le bilan des deux derniers jours, je suppose. Je t'ai aimé. Et, au bout du compte, je crois que toi aussi, tu m'as aimée, il y a très très longtemps. N'est-ce pas dramatique que parfois il faille un immense chagrin pour comprendre ce qui nous tient vraiment à cœur ?

Bien à toi,

Peep

26

Quatorze ans avant l'accident d'Ellie

Même après toutes ces années, je me souviens de la route en voiture et des cauchemars que j'avais faits. Je plongeai dans l'oubli et rêvai de corps démembrés, ce qui n'était pas si surprenant vu que j'avais passé les dernières semaines à travailler sur des cadavres dans le labo d'anatomie et de physiologie. Mais, dans mon sommeil, la moitié des corps portaient le tatouage de mon père, un arbre avec le nom de ma mère sur le torse, et sur chaque branche, on pouvait lire le nom de mes frères. Ainsi que mon nom, même mon nom. Les feuilles étaient des fœtus dans des mains de filles, et les mains d'Ellie formaient un anneau en opale que je lui avais offert. Ensuite ses mains fondaient comme de la cire. Comme des larmes coulant sur Celina, notre minuscule bébé.

La voix d'Ellie, réelle ou imaginaire, disait : « Tout va bien, Matt. Tout va bien. »

Je me réveillai en sursaut, alors que nous entrions dans la rue où j'avais grandi.

— On est arrivés, dit-elle en me prenant la main. Ta mère ne va pas te demander d'être fort pour elle.

Linney n'a pas besoin de ça. Elle veut juste que tu sois auprès d'elle. Laisse-la pleurer, mais si tu as aussi besoin de pleurer, laisse-la te prendre dans ses bras.

Comme un sage arrogant, Ellie avait l'air tellement sûre d'elle.

— Comment le sais-tu ?

— Parce que c'est ce qu'elle m'a dit quand maman est morte.

À l'intérieur, le néon au-dessus de l'évier clignotait, donnant le ton en projetant ses ombres froides et dures. Me suivant dans la cuisine, Ellie prit la bouilloire sur les plaques et la remplit d'eau.

— Je te prépare une tasse de thé ?

J'acceptai d'un hochement de tête.

— Maman a dû aller se coucher. Je me demande si je dois la réveiller.

À cet instant, maman descendit l'escalier, faisant craquer les marches en bois. Sans un mot, elle m'entoura de ses bras, puis salua Ellie en la serrant contre elle, à son tour.

Maman insista pour que l'enterrement de papa ne soit pas morbide. La consigne voulait qu'on raconte tous les cinq une anecdote à son sujet. Une histoire drôle de préférence, mais n'importe quel épisode qui n'était pas larmoyant ferait l'affaire. Je découvris sur mon père plus que je n'en avais su durant toute ma vie. Pendant six mois, alors qu'il était en primaire, il n'avait mangé que des sandwichs au beurre de cacahuètes. Au lycée, avec son propre père, ils avaient aidé à construire une maison pour une famille qui avait tout perdu à la suite de l'explosion de leur chaudière. La raison pour laquelle ma mère, une grande fan de chats, n'avait jamais possédé cet adorable petit animal, était parce que mon père en avait une peur bleue. Tout le monde était d'accord pour dire que c'était vrai. Je me demandai comment il était possible d'en savoir si peu sur les personnes qu'on aime, jusqu'à ce qu'ils partent.

Je fixai Ellie de l'autre côté de la pièce. Je ne pensais pas qu'elle pouvait être assez rancunière pour m'infliger un pareil silence. Et j'ignorais que j'étais capable de lui faire mal au point qu'elle changerait du tout au tout. Mais soudain, elle s'approcha de moi.

— Tu sais ce dont je me souviendrai toujours au sujet de ton père ?

Et je n'imaginais pas non plus qu'elle pourrait redevenir mon amie.

— Quoi ?

— L'été où tu as essayé d'entrer dans l'équipe du collège comme lanceur. Il m'a pris à part et m'a dit, commença-t-elle, baissant le ton et imitant mon père : « Regarde-le bien, Ellie. Matt n'est pas le gosse le plus doué au base-ball, mais il se donne plus à fond que quiconque. » Il était tellement fier de toi. Et là, tu as sorti les trois joueurs suivants. Ton père a bondi pour t'ovationner. Ensuite, il s'est tourné vers moi : « Et en plus, il a du talent. » Mon Dieu, il me manque déjà !

Elle me pressa le coude avant de s'éloigner.

— Toi aussi, tu m'as manqué, Matt.

Après la mise en terre, la famille envahit la cuisine, tandis que ma mère s'affairait, répartissant les victuailles dans des assiettes. Elle ne supportait plus de rester assise et d'entendre encore des condoléances. Moi je ne pouvais pas rester en place non plus, alors je faisais les cent pas. J'aurais dû aller me cacher dans ma chambre, me noyer dans mes livres de médecine, mais je n'avais pas la tête à étudier. Avec l'examen qui arrivait, je me disais que j'allais rétrograder des cinq pour cent de tête vers les bons derniers. Un seul examen. Si bien sûr je pouvais me permettre les frais de scolarité du semestre à venir.

Tout s'effondrait. Après l'enterrement, Ellie était partie et je voulais avoir une nouvelle chance de lui parler. Je sortis sous le porche, dans l'air mordant de la nuit. De l'autre côté de l'allée, Ellie devait sans doute faire sa valise pour repartir à Princeton. La lumière inonda la neige, brisant l'obscurité, alors que je me rendais chez les McClure.

Christopher m'ouvrit. Il était devenu une espèce de grand benêt, avec de l'acné et, si je ne me trompais pas, un petit duvet sur la lèvre supérieure.

— Tu veux entrer, Matt ?

Je ne me fis pas prier, cherchant Ellie du regard.

— Est-ce qu'Ellie est ici ?

— Non. Elle ne dort pas ici en général quand elle revient.

— Ah, non ? Où ?

— Chez grand-père. C'est plus facile comme ça, tu sais, avec papa.

— Ils ne s'entendent plus ?

— Papa et Ellie ?

La surprise sur le visage de Christopher en dit plus que des mots. Apparemment, non. Mais il se contenta de hausser les épaules en bon adolescent qu'il était, me signifiant que cela n'avait aucune importance.

Complètement sobre depuis quelques années, Hank sortit de la cuisine, vêtu d'un costume parfaitement repassé, une tasse de café à la main. Il leva les sourcils.

— Matt, tu tiens le coup, mon gars ?

— Ça va. Et toi ?

— J'ai perdu mon meilleur ami, il y a quelques jours. C'est moche. Je suppose que, toi non plus, ça ne va pas si fort que ça.

Je luttai de toutes mes forces pour ne pas m'effondrer, sentant que j'étais sur le point de craquer.

— Je ne voulais pas partir sans dire au revoir, s'excusa-t-il. Mais je voulais passer un peu de temps avec Ellie avant qu'elle ne parte. Quand est-ce que tu rentres à New York ?

— Mon vol est à 6 heures du matin. Je voulais te remercier pour tout, ton aide pour l'organisation, l'éloge funéraire. Euh… pour Ellie… est-ce qu'elle va revenir ici ce soir ?

Je l'étudiai, espérant déceler sur son visage une indication du conflit qu'avait laissé entendre Christopher, mais Hank ne développa pas.

— Je ne crois pas. Si tu as besoin de quoi que ce soit, dis-moi. Tu as assez d'argent pour finir le semestre ?

— Oui.

Je travaillais de nuit comme aide-infirmier. Cela me suffisait pour payer mon loyer. Mais les frais de scolarité, ce serait une autre affaire, et il me faudrait prendre un rendez-vous avec le bureau des prêts pour cela.

— Ton père avait souscrit une assurance-vie. Ta mère est à l'abri du besoin. Tu sais que ton père m'a nommé exécuteur testamentaire ?

Je haussai les épaules, un peu surpris que ma mère doive compter sur Hank pour la répartition de l'assurance-vie et la retraite de mon père.

— Inutile d'en parler maintenant. Je veux dire, il va falloir que j'estime tous les biens de ton père, mais pour ce qui est de tes frais de scolarité, ça risque d'être un peu juste.

— Je vais me débrouiller. J'ai fait des emprunts de toute façon.

— Ton père t'aidait un peu ?

Je hochai la tête.

— Il était si fier que tu entres en fac de médecine, et une université de la Ivy League en plus. Il aurait aimé que tu ailles jusqu'au bout. Ce que j'essaye de te dire, c'est que je peux t'aider s'il le faut.

Il s'assit sur le bras du canapé.

— Je ne peux pas accepter ton argent, Hank.

— Pourquoi pas ? Je n'ai plus besoin d'aider Ellie avec ses études. Chris est un gosse extra, mais pas un intello. Qu'il finisse déjà le lycée et, s'il se montre assez tenace, peut-être qu'il parviendra à obtenir une maîtrise de gestion pour diriger les agences immobilières McClure. Je peux me permettre de t'aider. Si tu es trop fier, tu me rembourseras une fois que tu seras un chirurgien renommé. Ou mieux encore, paye les études d'un môme brillant qui croise ta route.

J'avais la tête qui tournait. Bien évidemment, j'avais considéré plusieurs scénarios possibles, mais dans aucun je n'arrivais à venir à bout de mon cursus.

Hank s'approcha de moi et posa les mains sur mes épaules.

— Je vais veiller à ce que tu termines tes études, je ne veux pas que tu te fasses du souci pour ça. Dennis et Linney ont sauvé ma famille quand je buvais, j'aimerais aider la tienne.

Je hochai de nouveau la tête.

— Excellent. Sois docteur. En l'honneur d'Alice. En l'honneur de ton père.

Je me demandai si je parviendrais jamais à faire une différence. Papa était mort. Alice était morte. La médecine ne me paraissait plus aussi miraculeuse qu'autrefois. Pas comme quand ma mère avait sauvé Mike après sa noyade. Et si je ne pouvais pas sauver ceux qui comptaient le plus pour moi, à quoi bon ?

— Je vais essayer, lâchai-je. Il faut que je rentre.

— D'accord, fiston. Prends soin de toi. On reste en contact.

Quand je rentrai à la maison, maman était assise dans la salle à manger avec tante Beth. Elles buvaient du café, l'air dépitées.

— Tu peux aller promener le chien ?

Lucky, notre terrier irlandais, dormait à côté de la cheminée du salon. Il leva la tête en entendant « chien ».

— Tu veux sortir, mon gars ?

Cinq minutes plus tard, en jogging et tennis, je courais sur Bow Street, Lucky à mes côtés. L'air glacial de la nuit pénétrait mes poumons, mais cela ne me dérangeait pas qu'il fasse froid. Cela m'était égal de ne pas être en train de réviser. Je voulais voir Ellie et elle n'était qu'à quelques mètres de là. Elle avait dit que je lui avais manqué.

Au croisement, je tournai dans Wolf Neck Road, me rappelant toutes les fois où nous nous étions enfuis dans cette rue pour être seuls. Une fois dans l'allée, je me dirigeai dans le jardin. À cause de l'obscurité et de l'épaisse couche de neige, je n'étais pas certain d'être au bon endroit, mais je tirai de ma poche une rose écrasée que j'avais prise à l'enterrement de papa et la déposai à terre pour Celina.

C'était maintenant ou jamais. Je traversai le bout de

terrain jusqu'à la maison. Le chien aboya alors que nous grimpions les quelques marches du perron. Avant que je n'aie l'occasion de frapper, la porte s'ouvrit, mais ce ne fut pas Ellie qui se planta devant moi. C'était le type avec lequel elle sortait le Noël précédent, quand elle ne m'avait salué que par un « Matt, je te présente… ». Comment s'appelait-il déjà ? Adam quelque chose.

— Bonjour, lança-t-il. Je peux vous aider ?

Vêtue d'un pantalon de pyjama en flanelle, Ellie descendit l'escalier en enfilant un caraco, dissimulant son soutien-gorge en dentelle bleue.

— Oh, mon Dieu ! s'exclama-t-elle en me voyant. Matt, je ne m'attendais pas à te voir.

Manifestement.

— Adam, tu te souviens de Matt ? Matt Beaulieu, Adam Cunningham.

— Oh ! Toutes mes condoléances.

Adam me tendit la main et serra la mienne d'une poignée forte et sincère. Son accent était teinté de la mélodie du Sud.

Et je le détestai.

— Merci.

Je ne m'étais pas préparé à cela. Mais, à vrai dire, pour ma défense, Ellie n'avait pas évoqué son nom, ni sur la route ni au cours des autres conversations que nous avions échangées ces deux derniers jours.

Se penchant pour caresser les oreilles de Lucky, Ellie se mordit la lèvre inférieure et fit tout pour éviter mon regard ou celui d'Adam.

— Je repars à New York demain et je voulais, tu sais, te remercier pour tout.

— Pas de problème, dit-elle en se levant.

— Nous restons quelques jours, intervint Adam en lui passant un bras autour des épaules.

Elle semblait à l'aise contre lui.

— Je suis arrivé ce matin, pour que nous allions skier demain. Au fait, vous voulez boire un verre ?

— De l'eau, je veux bien, pour Lucky. Dans un bol. Nous sommes sortis courir, j'ai vu les lumières allumées…

Quelle excuse minable, surtout que la maison n'était pas visible depuis la route.

Adam disparut dans la cuisine. Ellie ne me proposa pas de m'asseoir. J'avais l'impression qu'elle mourait d'impatience de se débarrasser de moi.

J'étais coincé, car j'attendais l'eau pour mon chien.

— Toi et lui ?

— On habite ensemble, oui. Ça va faire un mois que nous avons décidé de vivre ensemble. Nous voulons tous les deux travailler pour la NASA. Je t'ai dit que j'avais décroché un stage pour l'été ?

— Non ! La NASA, c'est génial !

J'essayai de respirer calmement, de rester digne. Il fallait que je fasse comme si cette nouvelle ne me touchait pas le moins du monde. Mais je ne parvins qu'à bafouiller lamentablement.

— Tu es heureuse ? Je veux dire, tu l'aimes ?

— Je ne serais pas avec lui si ce n'était pas le cas. Mais, franchement, ça ne te regarde pas.

Elle détourna la tête, fermant les yeux.

— Ça fait des années que nous ne nous étions plus parlé.

Sa colère me sidéra. Je n'avais pas voulu la blesser, mais elle, au contraire, m'avait puni délibérément et continuait de le faire à présent. D'accord, j'avais eu tort, mais elle aussi.

— Ce n'est pas moi qui l'ai voulu. J'ai essayé de te parler, moi.

— Je ne veux pas faire ça, lança-t-elle en me foudroyant du regard. Surtout pas juste après les funérailles de ton père.

Elle serra les poings et se couvrit le visage avec.

— Je ne veux pas te faire du mal, mais si je te dis à quel point j'étais en colère contre toi, ça va te faire souffrir.

— Oh, Ellie, arrête un peu. Tu veux me faire du mal depuis que c'est arrivé. Et tu y es parvenue, je te rassure. Le silence est aussi violent que la confrontation. Défoule-toi, vas-y, j'ai été un vrai salaud.

Elle leva le menton, puis baissa lentement les yeux.

— Oui, vraiment, confirma-t-elle tout bas.

— Et j'en suis désolé. C'est la pire erreur de ma vie.

Elle laissa échapper un long soupir triste.

— Écoute, nous étions jeunes. Et bêtes. Ce qui s'est passé entre nous ne comptait même pas. Entre ma mère qui mourait, mon père qui buvait et Christopher dont je devais m'occuper, j'essayais de trouver un moyen de fuir. C'est toi que j'ai choisi pour arriver à mes fins. Pas de chance. Ensuite, le bébé m'a fait réfléchir aux conséquences de nos petits jeux insouciants.

Elle s'arrêta net de parler et se cacha la bouche avec une main, jetant un œil vers la cuisine.

— Il ne sait pas ? demandai-je.

— Bien sûr que non. Pourquoi lui dirais-je ? murmura-t-elle.

— Je ne sais pas. J'imagine que si…

Elle s'approcha si près de moi que ses mots me frappèrent en plein cœur.

— Tu racontes à toutes les femmes avec qui tu sors que tu as mis ta petite copine enceinte quand tu étais au lycée ?

— Non, mais…

— Qu'est-ce que tu veux ? Que je te dise que je me languis encore de toi ? Tu veux que je perde mon temps à dire à un type génial comme Adam que j'ai couché avec toi dès que j'en ai eu l'occasion ? Que, tombeur comme tu étais, tu n'as pas eu de mal à me mettre en cloque ? Je lui ai raconté que nous étions sortis ensemble. Je lui ai dit que ça s'était mal fini. Écoute, tu as rencontré une nana qui a écarté les jambes de bon cœur devant toi. Tant mieux pour toi. Au moins, j'avais quelqu'un à accuser de tous mes problèmes. Je me suis servie de toi pour canaliser toutes mes déceptions. Tu as été mon défouloir.

C'était comme si elle avait écrit une version de l'histoire complètement différente de la mienne. Je restai un moment sous le choc, absorbant son analyse assassine, et je décidai que, si elle avait besoin de le voir ainsi, je ne m'y opposerais pas. Mais je n'allais pas la laisser croire que je m'en souvenais ainsi.

— Je ne l'ai pas vécu de cette manière, Peep. Je t'aimais. Profondément. Je ne voulais pas que nous rompions. Je voulais être avec toi. C'est toi que je voulais. Cette fille, elle s'est mise sur mon chemin, une nuit. Une seule nuit. Ce qui est arrivé s'est produit parce que j'avais pris une cuite et que je ne réfléchissais plus sereinement. Je n'ai jamais eu l'intention de te tromper.

Je pris la laisse de Lucky et me dirigeai vers la

porte. En quelques secondes, l'air glacial de la nuit me transperça et je me mis à trembler, pas à cause de la température, mais à cause de la froideur d'Ellie. Je me demandai si je lui avais fait tant de mal qu'elle était devenue aussi cassante, ou si elle avait toujours été blasée.

— Attends, arrête ! L'eau pour Lucky.

Pieds nus, Ellie descendit le perron. Une couche de glace recouvrait les marches.

Adam la suivait, retirant son pull pour l'enfiler par la tête d'Ellie. Il lui arrivait à mi-cuisses. C'était un acte de possession tellement évident que j'eus envie de me jeter sur lui.

— Tu peux me laisser une minute avec Matt ? pria-t-elle.

Il lui embrassa la tempe.

— Bien sûr. Je t'attends à l'intérieur.

Elle le suivit des yeux tandis qu'il retournait dans la maison, une maison qu'ils semblaient partager.

— Matt, lâcha-t-elle doucement, je ne voulais pas dire… que tu n'étais rien pour moi. Mais maintenant, c'est du passé, ça n'a plus d'importance. En tout cas, ça ne devrait plus en avoir. Nous étions des enfants. À l'époque, cela nous semblait merveilleux parce que c'était pour moi la seule bonne chose à laquelle me raccrocher. Tu étais la seule bonne chose dans ma vie. Tu m'as aidée à survivre à la période la plus difficile de toute mon existence.

Avec l'ampoule du porche pour toute lumière, ses pupilles étaient aussi larges que si elle avait pris de la belladone. Si on regardait ses traits séparément, on pouvait peut-être la trouver quelconque : son nez était un peu trop grand, son menton un peu pointu, sa bouche… non, sa bouche avait un arrondi idéal. Et ses yeux m'avaient toujours envoûté, même à l'époque où, enfants, nous jouions à un duel de regards devant la maison. Elle n'était pas parfaite, mais il se dégageait d'elle une intensité enivrante. J'étais sous le charme, incapable de bouger.

Elle me toucha le bras.

— Tu comptes toujours pour moi. Je… je t'ai aimé. Vraiment. Et… tu m'as manqué. Bon Dieu, Matt… J'aimerais tant ne plus être en colère. Ça demande tellement d'énergie d'être furieuse à ce point. Est-ce qu'on ne pourrait pas, je ne sais pas, parler comme des amis, de temps en temps ? Je veux dire, je voudrais faire pour toi ce que tu as fait pour moi. Être présente pour toi, maintenant. Tu sais, comme tu as perdu ton père.

— Je n'ai pas besoin de ta pitié et je n'en veux pas.

Je me détournai d'elle et avançai dans la nuit, mais Lucky lapait encore son eau. Je fus contraint de m'arrêter en arrivant au bout de sa laisse.

— Et mon amitié ? Tu n'en veux pas non plus ?

Posté derrière la porte, Adam nous regardait. Je me demandai si elle l'épouserait.

— Il prend bien soin de toi ? m'enquis-je en lui lançant un regard.

Elle se tourna pour lui adresser un sourire.

— Oui, il est patient.

— Et vieux, Ellie. Bon sang, il a l'air d'avoir passé la trentaine !

Elle baissa la tête.

— Il est d'accord pour s'occuper de moi. Il a beaucoup attendu. Nous nous connaissions depuis quelques années avant de sortir ensemble.

— Je vois.

Mais cela ne me plaisait pas. Je changeai de sujet le plus vite possible.

— Qu'est-ce qui se passe entre ton père et toi ? Christopher dit que vous ne vous entendez pas bien.

— Papa se fera une raison pour Adam dès qu'il apprendra que nous vivons ensemble.

Bravo ! J'avais vraiment réussi à changer de sujet. J'entendis les dents d'Ellie claquer. Il faisait vraiment froid, et pourtant, je ne voulais pas qu'elle retourne à l'intérieur. Vers lui. Elle serait avec lui, cette nuit !

— Si tu veux, appelle-moi un de ces jours, proposa-t-elle. Peut-être que toi et ta petite amie pourriez passer nous voir à Princeton. C'est très beau là-bas, ça foisonne de restaurants.

— Ou tu pourrais venir à New York.

Et Adam pourrait rester chez lui.

Elle haussa les épaules.

— OK, je ferai ça, promis-je, sans en avoir du tout l'intention.

Mais je promis tout de même.

Un mois plus tard, je l'appelai. Et je continuai à appeler pratiquement chaque semaine tout le temps où Ellie vécut là-bas. Après leur emménagement à Houston, je compris vite l'emploi du temps d'Adam et m'arrangeai pour téléphoner quand il n'était pas à la maison. En son absence, Ellie parlait plus librement. Il ne nous fallut pas longtemps pour retrouver une amitié solide. Et je me rassurai en me disant que tant qu'elle ferait partie de mon monde, tant que je l'aurais dans ma vie, je pourrais survivre.

27

Après l'accident d'Ellie
10e jour

La seule certitude que j'avais : le bébé ne survivrait pas si c'était ma mère qui gagnait le procès. Et il fallait que le bébé survive pour que je puisse justifier ce que j'imposais à Ellie. Pendant deux heures particulièrement culpabilisantes, maman témoigna qu'Ellie préférerait largement mourir que croupir sur un lit d'hôpital. Elle décrivit l'allure d'Ellie à présent, complètement fanée, rigide, à plat, incapable d'avaler, de voir ou d'entendre.

— Si Ellie savait ce qui lui arrivait, elle serait terrifiée.

Je ne pouvais contredire ma mère, et la vérité peut anéantir toute tentative de rationalisation.

Pourtant, je m'efforçai encore de rationaliser, me disant qu'Ellie ne savait pas ce qui lui arrivait et, par conséquent, qu'elle n'avait pas peur. Contrairement à sa mère, elle ne souffrait pas de vagues de douleurs intolérables.

— Passons au contre-interrogatoire de maître Sutter, annonça le juge Wheeler.

Jake se leva, boutonna sa veste et agita la tête comme s'il cherchait ses mots. Mais il savait tout à fait ce qu'il allait dire. Il aimait que ses témoins pensent qu'ils avaient le dessus avant de les attaquer.

— Madame Beaulieu, vous dites avoir été très proche d'Ellie.

— Oui.

Feignant l'embarras, Jake se tapota la lèvre supérieure avec l'index.

— J'aurais imaginé que vous feriez tout pour aider votre belle-fille.

— Oui.

— Est-ce qu'Ellie vous a déjà parlé du fait qu'elle désirait des enfants ?

Une lueur de compréhension traversa le regard de ma mère, alors que Jake refermait son piège sur elle. Par une série de questions, il laissa entendre que, comme ma mère avait déjà neuf petits-enfants, ce bébé ne comptait pas vraiment pour elle. Ce n'était pas vrai, ce n'était pas juste, mais je m'en fichais. Jake assenait question après question à ma mère, toutes destinées à prouver combien Ellie voulait un enfant, combien elle était effondrée après chaque fausse couche, comment elle donnait un nom aux bébés avant même qu'ils naissent. Et quand il parla de Dylan, la douleur accablante de l'absence de mon fils pesa dans l'air comme un chant funèbre. Il me fallut quelques minutes pour me concentrer de nouveau sur le témoignage.

— Après la mort de Dylan… commença Jake en comptant sur ses doigts. Il y a environ sept mois, est-ce qu'Ellie s'est confiée à vous au sujet de son désir d'essayer d'avoir un autre bébé, madame Beaulieu ?

— Oui, répondit ma mère, changeant de position sur sa chaise.

— Est-ce que vous l'en avez découragée ?

Maman plissa légèrement les yeux, ses défenses érigées telles les épines d'un porc-épic.

— Nous étions tous inquiets pour sa santé.

— L'en avez-vous découragée ?

— Je lui ai conseillé de réfléchir à l'adoption. Matt aussi voulait qu'elle considère la possibilité.

— Et qu'est-ce qu'Ellie en a dit ?

— Elle savait que j'avais raison, mais elle était trop têtue pour le reconnaître.

Jake secoua la tête.

— En tout cas, elle n'a jamais dit qu'elle était d'accord avec vous, n'est-ce pas ?

Maman baissa la tête.

— Non. Elle voulait avoir un bébé. Est-ce que c'est ce que vous voulez que je dise ?

Jake repartit vers notre table et fit mine de jeter un œil à ses notes, mais tout ce qu'il faisait, en fait, c'était donner une dimension théâtrale à la réaction de maman.

Après une minute, il enchaîna.

— Madame Beaulieu, dans votre précédent témoignage, vous avez déclaré qu'Ellie et vous aviez discuté de l'affaire Terri Schiavo.

— Oui.

— Pour clarifier ce dont il s'agit, Terri Schiavo est la jeune femme tombée dans un état végétatif permanent après avoir été victime d'une crise cardiaque, en 1990, en Floride. Est-ce que c'est bien cela ?

— Oui.

— Son mari, Michael Schiavo, a fait appel à la cour

de Floride pour débrancher son cathéter après plusieurs années. Ses parents s'y sont opposés. Parlons-nous de la même affaire ?

— Oui.

— Vous avez déclaré avoir eu une conversation avec Ellie au sujet de l'affaire Schiavo en janvier 2005.

— Oui.

— Plus tôt, vous avez affirmé qu'Ellie pensait que la cour aurait dû ordonner de débrancher le cathéter de Terri Schiavo. Cette conversation a eu lieu combien d'années après que la jeune femme est tombée dans cet état végétatif ?

— Comment ça ?

— Si Terri Schiavo est entrée dans cet état en 1990 et que le tribunal a été saisi en 2005, combien d'années sont passées entre les deux événements ?

— Quinze ans, je dirais.

— Et l'accident d'Ellie est arrivé il y a combien de temps ?

Maman fixait ses mains.

— Seulement dix jours, mais vous ne comprenez pas. L'idée d'être maintenue en vie grâce à une assistance médicale terrifiait Ellie. Sachant cela, dix jours, c'est une éternité.

La voix de maman se cassa.

Jake versa un verre d'eau qu'il proposa à maman.

— Êtes-vous prête à continuer ?

Elle hocha la tête.

— Terri Schiavo a été maintenue dans un état végétatif sous assistance médicale pendant quinze ans. Ellie ne l'est que depuis dix jours. Et une autre différence de taille distingue les deux situations, vous ne croyez pas ? Terri Schiavo n'était pas enceinte, n'est-ce pas ?

Maman prit une profonde inspiration.

— Madame Beaulieu, je comprends que ce n'est pas facile, mais…

— Non. Terri Schiavo n'était pas enceinte.

— Avez-vous jamais demandé à Ellie si elle aurait été d'avis de maintenir l'assistance médicale dans le cas où Terri Schiavo aurait été enceinte ?

— Non, je ne vois pas pourquoi j'aurais parlé de ça.

— Est-ce qu'Ellie a déjà mentionné ce qu'elle aurait fait si elle avait été dans la situation actuelle : enceinte et en mort cérébrale ?

— Spécifiquement ? Non, mais…

Maman baissa de nouveau les yeux vers ses mains.

— Je sais qu'elle n'aurait pas voulu être maintenue en vie de cette façon.

— Mais vous n'avez jamais abordé un scénario pareil ?

— Ce scénario précisément, non.

— Une dernière question. Plus tôt, vous avez indiqué qu'elle ne voulait pas que son père prenne les décisions médicales pour elle, n'est-ce pas ?

— En effet.

— Et cela, parce qu'il avait tenu absolument à ce que sa femme continue à être alimentée à l'aide d'un tube. C'est bien cela ?

— Oui. Alice serait morte en quelques jours, si on avait laissé la nature jouer son rôle.

— À cette époque, le père d'Ellie était son parent le plus proche, mais depuis qu'Ellie a épousé Matt, c'est le docteur Beaulieu qu'on peut considérer comme son parent le plus proche, non ?

Ma mère prit un air perplexe.

— Oui, je suppose.

— Est-ce qu'elle s'est adressée à vous parce qu'elle pensait que Matt ne respecterait pas ses souhaits ?

Maman hésita un instant.

— Elle se disait sans doute que Matt ne la laisserait pas dans cet état.

— Est-ce qu'Ellie vous a demandé d'agir en son nom après avoir épousé Matt ?

— Non.

— Merci. Plus de question.

Jake revint s'asseoir à côté de moi.

— Maître Klein ?

— Plus de question pour le moment. Je voudrais appeler à la barre mon témoin suivant, Adam Cunningham.

Le juge Wheeler consulta sa montre.

— Oui. Nous l'entendrons à la reprise de l'audience, à 13 heures.

Après avoir parlé avec Jake un moment dans une pièce à part, je décidai de faire un saut à l'hôpital durant la pause.

— Ne laisse plus les journalistes te provoquer, me répéta-t-il. Pas de commentaire, pas de commentaire, point final.

Je levai la main pour lui assurer que j'avais compris le message et m'armai de courage pour affronter les caméras et les micros. Heureusement, à mon grand soulagement, personne ne m'attendait dans les couloirs vides.

Ce n'est que lorsque je quittai le palais de justice que je compris où étaient passés les journalistes. De l'autre côté de Lincoln Park, les activistes pro-vie manifestaient. Et la curiosité prenant le dessus chez beaucoup des braves habitants de Portland, une foule s'était réunie pendant le déjeuner. Les journalistes les encerclaient, cherchant un papier à écrire, un angle, un gros titre.

Discrètement, j'y jetai un œil en m'approchant du cercle. Il me restait cinquante-cinq minutes pour me rendre à l'hôpital, voir Ellie, prendre des nouvelles et revenir entendre Adam témoigner. Je ne voulais pas être retardé.

Mais je vis ma mère, coincée entre la clôture en fer forgé et un groupe de personnes qui brandissaient des poupées, comme si ma mère n'avait jamais vu de nouveau-nés de sa vie, comme si elle n'avait jamais aidé un bébé à venir au monde.

Je m'arrêtai pour réfléchir, tout en regardant le palais de justice derrière moi. Des agents de la sécurité s'y trouvaient. Aucun ne prendrait-il la peine de venir l'aider ? Est-ce qu'il fallait que j'intervienne ?

Je m'avançai, puis sortis mon téléphone pour appeler la police. Quelqu'un bouscula ma mère et je m'élançai vers elle.

— Laissez-la tranquille ! hurlai-je. Dégagez de là ! Qu'est-ce qui ne tourne pas rond chez vous ?

La foule s'écarta à peine, mais les gens, même les plus en colère, s'en prennent moins facilement à un type d'un mètre quatre-vingts qu'à une dame de soixante ans passés. Étonnant comme ces personnes qui se disent les défenseurs des faibles bébés impuissants n'hésitent pas à agresser une vieille dame qui a mis au monde des centaines de bébés, une femme qui a sauvé plus d'un nourrisson.

Les yeux affolés de ma mère croisèrent mon regard, et elle afficha un aplomb entièrement feint.

— Ça va, Matt, lança-t-elle.

J'entourai ses épaules de mon bras pour l'entraîner loin de la foule.

— Laissez-la tranquille ! criai-je sans m'adresser à quelqu'un en particulier.

Ma mère tremblait violemment. Je posai la main sur son poignet pour vérifier son pouls. Elle faisait de la tachycardie, son rythme cardiaque approchant de cent cinquante.

— Qu'est-ce qu'ils te voulaient ?

— Ils essayaient de m'effrayer, répondit-elle en déglutissant. Non sans succès. J'ai pensé à ces médecins qui pratiquent l'avortement et qui se font tirer dessus, ou à leurs cliniques qui se font dynamiter.

— Pourquoi tout le monde compare ma situation à un avortement ? Il ne s'agit que d'Ellie. Du fait qu'elle porte notre bébé. Personne n'avorte. Si seulement ces imbéciles pouvaient disparaître !

— Merci, dit-elle en me serrant la main.

— Je suis garé dans le parking de l'autre côté de la rue.

Quelques reporters prirent des photos, posèrent des questions, nous suivant de près. Je les ignorai jusqu'à la voiture, ouvris la portière et installai ma mère sur le siège passager. Je refermai et démarrai le véhicule.

Une fois à l'intérieur, alors que nous roulions sur Franklin Street, je pris la parole.

— Je ne veux pas qu'on te fasse du mal. Mais ce n'est pas parce que je suis intervenu que je ne suis plus fâché.

— Je sais… Où va-t-on ?

— À l'hôpital. Tu pourras demander à quelqu'un de te raccompagner au tribunal. Ou tu pourrais retirer ta plainte et on en resterait là. On pourrait alors se concentrer sur ce qui est véritablement important.

Elle fixait la vitre.

— C'est Ellie qui est véritablement importante.

— Elle l'est en effet. L'était. Elle est partie, désormais.

Ma voix dérailla alors que je m'arrêtai à un feu. J'agrippai le volant aussi fermement que je le pus, comme si cela pouvait me soulager de ma douleur.

Maman posa délicatement sa main sur la mienne.

— Je sais. Si ç'avait été toi, Matt… si tu étais allongé en ce moment sur ce lit d'hôpital, qu'est-ce que tu penses qu'Ellie aurait fait ?

— C'est une question ridicule.

Un klaxon résonna derrière nous.

Le feu était passé au vert et je pressai trop fort sur l'accélérateur, nous projetant au milieu du carrefour.

— Merde. Tu ne peux pas renverser la situation et demander ce qu'Ellie aurait fait. Je ne peux pas porter de bébé. Si je pouvais échanger nos places, même si cela impliquait de la laisser seule et enceinte, si je pouvais mourir pour qu'elle vive, je le ferais.

— Je sais que tu crois être noble. Mais est-ce que tu n'essayes pas justement de porter ce bébé ? À rester assis dans sa chambre de jour comme de nuit ? N'essayes-tu pas de réaliser l'impossible ?

— Laisse-moi une chance de découvrir si c'est vraiment impossible.

Maman ferma les yeux.

— Jake est peut-être très fort pour manipuler les mots, les miens, ceux des autres témoins, mais je connais Ellie. C'est sur mon épaule qu'elle a pleuré Alice. Ellie ne voulait pas mourir ainsi.

28

10e jour

Avec sa carrure, Adam me faisait passer pour un nain, ce qui n'était pas fréquent. Mais je fus ravi de constater le mal qu'il avait à ranger ses grandes jambes à la barre des témoins. Apparemment, Klein devait juger qu'Adam avait beaucoup de choses à dire parce que cela faisait déjà une heure qu'on l'écoutait déblatérer.

— Vous a-t-elle fait part de ses dispositions de fin de vie ? demanda l'avocat.

— Oui.

— Pourriez-vous nous expliquer dans quelles circonstances ?

J'avais découvert que les tribunaux n'étaient pas des endroits très passionnants. Les questions et les réponses suivaient les formules de longues preuves mathématiques. Prenez A. Prenez B. Faites la somme. Divisez par le produit. Malgré ce manque d'intérêt affligeant, je distinguais les modèles et comprenais les concepts compliqués. La médecine aussi exige de la logique. Nous autres médecins, nous prouvons des faits à l'aide de nos recherches, et j'étais très habile pour détecter ce qui rendait une étude valable ou non. Dans le cas du témoignage d'Adam, on passait à côté des variables clés : un bébé et l'amour d'une mère.

Adam se cala de nouveau sur son siège, pas du tout à son aise.

— Au sein de l'équipe de réparation du télescope Hubble, Ellie s'est vu confier une mission d'une importance capitale. Après le désastre de *Columbia*, nous ne savions pas si le programme pourrait reprendre, mais quand la NASA a donné son feu vert, Ellie a décidé de mettre de l'ordre dans ses affaires. Au cas où. Elle s'est adressée à une avocate et a rédigé un testament. Elle m'a expliqué qu'elle m'avait désigné comme exécuteur testamentaire pour se prononcer à sa place au cas où quelque chose devrait lui arriver.

Le témoignage piétinait. Adam lut le document. Comme dans le testament biologique que ma mère avait présenté, Ellie donnait un certain nombre de consignes. S'il devenait évident qu'elle ne se rétablirait pas, elle demandait qu'on arrête de l'alimenter et de l'hydrater. Elle ne voulait pas d'assistance respiratoire. Elle ne désirait qu'une seule chose, qu'on la laisse partir en paix. Adam parcourut la page jusqu'au dernier mot.

— En substance, Ellie m'a dit de débrancher les machines. Car elle trouvait la façon dont sa mère était morte moralement répréhensible.

— Docteur Cunningham, de quand date ce document ?

— 19 mai 2003.

Je me penchai pour chuchoter à l'oreille de Jake.

— Ils se sont séparés un mois plus tard environ. En juin ou juillet 2003.

Les fines lèvres de Jake tracèrent un sourire entendu.

Klein reprit le testament pour le tendre au juge Wheeler.

— Je voudrais consigner ce document comme pièce à conviction numéro deux.

— Le défendeur a-t-il une objection à formuler ? demanda le juge Wheeler.

Alors que Jake se levait pour parler, je bus une gorgée d'eau. Je ne contrôlai pas la force avec laquelle j'agrippai la bouteille et l'eau jaillit comme d'un volcan, éclaboussant les papiers de Jake.

Il me lança un regard mauvais, prit un mouchoir et me le passa, comme s'il s'était même préparé à cela. J'épongeai tandis qu'il parlait. Dans le public, la journaliste blonde du matin ricanait. Elle se considérait sûrement comme une féministe. Mais moi aussi, j'étais convaincu qu'une femme est capable de faire à peu près tout ce que les hommes font. Sans parler d'Ellie qui pouvait faire bien plus encore, comme aller dans l'espace. Et le plus important, Ellie pouvait porter ce bébé. Pas moi.

— Votre Honneur, commença Jake. Nous n'avons aucun moyen de savoir si cette photocopie n'a pas été modifiée ou si l'original n'a pas été détruit. Même si Adam Cunningham et Ellie McClure étaient encore ensemble en mai 2003, ils ont rompu à peine quelques mois plus tard. Il est fort possible qu'elle ait détruit l'original. Je réfute ce document.

Klein m'avait regardé nettoyer mon inondation, puis il se leva.

— Votre Honneur, j'essaye de joindre l'avocate qui a établi ce testament biologique pour récupérer l'original.

— Si vous parvenez à fournir l'original, je l'intégrerai dans le dossier, maître.

Le juge s'adressa brièvement au greffier, puis demanda à Klein de poursuivre.

— Quand avez-vous parlé à Ellie pour la dernière fois ? demanda-t-il à Adam.

— Il y a quelques mois. Ellie m'a téléphoné quand ma mère est décédée. Ma mère souffrait d'Alzheimer et cela faisait des années qu'elle était malade, déjà à l'époque où Ellie et moi étions ensemble.

— Avez-vous parlé de ses dispositions de fin de vie lors de cet appel ?

— Pas exactement, mais nous avons parlé de nos mères et du fait que leur mort était difficile à accepter. Elle m'a dit que désormais ma mère était en paix, et que c'était à cela que nous tous aspirions. Nous avons discuté du fait de mourir dignement. Son opinion n'avait pas changé.

— Pourquoi faire toute cette route jusqu'à Houston pour apporter ce document à la cour alors que vous ne faisiez plus activement partie de la vie d'Ellie Beaulieu et que vous avez rompu depuis si longtemps ?

Adam regarda ses mains, jouant la carte de l'humilité, comme les pharisiens feignent la vertu.

— Je ne voulais pas m'impliquer dans ce drame, mais je respectais Ellie et je voudrais m'assurer que ses volontés seront suivies. Matt n'en prend pas la voie, par conséquent ma conscience m'a obligé à intervenir. Ellie n'aurait pas voulu être maintenue sous assistance respiratoire. Elle aurait détesté qu'on lui impose cela. Sa plus grande peur était de connaître une agonie prolongée comme celle de sa mère.

Quand j'entrai dans la chambre d'Ellie, Hank leva la tête du journal qu'il lui lisait à haute voix.

— Comment s'est passé le témoignage d'Adam ?

Je me penchai pour déposer un baiser sur le front d'Ellie en me demandant combien de temps Hank pourrait tenir sans se précipiter dans le bar le plus proche. Je résumai le nouveau document qu'il avait présenté, puis je cherchai une manière d'aborder le problème pour le rassurer.

— C'était presque drôle de voir Jake mener le contre-interrogatoire d'Adam.

— Comment ça ?

— Jake a poussé Adam à avouer que son document n'avait aucune pertinence.

— Comment ? questionna Hank en ouvrant de grands yeux.

— Jake et Adam discutaient des raisons qui avaient poussé Ellie à préparer un testament biologique avant la mission *Atlantis*. Le désastre de *Columbia* s'était produit peu de temps avant. Les astronautes prévoient les différents scénarios possibles, ce genre de chose… Jake lui a demandé si elle pensait survivre à une explosion semblable à celle de *Columbia* – ni *Columbia* ni *Challenger* n'ont compté de survivants parmi les membres de l'équipage. Alors, pourquoi avait-elle besoin de rédiger des dispositions de fin de vie ? Elle ne survivrait sûrement pas si les choses tournaient mal. Adam a répondu qu'elle ne pensait pas forcément que les directives anticipées étaient pertinentes à ce moment précis. À quoi Jake a rétorqué : « Donc, elle vous a nommé pour accomplir une tâche totalement dénuée de pertinence ? »

Hank éclata de rire.

— Il commence à me plaire, ton ami qui a un avis sur tout.

— Jake a quelques qualités, mais ne lui confie jamais que je t'ai dit ça.

Après le départ de Hank, je rejouai dans ma tête la réaction d'Adam aux questions de Jake.

« Je n'ai jamais dit qu'elle estimait ces directives non pertinentes en général, mais elle pensait que, si la mission tournait mal, elle connaîtrait une mort rapide. Cela lui permettait de faire face au danger plus facilement, parce qu'elle avait peur d'agoniser comme sa mère et comme on le lui impose maintenant. »

Je regardai Ellie. Bon sang, mais qu'est-ce que je lui faisais subir ?

29

11e jour

Me regarder insulter une journaliste locale en boucle sur CNN ne contribuait pas à me réconforter. J'éteignis le poste juste au moment où Mike entra dans la chambre d'Ellie, un sac en plastique à la main, rempli d'enveloppes. Il le posa sur le bord de la fenêtre.

— Je suppose que tu as dû te voir à la télé.

— Une petite dizaine de fois. À partir d'aujourd'hui, j'envisage de me faire tatouer « Pas de commentaire » sur le front. Si j'avais réussi à la fermer, ils ne diffuseraient pas cette charmante saynète à l'infini.

— Elle a parlé de viol. Comment aurais-tu pu ne rien dire ?

Je levai la tête vers mon frère.

— Passons à autre chose.

Je tendis le bras vers le courrier qu'il m'avait apporté.

— Tu connais Dave Hopper, n'est-ce pas ?

Bien sûr. C'était un des camarades de Mike au lycée, qui travaillait désormais à la poste. Mon frère n'attendait pas vraiment de réponse, il n'en attendait en fait jamais quand il commençait à parler. Par conséquent, je ne pris même pas la peine de le regarder.

— Il m'a appelé pour me dire que ta boîte aux lettres débordait.

Le bon côté d'une petite ville, c'est que tout le monde se connaît. Ainsi, quand une catastrophe arrive, quelqu'un appelle votre grand frère pour que votre courrier n'atterrisse pas sur le sol pour être emporté par le vent.

— Merci.

— Il en reste encore, chez toi.

— Il y en a davantage ?

— Tu reçois plus de lettres que le Père Noël en décembre, ironisa Mike, essuyant les larmes qui montaient alors qu'il regardait dans la direction d'Ellie. Certaines ont été envoyées par des connaissances d'Ellie, des voisins, et d'autres portent des logos de la NASA, du MIT, ou des adresses de Houston. Certaines viennent d'endroits bizarres comme l'Afrique du Sud. Celles-là, je ne te les ai pas apportées. Au fait, il y a un mot de Carol.

— Wentworth ?

— Tu en connais d'autres ?

Je haussai les épaules. Aucune aussi bien que je n'avais connu Carol Wentworth. Avant qu'Ellie et moi ayons renoué, j'avais été fiancé un temps à Carol.

La discussion s'engagea ensuite sur ses garçons qui demandaient s'ils pourraient garder Hubble, notre chien. Sur son travail. Sur ce qui était arrivé à maman la veille à Lincoln Park. Même si je savais qu'il était du côté de maman, je ne voulais pas me battre avec lui, et à l'évidence, lui non plus, parce qu'après quelques minutes il se leva et me promit de revenir me voir le lendemain. Est-ce que je voulais le reste du courrier ?

Pas maintenant. Je parcourus les lettres et reconnus tout de suite l'écriture caractéristique de Carol.

Cher Matt,

J'ai été désolée d'apprendre l'accident d'Ellie. Vu les nouvelles, je suppose qu'il est inutile de lui souhaiter un prompt rétablissement.

Cependant, si je peux faire quoi que ce soit, si je peux user de mon influence, n'hésite pas à me le demander. Tu te souviens que mon père a des contacts. Un coup de fil et l'avocat de la partie adverse se fait remonter les bretelles.

J'ai lu que tu avais engagé Jake. Tu peux lui donner mon numéro et je le mettrai en relation avec mon père.

Amitiés,

Carol

Quelles ficelles le père de Carol pouvait-il tirer, je n'en avais aucune idée. Je mis de côté son mot et sortis quelques lettres qu'avait écrites Ellie après que je lui avais annoncé mes fiançailles.

30

Six ans avant l'accident d'Ellie

Pour être tout à fait honnête, dès le début de ma relation avec Carol, je sus qu'elle était trop sophistiquée pour moi. J'en avais conscience, mais, quand j'étais avec elle, j'ignorais si j'étais au paradis ou dans un avion voué à exploser. Après un certain temps, cela n'eut plus d'importance. Nos internats ne nous offraient pas assez de loisirs, ni à l'un ni à l'autre, pour chercher un autre partenaire. Je présentais assez bien pour que ses parents aisés de Park Avenue ne trouvent rien à redire en me voyant à son bras. Elle avait un don pour la conversation, me dépassait en intelligence et assurait au lit.

Il ne m'en aurait pas fallu plus. Je n'en aurais pas voulu plus, mais je bénéficiais d'autres avantages. Elle avait grandi parmi l'élite new-yorkaise et me présenta des gens, m'introduisit dans des endroits que je n'aurais jamais approchés. Pourtant, au bout d'un moment, je commençai à désirer une relation qui serait importante à mes yeux. La solitude, la nostalgie, ou peut-être le besoin d'aimer quelqu'un. Elle était ravissante et accomplie. Comment ne pas l'aimer ?

Mais nous n'étions pas faits l'un pour l'autre. Pas vraiment. Chaque fois que j'essayais de la convaincre de rester chez moi, elle trouvait une excuse. En réalité, elle ne me laissa même jamais imaginer que mon taudis était à la hauteur de ses critères. Une nuit, alors qu'elle enfilait son chemisier sur son caraco, je jouai avec ses longs cheveux noirs, pour l'amadouer.

— J'opère tôt demain. Je voudrais avoir une bonne nuit de sommeil, expliqua-t-elle en penchant la tête sur le côté. Mais tu vas me manquer.

— Je préfère ne pas te savoir dehors dans les rues en pleine nuit.

— Quel provincial tu fais avec tes principes de bon petit gars de la campagne ! répliqua-t-elle en souriant.

— Reste. Dors avec moi.

— Je ne viens pas ici pour dormir. Je viens ici pour ton corps.

Elle me caressa l'intérieur de la cuisse.

— Je me sens comme un homme-objet, dis-je en riant.

Elle s'empara de son sac à main de grande marque et se planta devant la porte, attendant que je la lui ouvre.

— Et même si toi, je t'adore, cet endroit, pas vraiment. Prends-toi un appartement correct et je resterai.

J'aurais aimé pouvoir dire que sa remarque désobligeante ne me fit rien, mais c'est faux. Cela ne me plaisait pas quand la discussion passait de ma virilité à mon manque d'argent. J'essayai de rééquilibrer la situation avec la seule méthode que je connaissais, la moins onéreuse et la plus prévisible. Je glissai une main dans son col et pris son visage dans mes mains. Elle gémit doucement, et l'espace d'une seconde, je pensai que j'avais gagné. Mais je me trompais.

La sonnerie du téléphone nous interrompit et Carol

referma la bouche sur ma langue pendant un moment, avant de se dégager et de tirer la porte derrière elle.

Je jetai un œil à la pendule et saisis mon portable. Il était trop tard pour que ce soit un membre de ma famille.

— Allô !

— Euh… Je ne te réveille pas ? demanda Ellie.

Je verrouillai la serrure et m'appuyai contre le mur.

— Non, répondis-je.

— Tu ne reviens pas chez toi pour Noël, finalement ?

— Je ne peux pas. Je suis de garde à l'hôpital.

J'imaginai ma famille et la sienne, réunies autour de la table de la salle à manger, dans la maison où j'avais grandi. Maman cuisinerait tous les plats les plus gras de l'humanité, mes neveux renverseraient de la sauce sur l'illustre nappe de tante Beth, tous échangeraient les dernières nouvelles. Et cette année, encore une fois, je n'y serais pas. Ce sentiment d'appartenance me manquait. Mais c'était étrange qu'il suffise que je parle à Ellie, alors que ni elle ni moi ne vivions chez nos parents, pour me sentir chez moi.

Ellie ne dit rien pendant quelques minutes et, quand elle reprit la parole, j'entendis le sourire dans sa voix.

— J'ai une surprise, mais je veux l'annoncer à la famille le jour de Noël. Dans quatre semaines. Je ne sais pas si j'aurai la patience d'attendre. Je meurs d'envie d'en parler. Mais si tu ne reviens pas… S'il te plaît, je ne peux plus garder ça pour moi toute seule.

Et merde, voilà qu'elle allait m'annoncer son prochain mariage avec Adam. Je m'efforçai de ne rien laisser transparaître de mon mépris pour ce minable.

— Félicitations, lançai-je, trop platement, sans bafouiller au moins.

— Tu ne sais même pas encore de quoi il s'agit.

— J'imagine. Adam est l'heureux élu. Il a intérêt à bien s'occuper de toi.

— Quoi ? Oh ! Non. Je ne me marie pas, gloussa Ellie, ne semblant pas du tout chagrinée à l'idée de ne pas épouser Adam. Tu es tellement drôle !

Je sentis une vague de soulagement me traverser.

— D'accord. Alors, quelle est ta nouvelle ?

— Quelque chose d'énorme !

Sa voix se fit plus aiguë. Je me dis que je devais deviner, mais elle reprit la parole avant que je ne me lance.

— L'espace. L'ultime frontière…

— Arrête ! Tu es sérieuse ?

— J'ai appris la nouvelle ce matin. La NASA m'a choisie pour la mission *Atlantis*. Cela nous prendra deux ans pour la préparer, mais nous allons améliorer Hubble.

— Le télescope ?

— Oui. Et, Matt, je vais faire une EVA !

— Une quoi ?

— EVA, « extra-vehicular activity ». Une sortie dans l'espace. Je vais aller dans l'espace ! Tu arrives à y croire, toi ?

Sa voix pétillait comme du champagne.

Je me frottai le front, digérant l'information. J'étais si fier d'elle. Si heureux pour elle. Mais tellement inquiet également. Cette fois, quand je la félicitai, je le fis avec enthousiasme.

— Peep, je suis vraiment heureux pour toi !

— Merci. Je n'en ai parlé à personne pour l'instant.

— Sauf Adam ?

— Non, même pas à lui. Je dois me taire avant l'annonce officielle au travail dans une semaine. Mais il fallait que je le dise à quelqu'un et je voulais que ce soit toi…

31

Cinq ans avant l'accident d'Ellie

Le 1er février 2003, voyageant à une vitesse de dix-neuf mille kilomètres-heure, la navette spatiale *Columbia* se désintégra lors de son retour sur Terre. Tandis que Houston attendait en silence la confirmation, les chaînes de télévision diffusaient ce qui en général passait inaperçu. Je pleurai chacun des membres de l'équipage, mais je remerciai le sort d'avoir épargné Ellie. *Atlantis* était programmée pour l'année suivante.

La NASA interrompit son programme de vol pour enquêter sur les causes de la catastrophe. La commission conclut que l'accident était dû à la collision de l'aile gauche avec un bloc de mousse isolante qui s'était détaché du réservoir principal.

En tant que spectateur particulièrement concerné, je suivis l'affaire avec grand intérêt, allant regarder tous les jours sur le site de la NASA et espérant en secret que le programme soit annulé pour de bon. Mais, après que les experts eurent échafaudé une série de scénarios de sauvetage, les autorités donnèrent le feu vert pour la reprise des missions.

Pourtant, le vol d'Ellie jusqu'à Hubble restait problématique. Vu l'orbite du télescope, il serait impossible de venir en aide à l'équipage. Si la navette était endommagée lors du décollage, elle n'aurait pas assez de carburant pour arriver jusqu'à la base internationale et attendre les secours. Par conséquent, la mission d'Ellie fut annulée.

— Je touchais à mon rêve, se désola Ellie. Adam pense que je serais nommée pour une autre mission.

Qu'il aille au diable, cet Adam ! songeai-je.

Ma relation avec Carol avançait ou reculait selon que nos gardes coïncidaient ou non. Si quelqu'un m'avait demandé si j'avais une petite amie cet hiver-là, j'aurais probablement répondu que non. J'aurais plutôt parlé de notre lien comme d'une amitié avec avantages. Mais, au début du printemps 2003, nous nous mîmes à passer plus de temps ensemble. Nos gardes concordaient, et nous aussi. J'avais presque emménagé chez elle, y laissant un rasoir, une brosse à dents et un tiroir rempli de vêtements. Rien n'était officialisé, je n'avais même pas la clé et je ne restais pas chez elle en son absence, mais par la force des choses, nous étions devenus un couple.

Le docteur Shah me dit de recoudre, alors qu'il retirait ses gants chirurgicaux. Il retourna vers l'IRM et étudia la radio une nouvelle fois, tandis que je finissais la suture.

— Envoyez-le dans la salle de réveil, lança-t-il. Écrivez le rapport d'opération et les instructions post-chirurgicales. Je reviens le voir une fois que j'aurai parlé avec ses parents.

— D'accord, acquiesçai-je, n'enviant pas le docteur Shah d'avoir à annoncer le terrible diagnostic.

Alors que l'équipe emmenait notre patient dans la salle sept, je vis Carol à travers la fenêtre. Tous les deux en cinquième année d'internat, Carol en chirurgie pédiatrique et moi en neurochirurgie, nous passions beaucoup de temps au bloc.

Dix minutes plus tard, j'étais installé dans la salle de réveil, rédigeant mon rapport sur le gamin de huit ans. Il n'y avait vraiment rien à faire. La biopsie déterminerait le traitement, mais il mourrait quoi qu'il arrive, avant d'atteindre le collège.

Carol me sourit en s'asseyant sur la chaise à côté de moi, son masque baissé autour de son cou, ses cheveux noirs cachés sous son bonnet de bloc. Son regard chaleureux croisa le mien, en disant plus que le bonjour qu'elle murmura tout bas.

— Je ne sais pas comment tu peux faire ça. Travailler avec des mômes, soupirai-je en m'adossant à la chaise.

Elle jeta un œil à ce que je venais d'écrire.

— Gliome cérébral, pauvre bonhomme !

Discrètement, elle regarda autour d'elle avant de me prendre la main.

— Tu as eu quoi, toi ? demandai-je pour changer de sujet.

— Oh, un cas facile. Une sténose du pylore. Certaines choses sont plus faciles à traiter que d'autres. Un petit bout de six mois avec des vomissements à répétition. Je le réhydrate, trouve la cause, et après une petite opération rapide, il retrouve une vie normale. Ça finit bien. Ce n'est pas toujours le cas, mais c'est quand même la majorité.

— Là, aucune chance que ça se finisse bien, dis-je en montrant son dossier.

Elle attira ma main vers sa bouche, embrassa mes doigts rapidement et me lâcha.

— Tu ne peux pas tout maîtriser, me rassura-t-elle en me caressant la joue. Tu sais ce que j'aime le plus chez toi ? Tu t'intéresses vraiment à tes patients.

— Et toi aussi, rétorquai-je, pris de court par ce qu'elle venait de dire.

Ce qu'elle aimait le plus chez moi ? D'accord, nous étions… sexuellement très proches, mais nous n'avions jamais – même pas dans le feu de l'action – prononcé le mot « aimer ».

Les pleurs du bébé brisèrent le silence de la salle de réveil. Les patients les plus petits sont capables de faire le plus de bruit. Carol se leva avant même que l'infirmière ne l'appelle.

— Docteur Wentworth ? Il me faut une ordonnance pour des analgésiques.

— J'arrive, lança Carol, avant de se tourner vers moi : Restons à la maison ce soir. On pourrait aller jusqu'à la mer demain matin.

— OK. Une soirée à la maison.

L'idée vacilla dans ma tête tel un pendule qui devait trouver son équilibre, se balançant d'avant en arrière jusqu'à s'immobiliser. Une soirée à la maison. Ce mot. Aimer. Et je passais de plus en plus de temps à la maison avec Carol. J'avais failli lui dire « Je t'aime », mais je m'étais mordu la langue. La seule femme à qui j'avais dit cela, c'était Ellie.

Pourtant, alors que je regardais Carol se diriger vers l'autre pièce, que je l'observais écrire son ordonnance et qu'elle se penchait sur le berceau du bébé pour le consoler, je me dis qu'il y avait des choses chez cette femme que j'aimais, moi aussi. Et pour la première fois, j'eus l'impression que je pourrais être heureux si je la laissais s'approcher de moi, si je me permettais de l'aimer.

Le lendemain, nous partîmes pour le week-end dans sa maison de famille au bord de la plage, à Hampton. Même si j'y étais déjà allé, au début de notre relation, je la voyais différemment à présent. Malgré mon désir de rentrer chez moi après mes années d'internat, je voyais bien l'attrait de la grande ville, ou, du moins, les aspects que m'en présentait Carol : un appartement avec vue sur le parc et un gardien, une seconde maison au bord de la mer. Même sous la pluie d'avril, j'adorais l'océan. Ce n'était pas si mal, franchement.

Ce soir-là, dans le cottage des Wentworth, Carol et moi étions blottis devant un feu qui crépitait dans la cheminée massive. Je pensais qu'elle s'était endormie, elle était si paisible et immobile. Au loin, le chaos des vagues sur la plage et le clapotis de la pluie sur le toit agissaient comme une berceuse. C'était agréable, songeai-je. J'avais tout ce que je pouvais désirer : une carrière et une ravissante petite amie. Très doucement, je chuchotai à son oreille « Je t'aime ». Peut-être que je m'entraînais, que je cherchais à voir l'effet de ces mots sur moi.

À ma grande surprise, Carol pivota et me regarda dans les yeux, complètement troublée. Je n'avais jamais pensé qu'elle avait besoin de mon soutien. Et pourtant sa voix chancelait.

— Qu'est-ce que tu viens de dire ?

J'hésitai un moment. Je ne voulais pas retirer ce que je pensais être vrai.

— J'ai dit : Je t'aime.

Elle s'éclaira. Nous nous embrassâmes avec une nouvelle vigueur qui n'était plus uniquement sexuelle. On aurait dit qu'elle avait toujours attendu ces mots, ces trois petits mots. Le plus drôle, c'est qu'il ne m'était jamais venu à l'esprit que quelqu'un comme elle, si posée, si parfaite, aurait besoin d'être rassuré grâce à ces mots.

— Tu m'aimes ?

— Oui, confirmai-je, riant presque, libéré par la révélation qui m'avait frappé dans la salle de réveil.

— Je t'aime aussi. Waouh !

Elle me prit la main et m'entraîna avec elle.

— Viens.

— Où ça ?

— Je ne sais pas. Allons courir dehors sous la pluie. Allons…

Elle se jeta à mon cou.

— Je ne sais pas.

Je lui embrassai le front, puis la bouche et me mis à défaire les boutons de son chemisier.

— Tu es si belle. J'aurais dû te dire bien avant à quel point tu comptes pour moi. Et même si j'adore courir sous la pluie, remettons ça à plus tard.

La nouvelle fit les gros titres des journaux le lendemain. C'est ainsi que j'appris que la NASA avait donné le feu vert à la mission d'Ellie.

— Bon Dieu, tu pourrais y rester, lui dis-je, à l'autre bout du fil. C'est trop dangereux.

— Tu ne comprends pas l'importance de Hubble pour l'exploration de l'espace.

Un moment de silence suivit sa remarque, alors que

je cherchais un argument convaincant pour la faire renoncer à son rêve. Je n'aurais jamais pu être avocat.

— L'équipage de la dernière navette spatiale est mort, Ellie. Pour la plupart des familles, il ne restait même rien à enterrer.

Sa voix prit un ton solennel, plein de conviction.

— En fait, les dépouilles ont été retrouvées en partie. Et ce fut une tragédie terrible, mais tous les membres de l'équipage connaissaient exactement les risques qu'ils prenaient. On les connaît tous. Je pars. Je n'ai pas peur de mourir là-bas.

Je grimaçai en regardant par la fenêtre du loft de Carol sur Tribeca. Tous les deux, Ellie et moi, nous avions fait du chemin depuis notre enfance dans le Maine quand nous pensions partir à l'aventure en explorant les berges de la rivière Harraseeket.

— Mais…

— Je sais que tu t'inquiètes, mais je veux que tu sois heureux pour moi.

— Mais…

— Mais rien, Matt. Mais rien. Sois mon ami, c'est tout. Souhaite-moi bonne chance et récite une ou deux prières si ça te fait du bien.

Après ma réaction si mitigée, nos coups de téléphone se firent moins fréquents pendant un moment.

Le week-end du Memorial Day, Carol et moi étions partis dans les Caraïbes, nous échappant pour quelque temps de l'hôpital. Alors que deux enfants, un garçon et une fille de cinq ou six ans, plongeaient leurs visages dans l'eau avec un masque et un tuba pour regarder les poissons, nous avions commencé à discuter de nos futurs enfants. À qui ils ressembleraient et comment nous leur apprendrions à nager. De retour à New York, nous avions choisi des alliances.

Ma mère vint me voir à la fin du mois de juin pour rencontrer les Wentworth, vêtue de sa plus belle robe de chez Macy's. La mère de Carol portait une robe de grand couturier, certainement pas achetée dans un supermarché. Ma mère avait tout de même belle allure, plus belle même que quand mon père était encore en vie. Elle avait perdu du poids, s'était mise au sport et au yoga. Provinciale ou pas, elle n'avait pas à rougir devant mes futurs beaux-parents dans leur penthouse de Park Avenue.

Après le dîner, nous prîmes l'air sur leur balcon. Ma mère admirait les lumières de la ville, un doigt sur les lèvres. Elle se retint de l'inévitable réaction d'admiration quand on contemple Central Park. Au lieu de cela, elle fit une remarque que les Wentworth ne durent pas du tout comprendre.

— Matt, Ellie détesterait vivre ici, tu ne crois pas ?

Le ciel luisait de ce rose urbain dénué d'étoiles. Je sus parfaitement de quoi maman parlait. J'y avais déjà pensé des milliers de fois.

— Qui est Ellie ? demanda Mme Wentworth.

— Oh, je suis confuse, s'excusa ma mère. Cette vue est imprenable, bien évidemment. C'est une amie de la famille, ma filleule en fait, et je la considère comme ma propre fille. Elle travaille pour la NASA maintenant, dans le programme spatial. Ellie ne pourrait pas voir les étoiles si elle vivait à New York. Elle adore observer le ciel.

Maman me dévisagea.

Carol savait qu'Ellie et moi avions été proches, enfants, et que nous nous parlions encore souvent. Carol savait aussi qu'Ellie et moi étions sortis ensemble au lycée, mais elle ignorait l'existence de Celina et le fait que j'avais enfoui mes sentiments pour Ellie au plus profond de moi. Tout ce que Carol savait, c'était qu'Ellie était la petite voisine, une femme qui était toujours mon amie.

Et pourtant, je n'avais pas réussi à annoncer à Ellie mes fiançailles avec Carol et j'avais dit à ma mère que je voulais lui en parler moi-même.

Maman se tourna vers les parents de Carol.

— Je suis très inquiète, parce que la NASA a choisi Ellie pour sa prochaine mission dans l'espace. Au printemps prochain.

— Je pensais que c'était annulé, intervint Carol.

— Oui, ça l'était. Mais ils ont reçu un nouveau feu vert il y a quelques semaines.

— Je ne savais pas, lança Carol en fronçant les sourcils dans ma direction. Tu étais au courant ?

— Je pensais te l'avoir dit.

J'adressai un sourire à ma future femme, qui rayonnait tant qu'elle aurait fait pâlir n'importe quelle constellation. Et moi, je ne pouvais penser qu'à Ellie.

Quand je retournai dans mon appartement avec maman, ce soir-là, je m'allongeai sur le canapé, imaginant la réaction d'Ellie. Je composai son numéro et Adam répondit avec un bonjour rauque.

— Bonjour, c'est Matt. Est-ce que je peux parler à Ellie ?

Il poussa un grognement.

— Qui est-ce ? entendis-je Ellie murmurer.

Un froissement de drap. Sa voix résonna immédiatement dans le combiné.

— Matt ? Quelque chose ne va pas ?

— Non, pas du tout. J'ai une nouvelle à t'annoncer… Je me marie…

Je déballai tout d'un seul coup. Un peu comme

quand on avale un médicament infect d'une traite, sauf que moi je crachais cela sur Ellie.

— Oh, mon Dieu ! s'écria-t-elle sur un ton qui trahissait plus la surprise que l'enthousiasme. Attends une minute…

Aux sons qui me parvenaient, je l'imaginai s'extirpant du lit et sortant de la chambre en fermant derrière elle.

— Tu es encore là, Ellie ?

— Oui. Qui ? Carol ? Tu vas l'épouser ?

— Oui.

— Waouh ! Je ne m'y attendais pas.

Je faillis dire que, moi non plus, je ne m'y étais pas attendu. Comme si ça m'était tombé dessus. Comme si je n'étais pas un acteur consentant. Mais la vérité, c'était que, dans un élan de spontanéité, je m'étais autorisé à être de nouveau heureux. Avec Carol.

— Je ne pensais pas que c'était du sérieux, vous deux. Mais c'est vrai que tu sors avec elle depuis un moment déjà, non ?

— Deux ans, répondis-je, remarquant son manque d'entrain et le silence qui s'abattit sur nous, avant qu'elle ne reprenne la parole.

— Comment lui as-tu demandé sa main ? À genoux ?

— Non. Rien de si banal.

Une nouvelle pause, trop longue pour ne pas être gênante.

— Ah bon, c'est banal ? Des félicitations s'imposent. Je… je ne sais pas quoi dire.

Soudain, je me souvins de notre balade sur la plage, main dans la main. Je me souvins de lui avoir proposé de m'épouser avec des mots que je n'avais pas vraiment formulés devant Carol. Mais avec Ellie, je m'étais mis à genoux.

— Et toi… quand est-ce qu'Adam va se décider à faire de toi une honnête femme, Peep ?

Elle gloussa.

— On dirait mon père. En fait, Adam me l'a proposé, figure-toi. Mais je ne suis pas prête.

— Pourquoi ? Il ne s'est pas mis à genoux pour te le demander ? lançai-je sur un ton que je voulais taquin.

Elle s'éclaircit la voix.

— Ce n'est pas ça. J'ai d'autres… ambitions de carrière. Et…

— Et quoi ?

Je suppose que je voulais l'entendre dire qu'elle le détestait.

— Je veux des enfants, murmura-t-elle. Une fois que je serai mariée, je voudrais avoir des enfants.

— Et pas lui ?

Je perçus un grincement et je ne sus si c'étaient des parasites ou sa voix.

— Bref, pourquoi se marier si on n'est pas prêts à avoir des enfants ?

Elle n'avait pas répondu à ma question, mais je n'insistai pas. Je ne voulais pas m'imaginer Adam et Ellie pouponnant. Puis elle détourna la question.

— Toi et Carol, vous voulez des enfants ?

— Oui, je pense.

C'était bien dans nos projets. Se marier, avoir deux, trois enfants. Et nous leur apprendrions à nager et plonger dans des mers exotiques.

— Ça me fait bizarre de parler de ça avec toi…

— Je sais.

Je pris une grande inspiration avant de trouver le courage d'enchaîner.

— Je pense encore souvent à notre bébé, Peep.

— Oh, Matt, soupira-t-elle, et je la vis, la main posée sur la bouche.

La voix d'Adam résonna dans le combiné.

— Ellie, dis-lui que tu étais occupée et reviens te coucher.

— Oh, mon Dieu ! lâcha-t-elle tout bas, à mon intention, avant de lui lancer : J'arrive tout de suite. Une minute seulement. Il va se marier.

— Se marier ? Ce soir ? Allons, Ellie. Je suis tout seul, moi.

— Tout va bien ? me demanda-t-elle.

Bien sûr, très bien, si on peut dire qu'on va bien quand on a une furieuse envie de meurtre.

— On dirait que tu étais occupée. Bonne nuit, Ellie.

4 juin 2003

Cher Matt,

Tu as provoqué un tremblement de terre. Adam est presque aussi furieux contre moi que je le suis contre lui. Bien sûr, ce n'est pas directement ta faute. Mais, juste après que je lui ai parlé de tes fiançailles, Adam a demandé ma main.

Encore une fois.

« Eh, bébé, pourquoi on ne se marierait pas ? »

Je suis fatiguée de ses « eh, bébé ». Je ne suis pas un bébé. Et je ne veux pas l'épouser. Alors, pourquoi suis-je toujours avec lui ? Avant, quand Adam avait soulevé le sujet, j'avais dit qu'on en reparlerait après ma mission spatiale. Cette fois, il a trouvé une réponse à me servir. Nous n'avions qu'à nous fiancer maintenant et nous marier dès mon retour de l'espace.

Super.

Pour gagner du temps, je lui ai dit que je n'avais pas

la tête à organiser un mariage. Sa réaction ? C'est lui qui se chargerait de tout.

Oui. C'est sûr que ça lui plairait. Tout contrôler.

Donc j'ai rétorqué que la préparation du mariage incombait à la mariée. J'ai vraiment mal choisi mes mots. Il en a conclu que j'acceptais, en parlant de moi comme de la mariée. Et pour clore le débat, il a sorti une bague de fiançailles. Une bague !

Il fallait que je dise non. Comment annonces-tu à quelqu'un avec lequel tu as tout partagé depuis huit ans que tu n'avais jamais pensé que ça durerait pour toujours ? Je suppose que ça fait de moi une femme sans cœur. Il voulait m'épouser pratiquement dès le début. Je lui avais dit que je n'étais pas prête. Tout ce qui l'intéresse, c'est sa carrière. Il ne veut pas d'enfants. Moi, j'adore mon métier, mais je veux des bébés aussi. Je veux tout.

Le mois dernier, quand j'ai eu du retard dans mes règles, juste deux jours, Adam a fait une vraie crise. Ce n'est pas que cette éventualité m'aurait ravie en ce moment, la mission vient de recevoir le feu vert, et j'aurais dû renoncer à ma place. Bon sang, ça m'aurait tuée, mais je n'aurais pas eu le choix. Merci, mon Dieu, je n'étais pas enceinte. Pourtant, une semaine plus tard, il se faisait faire une vasectomie. Je n'en suis pas revenue. Incroyable, vraiment !

On peut dire que j'ai eu une soudaine illumination, une révélation. Au cours des dernières semaines, je me suis rendu compte du manque de respect qu'il avait pour moi. Il ne m'en a même pas parlé, tu imagines ? Il est juste sorti le matin et revenu à la maison, s'attendant à ce que je prenne soin de lui. Inconcevable.

Mais je n'ai rien dit. Qu'est-ce que je pouvais dire ? Que je veux qu'il soit le père de mes enfants ? De nouveau, un éclair de vérité. Non, je ne le veux pas. Ce serait un père affreux. Il n'aime pas les enfants, même pas ceux des voisins. Je ne veux pas l'épouser. Alors, je n'ai rien dit.

Au début, nous étions bien ensemble et plutôt compatibles. Est-ce que ç'aurait dû être suffisant ? Peut-être, si je n'avais pas voulu fonder une famille. Pourquoi est-ce si difficile ? J'ai l'impression qu'une partie de moi abandonne. Tout ce temps perdu avec Adam !

Je vois déjà le moment où je voudrai quitter Houston, rentrer à la maison et enseigner dans une université. Et là, j'entends ses mots. « Enseigner ? Le Maine ? Quel gâchis, tu vaux mieux que ça, Ellie. » Adam peste et je me fais toute petite. Il a dit que j'étais trop égoïste de me brader ainsi, que n'importe qui est capable d'enseigner la physique, mais que la plupart des gens seraient incapables de comprendre les ondes magnétohydrodynamiques, même sous la torture.

D'accord, mon cerveau est conçu pour comprendre tout ça. Et alors ? Est-ce que ça m'oblige à exister unilatéralement, me concentrant uniquement sur un seul aspect de l'univers ? J'attends plus de la vie. Je veux enseigner. J'aime voir la lueur de compréhension dans l'œil de quelqu'un. Ou peut-être est-ce Adam qui a raison : je suis incapable de faire les sacrifices qu'exigent les vraies découvertes scientifiques ?

Mon père et mon frère me manquent. La neige et l'automne aussi. Je rêve de refaire du kayak sur Casco Bay. Ma vie me manque.

Et je ne veux pas vieillir en regrettant de ne pas avoir eu d'enfants, parce que ma carrière passait avant tout. Je vais aller dans l'espace. Rien ne surpassera cette expérience.

Si ce n'est tenir un bébé dans mes bras.

J'ai toujours pensé qu'un jour je me marierai. Un jour, j'aurai une maison pleine d'enfants.

Ça n'arrivera pas avec Adam. Ça ne fonctionne pas. Je ne l'ai jamais imaginé à mes côtés pour toujours.

Mon Dieu, aide-moi, je t'ai vu, Matt. J'ai vu un autel et une robe blanche. Je sais que nous avons laissé passer notre chance, il y a des millions d'années. Et pourtant...

Matt, tu épouses une autre femme. C'est une autre qui se tiendra auprès de toi dans l'église et dans ta vie. Carol. Oh, mon Dieu. Je voudrais être heureuse pour toi, mais c'est comme si je glissais dans ma tombe.

Qu'est-ce que je suis supposée faire avec ces sentiments ? J'ai pris cette décision il y a bien longtemps. Je n'ai plus le droit de t'aimer. Et pourtant, je t'aime.

32

Après l'accident d'Ellie
11e jour

Après avoir témoigné devant le juge la veille, Adam eut le culot de retourner à l'hôpital voir Ellie. Il me jeta un œil méprisant, sans vraiment me regarder.

Abasourdi, je me levai.

— Qu'est-ce que tu fais ici ?

Il fit mine de ne pas entendre ma question et se pencha pour embrasser Ellie sur la joue.

— Eh, bébé.

— Adam, sors tout de suite.

— Fais preuve d'un peu de respect. Je sais bien que ça n'a jamais été ton fort, tu n'as jamais su respecter ma relation avec Ellie, mais peut-être que tu pourrais partir te balader une heure ou deux pour que je puisse lui dire au revoir.

— Elle t'a dit au revoir il y a cinq ans. Pour ce qui est du respect, c'est à toi de respecter le fait qu'Ellie et moi étions mari et femme. Et pour ce qui est de me demander de partir, tu es devenu complètement taré ou quoi ?

Il se redressa, touchant presque le plafond de sa taille imposante, un rictus déformant ses traits.

— Quoi ? Tu ne me fais pas confiance ?

— Non. Absolument pas. Qu'est-ce que tu fiches encore dans le Maine ? Son état ne te concerne en rien. Elle t'a largué il y a bien longtemps.

Il leva les yeux au ciel.

— Tu n'écoutais pas, hier, au tribunal ? C'est moi qui ai le pouvoir de décider pour elle.

— Oh, bon Dieu ! Que ma mère s'en mêle, passe encore. Elle se trompe, mais elle est de la famille. Toi ? Tu n'as plus vu Ellie depuis des années. C'est quoi, ton problème ? Le contrôle ? Le pouvoir ? Te servir de sa notoriété pour te mettre en avant ? Les centimètres mis à part, tu n'es rien qu'un petit Napoléon d'opérette, qui a besoin d'avoir la mainmise sur tout.

— Tu as toujours été un connard prétentieux, Beaulieu. C'est ce que j'ai expliqué devant la cour. Nous étions ensemble longtemps, et je le lui dois. Elle a beaucoup compté pour moi. Je l'aimais. Je n'ai jamais compris ce qui n'a pas fonctionné entre nous, mais je suppose que c'était à cause de ton influence.

— Tu es toujours amoureux d'elle ! m'exclamai-je, avant de me tourner vers la fenêtre.

— Je ne suis pas… amoureux d'elle. Je ne le suis plus. Mais… oui… je tiens encore à elle, confessa-t-il, son ton faiblissant. Nous sommes restés longtemps ensemble.

— Et vous êtes aussi séparés depuis longtemps.

— C'est assez ironique de ta part. Tu étais pitoyable toutes ces années, à lui tourner autour, à l'attendre, à l'appeler, à t'incruster dans notre relation.

— On n'a jamais parlé de toi. Nous étions amis, bien avant que vous ne vous rencontriez.

— Tu étais toujours amoureux d'elle.

Je concédai d'un hochement de tête.

— Alors, pourquoi es-tu ici ? Vous n'êtes pas restés amis. Ces conneries que tu as sorties à la barre sur…

— Ce n'étaient pas des conneries. Nous avons continué à nous parler. Peut-être pas très souvent, mais tout de même. Je n'avais pas envie d'entendre qu'elle était enceinte. Une fois enceinte, sa carrière était terminée.

Il baissa les yeux vers elle, secoua la tête et prit une voix douce.

— Mais je ne pensais pas que ça finirait ainsi.

Sur quoi, je revis Ellie comme je l'avais vue la première fois aux urgences, quand j'avais failli m'effondrer, comme quand le monde s'était écroulé pour moi. Je ne pouvais pas le supporter. Voir Ellie ainsi. Mon Ellie, gisant là, si immobile, si distante…

Adam parlait toujours, ressassant la même chose, justifiant son intrusion.

— C'est pour cela que je ne l'ai pas rappelée après qu'elle m'a annoncé sa grossesse l'hiver dernier. Mais que je sois encore attaché à elle, ce n'étaient pas des conneries.

Et comme si cela pouvait servir de conclusion, il quitta la chambre sans un mot de plus.

Pour une raison que j'ignorais, je me sentis obligé de le suivre. Peut-être que j'avais raté quelque chose. Peut-être qu'il m'avait annoncé la prochaine bombe qu'il avait l'intention de larguer. Je ne savais pas s'il cachait autre chose qu'un vieux testament biologique depuis longtemps oublié. Mais il battait en retraite d'une façon qui lui ressemblait bien peu.

Adam se dirigea vers l'escalier du fond, celui qui donnait sur l'entrée des urgences et menait à l'héliport, avec la large étendue d'asphalte entre le gigantesque hôpital et l'aire de stationnement. La pluie tombait dru et aucun de nous deux ne portait de manteau. Dans l'espace des quinze secondes qu'il fallait pour traverser le parking, je fus trempé. Il était également dégoulinant. Il ne m'aperçut qu'au moment d'appuyer sur le bouton de l'ascenseur.

— Quoi ? Je pars. Qu'est-ce qu'il te faut de plus ?

— Je ne comprends pas.

Il laissa échapper un bruyant soupir, ses épaules s'affaissant.

— Je vois ça. Pourtant, tu devrais. Il faudrait que tu comprennes enfin pour arrêter cette mascarade, lança-t-il en s'essuyant le visage. Sortons d'ici.

Ce n'était pas la première fois que j'étais installé à une table en face d'Adam. Au cours des dernières années, j'avais déjà eu ce déplaisir, et nous remettions cela, mais cette fois nous étions trempés jusqu'aux os, sur des banquettes en vinyle, penchés sur des menus usés, dans un tripot italien qui servait des spaghettis trop cuits noyés dans l'huile d'olive.

— Pas vraiment végétarien ici, se plaignit Adam.

— Prends une salade. Nous ne sommes pas ici pour la cuisine, mais pour parler.

Il ferma le menu et consulta sa montre.

— D'accord. J'ai une heure avant de devoir partir à l'aéroport. Mais ne pense pas que j'abandonne. Je retourne à Houston afin de retrouver l'avocate qu'Ellie avait engagée pour rédiger son testament biologique. Je serai de retour avec l'original avant la reprise du procès, dans dix jours.

Un frisson glacé me traversa, et pas parce que j'étais trempé et sous l'air conditionné.

Il me rabâcha l'histoire de leur rencontre, revint sur la jeunesse d'Ellie, sa jalousie vis-à-vis de son talent. Lui avait dû prendre deux emplois et, à vingt-neuf ans, il finissait à peine son doctorat.

— Écoute, moi aussi, j'ai été à la fac, l'interrompis-je. La façon dont vous vous êtes rencontrés n'a rien à voir avec ce qui se passe maintenant. Ou, plus précisément, cela n'a rien à voir avec ce qu'elle voudrait.

— Patience, dit-il, levant les yeux au ciel. Ce que j'essaye de dire, c'est que personne ne la comprenait vraiment. Même moi au début, je suis passé à côté. La seule raison pour laquelle je l'ai abordée, c'était notre envie mutuelle de travailler pour la NASA. Donc, chaque fois que nous nous retrouvions, nous engagions une conversation polie. Mais j'ai vite pris conscience qu'elle n'était pas la petite surdouée pourrie gâtée qu'elle m'avait semblé être au début. Tous les week-ends, elle faisait l'aller-retour dans le Maine pour voir son petit frère.

— Oui, Alice lui a fait promettre de bien s'occuper de lui, expliquai-je, prenant une serviette en papier pour éponger un filet d'eau qui coulait de mes cheveux à mon front.

Adam se croisa les mains derrière la tête et s'adossa à sa banquette.

— Et je suppose que tu n'y voyais aucun problème ? Une adolescente, une gamine géniale avec un potentiel infini qui devait réparer le bazar de sa famille dysfonctionnelle. Tu étais sûrement comme tous les autres.

— Non. J'ai dit à Ellie d'aller au MIT. Je lui avais

dit que mes parents pourraient veiller sur Christopher si Hank se remettait à boire. Et il avait arrêté pour de bon, très peu de temps après. Je lui avais même proposé d'aller à l'université de Boston plutôt que Columbia pour que nous puissions être à côté. Mais non, Ellie devait se montrer responsable. Je n'étais pas comme les autres, ripostai-je.

— J'ai essayé de l'aider. Ce n'était pas difficile de tomber amoureux d'elle. Elle était envoûtante, brillante. Vraiment brillante. Mais elle était si naïve et incroyablement ignorante de la politique académique. Elle aurait dû être plus agressive avec sa recherche, mais elle était trop tendre, trop distraite par sa famille. Elle partait même retrouver Christopher en semaine, quand il se passait quelque chose à son école.

— La famille comptait beaucoup pour Ellie. Elle ne pouvait pas tourner le dos à quelqu'un qu'elle aimait, pas plus qu'elle n'aurait voulu débrancher son assistance respiratoire dans ces conditions.

— Voilà, c'est exactement le problème, Beaulieu. Tu la forces à faire quelque chose de tout aussi injuste. Cette fois, tu lui imposes une réelle torture pour qu'elle veille sur une masse informe qui n'est même pas encore un bébé.

— Non !

— Écoute-moi d'abord. Pour une fois, écoute le point de vue de quelqu'un d'autre. Je l'ai ancrée, je l'ai aidée à s'affirmer, à faire passer ses rêves de carrière en premier. C'est moi qui l'ai poussée à entrer à la NASA, même si c'était tellement éloigné de sa famille dans le besoin. Je me suis assuré que rien ni personne ne se mettrait sur son chemin. Elle avait le don. Elle avait le désir. Mais il fallait qu'elle hiérarchise ses priorités.

— Tu surestimes ton rôle.

— Pas vraiment.

Il éclata d'un rire sec, sans humour.

— Je l'ai aidée à se débarrasser des parasites pour obtenir ce qu'elle voulait. L'espace. Les étoiles. Hubble. Je l'aimais et la NASA, c'était son rêve. Tu étais une distraction. Sa famille également. Moi aussi, parfois, j'étais une distraction. Et même s'il lui arrivait de s'opposer à moi, elle savait qu'elle avait besoin de mon aide.

La serveuse s'approcha de notre table, posa des verres d'eau devant nous et prit notre commande.

Je bougeai sur la banquette en vinyle, grinçant dans mon pantalon mouillé. Je voulais en finir avec cette discussion. Je voulais retourner auprès de ma femme.

— Jamais Ellie n'a été aussi faible que tu la décris. Elle savait exactement ce qu'elle voulait. Elle l'a toujours su. Oui, elle était attentionnée, bienveillante et elle adorait sa famille. Hank et Alice avaient pris soin de lui offrir une enfance normale, même si elle était une surdouée, de la faire pratiquer des sports et participer aux tâches ménagères. Ce n'était pas une distraction. C'est ce qui rend quelqu'un humain.

— La rendre responsable de la vie de tout le monde a fait d'elle un paillasson.

— Va dire ça au membre de l'équipage d'*Atlantis*. Dis-le à Jabert. Qu'elle aurait dû le laisser mourir. Ellie était héroïque.

Adam passa une main dans ses cheveux et se pencha en avant.

— Tu es incapable de saisir ce que je te dis ? Ellie

a besoin que quelqu'un la fasse passer en premier. Pour une fois, pense à cela. Bats-toi pour elle. Elle a quitté la NASA pour toi. Pour une fois, prends la décision qui s'impose. Pour Ellie.

Je frappai la paume de ma main sur la table entre nous.

— Elle voulait quitter la NASA, affirmai-je. Tu n'arrêtes pas de dire que je ne comprends pas. Mais c'est toi qui ne comprends rien. À l'évidence, tu n'as aucun respect pour l'indépendance d'Ellie. Elle n'avait pas besoin qu'on la guide. Je n'aurais pas pu la guider où que ce soit. Nous allions dans la même direction, nous voulions les mêmes choses. Elle voulait des enfants, peut-être plus que moi encore. Elle n'était pas une mégalomane égocentrique. Est-ce qu'elle a fait des sacrifices ? Oui, et c'était son choix.

Son visage se teinta d'un tel mépris que je m'attendis à ce qu'il me crache dessus.

— C'est ce dont tu veux te convaincre. Elle voulait plus. J'ai pris soin d'elle et je suis là pour continuer à le faire. Crois-moi, je ne voulais pas m'impliquer là-dedans. Si tu étais quelqu'un d'à peu près bien, tu la laisserais mourir décemment. Tu es une ordure de lui faire subir cette lente agonie.

Adam se leva et quitta le restaurant.

Keisha déplia le dessus-de-lit en patchwork des Caraïbes bleu, jaune et rose, pour envelopper Ellie avec.

— Elle a toujours dit que celui-ci la rendait heureuse. Je voulais lui en coudre un cet hiver, pour Noël.

La ride entre ses sourcils se creusa.

— Elle ne sera plus là, n'est-ce pas ?

Plusieurs réponses me vinrent à l'esprit. Dans tous les cas, j'espérais qu'Ellie porterait encore le bébé à

Noël, et encore un peu après, mais même si Keisha cousait un autre dessus-de-lit, cela n'aurait aucune importance pour Ellie. Elle ne saurait pas tout l'amour et les longues heures que Keisha aurait mis dans son cadeau. Elle ne saurait même pas si elle avait chaud ou froid. Je serrai Keisha dans mes bras, elle qui avait soutenu Ellie dans l'épreuve de la perte de notre fils et qu'Ellie avait soutenue dans tous ses combats.

— On verra, dis-je.

Keisha afficha un sourire peu convaincant avant de s'asseoir sur la chaise à côté du lit d'Ellie.

Nous bavardâmes de tout et de rien pendant quelques minutes, puis je me mis à pester contre Adam, sa visite, la pluie et son laïus au restaurant.

— Je déteste ce connard, tonnai-je. Est-ce qu'elle t'a déjà parlé de lui ?

Keisha cligna plusieurs fois des yeux avant de répondre.

— Je savais qu'elle avait vécu avec quelqu'un, mais je ne me souvenais pas de son nom. Qu'est-ce que tu voudrais vraiment me demander ?

Est-ce qu'il a raison ? Est-ce que j'imposais à Ellie un supplice inhumain en lui demandant d'attendre quelques mois ? Mais, au lieu de poser cette question, je haussai les épaules.

Keisha me prit la main dans un geste de réconfort.

— Voilà ce dont je me souviens de ce qu'elle a dit sur lui. Il lui rappelait toi. Ne prends pas cet air horrifié, Matthew. Elle disait que vous aviez en commun certaines qualités. Pour ce qui est de l'intelligence, il était à jeu égal avec elle, et ils avaient été amis d'abord. Mais ce n'était pas toi. Et même si leur histoire était sérieuse, elle n'avait pas l'épaisseur suffisante pour durer. Mais ce n'est pas ce que tu veux savoir, n'est-ce pas ? Tu voudrais que je te dise que tu as raison et qu'il se trompe…

Je baissai les yeux.

— Après lui avoir parlé, l'avoir *écouté*, je ne sais plus.

— Eh bien, moi, si. Je suis partiale. Je voudrais que ce bébé vive, mais ça n'est pas suffisant pour me récuser, moi. Tu vois, j'ai une théorie. Tu veux la version longue ou courte ?

— Entre les deux.

Keisha avait un don pour raconter des histoires, mais parfois elle faisait des digressions à rallonge. Selon Ellie, c'était une déformation professionnelle. Les universitaires ont un public captif dans les salles de cours, et cela leur fait croire que tout ce qui sort de leur bouche est passionnant.

Keisha gigota un peu sur sa chaise, et je vis qu'elle réfléchissait à l'angle par lequel aborder son explication.

— Tu savais qu'Ellie a eu une jeune fille de seize ans parmi ses meilleures étudiantes, à l'automne dernier ?

— Julie quelque chose, acquiesçai-je en hochant la tête. Oui, Ellie disait qu'elle était très brillante.

— Julie est un peu effacée, mais c'est vrai qu'elle est très douée. Elle est entrée dans le bureau d'Ellie alors que nous bavardions toutes les deux et, après une discussion et quelques tergiversations au sujet d'une formule de maths incompréhensible, Julie a pris congé. S'installant sur une chaise, Ellie m'a raconté à quel point elle se sentait perdue à cet âge. Comme Julie, elle avait une intelligence largement supérieure à celle de la plupart de ses camarades, voire de ses professeurs, mais elle ne s'est jamais sentie l'égale des autres étudiants, ni au lycée, ni à l'université, ni même au cours de ses études supérieures. Surtout pas avec Adam. En tout cas, pas pendant de longues années.

— Elle avait du mal à trouver sa place quand elle était enfant, confirmai-je en me penchant en avant. Mais…

— Exactement, mais elle a grandi. Elle est allée à Princeton. Elle a rencontré un homme bien plus âgé. Et il lui a plu parce qu'il était plus vieux, et il avait l'air de s'en ficher qu'elle soit un peu naïve. Il lui a servi de mentor. Elle l'a laissé prendre le dessus.

— Pourquoi tu me racontes ça ?

— Parce qu'elle a fini par le dépasser. Elle a mûri et est devenue une femme sûre d'elle qui savait ce qu'elle voulait dans la vie et avait appris à atteindre ses objectifs. Elle est…

La voix de Keisha se cassa.

— Elle était une personne entière. Tout ce dont je traite dans les études féminines… Ellie en était le parfait exemple.

— D'accord. Mais en quoi…

— En quoi cela fait que tu aies raison et Adam tort ?

Je hochai la tête.

— Il a continué à ignorer ses opinions. Elle en a eu assez. Mais elle m'a dit une fois que, même quand tu étais enfant, tu la respectais. Je l'ai constaté moi-même. Tu n'étais pas toujours d'accord sur tout, mais tu l'écoutais toujours. Tu crois qu'elle aimerait sauver le bébé ?

— Oui.

— Et c'est pour cela que je pense que tu prends la bonne décision. Pour toi, c'est une question de respect. Et en plus, je la connaissais. Elle n'aurait jamais baissé les bras… même pas comme ça.

33

12e jour

— La messe est terminée. Allez dans la paix du Christ, lança le père Meehan.

— Nous rendons grâce à Dieu, entonnai-je en chœur avec le reste du troupeau de brebis décérébrées.

La mémoire de répétition est une chose fascinante. Je pouvais assister à une messe entière sans avoir à réfléchir. Je pouvais réciter des prières apprises pendant mon enfance. Je pouvais me perdre dans mes pensées pendant les homélies et la liturgie de l'eucharistie, me levant et m'agenouillant à tour de rôle.

Dieu. Si l'intervention de Dieu était nécessaire, je me tournerais vers Dieu.

Mais, ensuite, je me sentis vidé et je restai assis là à me demander si le bon prêtre qui, devant la porte, serrait les mains des fidèles avait remarqué que j'avais rempli ma part du marché. Au moins ce dimanche.

Je me levai, m'époussetai comme si j'avais développé des racines sur le banc en chêne, puis me dirigeai vers l'autel pour allumer une bougie. Il fallait que je le fasse. Douze jours. Je n'avais pas eu besoin de plus de douze jours pour devenir hypocrite. Je cherchai à allumer le cierge, quand je me rendis compte que non seulement toutes les bougies étaient allumées, mais qu'en plus elles étaient électriques. Quelle comédie ! Rien que de la poudre aux yeux ! Est-ce que je devais en éteindre une pour la rallumer ensuite ? C'était de toute façon absurde.

— Je ne peux même plus engager des servants de messe de nos jours, se plaignit le prêtre en descendant l'allée. Ça me fait plaisir de vous voir.

Ensuite, il se mit à éteindre les vraies bougies, celles qui éclairaient l'autel.

— Comment va Ellie aujourd'hui ?

— Comme d'habitude.

Je désignai les cierges déjà allumés.

— C'est un peu comme une cheminée à gaz ici, non ?

— Ou électrique. Ça fait illusion. Rien que de la poudre aux yeux, n'est-ce pas ?

Est-ce que j'ai pensé tout haut ? Merde. Je suis fatigué. J'avais passé une bonne partie de la nuit à ressasser les arguments d'Adam.

— Vous savez que vous n'avez pas besoin d'allumer une bougie pour prier. C'est purement symbolique, déclara le père Meehan.

— Oui.

— Et la poudre aux yeux, on appelle cela la foi.

— Désolé. J'essaye.

Il reprit le vin et le calice pour le ranger.

— Venez avec moi.

Je le suivis, comme un mouton. Est-ce qu'on peut dire ça ? L'analogie est à propos. Mouton, berger.

— Je peux vous énumérer tous les clichés, affirma-t-il comme s'il avait un don de télépathie dans cette maison des miracles. Demandez de l'aide à Dieu et

Il vous répondra. Je peux vous dire que la foi est un cadeau. Je peux vous indiquer certains passages de la Bible. Mais, au lieu de cela, je vais juste vous dire d'essayer de vous ouvrir. Parlez-Lui. Ou, du moins, essayez.

— D'accord.

— Comment va le bébé ?

— Encore trente semaines à tenir. Dans seize, nous aurons une chance.

— C'est ce que vous êtes, hein ? Un homme de chiffres. Vous avez besoin de paramètres mesurables dans votre vie. Avez-vous déjà cru en autre chose que des chiffres ?

— En Ellie. Ma foi était en elle.

Il soupira profondément.

— Eh bien, c'est un début. Vous croyez en l'amour, et Dieu est amour.

34

14e à 21e jour

Même quand Ellie était enfant et qu'elle jouait à l'astronaute, elle ne comptait jamais à rebours, seulement en avant.

— C'est comme si tu étais suspendu dans le passé et que tu manquais de temps. Chaque instant n'est que le début de quelque chose de nouveau, disait-elle.

J'aurais adoré partager son optimisme, pourtant, le lent déclin de son corps me l'interdisait. Oui, le bébé avait gagné seize jours, et tout indiquait qu'il se portait à merveille. Mais comment ? Ellie n'avait rien de la femme enceinte épanouie. Le compte à rebours était enclenché.

La réalité s'insinuait dans mes failles émotionnelles. L'essentiel, c'était de rester occupé. Phil m'avait dit de ne me faire aucun souci pour la clinique. L'équipe de D'Amato assurait toujours le remplacement, même si je recevais encore des appels toutes les nuits des urgences qui me convoquaient. Aux soins intensifs, c'était plus facile. Il me suffisait de sortir de la chambre d'Ellie pour rendre visite à quelques patients.

Je m'étais équipé d'un de ces fauteuils pliants qui

se transforment en une sorte de lit, ce qui permettait de m'allonger un peu. Je me persuadais que j'arrivais à dormir une heure de temps à autre.

— Et si tu rentrais dormir chez toi, ce soir ? me conseilla Jilian Waters, l'infirmière en chef du service des soins intensifs. On t'appelle s'il y a un problème.

Je secouai la tête.

— Tu ne nous fais pas confiance pour prendre soin d'Ellie ?

— Ce n'est pas ça.

— C'est quoi, alors ?

— Je ne sais pas, mentis-je.

Je manquais cruellement de sommeil et j'étais en deuil. Si j'avais eu toute ma tête, je serais rentré chez moi. Cette paranoïa était insensée. Personne n'allait débrancher l'assistance respiratoire d'Ellie en mon absence.

— Je ne vois plus que des patients en suivi post-opératoire. Je ne peux pas laisser Phil entièrement seul.

Je ne me sentais pas le moins du monde coupable pour ce prétexte fallacieux.

— Sérieusement, l'équipe de nuit dit que tu ne dors pas beaucoup. Tu as passé quatorze des seize dernières nuits ici. Il faut que tu rentres chez toi.

Mais je n'en fis rien. Je ne me sentais plus chez moi sans Ellie. Peut-être que je devrais vendre la ferme. Je ne pouvais pas m'imaginer y vivre sans elle et, d'autre part, j'avais besoin de cet argent.

Notre assurance maladie refusait de couvrir les frais d'hospitalisation. Pourquoi continueraient-ils à verser des milliers de dollars pour une femme en mort cérébrale déclarée ? Selon les soins qu'il lui faudrait, un mois en soins intensifs pourrait dépasser le million de dollars. Bien sûr, Phil n'allait pas se faire payer l'intervention. Et l'hôpital m'accorderait certainement une remise, mais je ne pouvais pas espérer que Clint et les autres membres de l'équipe de l'unité ferment les yeux sur leurs honoraires. En huit mois, la facture pourrait facilement atteindre les… Oh, mon Dieu, il ne fallait pas que j'y pense, surtout si des complications survenaient. Nous avions quelques économies, mais rien de comparable avec la somme que j'aurais à régler. Et même si Hank m'avait proposé de m'aider, je doutais que son compte en banque soit assez fourni.

Le seul bien que je possédais qui eût assez de valeur était la maison. Quelques années plus tôt, un entrepreneur avait proposé d'acheter le terrain pour trois millions de dollars, mais Ellie et moi avions refusé catégoriquement d'y réfléchir. Ellie n'aurait pas supporté que quelqu'un détruise notre maison et construise à la place une série de petits pavillons clinquants.

Ridicule. Tout cela était ridicule. De toute façon, Ellie n'était consciente de rien.

Les trois nuits suivantes, je passai plus de temps dans les autres chambres que dans celle d'Ellie. Trois enfants avaient été amenés avec des blessures à la tête, et un malade du sida était arrivé aux urgences avec un abcès au sinus. Comme ce n'était pas très éloigné du cerveau, le médecin de garde préférait m'avoir à ses côtés tandis qu'il le drainait.

Ensuite, ce bébé arriva. Un ancien prématuré, né quatre mois trop tôt. La naissance bien avant le terme avait causé des dommages importants au cerveau. Avant de le laisser rentrer chez lui, Phil et moi avions installé un shunt pour vider l'excès de liquide dans le cerveau. Le shunt ne fonctionnait plus à présent et le nourrisson devait retourner au bloc.

La mère éclata en sanglots quand je le lui annonçai. Dans ses yeux, je vis Ellie. Je voyais la douleur d'une femme face à une perte inestimable. En observant le petit, je vis Dylan et Celina et les deux autres bébés qui n'avaient jamais eu de visage pour moi. Et je me représentais le bébé qu'Ellie portait désormais.

— Excusez-moi, lançai-je pour m'éloigner, et feignant d'avoir un rapport à écrire, je me cachai dans le poste de soins infirmiers.

Si nous parvenions à maintenir Ellie dans cet état jusqu'à Noël, notre bébé avait une chance. Autant que le pauvre petit bonhomme avec son shunt défaillant. Qu'est-ce que j'étais en train de faire ? Il fallait mieux que cela. Le terme de la grossesse n'était pas avant le mois de mars. Pas d'autre choix que de tenir jusqu'en mars.

Je saisis le téléphone, priant Phil de venir. Je ne me sentais pas assez en forme pour opérer. Ni émotionnellement ni physiquement. Je ne dormais pas assez et j'étais bien trop tendu.

Juste au moment où je m'endormais, la pédiatrie m'appela pour Mark Nguyen. Il faisait une crise tonicoclonique que les antiépileptiques traditionnels ne parvenaient pas à calmer. L'attaque ne s'arrêta qu'après l'injection d'une grande quantité de médicaments, si bien qu'on dut le remonter aux soins intensifs. L'IRM ne nous fournit pas la raison claire de cet épisode. Il se réveilla quelques heures plus tard, lucide.

Une autre longue nuit. C'était toujours mieux que de rester là à ne rien faire, me dis-je.

Mais, pendant la journée, je tournais en rond. Phil passait une ou deux fois, souvent avec des paquets de la part de sa femme, Melanie.

Mike, Christopher, Hank et à peu près tous les gros bonnets de l'hôpital rendaient une visite quotidienne à Ellie. Aux heures du déjeuner, pendant leur ronde. Je n'avais pas vraiment envie de parler à qui que ce soit, et encore moins à ma hiérarchie. Je voulais me noyer dans les lettres d'Ellie.

Je repassais son dernier appel sur mon répondeur une douzaine de fois par jour, sautant les messages d'amis ou de la famille qui voulaient prendre de mes nouvelles. Je ne voulais qu'entendre la voix d'Ellie. « Salut, c'est moi… Passons un moment ensemble au calme ce soir… »

Je lui pris la main.

— Tu trouves qu'on a passé assez de temps au calme tous les deux, Ellie ? Allez, parlons. Réveille-toi et dis-moi que c'est juste le pire cauchemar que j'aie jamais fait. J'ai besoin de toi.

Je commençais à éviter les journaux et les nouvelles à la télé. Il passait souvent des communiqués sur l'état d'Ellie. Chacun estimait avoir le droit d'exprimer son opinion. Est-ce qu'Ellie devait être maintenue de force dans cet état pour achever sa grossesse ? Devait-on la considérer comme une sainte ou comme une martyre ? Quelles étaient les chances du bébé de survivre dans ces conditions ? Fallait-il la voir comme la matrice de ma future progéniture ? Qui avait le droit à l'autodétermination ? Tout le monde, sauf une femme enceinte ? Les féministes s'en mêlaient. Les mères s'en mêlaient. Les mères féministes. Personne ne connaissait Ellie.

Quand Keisha venait ou que Hank faisait un saut, je partais me promener, souvent tard dans la nuit, ou j'allais dormir dans la salle de repos des médecins de garde. Hank et Keisha étaient les deux seules personnes à qui je faisais confiance, les seules qui pensaient qu'il fallait maintenir Ellie sous respirateur, mais mes doutes grandissaient, et plus encore depuis l'admission au bloc du bébé prématuré.

Entre deux visites, je lisais.

Les premières lettres étaient, comme Ellie me l'avait une fois décrit, un déballage adolescent sur son manque de liberté, s'attardant principalement sur sa frustration que ses parents ne la laissent pas partir en programme d'échange. Elle se plaignait de l'école et du fait qu'avec mon départ pour le pays de Galles elle se sentait encore moins à sa place qu'en temps normal.

Venait ensuite la révélation du cancer de sa mère, avec toute la charge émotionnelle égrenée au fil des pages. Je me mis à feuilleter les entrées, me rappelant que je cherchais quelque chose qui me révélerait précisément ce qu'elle aurait voulu dans de telles circonstances.

Plus tard, au cours des mois d'agonie d'Alice, l'écriture se fit plus sombre. Elle évoquait la pâleur de la peau de sa mère, l'odeur aigre qui se dégageait de sa bouche, les escarres qui apparaissaient malgré l'infirmière qui la tournait et la retournait.

Mais ce qui me fait le plus de mal, c'est la façon dont les doigts de maman se crispent, comme si elle souffrait. Je ne supporte pas qu'elle ait mal, que nous le permettions, que nous ne fassions rien pour l'aider. Elle est dans le coma, et cela veut dire en théorie qu'elle ne ressent rien. Mais c'est faux. Ce qu'elle subit est impitoyable. Elle souffre, elle ne peut plus s'exprimer et nous ne l'aidons pas.

Le soleil de l'après-midi filtrait par la fenêtre et sur la peau pratiquement translucide d'Ellie. J'ajustai les stores pour qu'elle ne soit pas aveuglée. Je ne pouvais pas m'en empêcher. C'était plus fort que moi, même si je savais qu'elle ne pouvait ni voir ni entendre. J'approchai ma chaise et posai la tête sur son oreiller à côté d'elle.

— Tu n'as pas mal. S'il te plaît, dis-moi que tu n'as pas mal. Dis-moi que je fais ce que tu voudrais.

Debout sur le seuil de la porte, dans sa tenue d'hôpital, ma mère s'éclaircit la voix.

— Elle ne voudrait pas de ça, même si elle ne souffrait pas. Mais nous n'avons aucun moyen de savoir ce qu'elle ressent.

— Ah, bon sang…

Je bondis sur mes pieds, enfonçant les mains dans les poches.

Maman s'approcha du lit, puis se pencha et embrassa Ellie sur la joue.

— Bonjour, mon cœur. Ton visage va mieux. Le gonflement s'est estompé.

— Je ne veux plus en parler.

— Je sais. S'il te plaît, laisse-moi rester avec Ellie, un instant.

Maman s'assit sur la chaise dans le coin et regarda Ellie.

— Je n'ai pas eu l'occasion de te parler depuis l'incident au parc. Je voulais te dire que ton aide m'a énormément touchée.

Je grognai. Je n'avais pas voulu l'aider. Ma propre

mère. Pourtant, j'étais intervenu à contrecœur et, en tout cas, je n'avais aucune envie qu'on se retrouve maintenant grâce à ça. Et Adam. Elle s'était alliée avec Adam.

— Tu as vu Ellie. Il est temps que tu partes. Retourne travailler.

— Je me fais du souci pour toi. Tu passes tout ton temps ici, tu ne dors plus.

— Écoute, je suis un adulte, un homme marié. Ce n'est plus ton rôle de t'en faire pour moi.

— Les mamans se font toujours du souci. Il n'existe pas de bouton *off*.

Je poussai un soupir.

— Peut-être pas. Moi, je suis le père du bébé qui grandit dans le ventre d'Ellie et, bizarrement, je ne trouve pas de bouton *off* non plus. Tu vois, sa grand-mère veut débrancher le respirateur qui le maintient en vie.

— Ce n'est pas…

— Tu as même entraîné Adam dans tout ça.

— Mais pas du tout ! C'est lui qui m'a appelée !

— Tu aurais dû lui dire de rester chez lui. Tu n'aurais pas dû te mêler à tout cela, pour commencer.

— Voyons, Ellie est comme ma fille !

— Arrête. Elle n'est pas ta fille. Elle ne l'a jamais été, même si tu aurais tellement aimé avoir une fille. C'est ma femme, et cette tragédie ne te regarde absolument pas. Ton intervention est inacceptable, comme celle d'Adam, des pro-vie, des journalistes. C'est de la folie. Chacun pense protéger Ellie. De qui ? De moi ? Ce n'est pas de gaieté de cœur que je suis arrivé à la conclusion qu'il fallait la maintenir sous respirateur. Et oui, les conséquences de mon geste me rongent de jour comme de nuit. Mais Ellie voulait plus que tout un enfant, même au prix de sa vie. Quand elle a fait son hémorragie, j'ai failli la perdre. Même si Ellie connaissait les risques, elle voulait essayer.

— Tu aurais dû la protéger. Tu n'aurais pas dû la remettre enceinte.

Voilà ! Elle m'accusait à présent. C'était ma faute. Comme si je ne le savais pas déjà.

— Je pensais qu'elle utilisait un diaphragme.

Et maintenant, je parlais à ma mère de nos choix de contraception ! Je n'en revenais pas.

— Tu penses qu'elle t'a piégé ?

— Mais pas du tout. Retourne travailler.

— J'ai le reste de la journée, affirma ma mère en secouant la tête. Mon chef m'a même suggéré de considérer la possibilité d'une retraite anticipée.

Elle poussa un petit rire sans conviction.

J'examinai ma mère, qui n'avait jamais parlé de prendre sa retraite. Ça n'avait d'ailleurs jamais dû lui traverser l'esprit.

— Oui. Une autre patiente a refusé que je m'occupe d'elle. En fait, c'est le mari qui m'a rembarrée, cette fois.

— Les maris veulent protéger de toi leurs femmes et leurs enfants à venir…

Je savais que mes mots étaient cruels, mais je m'en fichais.

— Matthew !

— Va-t'en !

Des larmes apparurent dans ses yeux alors qu'elle se détournait de moi et partait précipitamment.

Je me glissai sur la chaise. Notre relation n'en sortirait pas intacte.

35

21e jour

Je n'étais pas préparé à la guerre civile version McClure, mais les premiers tirs de colère résonnèrent, les balles d'accusation fusèrent dans le tribunal. Peut-être que l'altercation ne m'aurait pas autant sidéré si j'avais déjà vu Hank réprimander Christopher. Mais personne n'avait jamais remis Christopher à sa place. Pourtant, juste devant mes yeux, Hank se planta sur le sol en marbre à carreaux.

— Elle était *ma* fille avant d'être *ta* sœur.

Je n'entendis pas la réaction de Christopher. Ou alors j'imaginais tellement qu'il n'en aurait aucune qui vaille la peine de s'y intéresser que je préférai me concentrer sur la vague de journalistes qui arrivaient.

J'attrapai mon beau-père par le coude et l'entraînai dans les toilettes pour hommes, un lieu pas si intime que ça, mais toujours plus que le couloir.

— Par ici, Chris, lançai-je, espérant qu'il nous suivrait.

Un journaliste sortit d'une cabine et nous regarda avec méfiance. Ou peut-être était-ce de la curiosité ?

— Sortez de là ! criai-je.

— Bon Dieu, grommela l'aspirant présentateur de CNN.

Soudain, la prudence que Jake m'avait intimé l'ordre d'adopter, la nécessité de jouer les types sympas, me revint à l'esprit. Un *mea-culpa* s'imposait. Il ne me manquait plus que de voir mon visage s'étaler encore une fois à la télé et dans les journaux.

— Je ne voulais pas aboyer comme ça. S'il vous plaît. Laissez-nous une minute seuls.

L'homme ne quitta pas son air furieux, alors qu'il se tournait vers le lavabo pour se laver les mains qu'il sécha lentement.

— Vous savez, je suis juste en train de bosser sur un papier et je réponds à l'appel de la nature, là. J'ai pas envie de me faire casser la gueule.

Hank faisait les cent pas derrière moi, la colère sortant de tous les pores de sa peau. Christopher s'appuyait sur le carrelage, les mains croisées.

— Je sais, rétorquai-je au journaliste. Je suis désolé. Je me suis laissé dépasser par les émotions. Ma femme…

Ma voix se cassa, et ça, je ne pouvais pas me le permettre devant cet homme qui rapporterait tout ce que je dirais et comment je le dirais.

Jake fit irruption dans les toilettes.

— Te voilà. L'audience reprend.

Le reporter baissa les yeux et bouscula Jake pour sortir.

— Qu'est-ce qui se passe ?

— C'est ce que j'aimerais aussi savoir, déclara Hank. Qu'est-ce que tu cherches, Christopher ?

— Tu ne veux rien entendre, lança Christopher

en fusillant son père du regard. Jamais tu n'as voulu écouter.

— Quel est le problème ? demandai-je.

— Il pense qu'Ellie va pouvoir se réveiller et être comme avant. Comme il le croyait avec ma mère. Il était sûr qu'elle guérirait de son cancer. Ça ne s'est pas produit et ça ne se produira pas non plus pour Ellie. Il pense que j'étais trop jeune pour m'en souvenir, mais je me souviens de tout. C'est lui qui ne se souvient pas. Tu étais soûl tout le temps, papa. Tout le temps ! C'est Ellie qui s'est occupée de moi. Pas toi. C'est ma sœur, mais elle était aussi comme une mère pour moi et je ne te laisserai pas lui faire la même chose qu'à maman. Jamais Ellie n'aurait voulu mourir comme ça. Nous en avons discuté.

Christopher se tourna vers moi.

— Et toi, tu ne lui as pas fait assez de mal comme ça ?

Jake se plaça entre Christopher et moi. Peut-être que Jake ne me faisait pas confiance. Peut-être qu'il essayait de détendre l'atmosphère. Dieu sait que j'étais incapable de raisonner à cet instant.

— Je n'aurais jamais fait de mal à Ellie, ripostai-je.

— Tu l'as mise enceinte de nouveau, alors qu'elle a failli y passer l'hiver dernier. Tu savais qu'elle avait peur de mourir comme maman et maintenant tu t'opposes à son testament biologique.

Christopher dégagea Jake et se colla contre moi.

— Crois-moi, j'ai beaucoup réfléchi à la question, assurai-je. Je me bats encore avec l'idée, mais Ellie voulait plus que tout un enfant.

— Ouais, mais ça ne te dérangeait pas du tout quand maman était en train de mourir, hein ? Tu n'en avais rien à foutre qu'elle veuille garder le bébé, n'est-ce pas ? Tu l'as juste fait avorter !

Ses mots me firent l'effet d'un coup de poing. Mon cœur se mit à battre à un rythme incontrôlable. Je jetai un œil à mon beau-père, qui, à ce que je sache, n'avait aucune idée de la grossesse d'Ellie à quinze ans. Bon Dieu, je ne savais pas que Christopher était au courant. Mais ce qu'il avait compris de la situation était complètement erroné.

— De quoi tu parles ? interrogea Hank. Quel avortement ?

— Matt a mis Ellie enceinte quand maman agonisait, lança Christopher sans ménagement. Après, il l'a forcée à se faire avorter. Et maintenant, il joue les saints avec ses conneries de « C'est ce qu'aurait voulu Ellie ». Eh bien, moi, je te jure qu'elle n'aurait pas voulu croupir sur un lit d'hôpital.

— Ce n'est pas ce qui s'est passé. Ellie n'a jamais avorté. Pas cette fois, ni jamais.

— C'est pour ça qu'elle voulait tant avoir un bébé maintenant. Elle s'est toujours sentie coupable, continua Christopher.

— Non. Ce n'est pas aussi facile, Chris. Et d'ailleurs, si elle s'était fait avorter et s'était sentie coupable, mon affaire n'en serait que plus simple. Je n'ai pas forcé Ellie à avorter. Je n'aurais jamais fait une chose pareille.

— Tu as mis ma fille enceinte quand ma femme était en train de mourir ? questionna Hank en me tapant le torse du plat de la main. Mais Ellie n'était qu'une enfant à l'époque !

— Elle n'était plus une enfant. Elle ne pouvait plus l'être à cause de toi. C'était toi l'enfant. Une loque d'ivrogne. Oui, elle était jeune, nous l'étions tous les deux. Et nous avons fait n'importe quoi. Mais on ne peut pas dire que tu t'occupais bien de ta famille à ce moment-là. Tu l'avais abandonnée. Tu n'as même pas remarqué son gros ventre, c'était à ce point-là. Et oui, Ellie est tombée enceinte. Je l'ai mise enceinte…

Avant que je n'aie la chance d'expliquer ce qui s'était passé, Hank quitta les toilettes en trombe.

Je me tournai vers Christopher.

— Tu ne comprends rien. Elle ne s'est pas fait avorter, elle a fait une fausse couche. Elle en était à cinq mois de grossesse cette première fois. Et ça lui a brisé le cœur. Elle se sentait coupable, en effet, mais pas parce qu'elle a avorté. Elle s'est sentie coupable parce qu'elle n'a pas pu sauver notre fille. Tous les jours de sa vie. Et à chaque enfant que nous avons perdu depuis. Je te le répète, elle aurait voulu sauver ce bébé-là.

Je m'installai sur le tabouret à côté de Hank. Devant lui, s'alignait une rangée de verres vides. Dans sa main, il en tenait un à moitié plein. Un autre verre attendait sur le côté.

— Comment m'as-tu trouvé ? demanda-t-il.

— C'est le quatorzième bar que je fais, avouai-je en haussant les épaules et en consultant ma montre. Trois heures. L'obstination paye.

La barmaid, une rouquine, tendance punk et guillerette, se planta devant moi et me sourit à pleine bouche, comme si plus elle me montrait de dents, plus son pourboire serait grand.

— Qu'est-ce que je vous sers ?

— Une Corona, si vous avez du citron, dis-je avant

de me tourner vers Hank. Je croyais que tu étais un buveur de bière.

— C'est la seule chose qu'Alice me laissait avoir à la maison, à l'époque. Elle pensait que je me soûlerais moins vite avec. Elle n'était pas si futée que ça dans ce domaine. Naïve, disons. Alice a toujours été si innocente…

Il posa son verre sur le zinc avec bruit et fit un geste à la jeune fille pour commander une autre tournée.

Elle me servit ma bière.

— Attendez, je vous ai vu à la télé. Le mari de l'astronaute ?

— Faites comme si on n'était pas là, d'accord ? dis-je en posant un billet de vingt sur le comptoir.

Elle rangea l'argent et nous laissa tranquilles.

— Tu n'as pas l'air ivre, remarquai-je en direction de Hank.

— Je peux descendre beaucoup avant d'avoir l'air soûl. Et de toute façon, c'est du soda.

Je m'emparai du verre sur le côté rempli de scotch et de glaçons à moitié fondus.

— Tous les autres, c'est du Pepsi. La tentation est toujours là, réelle ou imaginaire. Parfois, c'est plus facile de regarder son ennemi dans les yeux.

Il leva la tête vers moi, comme pour m'étudier.

— Premièrement, Ellie ne s'est jamais fait avorter. Deuxièmement, j'allais te parler de cette première grossesse. J'en avais l'intention. Parce que… je vais en parler au cours de mon témoignage. Mais la version courte, c'est qu'on était des enfants, amoureux et stupides. Et la situation était terrible avec Alice.

Hank hocha la tête, prit une touillette et poussa le scotch.

— Il m'en faut un autre. Prenez celui-là et rapportez-m'en un frais. *On the rocks*, s'il vous plaît. Je déteste le scotch dilué.

La barmaid me fixa un instant avant de s'exécuter.

— Tu sais, je n'ai jamais soupçonné que vous étiez… intimes… à l'époque déjà. Merde, c'était un bébé…

— Nous étions deux adolescents, et le monde s'écroulait autour de nous. Nous nous sommes laissé entraîner dans la seule bonne chose qui nous arrivait : nous. Elle ne voulait pas que ça se sache, pour ne pas ajouter des soucis à tout le monde. Mais elle a fait une fausse couche. Je ne lui ai pas demandé d'avorter. Chris se trompe.

— Vous vouliez garder le bébé ?

— Je ne sais pas. On parlait d'adoption, mais franchement, je n'en sais rien.

Il se mordit l'intérieur de la joue.

— Et moi, j'étais trop ivre pour remarquer ce qui se passait dans ma propre maison. Bon Dieu, elle avait quinze ans ! Tu as fait l'amour avec ma fille quand elle avait quinze ans. Tu aurais dû être plus prudent. Tu étais plus âgé.

— Oui, mais pas tant que ça. J'étais un enfant, moi aussi. Je serais choqué si ma fille de quinze ans avait déjà fait l'amour, surtout après ce qui nous est arrivé, mais quand on est ado, avec sa petite amie, ce n'est pas ça qu'on a dans la tête. On ne pense qu'à son désir. Et je l'aimais. Je l'aime toujours. On a fait une bêtise. Elle est tombée enceinte. Et ensuite, elle ne l'était plus.

Il me dévisagea un moment.

— Je pensais qu'Ellie était une brave petite. Gentille, tu vois ?

— Elle l'était.

— Est-ce qu'Alice savait ?

— Je ne crois pas.

La serveuse posa le verre devant Hank, sourit et s'en alla.

Il le renifla et le remit à sa place.

— Et j'étais trop bourré pour qu'Ellie vienne m'en parler. Tu as raison, je suis un père pitoyable.

— Non, contredis-je en mettant une main sur l'épaule de Hank. Mais pendant un moment, tu étais un ivrogne pitoyable.

Je pris une grande gorgée de bière. Me soûler serait une mauvaise idée, même si elle était plutôt tentante. Me perdre. Oublier. Ne serait-ce que quelques heures. Mais j'avais déjà assez de problèmes comme ça. Je sortis mon portefeuille, tirai assez d'argent pour payer sa consommation et la mienne, encore un peu pour acheter le silence de la rouquine et laissai le tout sur le bar.

— Sortons.

— Peut-être que Linney et Christopher ont raison, lança Hank. Peut-être que nous devrions laisser Ellie partir.

La mort vient avec des petits renoncements, un mot qui laisse filer le dernier souffle. Je fixai le parquet noir comme si c'était un abîme.

Je pouvais baisser les bras. Je pouvais laisser Ellie partir, lui offrir la paix. Elle ne voulait pas vivre ainsi. Et ensuite, je pourrais m'allonger à côté d'elle et mourir… quoi que cela demande, des médicaments, un pistolet, sauter sous un train. Notre famille pourrait nous enterrer ensemble. Et même s'il n'y avait ni paradis ni enfer, je n'aurais pas à subir son absence insupportable. Dieu. Comment un Dieu bienveillant pouvait tolérer qu'il arrive une chose pareille à ma femme ?

Cela ne faisait que trois semaines. Je ne pourrais jamais tenir trois mois ou trois ans. Je ne pouvais pas survivre sans Ellie sur cette Terre. Jamais.

Mais il y avait un bébé. Le bébé d'Ellie. Une partie d'elle pouvait encore vivre et qu'est-ce qu'elle avait dit cet après-midi-là ? La vie, c'est prendre des risques. Et le bébé était encore en vie.

— Non, affirmai-je. Je ne peux pas la laisser partir.

— Tu ne vois pas comme ça détruit notre famille ? C'est à cela que je pensais, assis ici. Pas à Ellie qui perdait sa virginité. Pas à toi qui profitais de sa jeunesse. Nous pensions tous que vous finiriez ensemble. Moi, Alice, ta mère, ton père. Ça n'excuse rien, ce n'est pas ça… Et de toute façon, ça n'a plus aucune importance, maintenant, mais… mais, Matt, tu fais n'importe quoi, là, comme moi par le passé.

Je me penchai furieusement vers lui.

— Je ne suis pas ivre.

— Je suppose que je l'ai bien mérité, mais ce n'est pas ce que je voulais dire, soupira Hank. Chris a peut-être raison. Il m'a supplié de te convaincre de la débrancher. Linney est dans un sale état. Et s'ils ont raison, s'il n'y a aucun espoir, autant laisser Ellie partir.

— Je la laisse partir. Je suis dévasté, mais je la laisse partir. Pas question que j'abandonne le bébé en revanche. Pas maintenant. Ce bébé a une chance. C'est la seule chose que je puisse faire pour Ellie. Je lui dois cela, je lui dois ce bébé. Et personne, ni toi, ni Chris, ni ma mère ou n'importe qui d'autre ne compte. Si je perds tout le reste, mais que le bébé vit, alors…

Je faillis dire que tout irait bien, mais je ne pouvais pas dire ça. Je décidai de conclure autrement.

— Je dois tout à Ellie et au bébé. Ce sont eux, ma famille.

Étrangement, je me rendis compte, après l'avoir présenté de cette façon, que le bébé était mon enfant aussi. Pas seulement celui d'Ellie. Et je voulais qu'il vive.

Dans un silence accablant, Hank étudiait ses chaussures. Je ne savais pas ce que j'attendais qu'il réponde. Je hochai la tête, me tournai et partis vers la sortie. Hank ne s'était pas toujours bien comporté, pourtant, je le respectais sincèrement. Peut-être parce qu'il s'était toujours battu. Peut-être parce que, malgré ses défauts, il aimait sa femme et ses enfants. Une fois qu'il avait cessé de boire, il avait été présent pour moi, il m'avait aidé à financer mes études de médecine et m'avait régulièrement appelé après la mort de mon père.

Tandis que je posai la main sur la poignée de la porte, Hank se posta à côté de moi.

— Tu n'es pas seul, fiston. Nous sommes une famille. Et moi aussi, je le dois bien à Ellie. Retournons à l'hôpital.

Après avoir passé neuf heures de suite loin de la chambre d'Ellie, la réalité de son état me frappa avec violence. Mes jambes en tremblèrent.

Hank approcha une chaise pour moi.

— Tiens, Matt. Assieds-toi.

J'obéis. Comment allais-je arranger cette situation ? Je ne pouvais soigner Ellie, même si j'essayais de toutes mes forces. Et la kidnapper pour l'emmener quelque part en sécurité jusqu'à la naissance du bébé n'était pas envisageable.

La voix de Hank me rappela à l'instant présent.

— C'est comme regarder Alice…

Je hochai la tête. Je m'étais efforcé de ne pas voir Alice étendue dans le salon chez les McClure, mais je n'étais pas aveugle.

— En ce moment, tu dois te dire que tu ne veux pas survivre à ça.

Je levai les yeux vers Hank.

— En tout cas, c'est ce que j'ai éprouvé quand ma femme était malade. Je ne dis pas que ce sera facile un jour. J'aimais Alice…

Il s'interrompit et prit sa respiration.

— Tout autant que tu aimes ma fille. Tout autant que j'aime ma fille. Ça m'a pris du temps pour l'accepter, mais elle est toujours…

Il posa une main sur son cœur.

— Rentre chez toi et dors un peu ce soir, Matt. Je ne bouge pas d'ici. Je reste avec ma petite fille.

— J'étais loin toute la journée à cause du procès.

— Et à cause de moi, mais, fiston, il faut que tu dormes. Tu ne tiendras pas autrement.

36

21e jour

Je roulai pendant une heure, autour de Back Bay, jusqu'à Eastern Prom, en prenant le temps d'admirer Casco Bay pour me vider l'esprit, et ensuite je repartis vers le nord pour retrouver Jake chez moi. Alors que j'approchais de ma rue en général déserte, je repérai plus d'une douzaine de voitures et de fourgonnettes garées sur le bord de la route. Des visages me fixaient à travers mon pare-brise. Certaines personnes portaient des croix et d'autres des pancartes de soutien. Une équipe de NBC pointa ses caméras sur moi. Oui, la blonde du tribunal répondait présente. Je grinçai des dents et évitai de croiser son regard. *Ne fais pas de scène.* J'ouvris la barrière de notre allée et me garai dans la grange.

Quand je ressortis, Jake arrivait d'un pas lourd dans la pente, avec une glacière bleue sur l'épaule. Il me tendit la main et leva les yeux au ciel.

— Je me disais que ce serait une bonne idée qu'on se voie ici, mais il y a des journalistes partout. Laisse-moi me charger d'eux, d'accord ? Ne leur fais plus aucune déclaration.

Je secouai la tête.

— Bien sûr que non. Je ne veux pas leur parler. Surtout pas à cette folle de sorcière.

— Souviens-toi de ce que je t'ai dit, surveille-toi. Je veux que tu passes pour un enfant de chœur, surtout après ton esclandre contre ce pauvre gars dans les toilettes. On va finir par te prendre pour une vraie tête brûlée.

Même si je n'appréciais pas qu'il me remonte les bretelles comme un sale garnement, je lui ouvris la porte de derrière et l'invitai à entrer.

— Au moins, la propriété est assez grande pour qu'ils ne voient pas la maison depuis la route.

Il me précéda dans la cuisine, puis le salon, où je déposai mon sac avec les lettres et les cahiers d'Ellie sur la table basse.

— La taille du terrain, c'est le seul avantage que je vois à vivre à la campagne, commenta-t-il en ouvrant la glacière.

Il en sortit deux sandwichs emballés dans du papier aluminium et une salade César.

— Personne ne prépare les paninis aussi bien qu'Yvette. Dinde et artichaut.

Il se tourna vers le fourneau à bois et les déposa dessus.

— Allez, donne-moi les dernières nouvelles. Tu m'as dit que ton beau-père n'avait pas touché à une goutte d'alcool, c'est bien ça ? Est-ce que tu sais si les pro-vie s'en sont de nouveau pris à ta mère ?

— Quelques petits soucis à l'hôpital.

Il prit un air interrogatif et je précisai :

— On dirait que certaines personnes ne veulent plus d'elle comme infirmière. Je dois dire que je les comprends.

Il hocha la tête.

— Dur. J'aimais bien ta mère. Je crois que j'affectionnais plus que toi encore les paquets qu'elle t'envoyait à l'université. Elle fait toujours ces biscuits au caramel ?

— Je doute qu'elle t'en cuise une fournée en ce moment, dis-je en haussant les épaules.

— C'est vrai. Tant pis. Yvette a aussi mis des tartes aux myrtilles. Tu m'en diras des nouvelles.

Il me montra des tartes recouvertes de sucre glace, qui semblaient tout droit sorties d'un magazine de pâtisserie. Leur odeur alléchante parfuma la maison.

Tout le monde voulait m'alimenter, mais j'avais perdu l'appétit quand Ellie était tombée, et même le plus succulent des mets ne pouvait pas me faire reprendre goût à la nourriture. Je mangeai tout de même un peu.

Jake pencha le cou d'un côté et de l'autre, le faisant craquer bruyamment.

— Quand je t'ai dit que ça risquait de prendre des proportions désagréables, je ne m'attendais pas à ce que ça arrive si vite, mais ça peut encore empirer. J'espère que non.

Il fit un geste vers mon sac.

— Allez, on se met au boulot. C'est très simple, tu me donnes une pile de lettres ou quelques cahiers et je les lis. Pas d'associés, juste ton vieil ami qui essaye de sauver ton futur enfant.

Jake tendit la main pour prendre un cahier, et je ressentis sur-le-champ une violente nausée, comme si un voyeur caché derrière la fenêtre de notre chambre regardait Ellie.

— Plus simple encore, c'est moi qui les lis. Pendant ce temps, tu regardes la vidéo.

— Quelle vidéo ?

— Le DVD de notre mariage. Tu as dit que tu voulais voir n'importe quel enregistrement avec Ellie, pour trouver un passage où elle parlerait de la famille. Je pense que tu devrais trouver ça dans le film du baptême de sa nièce, mais c'est Christopher qui l'a chez lui.

Je plaçai devant Jake un carton avec les livres et les notes de cours d'Ellie.

— Et ça, c'est Keisha qui l'a rapporté du bureau d'Ellie. Elle a aussi griffonné des remarques dans les marges, peut-être que tu y trouveras des commentaires sur l'avortement. Moi, je me concentre sur les lettres.

— Tu pourrais me faire confiance, jamais je ne trahirais son intimité.

Il chaussa ses lunettes et s'installa dans le fauteuil.

— Ce n'est pas une question de confiance, affirmai-je en hochant la tête. Elle n'écrivait pas ces lettres dans l'idée que quelqu'un les lirait.

Après avoir parcouru tous les papiers d'Ellie qui dataient de ses études, il garda une ou deux citations qu'il pensait pouvoir utiliser. Quand il démarra la vidéo de notre mariage, je quittai la pièce. Je me disais que je la regarderais plus tard, et de préférence seul.

En général, Ellie censurait ses démonstrations d'affection en public, mais ce jour-là, nous nous étions embrassés tandis que les coupes de champagne s'entrechoquaient. Nous avions tous les deux craqué pendant l'échange des vœux. Rien de très original, rien qui prouvait quoi que ce soit, hormis le fait que nous nous aimions.

Je m'assis sur la chaise à bascule sous le porche et allumai l'ampoule pour lire une autre entrée. Elle s'ouvrait sur la NASA et une nouvelle technologie qu'ils étaient en train de développer pour protéger des micrométéorites. Mais quelques paragraphes plus loin, je m'attardai un peu plus sérieusement.

Waouh !... ça y est, ça me reprend, j'ai de nouveau des vertiges.

L'écriture d'Ellie devenait plus fine.

Voilà, ça va mieux. Je devrais te l'annoncer dès ce soir. Je crains un peu ta réaction. Tu vas sûrement passer en mode docteur hyperinquiet, mais tout ira bien. J'espère que ça ira. Je ne veux pas perdre un autre bébé. C'est arrivé tant de fois que je me sens comme une meurtrière, comme si c'était ma faute. Et c'est le cas, d'un point de vue médical. Mais si je parviens à mettre celui-ci au monde, peut-être que je pourrai me pardonner d'avoir échoué pour les autres.

La lettre était datée du jour où Ellie m'avait confié qu'elle était enceinte de Dylan.

Je descendis de la terrasse pour faire quelques pas dans l'obscurité vers le jardin qu'Ellie avait créé après la mort de Celina. Pendant une semaine, au cours de ce printemps-là, nous avions fait toutes les pépinières de la région afin de trouver les plantes qu'elle voulait pour son parterre. Depuis, le lilas était devenu immense. Les tulipes et les crocus resplendissaient aux beaux jours. Des iris, des pivoines, des marguerites blanches et jaunes. Des échinacées, des sedums, des chrysanthèmes. Nous avions aussi enterré ici les cendres de Dylan. Pour surmonter son chagrin, Ellie déversait son amour dans ce jardin.

Je m'accroupis et éclatai en sanglots pour la famille que nous aurions dû avoir.

La porte grinça en s'ouvrant.

— Matt ? appela Jake depuis la terrasse.

Dans le noir, il ne pouvait pas me voir. Je me raclai la gorge.

— Oui ?

— Qu'est-ce que tu fais dehors ? Tu ne parles pas à un journaliste, au moins ?

— Non.

Je tirai mon tee-shirt de mon pantalon pour m'essuyer le visage, puis retournai sous le porche.

Jake s'assit sur la banquette quand j'arrivai en haut des marches.

— Ça va ?

— Oui.

— J'ai trouvé du matériel utilisable sur la vidéo du mariage.

— Quoi ?

— Rien d'extraordinaire, mais j'aimerais que le juge la voie parler, qu'il la voie en vrai, une femme avec ses rêves et ses espoirs, expliqua-t-il avant de s'interrompre un instant. Quand j'ai épousé ma femme, ma belle-mère nous a payé le grand jeu, colombes, calèche, des milliers d'invités.

— Je m'en souviens.

Jake et Yvette s'étaient mariés juste après l'université, avant même qu'il n'entre à l'école de droit.

— Votre mariage était très simple, mais il a quelque chose, je ne sais pas, une sincérité. Comme si vous étiez faits l'un pour l'autre.

— Oui. On s'aimait. J'ai eu d'autres femmes dans ma vie. Ça a même été sérieux, parfois. Mais quand Ellie et moi étions séparés, durant les années où notre relation était platonique, c'était toujours Ellie, la femme de ma vie. Je sais que ça peut paraître un peu cruche…

Jake ne dit rien pendant quelques minutes.

— Ça ne paraît pas cruche du tout. Regarde-nous, Yvette et moi. On est mariés depuis quinze ans. Nous avons une fille. C'est ce que j'ai de mieux dans ma vie.

— Vous aussi, vous étiez jeunes, remarquai-je, réprimant ma jalousie.

— Trop jeunes. Et pas prêts, mais après la naissance de Janey, on était décidés à tout faire pour que ça marche et…

Il tapota l'accoudoir de la chaise à bascule.

— Jusque-là, je n'ai pas à me plaindre.

— Quel âge a Janey maintenant ?

— Presque treize ans.

Il sortit une photo de sa fille de son portefeuille et me la tendit.

La fillette se tenait en équilibre sur une planche, les pointes de pied tendues et le dos arqué comme une gymnaste.

— Heureusement qu'elle tient plus d'Yvette, physiquement.

Jake rit de bon cœur.

— Oui, on a eu de la chance. C'est une gamine adorable, conclut-il quand je lui rendis le cliché. Et avec un peu de chance aussi, le tien ressemblera à Ellie.

Les mots de Jake me renvoyèrent à la réalité du moment.

— Oui, j'espère.

Ou à moi. Je m'en fichais bien, du moment que le bébé était en bonne santé. Combien de fois les gens répètent cette phrase sans vraiment saisir la fragilité de la vie ? Mais je souhaitais plus que tout devenir un jour le fier papa qui montrerait la photo de son enfant.

Jake devait être embarrassé par ce qu'il venait de dire, parce qu'il ne prononça plus un mot pendant un moment. Je repris ma lecture des journaux d'Ellie, me perdant de nouveau dans sa voix.

— Tu en as encore combien de ces cahiers ? finit-il par demander.

— Elle écrivait beaucoup et tous les jours. Elle parlait de tout, depuis son travail à la NASA jusqu'à ses permanentes ratées chez le coiffeur.

— Tu penses qu'elle avait l'intention d'écrire ses mémoires ? *Les Aventures d'une astronaute* ?

— Tu ne comprends pas. Ellie écrivait parce qu'elle était réservée. C'étaient ses pensées les plus intimes. Elle avait décidé de ne pas partager certaines choses. Je suis au courant de la plupart, mais pas dans les nuances les plus subtiles. Son esprit analysait les situations… je saute beaucoup de passages.

— Laisse-moi les parcourir avec toi.

— Tu vois, celui-ci.

Je lui fis lire le paragraphe où elle expliquait que mettre Dylan au monde lui permettrait de se pardonner ses précédentes fausses couches.

— Tu peux l'utiliser ? Je te ferai une photocopie de la page.

Il lut rapidement.

— Oui. C'est bien. Il m'en faut plus comme ça. Affine tes recherches. Concentre-toi sur les épisodes les plus durs de sa vie, la mort de sa mère, ses grossesses.

— C'est ce que j'ai fait. Elle n'écrivait pas dans ces moments. J'ai tout remis dans l'ordre, chronologiquement. Rien pendant des mois après la mort de sa mère. Rien après la mort de Dylan.

Je me frottai les yeux avec les paumes des mains.

— Sa première grossesse ?

— Seulement le début. Elle écrivait des lettres à l'époque et pas dans des cahiers.

— Alors, c'est à cette période qu'elle a décidé de ne pas avorter.

— Il vaut mieux que tu ne voies pas ces lettres, affirmai-je.

— Pourquoi ? Elle a considéré la possibilité d'avorter ? demanda-t-il, révulsé.

Je chassai un moustique.

— Oui. Et c'est bizarre, parce que, quand elle m'a annoncé qu'elle était enceinte, elle avait déjà renoncé à cette idée ou, en tout cas, elle a prétendu que c'était hors de question. Dans la dernière lettre qu'elle a écrite, elle penchait pour une IVG.

— Tu sais ce qui l'a fait changer d'avis ?

— Non.

— Dommage. C'est le genre d'éléments qu'il nous faut.

Il se frappa le bras.

— Je rentre. Les moustiques sont féroces. Tu as du gin ?

— Non, dis-je en me levant pour le suivre. Nous n'étions pas de grands buveurs.

Le gin me fit penser à la prohibition et la prohibition à Ellie. Son arrière-grand-père revendait du whisky à l'époque sur toute la Casco Bay. Selon Ellie, c'est pour cela qu'il y avait une trappe dans le grenier. C'était là qu'il stockait ses réserves. Et nous étions tombés sur bien plus de cachettes encore. Rien que le printemps dernier, Ellie en avait trouvé une dans le garde-manger. Peut-être qu'elle s'en servait pour garder les lettres manquantes. Je devais aller voir.

— Écoute, Jake, je suis épuisé. Il est minuit passé.

Il consulta sa montre.

— Oui, je pars. Je voudrais qu'on se retrouve au petit déjeuner avant l'audience.

Dès qu'il fut parti, je montai au grenier. Y avait-il d'autres planques ? Pas forcément là-haut, mais commencer par là me semblait le plus logique.

Je soulevai les lattes, je déplaçai les coffres et la maison de poupées. Rien, si ce n'est les trappes que nous avions déjà découvertes. D'un geste impulsif, je m'emparai des journaux intimes d'Alice que je fourrai à la hâte dans un sac.

Où est-ce qu'un trafiquant pouvait encore cacher son butin ? Sous l'escalier ? Non. Et à la fin de la nuit, après avoir retourné le grenier, la cave et la grange, je conclus que si Ellie avait eu envie de cacher ses lettres quelque part, c'est qu'elle tenait vraiment à ce que personne ne les lise. Je rentrai dans la maison, vaincu.

En haut des marches, je m'arrêtai devant la chambre de Dylan, une chambre dans laquelle il n'était jamais entré, une chambre dont ni Ellie ni moi n'avions plus parlé depuis le drame. Nous nous étions contentés de fermer la porte. En tout cas, moi. À présent, j'allumai la lampe. Le berceau était toujours au même endroit, contre le mur. J'entendais Ellie dire : « Cette vieille maison a trop de courants d'air. On ne le met pas à côté de la fenêtre. »

La lumière du matin s'infiltrait par le vasistas. Une autre nuit sans sommeil. Une autre nuit pour rien. Le téléphone sonna et mon cœur déjà débordant d'adrénaline piqua un sprint dans ma poitrine. Personne n'appelait si tôt le matin à moins qu'il n'y ait un problème. Le numéro de l'hôpital s'afficha sur l'écran.

— Docteur Beaulieu, c'est Evie, l'infirmière de votre femme. Vous m'avez demandé de vous appeler en cas de changement.

— Et ?

— Nous avons dû augmenter son oxygène. Ses gaz du sang se sont dégradés dans la nuit. Ils lui font une radio en ce moment.

— Bon sang ! m'exclamai-je, la panique déformant ma voix. Assurez-vous qu'ils protègent le bébé.

37

22e jour

Complètement déboussolé, je trébuchai jusqu'au lit d'Ellie.

Son médecin, Clint Everest, me dévisagea. Je trouvai une excuse comme une autre pour expliquer ma maladresse.

— Je n'ai pas dormi plus d'une heure ou deux depuis deux jours. Je voudrais voir ses radios.

— Tu es rentré chez toi, intervint Hank. Pourquoi n'as-tu pas dormi ?

— On en parlera plus tard, d'accord ? Tu aurais dû m'appeler.

— Dès que j'ai compris qu'il se passait quelque chose, j'ai demandé à l'infirmière de t'appeler. Je me suis dit que tu aurais des questions et qu'elle pourrait y répondre mieux que moi.

— D'accord.

Je me tournai vers Clint.

Il brandit la radio d'Ellie devant le tableau lumineux.

— C'est une infiltration du lobe inférieur gauche. Tu vois ? Une pneumonie. On a commencé les antibiotiques.

— Et le bébé ?

Il posa le dossier devant moi.

— J'ai fait appeler l'obstétricienne d'Ellie. Blythe va venir faire une échographie, une fois qu'elle aura fini d'accoucher des triplés qui n'ont pas voulu attendre. Tu es vraiment pâle, Matt. Va dormir quelques heures dans la salle de repos. Je viens te chercher s'il y a un problème.

Je déposai un baiser sur le front d'Ellie, mis une main sur son ventre et récitai une prière silencieuse. *Dieu, de grâce.* Je me surprenais à faire ce genre de chose, tout athée que j'étais. De la poudre aux yeux. De l'aveuglement. N'importe quoi. *De grâce, mon Dieu.*

— Va dormir. Je reste encore un peu.

Je me réveillai deux heures plus tard, quand Hank vint frapper à ma porte.

— Le docteur Clarke m'a demandé de venir te chercher. Elle fait une échographie.

Une voix dans ma tête me répétait que le bébé n'aurait plus de rythme cardiaque. Cette voix, nous l'avions entendue si souvent. Je craignais que ce ne soit notre dernière danse.

À travers la vitre, j'aperçus Blythe, qui réglait sa machine, ses cheveux blancs rehaussés du ruban rose. Son sourire conciliant me préparait au pire, mais elle ne prononça pas les mots que j'attendais. Elle me salua seulement.

Keisha était postée là. Elle se cachait la bouche d'une main en scrutant l'écran. Elle était supposée rester au chevet d'Ellie pendant que je serais au tribunal aujourd'hui. Elle avait dû arriver pendant que je dormais.

Sur leurs visages, j'essayai de deviner le verdict.

— Tu veux le voir ? demanda Blythe, rassurante.

Keisha me prit par le bras et m'attira vers la machine.

— Approche, regarde-le.

— Quoi, c'est un garçon ? demandai-je.

— C'est trop tôt pour le dire, déclara Blythe. Mais le bébé est réveillé, et à l'évidence, il veut devenir acrobate. Il fait des soubresauts.

— C'est mon petit-fils ? s'enquit Hank.

Blythe hocha la tête.

Derrière les parasites, mon enfant faisait en effet des pirouettes comme sa mère l'avait autrefois fait dans l'espace.

— Il est vivant, chuchotai-je.

C'était comme si Ellie avait pris ma main et l'avait posée sur son ventre pour que je sente le bébé donner des coups. Je levai les yeux vers Ellie, cherchant l'approbation. Je ne vis rien. Et mon sens des responsabilités se dirigea vers le bébé. Notre bébé.

Hank me pressa l'épaule.

— Ça peut très bien être une fille, affirma Blythe en glissant un CD dans la fente pour enregistrer les données. Voir cette échographie aidera peut-être le juge à prendre sa décision. Ou peut-être que ça convaincra Linney.

— Je t'aime, lançai-je à voix haute.

Je parlais au bébé. Je parlais à Ellie. Je l'aimerais toujours. J'aimais Blythe aussi, parce qu'elle m'offrait une pointe d'espoir.

— Tu penses que j'ai raison ? demandai-je.

— Ce n'est pas à moi de le dire, tu le sais, mais vu la réaction d'Ellie le soir où elle a perdu votre dernier bébé, je suis assez sûre qu'elle insisterait pour sauver cet enfant.

Blythe éteignit la machine.

— Son cœur bat comme il faut, mais Ellie est déjà en état de mort cérébrale. Désolée, je ne voulais pas être brutale.

— Ne t'inquiète pas.

Le destin, ou Dieu, avait déjà décidé qu'Ellie ne survivrait pas. Le bébé devait vivre. *Dieu, de grâce.*

— Garder le corps d'Ellie en vie pendant plusieurs mois, même quelques heures, c'est risqué, avec cette pneumonie.

Blythe s'empara de son bipeur pour le consulter.

— Je suis désolée, on m'appelle. Il faut que j'y aille.

Elle laissa l'échographe sur place et fila.

Hank s'écroula sur une chaise, muet et pâle. Keisha avança lentement vers la fenêtre du côté du lit d'Ellie et chuchota quelque chose sur le fait d'être mère à son oreille.

Je vérifiai le respirateur. Depuis que j'avais laissé Ellie pour faire une sieste, le taux d'oxygène dont elle avait besoin avait doublé. La maintenir en vie tenait du miracle. Même si j'avais arrêté d'y croire la nuit de la mort de Dylan, j'étais soudain d'accord pour prier une fois encore. Je me fichais que ce soit de la poudre aux yeux… ou des cierges électriques.

38

Entre dix-huit mois et six mois avant l'accident d'Ellie

Beaucoup de femmes font des fausses couches. Pourtant, une fois qu'on entend un rythme cardiaque, la grossesse a toutes ses chances d'être menée jusqu'à son terme. Nous avions entendu les battements du cœur de nos trois bébés et nous les avions perdus tous les trois. Après cela, Ellie avait été profondément choquée. Il fallait que nous comprenions ce qui se passait. C'est alors que Blythe décela chez Ellie le trouble auto-immun.

— Je ne comprends pas comment la NASA est passée à côté, gémit Ellie. Ils ont tout analysé chez moi.

Elle reposa les mains sur ses genoux et croisa les doigts, un geste qui lui servait à calmer son tremblement quand elle avait peur.

— Ça peut être récent, ou même n'apparaître qu'en cas de grossesse, affirma Blythe. Mais c'est très facile à soigner avec une prise d'aspirine une fois par jour. Je vais vous adresser à un spécialiste des maladies auto-immunes. Il te prescrira peut-être un traitement plus agressif. Mais, bien évidemment, précisez-lui que vous avez l'intention de concevoir un bébé. Dès que tu retomberas enceinte, on te mettra sous héparine.

— C'est un anticoagulant, Peep. Et malheureusement, ça s'injecte une fois par jour, dis-je, sachant combien elle détestait les piqûres.

Grimaçant, Ellie prit une profonde inspiration.

— D'accord. Va pour les seringues.

L'obstétricienne se mordit la lèvre.

— En fait, l'héparine se prend deux fois par jour.

— Je voulais y aller graduellement, plaisantai-je.

— Deux fois par jour ? répéta Ellie en ouvrant de grands yeux. Mince. D'accord, je veux un bébé. Nous... corrigea-t-elle en croisant mon regard. Nous voulons que notre bébé survive. Je ferai tout ce qu'il faut faire. Mais... elles sont grandes, les aiguilles ?

J'indiquai environ trente centimètres avec mes deux mains.

Elle m'attrapa les mains et ferma les yeux.

— D'accord pour les piqûres, pas de problème, mais tu n'es pas sérieux, Matt, hein ?

— Elles sont toutes petites, promis, assurai-je en souriant.

Nous avions perdu un bébé, mais un peu d'héparine fournirait à un autre le sang nécessaire pour voir le jour. Nous avions trouvé notre réponse, ou du moins, c'est ce que je pensais.

Tous les jours, Ellie prenait de l'aspirine, et dès sa nouvelle grossesse, son médecin la mit sous un régime d'héparine.

— Ce n'est pas si pénible que ça, affirmait-elle, même si elle tremblait chaque fois qu'elle se piquait la cuisse.

Je répertoriai tous les hématomes sur sa peau. Pas seulement à l'endroit des injections. Ici et là, sur les coudes, ou la taille.

— Il ne faut pas que ton temps de coagulation se détraque, tout de même.

— J'adore quand tu utilises du jargon médical. « Se détraque » ?

— Peep, il faut qu'on te fasse un autre examen pour s'assurer que ton sang ne devient pas trop fluide.

— Ça veut dire encore des aiguilles, c'est ça ? demanda-t-elle, mais avant que je ne puisse répondre, elle enchaîna : Peu importe.

Je ne voulais pas qu'elle fasse d'hémorragie et donc je fis tout ce qu'un bon époux attentionné avec un diplôme médical aurait fait : je l'observai et j'étudiai ses résultats. Je l'emmenai consulter les meilleurs obstétriciens et les meilleurs rhumatologues de la région. Je veillais à ce qu'elle ne fasse rien de dangereux, sachant qu'avec son anticoagulant la moindre blessure pourrait la vider de son sang. Bon sang, je demandais même à Mike, mon frère mécanicien, de resserrer ses pneus au moins une fois par semaine.

— Tout va bien, dit-il en ressortant de sa voiture. Il faut que tu te détendes, Matt. Tu vas finir par avoir une crise cardiaque avant tes quarante ans, comme papa.

— Non, je vais bien. Je fais attention à ce que je mange, je cours…

— Tu stresses.

Je lui tendis la main pour l'aider à se relever.

— J'ai une santé de cheval.

— C'est l'aîné d'une fratrie qui doit vouloir tout contrôler. Toi, tu es le bébé, tu es censé être le rigolo. Qu'est-ce qui t'est arrivé ?

Je lui donnai une tape dans le dos et l'accompagnai dans la cuisine pour boire une bière.

La neige tombait doucement quand j'arrivai à la maison. Le feu dans la cheminée crépitait, Ellie venait d'ajouter une bûche. Elle referma la porte du fourneau à bois.

— Viens ici. Il faut que tu sentes ça, me salua-t-elle en me tendant la main.

Elle avait un autre gros bleu noir.

— Peep, qu'est-ce qui t'est arrivé ?

— Rien, je me suis cognée, c'est tout. Ça ne fait même pas mal. Oublie. Viens sentir le bébé, insista-t-elle, m'attrapant par la main. Il saute partout.

Je posai ma paume sur son ventre.

— Dans neuf jours, on va enfin se voir, fiston. Ta maman veut t'appeler Vladimir à cause de tout le sang qu'elle a perdu par ta faute.

— Arrête, ne lui dis pas ça. Dylan. On veut t'appeler Dylan comme le poète gallois. Ton papa a vu sa maison et a vécu à Swansea pendant quelque temps.

— Assieds-toi.

J'essayai de l'entraîner jusqu'au canapé, mais elle s'arrêta au beau milieu de la pièce, me serrant les mains si fort que ses hématomes pâlirent.

— Qu'est-ce qui se passe ?

— Mon dos. J'ai atrocement mal. Depuis que je me suis réveillée ce matin. J'ai sans doute dormi dans une mauvaise position.

— Mais tu t'es arrêtée net. C'est la douleur ?

Je pensai que le travail avait peut-être commencé trop tôt, mais je ne dis rien. Tout le monde me répétait de me détendre et de ne pas tant m'inquiéter. Moi-même, j'étais conscient que je frisais la névrose.

— Non, pas vraiment. C'est plus quand je fais un faux mouvement. C'est musculaire. Je suis si grosse, j'ai du mal à me déplacer.

— Tu n'es pas grosse. Tu es dans ton huitième mois.

Je lui souris. Je détestais la voir souffrir, mais j'étais heureux qu'on soit arrivés si loin cette fois.

— Viens ici. Je vais te masser le dos. Allonge-toi.

Elle s'installa sur la banquette devant la fenêtre. Elle aimait lire là et je me dis qu'elle adorerait voir tomber la neige. Je la fis s'allonger sur le côté et lui caressai le bas de la colonne vertébrale un long moment, m'appuyant contre le mur à côté d'elle. Au bout d'un certain temps, sa respiration se fit régulière, elle s'était endormie.

Je me levai et la couvris avec un plaid.

Le vent s'était renforcé et les légers flocons s'étaient transformés en petites billes qui martelaient nos fenêtres. Je ravivai le fourneau, constatant la couche de neige qui grossissait. Déjà plusieurs centimètres.

J'allai à la grange pour sortir la souffleuse, mais elle refusa de démarrer. Plutôt que de confier tous mes problèmes de mécanique à mon frère, j'avais plutôt intérêt à apprendre comment les réparer. J'insistai sur l'interrupteur et tournai l'engin dans tous les sens. Je vérifiai le niveau d'essence. Rien ne fonctionnait, il était mort. Je consultai ma montre : heure du décès, 22 h 43. En désespoir de cause, je dégageai l'escalier et saupoudrai un peu de sel sur l'allée. Mon père avait eu sa première attaque, un soir comme celui-ci, sous une neige humide. C'est pour cela que j'avais acheté la souffleuse, mais apparemment, il ne me resterait plus qu'à laver l'allée à l'ancienne le lendemain matin.

Je retournai à la maison pour réveiller Ellie, comme c'était l'heure de son injection. Elle n'était plus là. Je me dis qu'elle s'était réveillée et qu'elle était montée à l'étage.

— Matt ! appela-t-elle entre ses dents.

Je contournai le salon pour la trouver gisant sur le sol de la cuisine, enveloppée dans l'afghan en crochet. Pliée en deux, elle était plus pâle que le carrelage.

Je m'agenouillai à côté d'elle.

— Tu es tombée ?

— J'ai perdu les eaux, il y a une minute, dit-elle à bout de souffle.

Je retirai la couverture. Vêtue seulement de sa chemise de nuit, elle avait les jambes trempées de liquide amniotique et de sang.

Le bébé était prématuré et il pouvait avoir des problèmes s'il naissait si tôt, mais ce n'était pas ma seule inquiétude. Avant un accouchement programmé, Ellie devait arrêter les anticoagulants. Si le bébé sortait ce soir, elle risquait de faire une hémorragie fatale.

Je composai le numéro des secours.

— Respire, Peep, tout ira bien.

C'était faux.

Il ne se produit pas toujours des miracles.

39

Après l'accident d'Ellie
22e jour

Il faudrait un miracle pour qu'Ellie survive à cette pneumonie. Jake avait excusé mon absence au tribunal auprès du juge, lui expliquant la crise qui venait de survenir. Pourtant, c'était aujourd'hui que Phil, mon associé, allait témoigner et il allait sans doute dire au juge qu'Ellie était en train de mourir. Son corps mourait. Elle était déjà morte.

Mais, à l'intérieur, un bébé continuait à faire des soubresauts. Je m'accrochais à cette étincelle de vie, me la repassant encore et encore dans la tête, alors que l'infirmière s'occupait des soins de la trachée d'Ellie.

J'entendis un crépitement et levai la tête. Ellie toussait. Je me levai d'un bond.

— Qu'est-ce qui ne va pas ? demanda l'infirmière en me dévisageant.

— Elle ne peut pas tousser. Elle a perdu ce réflexe.

L'infirmière ajusta la poche d'oxygène.

— L'œdème cérébral a régressé. Il lui arrive aussi de respirer spontanément, lança-t-elle. Pas assez pour la maintenir, mais tout de même. Peut-être qu'une fois qu'on aura réussi à réduire la pneumonie, on pourra couper le respirateur.

Bon sang. Je fouillai dans mes poches.

— Vous avez une lampe torche ?

— Bien sûr, dit-elle en en piochant une dans son matériel.

Je passai la lumière sur les yeux d'Ellie. Rien. Ses pupilles restaient immobiles et dilatées. Je vérifiai ses réflexes cornéens et tendineux. Elle ne réagissait pas aux stimuli douloureux. *Bon Dieu.* Il avait suffi d'une pointe d'espoir, une toux, pour que je replonge dans le déni. Il fallait que je parle à Phil. Il fallait que je voie Blythe pour lui demander s'il était risqué de pratiquer une IRM sur une femme enceinte. Mais, rationnellement, je savais que les dommages causés au cerveau d'Ellie étaient irréparables. Pas de rémission possible.

Était-elle là quelque part ? Je voulais qu'elle vive assez longtemps pour que le bébé voie le jour. Je voulais aussi qu'elle se réveille, mais ça, ça ne se produirait pas. Et si oui, elle serait très lourdement handicapée. Elle ne voudrait pas vivre, pendant des années, dans un état végétatif, pas après la naissance du bébé.

Le bébé en elle gigotait dans tous les sens. Notre bébé.

Je revoyais Ellie dans l'allée devant notre maison, me dire qu'elle préférerait mourir si elle se retrouvait dans l'état de sa mère.

— Je vais essayer de grappiller quelques heures de sommeil dans la salle de repos.

Je m'emparai de mon sac et sortis de la chambre d'Ellie, accablé du poids de ce que je lui faisais subir. Mais… le bébé.

La salle de repos était plus petite qu'une chambre d'étudiant dans un campus, pourtant on avait réussi à y faire tenir quelques banquettes, ainsi qu'un bureau surmonté d'un ordinateur pour rédiger les rapports médicaux. Je m'écroulai sur un lit et contemplai les ressorts au-dessus de moi. Plutôt que de sentir mon cœur tambouriner « badaboum, badaboum », je l'entendais me sermonner « Calme-toi, calme-toi ». Alors que je restai éveillé dans une sorte de brume agitée, je tendis la main vers mon sac pour en tirer les cahiers d'Ellie et sortis un des journaux d'Alice à la place. Pendant un moment, je le feuilletai sans vraiment m'arrêter sur une page. On aurait dit l'écriture d'Ellie, mais Ellie écrivait des lettres, ou alors dans des cahiers d'écolier. Je refermai le journal et le jetai sur la pile. Au dos, sur la couverture, dans un cœur, Ellie avait griffonné :

Ellie aime Matt

Je repris le journal. La première date à l'intérieur était le 25 décembre 1988.

Cher Matt,

Maman a fait ses achats de Noël avant d'être trop malade pour le faire. Tu y crois, toi ? Elle sait que j'écris ces lettres en guise de journal intime, alors elle m'en a offert un rose, comme si j'étais une petite fille. Je ne le suis plus. Je ne sais pas si je l'ai jamais été. En tout cas, plus maintenant.

Papa m'a frappée la nuit dernière. C'était un accident. Il ne m'a même pas vue. Quand tu as remarqué l'hématome, tu as voulu t'en prendre à lui. Heureusement ton père est intervenu et t'a retenu. Ensuite, dans la bagarre,

Dennis a remarqué que j'avais grossi et il a tout compris. C'est Noël, mais je ne suis pas Marie et toi tu n'es pas Joseph. Et à présent ton père sait que je suis enceinte.
Joyeux Noël. Rien de joyeux dans tout ça.
Peep

20 janvier
Celina

21 janvier
Celina

22 janvier
Celina

Chaque jour, pendant des semaines après la fausse couche, c'est tout ce qu'Ellie écrivait, le nom de Celina. On voyait clairement là où Ellie avait maintenu le stylo appuyé, à la fin du *a*, comme si elle avait hésité à en écrire davantage. Le prénom avait l'air si seul, couché sur le papier, et je pris conscience que je ne l'avais jamais vu écrit. Je pris conscience qu'il aurait pu s'épeler avec un *s* à la place du *c*. Je pris conscience que, moi aussi, je me l'étais toujours imaginé avec un *c*.

Puis Ellie s'était remise à parler de sa mère. Je tournai les pages.

16 février 1989

Cher Matt,

Je discutais avec Linney et je lui ai dit que j'avais la migraine. Elle m'a dit de prendre du Tylenol dans l'armoire à pharmacie. Ce n'est pas le seul médicament que vous gardez là-dedans. J'ai trouvé le reste de Percocet, de quand tu t'étais cassé la jambe. Et je me suis dit, je pourrais donner ça à maman. Mais Linney est entrée dans la salle de bains à cet instant et me les a arrachés de la main.

Je l'ai suppliée. Je l'ai suppliée. Elle refuse de m'aider. Elle a dit qu'on ne pouvait les donner qu'à la personne à qui on les avait prescrits.

17 Février 1989

Cher Matt,

Je n'en peux plus. Il y a trop de choses qui sont allées de travers. Ils vont nous mettre, moi et Christopher, en famille d'accueil. On va probablement être séparés. Linney dit qu'elle va essayer d'avoir notre garde, et elle a obtenu une autorisation temporaire ce soir. Elle a juré qu'elle réussirait, au moins, à garder Christopher. Moi ? Eh bien, c'est plus compliqué, à cause de toi. Je suppose qu'elle a raison. J'ai peur. Et je veux être avec toi, aussi. Vraiment avec toi. Mais on ne peut pas. Et si je tombais de nouveau enceinte ? Je voulais garder Celina. Je l'aimais.

Et il y a Maman. Je ne veux pas la quitter pour aller dans une famille d'accueil. Je devrais être ici. Personne d'autre ne se bat pour elle.

J'ai supplié Linney d'aider ma mère.

Peep

18 février 1989

Cher Matt,

Maman est morte.

Je n'arrête pas de répéter les mots à haute voix, mais ils n'ont aucun sens pour moi.

Elle est morte.

Enfin. Après des mois, ma maman est morte.

Je ne voulais pas qu'elle meure et je ne veux pas qu'elle soit morte. Mais c'est mieux comme ça, n'est-ce pas ? Elle ne souffre plus. Mon Dieu, comme elle a souffert.

Je pensais que nous devions l'aider, soulager sa douleur. J'ai supplié les infirmières. J'ai supplié papa. J'ai supplié tout le monde de lui donner plus de calmants. Personne n'était d'accord pour le faire.

Hier soir, après avoir vu l'assistante sociale, Linney m'a ramenée chez moi. Elle ne veut pas que je dorme dans ta maison, parce qu'elle a peur qu'on fasse de nouveau l'amour. Elle n'a peut-être pas tort. Je veux que tu me prennes dans tes bras, maintenant. J'ai besoin de toi. Mais Linney m'a ramenée chez moi. Et maman gémissait. C'est pire la nuit. Linney le voyait bien, l'infirmière avait des soucis avec son mari, et Linney a proposé de rester là le temps qu'elle règle ses histoires. Linney a donné plus de calmants à maman. Une dose supplémentaire. Ton médicament, Matt. Elle m'a montré comment écraser le comprimé si maman en avait besoin d'un autre plus tard. Et c'est peut-être cruel, mais j'étais contente que tu te sois cassé la jambe l'été dernier. C'est terrible, non ?

Mais l'infirmière est revenue. Et Linney est partie. Je suis restée toute la nuit avec maman. Elle s'est tue, et on aurait dit que, pour la première fois depuis très longtemps, elle était bien. Je me suis endormie, la tête posée sur l'oreiller de maman. Au réveil, elle ne respirait plus. Elle a juste arrêté de respirer. C'était ma faute. Ma faute, à moi.

Je ne sais plus si c'était la bonne chose à faire. Elle ne souffre plus. Mais elle est morte. Et je ne la reverrai jamais. Elle me manque tellement. J'ai besoin d'elle, Christopher a besoin d'elle, et papa. Oh, mon Dieu. Est-ce que le médicament qu'on lui a donné en plus a tué maman ? Est-ce que je l'ai tuée ?

Peep

Je fixai la page, sous le choc. Il n'y avait plus rien dans le journal, juste du vide, des pages jaunies.

Il fallait que je réfléchisse, que je digère ce que je venais de lire. Ellie n'avait pas tué sa mère. Alice agonisait depuis des mois. Si une dose supplémentaire de calmant avait précipité la fin, cela faisait d'Ellie une sainte plutôt qu'une meurtrière. Si je m'étais souvenu qu'il restait des comprimés que j'avais pris quand ma jambe était cassée, je les lui aurais administrés moi-même. Ce qui me perturbait, c'était que ma mère l'ait fait et qu'elle avait quitté la maison. Elle avait laissé Ellie seule. Seule pour assumer la responsabilité et la culpabilité.

Je pris le journal et retournai dans la chambre d'Ellie.

L'infirmière aspirait la trachée d'Ellie.

— Elle s'en sort bien. Encore des sécrétions, mais ça va.

En silence, Ellie toussa.

— Je vais demander qu'on pratique un électro-encéphalogramme.

Je m'avançai jusqu'au bureau pour examiner le dossier médical d'Ellie et griffonnai l'ordre. Je jetai un regard vide dans la pièce et, après quelques minutes dans le brouillard, je me rendis compte que je tenais toujours son journal dans ma main gauche.

Le lendemain matin, je l'enfermerais dans mon coffre à la banque. J'en parlerais à ma mère et lui expliquerais que j'étais assez désespéré pour la faire chanter. Je me levai et me dirigeai vers le parking. Est-ce que ma mère était à l'origine d'une euthanasie ?

C'était un acte de pitié.

Je trouvai ma voiture, ouvris le coffre et vis les sedums desséchés et les tulipes fanées que j'avais achetés dans une pépinière qu'Ellie aimait bien à Yarmouth, la veille de l'accident. J'étais rentré à la maison, avec l'intention de lui faire la surprise. Elle m'avait accueilli à côté de la voiture, avec l'idée folle de me séduire pour qu'on fasse un bébé, ignorant qu'elle était déjà enceinte.

Nous avons commencé à nous disputer. Elle voulait un bébé et moi, j'avais peur de la perdre. Quand Phil m'avait appelé pour l'assister sur une urgence, j'étais parti à la hâte. La dernière nuit que nous aurions pu passer ensemble, je m'étais sauvé à l'hôpital. Je n'étais pas rentré avant minuit, et alors nous avions observé les Perséides, mettant tout le reste de côté. Les fleurs dans le coffre m'étaient sorties de la tête. Maintenant, elles étaient plus mortes que de la poussière, comme mes bonnes intentions.

Je jetai là le journal, ouvris la portière et m'installai derrière le volant. J'envisageais de faire chanter ma mère. J'essayais de maintenir Ellie en vie, alors que c'était la seule chose qui la terrifiait vraiment. Mais qui étais-je en train de devenir, bon sang ? Un père, j'espérais.

Après un moment, je retournai auprès d'Ellie. L'infirmière avait raison. Deux, parfois trois fois par minute, Ellie respirait spontanément. Ce n'était pas suffisant.

Je répétai les examens neurologiques d'Ellie. Rien d'autre n'avait changé. Aucun miracle ne se profilait.

Ou peut-être qu'il y avait bien un miracle… qui grandissait et faisait des soubresauts.

Je fixai le respirateur qui soulevait la poitrine d'Ellie. Elle prit une inspiration seule. Puis le respirateur. Encore le respirateur. Encore. Puis elle.

Phil entra dans la pièce et s'assit à côté de moi.

— C'était comment, au tribunal ?

— J'ai dit qu'elle ne souffrait pas, assura-t-il en haussant les épaules. Et qu'elle voulait des enfants.

Je levai les yeux vers lui.

— Il lui arrive de respirer spontanément.

— On m'a dit. Son tronc cérébral n'a pas fait de hernie, mais je t'ai dit ce qu'il en était de son télencéphale. Elle n'aura jamais plus de vie à proprement parler.

— Tu ne penses pas qu'elle ressente de douleur ?

— Non, Matt. Aucune douleur.

Je fermai les yeux et le silence se fit pendant un moment. Il pratiqua un autre examen neurologique pour arriver aux mêmes conclusions que moi.

— Au tribunal, je ne me suis pas attardé sur le fait qu'elle privilégiait de loin la qualité de la vie par rapport à sa longévité, affirma-t-il en contrôlant ses réflexes.

— D'accord.

Je n'avais pas assez d'énergie pour engager le débat. Ce n'était peut-être pas éthique de sacrifier une vie pour une autre, mais je n'en avais rien à faire de la moralité. Mon cœur était brisé, littéralement brisé. La lourdeur et la pression dans ma poitrine ne pouvaient provenir que de là.

— Si tu penses que je me fiche de ce que cela fait à Ellie, à sa dignité, tu te trompes.

— Non, ce n'est pas ce que je pense. Je voulais juste t'informer de ce que j'ai dit. Écoute, je suis quand même revenu à l'hôpital. Il faut que je ramène le petit Nguyen au bloc. Il développe une hydrocéphalie, suite à l'accident.

— Merde.

— Je sais, mais je peux arranger ça. J'aurais tant voulu en faire de même pour Ellie…

40

24e jour

Deux jours plus tard, avec Clint, appuyé sur le rebord du lavabo, j'écoutai le rapport du labo en serrant les dents. Les reins d'Ellie la lâchaient. Deux causes possibles : le SAPL avait bouché une des artères rénales avec un caillot de sang ou le traitement antibiotique pour sa pneumonie avait sérieusement endommagé ses reins.

Dans les deux cas, Ellie était condamnée.

— C'est sans doute les antibiotiques, lança-t-il. Je les ai changés. On peut tenir un moment avec des dialyses.

Le mot *dialyse* acheva de me sonner. Même si son corps restait sain, les chances de sauver le bébé se réduisaient à vue d'œil.

— La bonne nouvelle, c'est que les antibiotiques jouent leur rôle. La pneumonie se résorbe.

Le traitement médical avait remplacé une forme d'exécution par une autre. Je ne pouvais me fier à ma voix pour prononcer un seul mot.

— Je te tiens au courant, dit-il avant de partir.

Malgré mes efforts pour rester éveillé, je retrouvais

très souvent ma tête dans une position improbable, collée contre le mur ou la fenêtre. Dans mon sommeil paradoxal, je plongeais dans l'obscurité et rêvais d'une pile de cartons qui tombaient sur un berceau vide ; du corps d'Ellie dans un cercueil ; d'une urne avec des cendres et d'enfoncer un pistolet dans ma bouche.

Je m'arrêtai sur une place de parking à Back Bay à côté de la voiture de ma mère. Maman ouvrit sa portière, la referma et monta sur le siège passager de ma Taurus.

— J'étais si contente que tu m'appelles, mon chéri, se réjouit-elle.

Je venais de lui téléphoner pour lui demander qu'on se retrouve, mais je n'avais pas encore réfléchi à la façon de la faire chanter.

— Tu vas me dire ce qui se passe ?

Je fixai mes mains.

— Il fallait que je sorte de l'hôpital, dis-je, songeant que je ne voulais pas qu'on entende notre conversation.

— J'ai pris un congé. Je me suis dit que je pourrais venir te relayer auprès d'Ellie pour que tu dormes un peu plus.

Mon pouls tambourinait dans mes oreilles.

— Je ne te fais pas confiance pour veiller sur Ellie.

— Je ne lui ferais jamais de mal, déclara maman en détournant le regard.

— Ne t'approche pas d'elle. Tu as compris ?

— J'ai une responsabilité envers elle, affirma-t-elle en serrant son sac à main contre elle. Ça me tue de devoir me battre contre toi, pour te faire retrouver la raison. Ça ne devient jamais plus facile d'être parent.

— Et si tu me donnais une chance de le découvrir par moi-même ?

— Oh, Matt. En d'autres circonstances, oui, rétorqua-t-elle en clignant des yeux, la tête tournée vers moi. Il faut que tu sois réaliste !

— Blythe dit…

— Elle se trompe. Blythe est merveilleuse, la meilleure, mais elle n'a pas un gramme de pessimisme en elle. Et quoi que tu penses qu'Ellie aurait voulu dans ces conditions, elle était terrorisée à l'idée de finir comme Alice.

— Ça n'a rien à voir. Elle ne souffre pas.

— Peut-être pas, mais elle n'aurait pas voulu de ça. J'aime Ellie comme si elle était ma fille. C'est vrai. Pas plus que je ne t'aime, toi, mais elle est comme ma fille. Je ne sais pas si tu t'en souviens, mais Alice a passé quelques semaines à l'hôpital quand Ellie était bébé.

— Je sais. Tu l'aimes, tu l'as toujours aimée, tu t'es occupée d'elle quand elle était bébé. Rien ne tout cela n'a de rapport avec ce que je vis maintenant. Le fait est qu'Ellie est *ma* femme. C'est *mon* enfant dont il est question.

Je m'interrompis un instant, me disant que j'étais sur le point de faire chanter ma propre mère. Je n'avais jamais été aussi loin dans l'abject de toute ma vie.

— J'ai lu un journal intime qu'Ellie avait écrit. Une lettre qui date du jour où Alice est morte.

Ma mère pencha la tête sur le côté.

— Ça n'a pas dû être facile à lire.

— Tu as tué Alice.

Le sang quitta le visage de ma mère.

— Tu as utilisé le Percocet que les médecins m'avaient prescrit quand je me suis cassé la jambe l'été d'avant et tu l'as administré à Alice. Je ne suis pas horrifié, mais regardons la vérité en face : tu l'as tuée et tu as laissé Ellie seule chez elle pour regarder sa mère mourir.

— Tu ne comprends pas, se défendit ma mère en secouant la tête.

— Je comprends tout. Si tu ne retires pas ta requête pour débrancher le respirateur d'Ellie, je vais montrer le journal à la police.

— Tu ne ferais pas une chose pareille. Je n'ai pas tué Alice, j'ai…

— Tu as abrégé ses souffrances ? D'accord, je veux bien. Un juge ne comprendra peut-être pas.

Maman balbutia avant de trouver ses mots.

— Je ne l'ai pas fait. Mais j'aurais peut-être dû. Pourquoi peut-être ? J'aurais dû, mais tout ce que j'ai fait, c'est écraser un comprimé et l'ajouter à son alimentation. Un seul. J'ai montré à Ellie comment le faire. Il restait huit cachets, je lui ai dit qu'elle pouvait en administrer un toutes les six heures si besoin et si l'infirmière prenait une pause.

— Tu veux dire que c'est Ellie qui a augmenté la dose ?

— Je ne sais pas. Peut-être que son heure était enfin arrivée. Depuis, Ellie a toujours répété que c'était sa faute si Alice était morte. Je n'ai jamais osé lui demander ce qui était arrivé aux autres comprimés.

— Je ne crois pas qu'Ellie aurait fait une chose pareille. Et elle écrit que c'est toi qui lui as donné le Percocet. Pas elle.

Ce fut au tour de maman de fixer ses mains.

— Je ne sais pas. Pendant la nuit, Alice a cessé de respirer. Peut-être que ce n'était qu'une coïncidence.

Peut-être que c'était à cause de ce seul comprimé. Peut-être que le moment était venu… Dieu sait que ce n'était pas trop tôt.

Je me frottai les tempes, refusant de croire que c'était Ellie ou ma mère qui avait intentionnellement tué Alice. Leur but avait été de la soulager. De nos jours, dans les hôpitaux, c'est la procédure habituelle : soulager nos patients.

— Tu dois accepter le fait qu'Ellie ne voulait pas mourir comme sa mère.

— C'est vrai, elle ne le voulait pas. Mais Ellie ne souffre pas. Elle ne ressent aucune douleur. Elle ne ressent plus rien, et même si c'était le cas, elle ferait n'importe quoi pour son bébé. Je ferai n'importe quoi pour cet enfant.

Maman secoua la tête.

— Ce n'est que le début de la grossesse. Il est pratiquement impossible qu'on la maintienne assez longtemps pour qu'elle donne naissance à un bébé viable. Pas avec ses antécédents de fausses couches. Même quand elle était enceinte de Dylan, elle a accouché avant terme. Elle m'a nommée exécutrice de tout ce qui touchait à sa santé et ensuite elle a donné procuration à Adam. Elle ne te l'a jamais demandé à toi, n'est-ce pas ?

Je n'en revenais pas.

Maman posa ses mains sur les miennes.

— Je sais ce que j'ai dit à la barre, mais elle devait penser au fond d'elle que tu ne serais jamais capable de débrancher l'assistance respiratoire. Matthew, si tu l'aimes, et je sais que tu l'aimes, laisse-la partir.

Peut-être que mère avait raison sur un point. Je n'avais jamais pu me séparer d'Ellie.

41

Cinq ans avant l'accident d'Ellie

Quand maman déposa le pain de maïs encore chaud devant moi, les neuf heures de route dans une circulation dense prirent enfin un sens. Elle se laissa tomber sur la chaise en bout de table.

— Comment va Carol ? Ça m'a étonnée que tu viennes sans elle.

— Elle travaille ce week-end.

Ce qui voulait dire qu'elle était de garde pendant trois jours consécutifs. J'engloutis une tranche de paradis beurrée. La bouche encore pleine, j'enchaînai.

— Ce n'est pas facile avec nos emplois du temps de trouver un moment pour se libérer tous les deux.

Les lèvres de maman se pincèrent et je m'attendis encore à une remarque acerbe sur Carol, la citadine, comme maman l'appelait. Elle préféra changer de sujet.

— Tu savais qu'Ellie était revenue à la maison ? Mais elle est repartie.

Je relevai la tête.

— Je ne l'ai pas vue depuis des siècles.

Et d'ailleurs je ne lui avais plus parlé depuis l'annonce de mes fiançailles. Même si j'avais essayé. Juste quelques mails, de rares messages sur nos répondeurs.

— Elle est un peu distante en ce moment. Elle prépare sa mission, expliquai-je.

Maman grimaça en remuant son chocolat chaud.

— Je suis si fière d'elle. Mais, après le désastre de *Columbia*, je suis terrifiée, lança maman en se forçant à sourire. Elle est repartie à Arcadia ce soir. Dommage que tu l'aies ratée.

Je haussai les épaules comme si ça n'avait aucune importance, alors que je calculais dans ma tête les chances de la retrouver dans le parc national si je partais maintenant. La dernière fois que j'y avais été, il n'y avait pratiquement pas de réseau téléphonique, par conséquent, je renonçai à l'idée.

— Elle a le mal du pays, expliqua ma mère. Elle voudrait revenir habiter ici dans quelques années.

— Vraiment ?

Jamais Ellie ne m'en avait parlé, et je soupçonnais qu'il ne fallait pas entièrement se fier à l'interprétation de maman. Ma mère avait dû dire quelque chose du genre : « Tu ne voudrais pas revenir ici, Ellie ? » À quoi Ellie avait répondu : « Bien sûr que si. »

Nous voulons tous des choses que nous ne pouvons pas avoir.

— Malheureusement, Adam aime la NASA, continua ma mère.

Bien sûr. Adam, quel boulet…

— Si je pouvais convaincre Carol de venir habiter dans le Maine, je le ferais.

Maman semblait tourner plusieurs fois sa langue dans sa bouche pour trouver la bonne formulation.

— Ce serait super de vous avoir tous les deux à dîner le dimanche soir.

Carol et ma mère dans la même ville, à s'échanger des recettes. En voilà une idée.

Il était temps de changer de sujet.

— Tu veux que je te dise quelque chose de drôle ? Je travaille avec un type, Phil Grey. Il termine son internat en neurochirurgie à la fin du mois. Il est de Brooklyn, tu sais, le New-Yorkais typique, fan des Yankees.

Je n'en revenais pas que moi, un supporter fervent des Sox, je puisse me lier d'amitié avec un supporter des Yankees.

— Mais un médecin brillant et un incroyable chirurgien.

— Tu m'as déjà parlé de lui.

— Il m'a entendu évoquer le Maine et dire à quel point j'aimais la région. Du coup, lui et sa femme y ont passé leurs vacances l'année dernière. Trois heures après leur arrivée, ils ont décidé qu'ils s'y installeraient pour de bon. Une clinique de neurochirurgiens, Welsh & Sanders, lui a proposé un poste ici. Phil va emménager dans le Maine et moi je vais passer le reste de ma vie dans la Grosse Pomme. Ironique, non ?

— C'est lui qui va remplacer Sanders, alors ?

— Non, je pense qu'il remplace Welsh. Il part à la retraite. Sanders n'a pas encore cinquante ans, je l'ai rencontré avant de commencer mon internat en neurochirurgie.

— Oui, mais Sanders est atteint d'un cancer. Une forme très agressive. J'ai entendu dire que le diagnostic n'était pas bon. Ton ami aura sans doute besoin d'un associé si Welsh prend sa retraite aussi. Tu devrais te rapprocher de Phil. Peut-être que tous les deux, vous pourriez ouvrir votre propre clinique.

Je me grattai le crâne. Quel malheur pour Sanders. Il m'avait laissé le suivre pendant quelques jours alors que j'étais toujours en fac de médecine. Un type sympa.

Je m'autorisais à imaginer, un instant, que je parvenais à convaincre Carol de venir vivre avec moi à Portland, mais ce n'était qu'un fantasme. Impossible. Elle avait déjà acheté un splendide appartement dans l'Upper East Side. Elle avait même choisi la maternelle pour nos futurs enfants.

La ferme, une vieille bâtisse de type victorien avec des bardeaux écaillés, réfléchissait le soleil du matin, et la constance inébranlable de l'endroit m'apaisa. Le jardin semblait fraîchement tondu. Dès qu'Ellie y mettait les pieds, elle s'en occupait en priorité. Si elle ne rentrait pas assez régulièrement du Texas, il se couvrait de digitaires et de pissenlits. Maman venait désherber de temps en temps. Parfois je passais, moi-même, une heure ou deux, à arracher les mauvaises herbes. Mais c'était l'endroit d'Ellie, l'endroit de Celina.

La plupart des plantes étaient éternelles. Cette fois, Ellie avait dû ajouter des fleurs de saison. Des impatiens rose vif de Nouvelle-Guinée, des pétunias, blancs sur les bords. Le jardin ressemblait à un gros cône de barbe à papa.

Une porte s'ouvrit en grinçant de l'autre côté du terrain.

— Je peux vous aider ? lança Ellie, hésitante.

Je me tournai vers elle et la saluai, le moulin à vent que je tenais dans ma main s'emballant dans la brise.

Enveloppée dans un long cardigan vert qui s'assortissait parfaitement avec la couleur de ses yeux, Ellie s'arrêta net. Puis la surprise dans sa voix prit le dessus sur l'angoisse que j'avais perçue quelques instants auparavant.

— Matt ? Matt, qu'est-ce que tu fais ici ?

Elle traversa le carré de pelouse, son pas s'accélérant jusqu'à ce qu'elle se jette dans mes bras, pas pour une étreinte d'amants, mais d'amis heureux de se retrouver.

— Maman m'a dit que tu étais à Bar Harbor.

— J'avais l'intention d'y aller, mais… s'il te plaît, ne lui dis rien. J'ai un peu menti sur l'heure de mon départ. Je voulais passer une dernière nuit à regarder les étoiles… seule.

Les joues et le nez d'Ellie étaient légèrement bronzés. Elle se protégea les yeux du soleil qui avait percé à travers les arbres pour lui illuminer le visage.

— Je ne savais pas que tu devais venir.

— Ça s'est fait sur un coup de tête. J'ai eu une envie irrésistible de voir l'océan. Carol m'a conseillé Long Island, j'ai opté pour le Maine.

— Elle est ici ? demanda Ellie en regardant l'allée où j'avais garé ma voiture. Ça me ferait plaisir de la rencontrer.

— Elle est de garde ce week-end. Il faut que j'y retourne demain.

— Oh, dommage, dit-elle en me tirant par la manche. Viens, entre, je vais nous préparer un café.

Je n'avais tenu Celina dans mes bras que quelques minutes et pourtant je la portais avec moi tous les jours de ma vie. M'arrêtant, je jetai un œil à la petite parcelle de mousse entourée de cailloux et y enfonçai le moulin à vent. Avec intensité, Ellie me regarda sans rien dire. Je haussai les épaules et aucun de nous deux ne commenta mon cadeau.

Je ne m'étais jamais vraiment remis de ce qu'Ellie avait dit en nommant Celina, que ce serait la seule chose que nous lui offririons jamais. Le jour où nous l'avions enterrée, je m'étais senti obligé de laisser un petit objet symbolique, et tout ce que j'avais dans la poche était un paquet de chewing-gums Bazooka. Je l'avais glissé sous l'urne. Stupide, je sais, puéril même. J'étais un gosse. Nous l'étions tous les deux, Ellie et moi. Mais depuis, je laissais toujours une babiole, une pierre, une clochette, un ruban, n'importe quoi. Près de quinze ans s'étaient écoulés et la seule vraie chose que nous lui avions donnée était son nom. Et il était gravé dans nos mémoires uniquement.

Sans dire un mot, Ellie se pencha pour souffler sur le jouet, faisant tourner les pales, puis elle posa un moment la main sur la mousse.

— Le jardin est très rose, remarquai-je en souriant.

Elle pencha la tête sur le côté.

— Ça ne te plaît pas, un jardin rose ?

— Si, si.

Elle secoua la tête.

— Tu ne vas pas y croire. Christopher et sa petite amie sont passés ici. Il pensait me rendre service, il a tout déterré, sauf le lilas, et déplacé le jardin de l'autre côté de la maison. Il a dit que ce serait plus facile pour tondre la pelouse. J'ai dû tout replanter.

— Merde. Est-ce qu'il a trouvé l'urne ?

— Non. La mousse était intacte, Dieu merci. Ce serait trop difficile à expliquer après tout ce temps.

Dans la clarté du jour, je parvenais à lire le langage de son corps. Ce n'était ni la gêne ni la honte qui l'avaient poussée à cacher cela à sa famille. Elle avait toujours l'impression que c'était sa faute si Celina n'avait pas vécu et j'aurais voulu lui répéter qu'elle n'avait pas à se sentir coupable. Je n'en fis rien.

— Adam est au courant pour Celina ?

— Non. Il ne comprendrait pas. Ça ne le regarde pas, se justifia Ellie en baissant les yeux. Mais assez parlé de ça, dis-moi tes projets pour aujourd'hui.

Après un instant pour nous ressaisir, Ellie m'invita à entrer. Rien n'avait vraiment changé dans la cuisine. Toujours le même réfrigérateur arrondi qui datait des années cinquante, aussi indestructible que la génération qui l'avait construit.

— Tu as une mine splendide.

Elle s'ébouriffa les cheveux et se dégagea le visage.

— Si j'avais su que je te verrais, j'aurais été un peu plus présentable.

— Tu es splendide, répétai-je.

Elle se cala contre le vieux plan de travail pour me dévisager.

— Toi aussi, complimenta-t-elle en jetant un œil vers le répondeur qui clignotait.

Elle s'empara du combiné et écouta le message.

— Un problème ?

— Je rate tout le temps les appels d'Adam. Nous ne nous sommes pas parlé depuis deux jours.

— Je lui ai parlé jeudi soir.

— Ah, oui ?

— Je voulais te parler.

— Il avait l'air en forme ?

— Un peu ailleurs, mais rien de nouveau. Il ne m'a même pas dit que tu étais dans le Maine. Qu'est-ce qui se passe ?

Elle haussa les épaules.

— J'ai eu l'occasion de prendre quelques jours de congé. Ce n'était pas planifié, je lui ai laissé un message pour lui dire que c'était maintenant ou jamais avant la mission. Je ne sais pas, je crois qu'il est fâché, mais ce n'est pas facile à dire. Depuis quelque temps, il est tellement accaparé par les questions de sécurité sur l'orbiteur que nous avons à peine le temps de nous voir. On habite ensemble, mais on se croise seulement la nuit.

Ça pouvait avoir plusieurs significations. Cela me dérangeait de les imaginer, mais ils vivaient ensemble. Je ne dis rien. Je la considérais comme ma meilleure amie. Je lui confiais souvent des choses que je ne disais pas à Carol, comme mes doutes sur mon internat en neurochirurgie, mes regrets de ne pas être resté en médecine générale, mon mal du pays. Mais notre histoire d'amour était un sujet tabou.

Nous avions pris notre café dehors pour le boire sur le belvédère et nous nous étions assis sur la balancelle en osier. Tout en contemplant la rivière, nous avions parlé de son père, de son frère, de New York et de Houston. Nous avions éclaté de rire comme avant et je m'étais senti plus à l'aise avec elle qu'avec n'importe qui d'autre depuis longtemps. Nous ne jouions pas la comédie, nous étions nous-mêmes et nous nous acceptions comme tels.

— Tu n'es plus une petite gamine précoce, taquinai-je. Maintenant tu es juste une femme brillante. Ça te fait peur d'avoir bientôt trente ans ?

— Non, au contraire, gloussa-t-elle. Je me sens enfin normale, comme si je trouvais ma place.

Mon estomac gargouilla si fort qu'Ellie l'entendit.

— Tu as faim ?

— C'est l'heure du déjeuner.

Je proposai d'aller dans un restaurant de homard. Quand je démarrai le moteur de ma voiture, il crissa.

— Il faut que tu fasses resserrer les courroies, affirma-t-elle.

Je lui adressai un regard intrigué.

— Sous le capot. Les courroies de ventilation, précisa-t-elle. Comment tu as fait pour grandir avec Mike et ne jamais saisir les principes fondamentaux d'un moteur ?

Elle n'avait pas tort. Mon frère aimait les voitures autant que je les fuyais.

— Je passais tout mon temps avec toi, expliquai-je en m'engageant sur la route.

— Oh, non, tu ne vas pas t'en tirer comme ça. J'ai observé Mike chaque fois qu'il réparait quelque chose. J'ai des connaissances de base en mécanique.

— Tu es une experte en mécanique quantique, oui.

— Ça n'a rien à voir, contredit-elle dans un sourire.

— Oui, Einstein, je sais.

J'essayai de détourner son attention du fait que tout ce dont j'étais capable avec une voiture, c'était de mettre de l'essence dans le réservoir.

— Moi, je répare les cerveaux.

— Oui, oui, monsieur le grand chirurgien. Ça peut aider aussi de savoir changer une roue. Je l'ai regardé faire et ça m'est très utile à présent. Quand ta navette spatiale te lâche, il vaut mieux que tu saches quoi faire. Saleté de tuiles protectrices…

— Tu connaissais certains membres de l'équipage du *Columbia* ?

— Oui, répondit-elle en fixant la vitre côté passager.

— Est-ce qu'ils vous apprennent à remettre les tuiles en place si un incident pareil se reproduit ?

Elle me regarda.

— On reçoit une formation complète, pour tout *imprévu*. Je crois que c'est leur mot préféré. Ne t'inquiète pas. Ce que tu peux ressembler à une vieille femme, parfois. Au moins, si on meurt en mission, on meurt vite.

— Ça me rassure, ironisai-je, n'essayant pas de cacher mon sarcasme.

— Écoute, aujourd'hui je n'ai pas envie de me faire du souci pour ce qui pourrait arriver là-haut. J'ai encore dix mois pour m'inquiéter tous les jours. Comment faire cette manœuvre et celle-là…

— Tu ne m'as jamais raconté comment s'est passé le vol parabolique, lançai-je pour détendre l'atmosphère.

— Tu aurais adoré, plaisanta-t-elle en riant.

— Je peux savoir pourquoi tu dis ça ?

— Tu te souviens du grand huit à Funtown ? Tu étais plus vert que Hulk en descendant.

— C'est faux ! niai-je, en bon macho.

— Oui. Comme un lézard, plutôt.

— Absolument pas, insistai-je pour ne pas perdre la face.

— Comme la pelouse d'un terrain de golf en Angleterre.

— Non, répétai-je encore, parce qu'elle s'amusait bien.

— Ça te dit qu'on aille à Funtown maintenant ? On fait un tour de montagnes russes et, comme ça, tu pourras te rattraper.

Ça ne me disait pas, mais on l'a fait. Nous avions

alors pris la route numéro un jusqu'à Saco. Funtown était la version microscopique de Grand Adventures, mais on y trouvait tout de même un vieux grand huit en bois, pour les puristes.

Quarante minutes et nos tickets d'entrée plus tard, Ellie se frottait les mains comme le méchant dans un film muet.

— Réfléchis avant de choisir, ma victime. Ça pourrait bien être ton dernier voyage !

Je fis un signe vers Excalibur, le grand huit en bois. Il fallait, comme l'avait dit Ellie, que je me rattrape.

Victorieuse, elle exécuta un petit pas de danse puis m'attira avec un geste de son index, son sourire plus large que les rails des montagnes russes. Les fracas des wagons qui dévalaient sur le monstre en bois auraient pu terrifier Rambo et, une fois plantés dans la file d'attente, elle se tourna vers moi, sérieuse.

— Tu sais, tu n'as rien à me prouver, à moi.

— Diantre, tenteriez-vous de vous débiner en prétendant que ce jeune guerrier a les pétoches ?

— Ha ! s'exclama-t-elle en croisant les bras.

— Ça va, assurai-je en me frottant la nuque. Si tu veux abandonner et reconnaître que les grands huit ne me font pas peur, je ne t'obligerai pas à monter dessus, la provoquai-je pour qu'elle ne touche plus à mon ego meurtri.

— C'est ça, oui. Tu rêves.

Après dix minutes de queue, on s'installa dans le premier wagon du train. Je me mis à transpirer, non parce que j'avais peur, mais parce qu'un frisson glacé me parcourut, comme si mon corps réagissait de façon paradoxale au soleil accablant.

— Matt, vraiment, tu n'as pas à le faire, m'assura Ellie, les yeux pétillants. Tu es déjà… euh… vert.

— Ne sois pas ridicule !

La chaîne cliqueta et commença à nous tirer vers le haut de la pente. J'allais mourir à cause de mon excès de fierté mal placée. Assise à côté de moi, Ellie me prit la main. Une fois au sommet, elle poussa un cri de combat.

— Whoo-hoo !

— Yahoo ! répondis-je.

Bien sûr, elle n'avait pas dû remarquer que ma voix à moi s'était cassée comme celle d'un adolescent. Si j'avais eu l'intelligence de monter sur un grand huit en métal, ça n'aurait pas été aussi horrible. Mais là, je jure qu'à chaque virage, à chaque descente vertigineuse, je voyais des copeaux de bois se désintégrer. Et il me fallut toute la force dont je disposais pour retenir un hurlement de mort à l'intérieur de moi.

Le tour terminé, la porte s'ouvrit et Ellie me lâcha la main. Elle descendit de la cabine avec grâce et me regarda par-dessus son épaule.

— Je tiens à m'excuser. Sincèrement. Tu as l'air très bien, pas vert du tout.

— Alors, comment tu expliques que mes jambes refusent de me porter ?

Un sourire radieux éclairait son visage.

— Eh bien, docteur Beaulieu, vous venez de subir un traumatisme médullaire. Je connais justement un brillant neurochirurgien, je vous donne son numéro ?

— Très drôle, lançai-je en me soulevant sur mes jambes flageolantes qui n'étaient plus que des échasses déconnectées de mon corps.

Nous marchions le long de Pine Point, une immense plage avec du sable blanc et une eau glacée. Les pantalons retroussés, nous goûtions du bout des pieds à la caresse des vagues. Nous riions, nous nous taquinions et nous nous plaignions de nos vies professionnelles qui rendaient tellement difficiles nos vies personnelles.

Au bout d'un moment, Ellie s'assit sur le sable, les jambes croisées.

— Je ne suis plus revenue ici depuis des années. Plus depuis ce jour.

— Quel jour ?

Un voile de tristesse recouvrit son visage.

— Quand nous avons découvert que j'étais enceinte.

Je m'assis à côté d'elle, le regard perdu dans l'océan, la tête dans mes souvenirs.

Ellie prit une poignée de sable qu'elle laissa filer entre ses doigts, comme si elle nous chronométrait. Elle me dévisagea.

— J'ai le mal du pays…

— C'est ce que ma mère m'a dit, mais j'ai cru que c'était plutôt l'expression de son manque à elle.

— Non, c'est vrai. La maison de grand-père est toujours là à m'attendre. C'est plutôt tentant quand il fait plus de quarante degrés avec cent pour cent d'humidité à Houston.

Elle attrapa plus de sable encore et le laissa s'échapper de son poing serré.

— Je peux changer de sujet et être morbide un moment ?

— D'accord.

— J'ai rédigé un testament au cas où la mission se passerait mal.

— Tu ne vas pas mourir.

— C'est peu probable, mais les risques sont élevés, et chacun doit les accepter comme faisant partie du marché. Je n'en abuserai pas, mais il y a quelque chose que je n'ai pas noté dans le testament, pour que mon père ne tombe pas dessus. Il n'a jamais su pour Celina. S'il m'arrive quelque chose, est-ce que tu pourras t'assurer que ses cendres soient enterrées avec ce qu'il restera de moi ?

Je ne pus réagir, j'étais sonné. Et elle enchaîna avant que je ne puisse dire quoi que ce fût.

— La maison ira à Christopher, et ni lui ni mon père ne comprendront s'ils trouvent l'urne par hasard.

— Bon Dieu, grommelai-je, sentant la nausée monter.

— Tu n'auras pas à en parler à Carol. Toi et ta mère, vous pourrez vous en occuper discrètement.

— Pourquoi ma mère ?

— Je l'ai nommée exécutrice testamentaire.

— Pas Adam ?

— Non, répondit-elle, s'interrompant une seconde. Non. Je me suis dit qu'il me fallait un exécuteur qui connaisse l'existence du bébé. Je n'ai pas envie de laisser des surprises posthumes. C'est un peu névrotique, sans doute trop sentimental. Mais je voudrais qu'elle soit enterrée avec moi.

— Arrête de parler comme si tu allais mourir.

Je me levai et avançai vers l'eau, mon esprit rejouant les séquences vues à la télé sur l'explosion de *Challenger* et sa chute dans la mer.

Quelques minutes plus tard, elle me rejoignit et me prit la main.

— Promets-moi simplement que tu t'occuperas d'elle.

Elle en parlait comme d'un arrangement pour une

garde partagée. Durant toutes ces années, nous n'avions pratiquement jamais évoqué Celina, et maintenant ça.

— Je vais te demander une chose en échange.

— Tout ce que tu veux, dit-elle en hochant la tête.

— Ne meurs pas.

Elle glissa son bras autour du mien.

— Si je remplis ma part du marché, tu n'auras pas à remplir la tienne. Ça me va.

— Je suis sérieux, Ellie. Ne pars pas.

— Il le faut. Je le veux. Je suis si heureuse que je ne tiens plus en place. Et j'ai bien l'intention de revenir, en vie. Mais si ça tourne mal…

L'espace d'un instant, Ellie posa le front sur mon torse.

— Celina était une vraie personne pour moi. Je ne veux pas l'abandonner ici dans une tombe anonyme. J'en ai parlé à ta mère, mais elle n'a rien voulu entendre, comme si parler de Celina après toutes ces années était un caprice de ma part. C'est peut-être le cas, mais j'ai besoin de savoir que ce sera fait. Tu le feras pour moi ?

J'avalai l'acide qui s'accumulait dans ma gorge.

— D'accord.

Ellie laissa échapper un soupir.

— Merci. Fini, plus besoin d'être morbide. Je suis prête maintenant, et si toi aussi tu es prêt, les mauvais esprits n'oseront pas s'attaquer à nous.

Elle me lâcha le bras.

— On fait la course jusqu'à ta voiture.

Et elle partit en trombe sur la plage.

Je la regardai une ou deux secondes pour me remettre de ses paroles. Je n'avais aucun moyen de l'arrêter, mais je pouvais au moins suivre son exemple.

— Eh, ce n'est pas juste ! Peep !

Nous n'étions pas supposés échanger de baiser pour nous séparer, mais nous l'avions fait tout de même. Le premier amour est spécial. Quand on a aimé une femme, on ne l'oublie jamais vraiment. Le ciel étoilé et le visage rayonnant d'Ellie en le regardant ne pouvaient pas me laisser indifférent.

Est-ce que ç'avait commencé avec un bisou sur la joue, innocent, léger, sans conséquence ? Peut-être. Je ne sais plus si c'est Ellie qui m'avait embrassé ou si c'était moi. Mais c'est arrivé, au bord de la rivière, dans la lumière que les étoiles projetaient, des millions d'années en arrière. Avant que je prenne conscience de ce que nous faisions, le désir avait pris le dessus. Je voulais me glisser en elle. Je voulais l'emporter sur le belvédère et lui faire l'amour comme au premier jour. Je voulais faire disparaître les quinze années de gâchis qui nous avaient séparés. Je voulais reprendre là où nous en étions restés. Ensemble.

Sa voix parut enrouée quand elle murmura mon nom.

— Matt…

Je lui dévorai le cou, baissant le col de son tee-shirt, essayant de m'approcher d'elle.

— Matt, attends !

Les quelques pas qu'elle fit en arrière me firent l'effet d'une gifle en pleine face. Ils me projetèrent dans la réalité, vers Carol et nos fiançailles, vers Adam.

— Et merde ! lâchai-je.

— Oui. Merde, murmura-t-elle. Qu'est-ce qu'on fabrique ?

Nous nous aimions comme nous aurions toujours dû le faire.

— Donne-moi une minute pour te trouver une

bonne réponse, une qui pulvérise tout ce qui nous retient de faire ça.

— S'il te plaît, trouves-en une très bonne qui pourrait me faire me sentir moins coupable. Bon Dieu, tu es fiancé, Matt ! Et je suis avec Adam.

— C'est un connard. Mais oui, Carol.

Elle ne méritait pas ça.

— Je croyais que tu aimais bien Adam, s'étonna Ellie.

— À peu près comme j'aime Hitler. Tu plaisantes ? Je le déteste.

Je me mis à faire les cent pas, ce qui n'est pas évident sur une pente irrégulière. Pas facile d'avoir un rythme constant. Il me fallait un instant seul. Merde. Carol était à New York. Carol, qui avait dû rester éveillée une bonne partie de la nuit dernière et qui avait pris soin d'enfants malades toute la journée. Et moi, j'étais là, à essayer d'entraîner Ellie dans un lit, à essayer de justifier mon comportement. Est-ce qu'Ellie m'avait demandé de trouver une bonne raison ? Et si je lui disais que je l'aimais encore ? Oui, je l'aimais encore.

— Et moi qui pensais que c'était juste Adam qui te détestait…

— Il me déteste ?

— Oh, ça oui, carrément.

— Parce qu'il ne veut pas que tu aies des amis.

Je ne savais pas pourquoi j'avais dit « des amis ». Adam était jaloux, un point, c'est tout. Il voulait la contrôler. J'étais le premier petit ami d'Ellie, et ça ne m'étonnait pas que cela rende fou le Géant vert du Sud.

Elle émit un petit rire.

— Non, nous avons des amis, dit-elle dans un soupir. C'est juste qu'il est très protecteur.

— Protecteur ? De quoi ? Je ne te ferais jamais de mal.

Elle secoua la tête légèrement.

— Bien sûr que tu ne me ferais pas de mal, mais tu m'en as déjà fait… du mal. Une fois. Tu m'as brisé le cœur. Moi, j'ai oublié, mais pas lui.

Je n'avais pas vu le coup venir. Le remords et la peur qu'elle ne me pardonne jamais complètement me frappèrent de plein fouet. Je restai figé sur place, un peu abasourdi. Au moment où nous nous étions embrassés, j'avais cru qu'on pourrait réparer le désastre qui nous avait séparés.

— Tu n'as pas oublié, dis-je.

— En grande partie. Lui sait seulement que nous avons été ensemble et que très longtemps je t'en ai voulu. Et il te reproche mes réticences à m'engager.

— Il a raison ?

— Je ne sais pas comment répondre à cette question, dit-elle en s'humectant les lèvres. Matt… il ne comprend pas à quel point nous sommes en symbiose, comme nous sommes bien l'un avec l'autre, comme tu me fais rire…

Elle ferma les yeux et sa voix devint si douce qu'il me fallut me pencher pour l'entendre. Je sentais qu'elle ne s'adressait pas seulement à moi, mais qu'en même temps elle prenait conscience de quelque chose, osant, peut-être pour la première fois, prononcer les mots à voix haute.

— Il ne comprend pas que je n'ai plus besoin de personne pour me protéger. Je suis une grande fille. Je sais ce que je veux…

— Qu'est-ce que tu veux ? demandai-je, espérant qu'elle dirait que c'était moi.

Je m'accrochais à l'espoir qu'elle m'offrirait un pardon total, malgré le mal que je lui avais fait. Il y avait si longtemps. Je voulais l'embrasser encore une fois, la convaincre que nous étions faits l'un pour l'autre, mais elle recula.

— On ne peut pas, lança-t-elle. Ce n'est que… du désir. Hormis l'amitié, il reste encore une bonne part d'attirance entre nous, tu ne crois pas ? Tu devrais partir, maintenant. Ce n'est pas ce que je veux, mais je ne déteste pas Adam et tu ne détestes pas Carol. C'est une erreur.

— Mais, Ellie…

— C'est juste… répéta-t-elle, hésitante. De l'attirance physique. Je te connais. Tu ne lui aurais jamais demandé sa main si tu ne l'aimais pas.

Je restai là, sous le choc. J'aimais Carol. Et pourtant, j'aurais voulu dire à Ellie qu'il y avait l'amour en général et le genre d'amour que je ressentais pour elle. Je voulais lui dire que mes sentiments pour elle me consumaient. Je voulais lui dire que je n'avais pas vraiment demandé la main de Carol. Et pourtant je la lui avais demandée. Ou peut-être que c'était elle. Ou peut-être, simplement, que nous l'avions décidé tous les deux. Mais je ne pouvais rien dire de tout cela, parce qu'Ellie avait d'autres arguments, des arguments qui tenaient la route.

— Rentre chez toi. On ne peut pas faire ça. Je ne vais pas tromper Adam. C'est une manière atroce de finir une relation. Une terrible trahison. Quand tu m'as trompée… oh, mon Dieu…

Ellie ne termina pas sa phrase et je compris qu'elle repensait à notre rupture.

— Désolée, je ne voulais pas ramener encore le sujet sur le tapis.

— C'était un bizutage, Peep. J'avais bien trop bu. Je n'avais aucune intention de le faire. Je n'ai jamais voulu te faire du mal ou rompre avec toi, je t'aimais. Je t'aime toujours. Tu es ma meilleure amie. Crois-moi, Ellie, je n'essayais pas de mettre fin à notre relation. C'était une affreuse erreur.

— Je sais tout ça. Mais là aussi, c'est une erreur que nous ne devons pas faire. S'il te plaît. Tu dois partir, avant de faire ou dire quelque chose que tu regretterais. Parce que maintenant, si tu tentes de rationaliser ce que nous étions sur le point de faire, ce que nous voulons encore faire, tu la tromperais. Alors rentre chez toi. Pas parce que je veux que tu partes, mais parce que tu es quelqu'un de bien.

Ce ne fut pas mon intégrité qui me fit partir ce soir-là, contrairement à ce que put penser Ellie. Ce fut mon besoin qu'elle me respecte, qu'elle me fasse confiance, qu'elle croie en moi.

Au cours du mois suivant, la seule fois que j'entendis la voix d'Ellie, ce fut sur son répondeur, mais elle m'avait envoyé des mails. L'équipage d'*Atlantis* avait commencé son entraînement intensif, et ils passaient des heures dans la piscine de flottabilité neutre, à travailler sur un engin de la taille réelle de Hubble. Je l'appelais sans cesse, laissais des messages sur son portable. Un jour, j'appelai son numéro à la maison, m'attendant à l'habituel « Veuillez laisser un message après le signal sonore ».

Mais ce fut Adam qui répondit.

— Ellie ? Elle n'est pas ici.

Ce n'étaient pas les mots, mais le ton. Il semblait furieux et je me demandai si elle lui avait révélé ce qui avait failli se passer entre nous.

— Dis-lui que j'ai appelé, d'accord ?

— Dis-le-lui toi-même. Elle a un portable, lança-t-il avant de raccrocher brutalement.

Sa voix ne m'avait pas plu, comme s'il avait voulu la gifler sur place.

J'essayai son portable.

— McClure, répondit-elle cette fois.

— Waouh, tu es en vie ! Je commençais à me poser des questions. Comment ça va ? Tu es encore au travail ?

— Non, je suis chez moi.

— Alors, pourquoi Adam ne t'a pas passé le téléphone ?

Une longue pause.

— Tu lui as parlé ? Écoute, j'ai un nouveau numéro de téléphone. Tu notes ?

— Comment ça ? Vous avez deux lignes séparées ?

— Très très séparées. Attends une seconde, ne raccroche pas.

— D'accord.

Je parcourus du regard mon loft, comme si cela pouvait me permettre de découvrir ce qui se tramait.

J'entendis Ellie parler à quelqu'un, puis une porte se fermer.

— Désolée. J'ai un nouvel appartement et c'est un vrai moulin. Les gens n'arrêtent pas de passer me dire bonjour. Je voulais t'appeler pour te donner ma nouvelle adresse.

Je ne sus quoi dire. Elle l'avait quitté ? Ils avaient

rompu ? Après que nous avions failli… comment avait-elle dit ? La trahison était une façon affreuse de mettre fin à une relation.

— Qu'est-ce qui s'est passé ?

— J'ai rendu sa liberté à Adam. À l'évidence, j'ai des problèmes pour m'engager. Il pense que je devrais voir un psy et j'estime qu'il mérite quelqu'un qui l'aime pour ce qu'il est. Bref, j'ai déménagé.

— Mon Dieu, Ellie… lâchai-je en passant une main dans mes cheveux.

— Arrête tout de suite, Matthew. Tu n'y es pour rien. Point.

Comment savait-elle ce que j'allais dire ?

— Tu en es sûre ?

Elle prit une inspiration et, après avoir expiré, sa voix s'adoucit, se faisant presque apaisante.

— Je savais déjà que ça ne marcherait pas entre Adam et moi. Il m'a fallu du temps pour l'accepter. Et puis on s'est embrassés. La ferme de grand-père, toi et moi, les souvenirs d'un temps passé… Si nous ne nous étions pas embrassés, je l'aurais quand même quitté… un jour ou l'autre.

Elle essaya de rire, mais n'avait pas du tout l'air joyeuse.

— En tout cas, je suis certaine que ce n'est pas ta faute.

Je tournai la tête en entendant la clé de Carol dans la serrure.

— Ma faute ? On dirait que tu penses que c'était une erreur de le quitter.

— Non. Il était temps.

La porte du loft s'ouvrit et Carol m'appela avant de me voir avec le téléphone sur l'oreille.

— Carol est à la maison ? demanda Ellie.

— Elle vient de rentrer.

Carol me sourit et m'entoura la taille de ses bras. Son parfum m'enivrait. Et je ne m'étais jamais senti plus mal à l'aise de ma vie entière.

— Tu parles à qui ? interrogea-t-elle en articulant silencieusement.

— À Ellie.

— Quoi ? demanda Ellie.

— Oh, laisse-moi lui parler.

Carol me prit le combiné des mains.

— Salut, Ellie, c'est Carol. Écoute, je voudrais te demander un service.

Elle s'interrompit un instant.

— Voilà, j'ai une petite patiente de dix ans qui veut devenir astronaute. La gamine a passé plus de la moitié de sa vie à l'hôpital. Est-ce que tu pourrais lui envoyer un document de la NASA dédicacé par toi ?

Carol s'interrompit de nouveau.

— Ce serait super. Elle s'appelle Camilla Rodriguez.

Carol épela le nom, dit au revoir et me repassa le téléphone.

L'air dans la pièce était devenu plus rare que l'eau dans le désert.

— Hello, lançai-je.

— Bon, je dois y aller. Je vous envoie une photo des membres de l'équipage.

— Peep…

— On le fait tout le temps. Ça fait partie de la stratégie de communication de la NASA. Comment ça se présente ? Les préparatifs du mariage ?

— Je… euh… c’est Carol qui se charge de tout ou presque.

Silence.

— Je veux que tu sois heureux.

— Ça va, toi ?

— Bien sûr, mais je dois raccrocher. Je ne suis pas en état de me montrer courageuse là, tout de suite.

— Attends. Qu’est-ce que tu veux dire, par « courageuse » ?

Ellie mit un moment à répondre.

— Je suis assez débordée. Un nouvel appartement, sans rideaux. Bon, mais on s’en fiche. Je ne suis pas encore bien installée, disons. C’est un peu nu. Même si la mission me prend beaucoup de temps, je me sens un peu vide… et…

Sa voix se cassa.

— Je suppose que se laisser envahir par ses émotions est naturel quand on doit renoncer à quelqu’un qu’on aime. À très vite.

42

Après l'accident d'Ellie
25e jour

En disant au revoir au père Meehan, j'avais finalement demandé au prêtre de prier pour le bébé. C'était quoi ? Un progrès ? Ou est-ce que je ne plongeais pas plutôt dans une nouvelle strate de désespoir ? Comme dit le proverbe, il n'y a pas d'athées dans les tranchées, eh bien, il n'y en a pas non plus aux soins intensifs. Le plus drôle, c'est que je ne m'étais jamais considéré comme un athée. J'étais un catholique qui ne pratiquait plus, peut-être, avec une pointe d'agnosticisme pour corser le tout. J'étais un homme de science, un homme de peu de foi, un homme qui aimait sa femme et qui se bornait à ce qui est et à ce qui sera.

— Bien sûr, Matt, répondit le père Meehan. Je prie déjà pour Ellie et le bébé. Je prie pour toi, aussi.

Je lui serrai la main et pris congé. Je m'étais garé dans une petite ruelle, sachant que ce serait plus facile de quitter le quartier après la messe. Freeport était autrefois la ville de la Nouvelle-Angleterre par excellence, bordée de maisons victoriennes et de fermes, jusqu'à ce que les boutiques haut de gamme débarquent juste après l'installation de la vraie grande société, L. L. Bean. C'était devenu désormais une petite ville avec tous les magasins possibles et imaginables. À trois pâtés de maisons de la rue principale, je me glissai dans ma voiture et roulai vers chez moi à un peu plus de six kilomètres de là, où l'Amérique rurale survivait tant bien que mal.

Je ne me fatiguai pas à me garer dans la grange. Je ne resterais pas longtemps, il me fallait juste un peu d'air frais, un instant seul, comme le disait le père Meehan, pour converser avec Dieu et l'écouter. Bizarrement, Dieu n'était pas très causant, et il ne dit pas un mot. *Il ne l'emportera pas au paradis*, pensai-je, ricanant de mon propre humour noir.

Son silence pouvait être une sorte de réponse, même si ce n'était pas vraiment ce que je recherchais.

Le jardin de Celina était envahi de tiges mortes de marguerites jaunes, entre autres. Des choses mortes, voilà qui convenait parfaitement à mon deuil.

Il faudrait que je déterre les urnes. Et que je… les enterre avec les cendres d'Ellie. Elle me l'avait demandé cinq ans plus tôt et nous n'en avions jamais reparlé, mais je savais. Je savais qu'Ellie n'avait pas changé d'avis à ce sujet.

Je n'étais pas retourné à la ferme pour me préparer à l'enterrer, mais il le fallait. Ses reins fonctionnaient mal et la grossesse les solliciterait constamment. Les chances étaient minces. Pendant quelques minutes, je m'assis sur l'herbe pour contempler le jardin. Pas ici. Il fallait qu'Ellie repose dans le petit cimetière familial auprès de sa mère, sous les arbres dans la forêt de pins qu'elle aimait tant, et les bébés devraient être avec elle.

« Je peux être morbide un moment ? » avait-elle dit ce jour-là sur la plage. Elle se préparait à voler dans l'espace à l'époque, une sorte de paradis à ses yeux.

Nous n'avons jamais discuté de l'endroit où elle voulait reposer pour l'éternité, seulement du fait que Celina devrait être avec elle. Et, par conséquent, Dylan aussi.

Je traversai le terrain pour entrer dans les bois. Dix minutes plus tard, j'arrivai au cimetière familial sur la crête. Principalement à cause de l'été pluvieux que nous avions eu, je n'y étais pas monté de toute l'année. Il n'était pas bien tenu, désordonné et un peu isolé. Alice était enterrée là, dans un coin. La grand-mère d'Ellie était morte quand Alice était encore enfant, dans un accident de voiture et le grand-père d'Ellie était mort l'été où elle et moi étions tombés amoureux. Le reste des pierres portaient des noms qui n'étaient rien pour moi. Mais, même petite fille, Ellie se souvenait de tous.

Je la revoyais, agenouillée dans le cimetière, repoussant sa tignasse blonde pour dégager ses yeux alors qu'elle s'apprêtait à frotter la stèle de sa grand-mère. À neuf ans, Ellie, le garçon manqué, l'intellectuelle précoce.

— C'est dramatique. Tout ce que ma grand-mère a laissé derrière elle, c'est une épitaphe. Ma mère ne se souvient pas du tout d'elle. Quelques mots gravés dans la pierre, ça ne fait pas beaucoup.

Des mots surprenants pour une enfant, il est peut-être plus étrange encore que je m'en souvienne, mais ils sont restés en moi. Je ne l'aurais jamais avoué à l'époque, mais Ellie était fascinante. Pour moi, c'était tout, c'était une fille, la voisine, la copine de jeu pratique. Et je n'avais pas encore arrêté de détester les filles, en tout cas, officiellement.

Sans un mot, elle traversa le carré de pelouse, frôlant les tombes avec sa jupe, comme si elle avait peur de réveiller les fantômes. Puis elle traça du doigt les noms de chaque ancêtre.

— Toutes les femmes dans la famille de ma mère sont mortes avant leurs quarante ans. Regarde, celle-là, c'est la plus âgée.

Quelques années plus tard, la mère d'Ellie, juste avant son quarantième anniversaire, mourait du cancer.

Et maintenant Ellie. J'avais perdu Ellie.

Dans le calme de la matinée, je me tenais au même endroit terrible, un cimetière de famille avec rien d'autre que des pierres recouvertes de mousse, marquant l'emplacement des défunts, marquant les vies perdues de femmes toutes mortes trop jeunes.

Je n'étais plus un gamin fasciné par le petit garçon manqué. J'étais son mari, et aussi incompréhensible que cela fût pour moi, il faudrait que je l'enterre auprès de sa mère et de ses grands-mères. Oui, toutes les femmes dans sa famille étaient mortes jeunes. Mais j'étais décidé à ce qu'une épitaphe ne soit pas le seul legs qu'Ellie laisse de sa vie.

Les rayons du soleil filtraient avec peine à travers les branches, mais la lumière suffisait aux quelques plantes amies de l'ombre. Des cœurs-saignants fleurissaient au printemps, et des hostas l'été. Je ferais pousser un jardin pour Ellie, elle adorait les fleurs. Vers le fond, à côté de la barrière, là où le soleil transperçait. Même s'il me fallait abattre quelques arbres, je le ferais.

— Mon Dieu, quand ça arrivera, prenez soin d'elle.

Je marchai sur le tapis épais des aiguilles de pin, mes jambes devenant plus lourdes à mesure que le poids du chagrin m'accablait. Je m'allongeai sur la terre humide où elle reposerait et laissai mes larmes couler comme la pluie. Ni la promesse du paradis ni la grâce de Dieu ne m'offraient de consolation. En tout cas, pas pour le moment. Peut-être jamais.

— Qu'est-ce que Tu veux de moi ? Tu veux que je Te remercie pour ça ? Tu veux que je me rapproche de la foi en me retirant la seule personne en qui je croyais vraiment ?

Ma foi était en elle, dans l'amour que nous partagions. Je croyais qu'il durerait autant que la lumière qui provient d'une étoile, qu'il dépasserait l'immensité de l'espace, qu'il transcenderait le temps.

Le temps que nous avions perdu.

— Le temps que Tu as volé ! hurlai-je.

J'étais furieux contre Dieu… s'il existait. Et pour la première fois peut-être de ma vie entière, j'étais tout à fait certain de son existence. Je voyais bien son cirque. Les plans divins, la foi, les miracles, Lazare, Dieu qui n'est qu'amour, la résurrection, le Christ.

Mais j'avais besoin d'elle. Et le bébé avait besoin d'elle aussi.

— S'il Te plaît, mon Dieu, murmurai-je. S'il Te plaît.

43

26e jour

Clint Everest gigotait sur sa chaise dans le box des témoins.

— Le sang de la mère coagule et les caillots obstruent la circulation vers le placenta. Et le bébé meurt. Pendant la grossesse, c'est la pathologie classique qui entraîne les fausses couches.

— Est-ce probable qu'Ellie Beaulieu fasse une nouvelle fausse couche cette fois ? demanda Jake.

— Pas à cause du syndrome des antiphospholipides en tout cas. Elle est traitée avec de l'héparine, un anticoagulant. Quand le diagnostic est établi, il est rare que les femmes fassent des fausses couches.

Ce qu'il fallait comprendre dans la réponse de Clint, c'était que, si Ellie perdait le bébé, c'était parce qu'elle souffrait d'une blessure fatale au cerveau. Pour l'amour du ciel, elle ne pouvait même pas cligner des yeux. Quand je l'avais laissée, ce matin, l'infirmière lui appliquait de la crème sur les paupières pour éviter qu'elles ne collent.

Clint expliquait à Jake les différents problèmes qui compliquaient la grossesse d'Ellie. Est-ce que le SAPL était dangereux pour Ellie ou seulement pour le bébé ? Oui. Peut-être. Pas encore. Le SAPL pouvait obstruer n'importe lequel de ses organes.

Je détestais tout cet étalage de détails inutiles dans le tribunal. Je voulais me lever et faire comprendre au juge que mon bébé avait le droit de se battre pour sa vie, sans Jake, sans Clint, sans l'intervention de qui que ce soit.

Mais je me concentrai sur les nuances du témoignage, sur les réactions du juge, sur les mots-clés. La maladie pouvait prendre deux formes : classique et catastrophique. Ce dont elle souffrait, c'était la forme classique de SAPL, mais *catastrophique* est un terme émotionnel. Quand se produit une catastrophe, telle qu'un tremblement de terre, une inondation ou une tornade, ne se focalise-t-on pas sur les survivants ? Ceux qu'on a ressortis des décombres une semaine plus tard ? Eh bien, je creusais dans les décombres de la vie d'Ellie pour essayer de sauver notre enfant, son enfant, mon enfant.

— Et si elle développait la forme catastrophique, est-ce qu'on pourrait la traiter ?

Ils la traitaient déjà préventivement.

— Quels sont les risques que la forme catastrophique provoque la mort d'Ellie avant le terme de la grossesse ?

— Le taux de mortalité dû au SAPL en cours de grossesse est mal connu, répondit Clint. Mais à cause de cette pathologie, le risque de pré-éclampsie grandit, ce qui peut nécessiter un accouchement prématuré. Ellie peut développer des caillots de sang dans les jambes ou les poumons, ce genre de complications.

— Mais ce ne sont que des facteurs de risque ?

— Oui, confirma Clint. Des facteurs de risque.

— Merci. Plus d'autre question.

Jake s'assit et se pencha pour murmurer à mon oreille.

— Les dégâts que l'avocat de ta mère pourrait causer lors du contre-interrogatoire, je les réparerai grâce à la procédure de réexamen.

Je hochai la tête. Si seulement je pouvais réparer les dégâts sur le cerveau d'Ellie.

— Monsieur Klein, est-ce que vous avez des questions pour le docteur Everest ?

— Oui, Votre Honneur.

L'avocat de ma mère se leva et, après avoir tapé ses notes de deux crayons, comme des baguettes sur une batterie, il interrogea Clint.

— Docteur, durant la dernière grossesse d'Ellie, qui s'est terminée en février de cette année, elle a rencontré des complications dues à son SAPL, n'est-ce pas ?

Clint étudia ses mains.

— Elle a été admise au service de soins intensifs pendant deux jours parce qu'elle avait perdu une grande quantité de sang, mais je ne pense pas que c'était directement lié au syndrome des antiphospholipides. Elle prenait des anticoagulants. Le travail a commencé de façon prématurée et inattendue. Elle a dû accoucher chez elle. À cause des anticoagulants, elle a fait une hémorragie.

— En fait, elle a failli se vider entièrement de son sang et y rester, n'est-ce pas ?

Le souvenir me coupa la respiration. Cette nuit-là, sur le sol de notre cuisine, j'avais vu plus de sang qu'au cours de toute ma carrière à l'hôpital.

Jake posa une main sur mon épaule.

— Ça va ? murmura-t-il.

Je hochai la tête, m'efforçant de me concentrer sur le moment présent. Je levai les yeux et vis ma mère qui me regardait. Contrairement à Jake, elle ne paraissait pas inquiète pour moi. Son expression était sévère, presque accusatrice.

— Sa perte de sang aurait pu être fatale, oui, concéda Clint.

Je suivis Jake vers une tour sur Old Port. La façade moderne contrastait avec le décor ancien, façon gentlemen's club, des bureaux. Les textes de loi à reliure en cuir s'alignaient sur les étagères.

— Le contre-interrogatoire ne s'est pas bien passé, remarquai-je.

Jake n'avait rien réparé des dégâts causés par le contre-interrogatoire de Klein et je ne pus rester en place pendant que nous récapitulions les deux dernières heures. J'arpentais la longue distance qui séparait le bureau de Jake de sa table de conférences à l'autre bout de la pièce.

— Ç'aurait pu être pire. Si elle n'avait pas une pneumonie et des problèmes aux reins, ç'aurait été mieux.

— Klein l'a présenté comme si… Bon Dieu, tout ce qu'il a fait dire à Clint est vrai. Ça ne fait que vingt-six jours, et elle souffre déjà d'une pneumonie et de problèmes aux reins. Il nous faut encore au moins quatorze semaines, sachant que vingt serait mieux. Le SAPL pourrait bien la tuer, elle ou le bébé…

— Arrête. Je sais que tu te fais du souci pour les complications éventuelles, mais le plus important, le vrai sujet légal à débattre, c'est ce que voudrait Ellie.

Nous n'avons pas les meilleures preuves pour monter une argumentation solide. Il nous faut quelque chose de poids, un document écrit qui appuie notre requête. Tu n'as toujours rien trouvé dans ses journaux ?

— Rien de plus que ce que tu sais déjà. J'ai décidé de me battre pour le bébé à cause des conversations que nous avons eues toutes ces années.

Jake baissa les yeux.

— Il nous faut plus que ça. On n'a plus le temps. Tu dois me laisser t'aider à éplucher ses lettres.

Je n'avais pas l'intention de révéler à Jake que soit Ellie, soit ma mère avait probablement euthanasié Alice. Et je ne voulais pas qu'il trouve une autre confession de matricide.

— Je ne sais pas ce qui est arrivé à celles qui concernaient les bébés.

— Matt…

— C'est privé ! grondai-je en lançant un regard mauvais à Jake pour qu'il arrête d'insister. De toute façon, je ne crois pas qu'on y trouverait quoi que ce soit.

— Ta vie s'étale déjà en une de tous les journaux, dans le monde entier. Dans ces conditions, tu pourrais peut-être renoncer au premier amendement et à ton droit à la vie privée pour que je t'aide à les parcourir.

Il me lança un franc sourire, pour me faire comprendre que ces inepties sur le premier amendement étaient sa manière de plaisanter.

Je secouai la tête.

Son téléphone sonna et il décrocha.

— Oui, passez-la-moi. Docteur Clarke, on vous attend à la barre dans trente…

Pause.

— Je vois.

Jake donna à Blythe le numéro du tribunal et lui demanda d'appeler dès qu'elle serait libre.

— Quoi ?

— Elle est coincée avec un accouchement difficile. Et une autre de ses patientes vient d'être admise. Le travail a commencé trop tôt ou un truc du genre.

— Elle ne peut pas venir témoigner ?

— Non. Et je veux qu'elle témoigne avant toi. Elle présentera au juge des tirages de l'échographie du bébé. Et ensuite, on enchaîne sur ton amour pour Ellie et sur votre désir d'avoir un enfant, expliqua-t-il en remettant de l'ordre dans ses fiches. Je veux poser les fondations pour une demande de tutelle du fœtus. Le timing est important. Sinon, ça passera pour un acte de désespoir. Je veux que ce soit une carte délibérée que nous jouons.

— C'est-à-dire ?

— Une fois que je t'aurai interrogé, j'appelle à la barre le père Meehan. L'Église catholique enseigne que la vie débute à la conception, et toi et Ellie, vous êtes catholiques. Par conséquent, te battre pour cet enfant fait partie de ton droit constitutionnel de pratiquer ta religion. Ensuite, je demande au juge de t'accorder la tutelle de ton enfant à naître pour protéger cette vie et agir selon la volonté d'Ellie de protéger son enfant, de pratiquer sa religion. C'est un peu gros, mais constitutionnellement, ça pourrait fonctionner. Au pire, ça nous donnera un motif pour faire appel. On pourra également asseoir notre appel sur la législation texane concernant les directives anticipées. Le juge ne pourra pas prendre ça en compte. Si l'appel échoue, on pourra toujours demander une ordonnance de *certiorari*. Et il ne nous en faut pas plus. Si l'affaire passe devant la Cour suprême, il y a toutes les chances que ton bébé ait le temps de naître.

— Et si la Cour suprême refuse l'ordonnance ?

Jake sourit et secoua la tête.

— On ne t'a jamais dit que tu t'inquiétais trop ? Crois en moi un peu. Je te l'ai dit, je peux y arriver. Retournons au tribunal et voyons comment nous pouvons nous dépêtrer de l'absence de Clarke.

— Une dernière chose, j'ai oublié de te dire que j'avais reçu une lettre de Carol Wentworth. Tu te souviens d'elle ?

— Bien sûr.

Je glissai l'enveloppe sur le bureau.

Il s'en saisit et la lut.

— Le procureur général des États-Unis ?

44

Cinq ans avant l'accident d'Ellie

S'il y a bien une femme que j'ai repoussée, c'est Carol, et pourtant je n'en avais pas l'intention et je ne pensais pas que je le faisais, à l'époque. Je croyais sincèrement qu'elle et moi pourrions avoir un mariage fondé sur le respect mutuel. Nous étions bien ensemble. Mais je n'avais pas dit à ma fiancée que j'avais vu Ellie dans le Maine et que les quelques heures passées en sa compagnie avaient suffi à remettre en question ma décision de l'épouser. Inutile que Carol le sache. En lui avouant que j'avais embrassé Ellie pour soulager ma conscience, je ne ferais que la blesser.

Et puis, nous n'avions rien fait de mal, rien de significatif. Quelques doutes étaient compréhensibles. Logiquement, je pouvais énumérer une douzaine de raisons d'épouser Carol. Émotionnellement, mon attachement à Ellie les démontait une à une, même si je me persuadais que le lien qui nous unissait n'était qu'un vestige de notre enfance et, comme elle l'avait dit, une simple attirance physique.

D'accord, je l'aimais.

Au cours des mois qui suivirent, Ellie se fit plus

distante, presque détachée. Quand nous discutions au téléphone, elle évitait de parler d'elle. Bon sang, elle ne me posait même pas de questions personnelles. Nous parlions de travail, le sien et le mien. Si j'évoquais Carol, Ellie trouvait un prétexte pour raccrocher. Je me disais qu'on s'éloignait et que peut-être c'était mieux. Après tout, j'allais me marier. Mais je ne supportais pas l'idée que le mariage dût effacer Ellie de ma vie. Ou pire, que, à cause de ça, elle s'efface elle-même.

En décembre, Phil Grey m'envoya un message pour me demander si nous pourrions nous rencontrer quand il serait à Manhattan. J'étais de garde tout le week-end, mais il me proposait qu'on se voie à l'hôpital lundi, à la première heure.

— Tu ne m'avais pas dit que l'hiver dans le Maine commençait le 1er novembre, remarqua-t-il en me serrant la main.

— Crois-moi, tu n'as rien vu avant février et mars.

— Mars, mais c'est le printemps ! protesta-t-il.

— Dans le Maine, c'est mai, le printemps.

— Alors, ça ne t'intéresse pas de te joindre à moi au cabinet ? me défia-t-il en faisant un signe de tête vers la porte. Viens, on va discuter autour d'un petit déjeuner. Je t'invite.

Dans un bar, non loin de l'hôpital, Phil me présenta la liste des raisons pour lesquelles il voulait me recruter dès que j'aurais fini mon internat. Tout d'abord, un des associés était mort trois mois après l'arrivée de Phil au cabinet. Ensuite, celui qu'il était censé remplacer souffrait d'un Parkinson récemment diagnostiqué donc cela faisait quatre mois qu'il n'opérait plus. C'est Phil qui assurait seul toutes les opérations depuis qu'il avait déménagé dans le Nord. En résumé, il était le seul chirurgien. Il pourrait continuer quelque temps, mais pas de manière définitive. Malgré sa plaisanterie sur le climat, lui et sa femme adoraient la région et elle était enceinte. Ils voulaient y établir leur petit nid douillet.

Je lui répondis que Carol était décidée à rester à New York et il me dit qu'il comprenait, mais pourquoi ne pas en rediscuter avec elle ? J'étais son premier choix. Il me donna une semaine pour y réfléchir.

Sept heures plus tard, Carol arriva dans notre chambre et alluma la lumière.

— Tu n'as pas dormi de la journée, n'est-ce pas ? interrogea-t-elle.

Je l'attrapai par la taille, l'attirai sur le lit avec moi et l'embrassai avec une sincérité mêlée d'une bonne dose de désir.

— J'ai passé la journée à courir et réfléchir. Phil Grey est passé à l'hôpital ce matin.

— Phil ? Comment va-t-il ? Attends, laisse-moi deviner. Il a déjà fait le tour de sa petite ville et il est de retour pour trouver du travail.

Elle me repoussa et se dirigea vers l'armoire.

— Tiens, dit-elle en me jetant une chemise repassée. On dîne avec mes parents ce soir, tu n'as pas oublié ?

Je ne bougeai pas, la regardant retirer sa jupe.

— Viens jouer au lit avec moi !

— Très tentant, lança-t-elle en m'étudiant, un sourire aux lèvres. Le maire sera là.

Je me frottai les yeux et bâillai. Il nous était déjà arrivé de manger avec le maire. La première fois, ça m'avait un peu impressionné. La deuxième fois, nous avions polémiqué, étant d'avis opposés sur plusieurs sujets. Cela n'avait pas trop plu à Carol et son père. Le maire était un habitué des repas organisés par les

Wentworth et, bien qu'il ait le pouvoir et le poste, il n'avait rien de plus fascinant que certains de mes patients et leurs familles. Que Carol ait besoin de jouer les valets de telles personnes m'exaspérait au plus haut point.

Je me levai et enfilai un pantalon de survêtement.

— Je n'ai pas envie d'y aller ce soir. Je voudrais te parler de quelque chose…

— C'est vraiment important ? Nous avons promis d'y être.

— Tes parents ont invité combien de convives ? Une dizaine ? Une vingtaine ? On ne manquera à personne.

Je me postai derrière elle pour lui embrasser la nuque. C'était un point sensible chez elle.

— Écoute, Phil m'a offert un poste à Portland et j'ai envie d'accepter. J'ai fait quelques recherches. Ils manquent de chirurgiens pédiatriques dans la région. Tu pourrais…

— Matt, on en a déjà parlé. Je ne pars pas dans le Maine.

— C'est tout ? Tu ne veux même pas y réfléchir ? Te renseigner sur Portland ? C'est une charmante petite ville. Elle a un musée d'art…

— Tu n'es pas sérieux, là. Je suis new-yorkaise. Charmante ? Je n'en doute pas, pour un week-end, surtout si tu y vas en touriste. Mais je ne veux pas y vivre. On peut y aller en vacances, mais pas question que j'y emménage pour pratiquer la médecine.

— Je voudrais que tu fasses plus que tout rejeter en bloc, cette fois. Tout ce que tu peux avoir à New York, tu peux aussi l'avoir dans le Maine.

— Je sais que tu es sérieux, mais moi aussi. J'aime

l'énergie de New York, ses habitants, sa diversité. Juste devant ta porte. Je ne veux pas vivre dans une petite ville. Je ne peux pas. Tout le monde y est si obtus !

— J'ai grandi dans une petite ville. Ma famille habite dans une petite ville.

Elle inspira profondément et s'assit au bord du lit.

— Je ne voulais pas faire de généralisation. Je ne parlais pas de ta famille. Et certainement pas de toi. En plus, tu as voyagé, toi. Tu es brillant et plutôt pas mal à regarder…

Elle se montrait élitiste et insultait des gens et des endroits que j'aimais. Elle m'embrassa, mais je me dégageai.

Elle s'en offusqua.

— S'il te plaît, habille-toi. Je ne veux pas être en retard chez mes parents. Et après, si tu en as envie, je te rappellerai combien je te suis indispensable.

Indispensable. Le mot résonna dans ma tête. Il me fit réfléchir. Qui m'était vraiment indispensable ? Ma famille, Carol et Ellie. Pas nécessairement dans cet ordre. Sûrement pas les parents de Carol ou ce dîner avec leurs amis de la haute. Ses parents étaient courtois et polis, mais je n'avais jamais ressenti un gramme de chaleur de leur part, envers moi en tout cas. Peut-être envers Carol. Ils étaient certainement fiers d'elle, car elle donnait d'eux une bonne image. Et moi, je serais un partenaire socialement acceptable, diplômé d'une université de l'Ivy League, un neurochirurgien. Je n'imaginais pas qu'un jour nous deviendrions amis.

— Je vais te faire faux bond ce soir. Dis-leur que je suis épuisé. Dis-leur que je suis de garde, dis-leur ce que tu voudras pour sauver les apparences. Mais si tu n'es même pas d'accord pour réfléchir à l'éventualité de partir dans le Maine avec moi, je ne crois pas que je pourrai jouer le gendre idéal cette fois-ci.

J'enfilai un tee-shirt et un sweat-shirt à capuche puis sortis du loft.

Les jours suivants, Carol et moi ne nous parlions plus. Elle boudait parce que je l'avais laissée tomber pour la soirée. Et moi, je commençais à me demander ce que je voulais davantage, elle ou le poste dans le Maine.

J'appelai Ellie et tombai sur son répondeur. J'appelai mon frère, Mike. Il me dit de ne pas prendre de décision hâtive. J'appelai Phil et lui demandai plus de temps.

Il me donna jusqu'au 1er janvier.

Carol et moi allions passer les fêtes dans le Maine. En fait, moi, je rentrais chez moi. Carol, elle, me suivait pour aller skier. Ce serait toujours ainsi, compris-je. Le Maine était une destination pratique, mais pas un lieu auquel elle serait attachée. À New York, nous vivrions selon son style de vie, auquel je finirais par me faire, non que ce soit très difficile.

Si je voulais changer les choses, il n'y avait pas de temps à perdre. Par conséquent, peu après notre arrivée dans le Maine, je laissai Carol avec maman pour qu'elles fassent quelques courses dans les boutiques du centre-ville et me rendis à la clinique de Phil. Je rencontrai Welsh, qui me plut aussitôt, parlai du cabinet et acceptai leur offre.

Je n'en dis rien à Carol. Je voulais le faire à notre retour à New York. Elle avait six mois pour se faire à l'idée. Si elle en était incapable, l'un de nous aurait à céder. Je devrais rester en ville, ou c'est elle qui me suivrait dans le Maine, ou alors nous devrions annuler le mariage.

Bien trop de disputes s'ensuivirent, et quelques mois avant le mariage, face à une pile d'invitations prêtes à être envoyées, je me plantai devant Carol en secouant la tête.

— Si tu n'es même pas prête à essayer, alors je ne pense pas qu'on devrait envoyer ces invitations.

Carol se tordit les mains.

— Tu choisis un travail au milieu de nulle part plutôt que moi ?

Je m'éclaircis la voix.

— Tu as pris tes propres décisions. Toi, tu as choisi New York, tu ne m'as pas choisi, moi.

Elle se détourna, les bras croisés.

— Qu'est-ce que tu veux que je dise à tout le monde ?

Je ne savais pas si elle était furieuse ou bouleversée. Et même si je n'avais pas envie de lui faire du mal, il fallait qu'on se sépare avant que la situation ne devienne désastreuse.

— Nos différends sont insurmontables. Nous ne voulons pas le même genre de vie…

45

Quatre ans avant l'accident d'Ellie

Le restaurant Galveston était décoré comme une tiki hutte, très kitsch et très drôle. Heureusement, Hank, l'organisateur des festivités, avait loué tout le patio pour que les McClure et les Beaulieu se rassemblent. Les fils de mes frères se chargeaient d'y mettre le chaos, courant partout, buvant directement dans les noix de coco et causant bien trop de chahut pour un endroit public. Pendant ce temps, les adultes étaient réunis autour d'une table de la taille d'une piscine olympique, qui dominait la plage.

Avant le départ de la navette spatiale qui devait emporter Ellie, toute la famille s'était mise d'accord pour assister au décollage. Une bonne excuse pour prendre des vacances en Floride et échapper à l'hiver du Maine, mais Ellie nous informa qu'elle serait mise en quarantaine au Johnson Space Center la semaine avant le vol. Apparemment, même le plus anodin des rhumes était à éviter pour un astronaute en orbite.

— Je vous ferai coucou depuis la rampe de lancement, mais la dernière fois que je pourrai vous approcher, ce sera avant que j'entre en quarantaine.

Après quelques pourparlers, Hank déplaça la petite fête dans le Texas. Quelques personnes se plaignirent que Houston n'avait rien d'aussi attirant que la Floride, jusqu'à ce que Hank propose de prendre un hôtel sur la plage, dans le golfe du Mexique.

— Une plage en vaut une autre, déclara-t-il. Et comme ça, on sera prêts pour le soleil de fin avril.

C'est ainsi que, quelques semaines seulement après ma rupture avec Carol, je me retrouvais devant le golfe, contemplant la mer. Je ne l'avais encore annoncé à personne. Cela pouvait attendre, l'attention devait se porter exclusivement sur Ellie, elle le méritait bien. Et franchement, je n'étais pas d'humeur à répondre aux questions sur mes peines de cœur.

Au loin, des plates-formes pétrolières se profilaient à l'horizon. Doux, calme et apaisant, l'air engageait à la somnolence et j'attendais Ellie avec impatience.

Mon frère Mike s'écroula sur la chaise à côté de la mienne et me tapa dans le dos si fort qu'il faillit me renverser.

— Alors, tu te maries dans quoi, quatre mois ? Tu veux une strip-teaseuse pour ton enterrement de vie de garçon ? Comme je suis ton témoin, faut que je m'y colle à l'avance, d'autant que ça se passera à New York.

Je toussai, prenant conscience qu'il faudrait que j'annonce la nouvelle le lendemain dans la matinée pour qu'ils ne s'organisent pas ou, pire encore, n'achètent pas de cadeau.

— Oh, ne t'en fais pas pour ça.

C'était la soirée d'Ellie et, heureusement, Carol n'ayant jamais eu l'intention d'assister à cette réunion, son absence pouvait passer inaperçue.

À cet instant, mon neveu de quatre ans me sauva la mise. Il tira Mike par la manche.

— Papa, viens voir l'oiseau !

Tous les enfants admiraient un pélican sur le quai.

— Bon, on dirait qu'il faut que j'assume mon rôle de père. Tu me suis ?

— Bien sûr.

Il plaça son fils sur ses épaules, tandis que nous approchions de la balustrade pour avoir une meilleure vue.

Quinze minutes plus tard, Ellie fit enfin son apparition, dans une robe à bretelles bleu et blanc. Elle rayonnait d'excitation et de grâce, son rêve de toujours sur le point de se réaliser. En passant d'un visage à l'autre, Ellie riait.

— Vous savez, je vais juste travailler, là-haut. Pas de quoi en faire tout un plat !

Je lui fis un signe de la tête et ses yeux s'arrêtèrent sur moi. Elle m'adressa un demi-sourire comme si nous partagions un secret inconnu de tous les autres. Ç'avait toujours été comme ça, nous deux tout seuls entourés par nos familles.

Les verres s'entrechoquèrent autour de la table, les toasts se succédèrent, tous en son honneur, jusqu'à ce que ce fût le tour de son frère. Christopher se leva et brandit sa flûte.

— À ma grande sœur, qui a toujours été là pour moi. Je voudrais te demander si tu accepterais de me rendre encore un grand service.

Elle pencha la tête sur le côté.

— Grand comment ? Je crois que je préfère d'abord savoir de quoi il s'agit. La dernière fois que j'ai promis de te rendre un grand service, je me suis retrouvée à écrire une dissertation à ta place !

Éclat de rire de l'assemblée. Christopher était doué, mais il n'égalait pas les capacités intellectuelles de sa sœur. Il jeta un coup d'œil à sa petite amie, comme pour s'excuser.

— Je n'en suis pas très fier, lâcha-t-il. Voilà. Arianne et moi, nous espérions que tu accepterais... d'être mon témoin ? Arianne et moi, on va se marier...

Sciée par la nouvelle, Ellie resta un moment sur place avant d'aller se jeter dans les bras de son petit frère en entraînant Arianne dans l'accolade.

— Oh, mon Dieu ! Vraiment ?

Peut-être était-ce du dépit de ma part, mais je trouvais cette attitude typique de Christopher. Toute sa vie, Ellie avait attendu ce grand moment. Elle avait renoncé à ses projets pour s'occuper de lui, alors qu'elle était elle-même une enfant, et encore une fois, égoïstement, Christopher détournait l'attention vers lui.

— Attends, comment ça, « témoin » ? demanda Ellie en plissant les yeux. Demoiselle d'honneur, tu veux dire ! Je suis habillée en robe aujourd'hui parce que je ne pourrai pas en porter une en apesanteur, et tu me considères encore comme un mec ? Mince, je ne pourrai jamais gagner !

— Je veux que tu sois là, debout, à mes côtés.

— Je ne pourrai pas non plus, quand je serai en apesanteur.

Il fit semblant de l'étrangler.

— Tu peux porter une robe ou un déguisement de gorille du moment que tu me promets que tu y seras.

Lui lâchant le cou, il l'embrassa sur la joue.

— S'il te plaît ?

S'adoucissant, Ellie prit encore une fois Christopher dans ses bras.

— Tu le sais bien, mon petit frère. Je ne manquerai ça pour rien au monde.

Peut-être que Christopher lui faisait promettre de revenir sur Terre, et je voulais qu'elle tienne sa promesse, mais après cette annonce, plus personne ne parla d'Ellie. Les toasts lui furent ensuite tous réservés. La cacophonie générale enveloppa la table, les conversations se chevauchant les unes les autres.

Dernier à traîner autour de la table, j'attendais qu'Ellie me dise au revoir.

— La prochaine fois que je te verrai, tu seras dans les livres d'histoire, Peep.

Ellie me donna une tape sur l'épaule.

— La NASA n'est mentionnée dans les livres d'histoire qu'en cas de catastrophe. Souhaite-moi juste bon courage.

— Bon courage, dessinai-je sur mes lèvres, alors que ce que je voulais vraiment prononcer, c'était une prière.

— Tu veux bien me tenir compagnie et marcher un peu sur la plage avec moi ? Il faut que je reste debout jusque tard. Ils essaient de modifier nos cycles de sommeil pour le vol.

— Pas de problème.

Nous avions traversé la rue et emprunté l'escalier qui descendait vers la plage. Là, elle retira ses sandales, les tenant par les brides.

— Quelle soirée ! Je n'en reviens pas que toute ta famille soit venue.

Suivant son exemple, je retirai mes Docksides et laissai le sable fin me passer entre les orteils.

— Tu es astronaute, pas étonnant que tout le monde

ait voulu venir ! Ce qui m'a surpris, c'est qu'Adam n'ait pas été présent.

Elle s'arrêta un instant, avant de recommencer à marcher.

— Je le vois encore au travail. Il a rencontré quelqu'un, ça rend les choses plus faciles.

Je me demandai, à voir son air pensif, si elle l'avait vraiment oublié, ce qui raviva ma colère sourde.

— Et toi, tu vois quelqu'un d'autre ?

Non que cela me consolerait.

Elle se mordit la lèvre inférieure.

— J'ai été un peu trop occupée, ces derniers temps.

— Tu étais complètement noyée, oui. J'attends encore que tu répondes à mes appels. Je t'ai laissé quelques messages, il y a… voyons… deux semaines.

Elle me donna un coup de coude.

— Il fallait que je me concentre sur le travail. Je suis contente que tu sois venu avec tout le monde.

— Ce n'est pas comme si j'avais eu le choix, plaisantai-je, et sans y réfléchir, je lui passai le bras autour des épaules et lui embrassai la tempe.

Elle se dégagea et croisa les bras, pour me signifier que j'allais trop loin.

— Tu vas te marier. Il fallait que je prenne mes distances.

— Ellie…

J'hésitai quelques secondes seulement avant de tout déballer.

— Je ne me marie plus. Carol et moi, on s'est séparés, il y a quelques semaines. J'ai accepté le poste dans le Maine et elle ne voulait même pas considérer la possibilité de déménager. On avait aussi d'autres différends. J'ai tout annulé.

Pendant près d'une minute, Ellie me dévisagea en clignant des yeux. Je crus même percevoir l'ombre d'un sourire.

— Pourquoi n'as-tu rien dit ?

Je détournai le regard.

— Je n'en ai parlé à personne encore, même pas à maman. Je ne voulais pas te voler la vedette avec ma nouvelle peu réjouissante. Comme ton frère s'est empressé de le faire, d'ailleurs.

— Il ne m'a rien volé du tout, protesta Ellie en me touchant le coude. Tu t'en remets, de votre rupture ?

— Oui. Oui, complètement.

Je lui pris la main et la caressai. Puis nous avons continué notre balade. Pour la première fois depuis seize ans, nous nous retrouvions, sans colère, sans partenaires entre nous, et je ne voulais pas parler de Carol.

Une heure plus tard, nous discutions encore devant la porte de sa chambre d'hôtel. Elle enfonça la clé dans la serrure, tandis que je restai planté là, un peu maladroit. Sa chambre n'avait rien d'original : un lit, une table basse, une armoire, un canapé et un mini-bar.

— Tu veux entrer jouer aux cartes ?

— Tu oublies que je sais que tu triches.

— C'est faux !

— Tu comptes les cartes. Tu pourrais te faire jeter de Vegas, pour ça !

Elle plissa les yeux.

— C'est une stratégie. J'ai une bonne mémoire. Vas-y, intente-moi un procès. On ne jouera pas au black-jack.

— Très bien. Strip-poker.

Je la gratifiai d'un clin d'œil coquin et entrai dans

la pièce, lui passant devant. Je n'étais pas sérieux, mais c'était une bonne réplique.

Elle gloussa.

— Je ne suis pas prête pour quelque chose d'aussi risqué ce soir.

D'accord, peut-être que j'étais un peu sérieux, tout de même.

— C'est parce que tu as peur de perdre.

— Va pour une partie de rami, proposa-t-elle en secouant la tête.

Une fois installés autour de la table, je distribuai. Elle me laissait certainement gagner pour prouver qu'elle ne trichait pas, parce qu'après quelques tours j'avais dix fois plus de points qu'elle. Il se faisait très tard, mais je n'arrivais pas à la quitter. Je me calai sur ma chaise pour l'observer tandis qu'elle réfléchissait. Elle ajouta une reine de cœur à une série et retira un as. Ensuite, elle se leva pour aller chercher quelques sodas.

— Santé !

— À la mission ! Encore neuf jours et quoi… trois heures ?

Elle jeta un œil à sa montre.

— Deux cent dix-neuf heures et douze minutes. Enfin, environ.

Puis, elle s'attacherait à un bâton de dynamite. En fait, selon moi, la navette spatiale était plus proche d'une bombe atomique avec quelques litres d'essence comme détonateur. Je me levai pour la prendre dans mes bras. Je voulais la convaincre une nouvelle fois de ne pas partir, lui dire que je ne survivrais pas si *Atlantis* explosait au décollage comme *Challenger* ou se désintégrait à son entrée dans l'atmosphère comme *Columbia*.

— J'ai toujours su que tu y arriverais, dis-je plutôt.

Ses yeux se plissèrent. Des lignes se formèrent autour. Quand avait-elle pris assez d'âge pour que des rides apparaissent sur son visage ?

Elle fit une diversion, comme toujours quand elle recevait un compliment.

— Tu y crois, toi, que mon petit frère se marie ? Arianne est adorable, mais il est si jeune !

Je glissai un doigt sur la bretelle de la robe d'Ellie.

— Je n'ai pas envie de parler de Christopher.

— Je suis contente qu'ils me l'aient dit. Et si ça tourne mal là-haut ?

— Mais non, promis-je autant pour elle que pour moi. Tu as peur ?

— Un peu. Ne le dis à personne.

Elle enlaça ses doigts autour des miens et posa la tête contre ma poitrine, comme si elle écoutait mon cœur.

— Tout ira bien. Et pour information, j'ai l'intention de négocier un virage à cent quatre-vingts degrés ensuite, de l'espace à la classe. Après cette mission, je vais essayer de décrocher un poste de professeur dans le Maine. J'espère à Bowdoin. Et je vieillirai en regardant le coucher du soleil sur le belvédère de mon grand-père. Comme tu seras dans le coin, peut-être que je te battrai de temps en temps au rami…

— Au strip-poker, murmurai-je à son oreille.

— Tu recommences à flirter avec moi ? Après qu'on m'a demandé d'être « témoin », je devrais me sentir flattée.

— Tu n'as pas à t'en faire, tu es incroyablement sexy…

Je passai une main dans le dos de sa robe, qui n'était pas particulièrement ouverte, mais mettait chaque courbe de son corps en valeur.

— Si tu penses que cette tenue est sexy, tu devrais me voir dans ma combinaison spatiale, lança-t-elle en reculant et en m'adressant un clin d'œil. Ce regard pourrait faire fondre et rougir plus d'un astronaute, tu sais ?

— Oui, justement.

Je pris mon jeu de cartes sur la table et m'éventai comme un joueur à Vegas.

— Je suis sûr que je te préférerais nue. Allez, on joue. Le gagnant emporte la mise.

Je me permis de la déshabiller rapidement des yeux.

Le visage d'Ellie s'empourpra sur-le-champ.

— Qu'est-ce que tu essayes de faire, là ? Tu joues à action ou vérité ? C'est une blague, ou quoi ?

Avant de répondre, je réfléchis soigneusement aux mots que j'allais employer.

— Ça n'a rien d'une blague. En fait, je voulais juste te mettre à l'aise, te faire rire. Mais sache que jamais je ne pourrais t'entraîner dans un lit sans que ça signifie plus que ça. L'été dernier, tu as minimisé ce qui se passait entre nous en disant que ce n'était que du désir. Bien sûr, ça l'est, mais pas seulement. La vérité, c'est que je t'aime, Ellie. Comme une amie.

Je m'interrompis une seconde.

— Mais bien plus aussi. Bien plus profondément.

Je me dis que je devais partir. Ce n'était pas le bon moment pour qu'on fasse le point sur notre relation. Je lui caressai la joue.

— Reviens-moi saine et sauve.

Je me tournai et posai la main sur la poignée de la porte.

— Attends ! Tu ne peux pas me balancer quelque chose comme ça et prendre la poudre d'escampette, déclara-t-elle en me prenant par le bras. Dis-moi ce que tu veux.

— D'accord. Je me lance…

Je pris une profonde inspiration. Pourquoi me taire, après tout ? Je la fixai droit dans ses merveilleux yeux verts.

— C'est toi que je veux. Je veux que tu me donnes une autre chance. Je n'ai jamais cessé de vouloir être avec toi. Et après cinq ans de torture, je suis finalement arrivé à une conclusion. Je pouvais me contenter des bribes de présence que tu m'offres en guise d'amitié. Du moment que tu faisais partie de ma vie, j'arrivais à m'en satisfaire. Mais, maintenant, je vais te le demander : est-ce que cette amitié te suffit ? Je voudrais savoir s'il y a une chance que tu m'aimes encore.

Elle se tenait devant moi, le visage calme, silencieux, pensif.

— Oui, finit-elle par admettre. Je t'aime toujours. Oh, mon Dieu. Même quand tu m'as brisé le cœur, je voulais encore être avec toi. Même à cette époque. S'il te plaît, ne t'en va pas. N'épouse personne d'autre. N'épouse *jamais* une autre femme. S'il te plaît. Reste avec moi. S'il te plaît.

— Je vais rester. Je le veux aussi. J'aurais dû t'épouser quand j'avais dix-sept ans.

— Nous étions trop jeunes, alors.

Elle se blottit dans mes bras.

— Nous ne sommes plus trop jeunes, maintenant, remarquai-je en lui caressant les cheveux.

Son visage se fendit d'un radieux sourire.

— Ça, c'est sûr, confirma-t-elle.

Je lui soulevai le menton et l'embrassai.

— Cette fois, ça marchera.

Même si je n'avais pas pensé assister au décollage, il le fallait désormais, pour Ellie autant que pour moi. Bien avant mon retour à New York, l'après-midi suivant, j'étais déjà au téléphone pour demander qu'on me fasse une faveur. Il me fallait des congés, et pour une fois, tout se goupilla parfaitement. Enfin, presque tout. Avant le décollage, les astronautes retrouvent leurs conjoints pour une dernière soirée sur une plage interminable, dans une maison de la NASA. M'expliquant que c'était un endroit féerique, Ellie me demanda de venir. Mais la NASA n'accepta pas que je la rejoigne. Comme je travaillais dans un hôpital, j'étais exposé à de nombreux pathogènes et je pouvais la contaminer. Par conséquent, je ne revis Ellie qu'à distance la fois suivante, alors qu'elle suivait son commandant vers le bus qui les mènerait à la rampe de lancement. Malgré toutes les plaisanteries d'astronautes, sa combinaison orange n'avait rien d'aussi sexy que la robe que je lui avais retirée neuf jours plus tôt. Elle souriait, me cherchant des yeux parmi la foule. Quand nos regards se croisèrent, elle posa une main sur son cœur. Dieu, comme je l'aimais.

De belles étoiles dans une nuit parfumée promettaient de répondre à toutes les attentes d'Ellie. Et je pensai à la petite Celina. En référence à la déesse de la Lune. Bien sûr, je ne croyais ni aux dieux ni aux déesses, pourtant cela me réjouissait comme un bon présage que la pleine lune éclairât la navette tel un projecteur.

J'imaginai qu'à l'intérieur de l'orbiteur Ellie égrenait les chiffres, de dix à zéro, pendant le compte à rebours. Les moteurs grondèrent et *Atlantis* s'envola. Mon cœur battait plus fort dans mes oreilles que les fusées de lancement. Ces fusées auxquelles je ne faisais aucune confiance. Ces fusées connues pour exploser.

Pas cette fois. *Atlantis* fendit la nuit avec une grâce spectaculaire, nous laissant tous collés à nos strapontins, tandis que la navette disparaissait loin de nos regards.

Dix jours plus tard, toute la journée enfermé dans la bibliothèque de l'hôpital, je n'entendis pas l'annonce. Un de mes amis me bipa. Après quelques questions tendues comme « Comment ça va, Matt ? », « Ça roule ? », il me dit finalement pourquoi il m'appelait.

— Tu n'as pas dû entendre. Il y a eu un accident terrible dans la navette. On ne parle que de ça dans les journaux. Ellie McClure était hors de l'orbiteur et quelque chose est arrivé. Ils ont réussi à ramener l'autre type à l'intérieur, même s'il est mal en point, mais…

Je n'entendis pas le reste de ce qu'il me racontait, je m'élançai dans les couloirs de l'hôpital, cherchant un poste de télévision pour avoir les nouvelles transmises directement, sans intermédiaire. Je tremblai en sortant mon portable, me précipitant vers l'étage de chirurgie, et heurtai de plein fouet le docteur Shah, mon chef.

— Du calme, Matt, ça ne va pas ?

— Il faut que je sache ce qui se passe dans *Atlantis*.

Son regard empli de compassion me foudroya sur place.

— C'est vrai, tu es allé au décollage. Tu connais un des astronautes.

Je fis irruption dans la chambre d'un patient, un vieillard avec un masque à oxygène.

— Je peux allumer la télévision ? demandai-je sans attendre sa réponse.

Il éloigna le masque de son visage pour me répondre.

— Ils ne diffusent rien d'autre que cette astronaute qui s'est fait tuer. Ils vont atterrir en urgence quelque part en Suède, ils sont trop pressés de revenir dans notre bon vieux pays. J'imagine que l'autre type est en piteux état.

Je changeai les chaînes jusqu'à arriver sur CNN. On revoyait à l'écran l'enregistrement de l'équipage qui montait dans le bus, Ellie rayonnant devant les caméras. En voix *off*, le présentateur commentait.

— Le docteur Ellie McClure était en mission spéciale. Avec Jabert, cela faisait six heures et demie qu'ils étaient en sortie extravéhiculaire, quand une micrométéorite a perforé la combinaison de Jabert. McClure, repérant le gaz qui s'échappait, a immédiatement regagné l'orbiteur en compagnie de son coéquipier. À l'heure où nous parlons, nous ne savons rien de l'état du docteur McClure. Il semblerait que Jabert soit dans un état critique. Ils devraient atterrir dans les vingt minutes qui suivent. Voilà, si vous venez de nous rejoindre, la navette spatiale *Atlantis* procède à un atterrissage d'urgence à Arlanda, Suède, après qu'une micrométéorite s'est introduite dans la combinaison d'un astronaute lors de la sortie extravéhiculaire pour réparer Hubble. Pour vous expliquer la situation, l'ancienne ingénieure de la NASA, Darlene Kruger.

La femme, qui ressemblait à la principale d'un lycée pour jeunes filles avec ses cheveux attachés en un chignon sévère, était assise à côté du présentateur de CNN.

— C'est depuis longtemps une des préoccupations de la NASA, et c'est pour cette raison que nous limitons au minimum le temps que les astronautes passent en dehors de la navette. Même si l'espace est une sorte de néant, il n'est pas complètement vide. Des particules aussi petites que des grains circulent à des vitesses supérieures à soixante kilomètres par seconde, traversant pratiquement tout, grâce à leur vitesse. Afin de diminuer les risques, les combinaisons des astronautes sont renforcées avec du Kevlar, et ils essayent de travailler à l'abri de la navette, mais dans ce cas, la protection de Hubble n'a pas suffi.

— Le représentant de la NASA Adam Cunningham s'apprête à faire une déclaration, annonça le présentateur.

Adam monta sur l'estrade. Je ne l'avais plus revu depuis un an ou deux. Il avait perdu quelques cheveux et il semblait tendu.

— Merci. Je vais vous lire un bref communiqué et répondre à quelques questions. À 13 h 23, heure de Washington, les spécialistes de la mission, le docteur Ellie McClure, astrophysicienne, et le docteur Andre Jabert, ingénieur aérospatial, se trouvaient en sortie extravéhiculaire. Ils venaient de finir des réparations sur le télescope Hubble et se préparaient à le relâcher. Nous pensons qu'une micrométéorite, peut-être deux, ont perforé la combinaison d'Andre Jabert, lui faisant perdre connaissance. Il était équipé d'un réacteur dorsal. Le docteur McClure, qui était attachée à la navette, s'est tout de suite aperçue de sa situation, s'est détachée et a réussi à le ramener dans le sas avant que sa combinaison ne se dépressurise complètement. Nous ne savons pas comment une information erronée a filtré, mais les médias ont annoncé qu'Ellie McClure était restée en dehors de la navette et qu'elle avait dérivé dans l'espace. C'est entièrement faux. Elle est en sécurité à l'intérieur d'*Atlantis*. Tout d'abord, la trappe extérieure n'est jamais refermée s'il reste un astronaute en dehors de l'orbiteur, parce qu'en cas de défaillance de la trappe il serait impossible de faire entrer le membre de l'équipage dans la navette.

Adam remania les papiers devant lui.

— Jabert, cependant, est gravement touché, il a une blessure importante au torse. Le médecin de l'équipage le stabilise tandis qu'*Atlantis* prépare son atterrissage. Le personnel médical attend la navette au sol. L'atterrissage est prévu pour 18 h 40, heure de Washington.

Je m'écroulai sur le fauteuil.

— Tout va bien, Matt ? demanda le docteur Shah.

— Oui, Ellie va bien. Tout va bien.

Deux jours plus tard, à la télévision, Ellie me parut un peu ébranlée en approchant des caméras, en Suède. Elle portait un polo de la NASA et un pantalon kaki. Elle s'éclaircit la voix.

— Je suis le docteur Ellie McClure, la spécialiste de la mission. Vous connaissez la citation de Mark Twain : "L'annonce de ma mort a été largement exagérée." Largement. Ceux qui m'ont vue marcher jusqu'ici ont sûrement remarqué que je n'étais pas très stable. Je me réhabitue juste à la gravité, rien de plus.

Laissez-moi en venir directement au plus important. Andre Jabert a repris connaissance. Il parle et plaisante même sur l'atterrissage qui était tellement doux qu'il ne s'en souvient pas. Mais je vous assure que le reste de l'équipage ne l'oubliera pas. Ce qui s'est produit, la NASA le considère comme un des risques principaux des sorties extravéhiculaires. L'exploration spatiale est un domaine très dangereux, mais ceux qui s'y investissent trouvent que cela en vaut la peine. Nous sommes passionnés par notre travail. Chacun d'entre nous emporte avec lui son amour de l'espace quand il quitte l'atmosphère de la Terre. Certains diront en parlant d'aujourd'hui que nous avons mis trop de vies en péril. Pour moi, cette mission se place dans la lignée d'*Apollo 13*. Nous avons surmonté les obstacles et avons sauvé tous les membres de l'équipage. Nous nous étions entraînés pour ce genre d'imprévu et nous avons mené à bien notre mission. Quand Andre a été blessé, tout le monde s'est mis en action, et nous avons relâché Hubble en respectant l'ordre des priorités.

Un journaliste à l'accent britannique prit la parole.

— Docteur McClure, vous êtes acclamée pour votre héroïsme. Pouvez-vous faire un commentaire ?

Ellie émit un petit rire, mais elle semblait mal à l'aise, passant d'un pied à l'autre.

— Héroïsme ? Non. J'ai fait ce qu'il fallait, ce pour quoi j'ai été entraînée, ce que nous tous apprenons à faire. C'est toute l'équipe d'*Atlantis* qui nous a ramenés à l'intérieur. Notre commandant a fait un travail impressionnant en coordonnant le sauvetage. Hubble fonctionne, et je le répète encore une fois, nous sommes tous en vie.

Abandonnant son sourire radieux, Ellie afficha une expression sobre.

— Je tiens à présenter mes excuses à ma famille pour l'inquiétude que leur a causée l'annonce erronée de ma mort.

— Au fait, vous leur avez parlé ?

— J'ai eu mon père au téléphone. Je promets que j'essaierai de contacter les autres plus tard. Matt, si tu m'entends, je t'appelle très vite.

— Qui est Matt ? Votre mari ?

— Non. Pas encore, répondit Ellie, une expression de bonheur sur le visage.

46

Après l'accident d'Ellie
27e jour

Blythe Clarke me raconta que, quand Paul Klein l'avait interrogée, il l'avait cuisinée pendant près de trois heures, lui posant des questions très précises sur les antécédents obstétriques d'Ellie. Même si j'espérais toujours qu'il serait convaincu par ce qu'elle lui révélerait, je redoutais son témoignage aujourd'hui.

Jake commença avec les questions habituelles, donnant un aperçu des qualifications exceptionnelles de Blythe. Après avoir passé en revue les fausses couches d'Ellie et son diagnostic de trouble auto-immun, il continua avec la situation présente. Le présent. L'état physique d'Ellie, la possibilité qu'elle mène sa grossesse jusqu'à son terme, qu'elle accouche d'un bébé vivant.

Jake enchaîna avec les preuves, interrompu par quelques objections de Klein aussitôt rejetées : l'échographie du bébé, ses soubresauts. Regarder la vidéo de deux minutes me donna un petit moment de répit, et même maman parut émue. En tout cas, elle chercha mon regard, mais je détournai la tête.

Jake prit une grande gorgée d'eau avant d'approcher du box des témoins.

— Docteur Clarke, pourriez-vous me parler de l'appel que vous avez reçu du docteur Beaulieu, le 2 février de cette année ?

Blythe hocha la tête.

— Oui. Comme je vous l'ai dit, du fait de ma relation professionnelle avec Linney et du poste qu'occupe Matt dans le service, j'ai fait quelque chose d'inhabituel : je leur ai donné mon numéro de téléphone. Je savais que Matt se faisait beaucoup de souci pour Ellie, mais je savais aussi qu'il n'abuserait pas de ma gentillesse. Le 2 février, il m'a appelée en fin de journée et m'a dit qu'Ellie avait des problèmes. Elle avait commencé le travail prématurément et avait perdu les eaux. Voyez-vous, le protocole avec un SAPL veut qu'on garde la mère sous héparine pendant la durée de la grossesse pour éviter une coagulation anormale. Nous programmons l'accouchement à l'avance, en général à la trente-sixième semaine, parce qu'il a été constaté un taux plus important de complications à la fin. D'abord, nous hospitalisons la mère et nous stoppons les prises d'anticoagulant. Ainsi, son sang peut coaguler normalement pendant l'accouchement. Ensuite, dès que c'est possible, nous provoquons l'accouchement. Mais Ellie a commencé le travail alors qu'elle prenait encore des anticoagulants et elle a fait une hémorragie.

Blythe s'interrompit et Jake la pria de continuer.

— Matt a dit qu'il avait appelé une ambulance, et le médecin répartiteur des secours essayait de le guider pour qu'il accouche Ellie lui-même. Mais la situation a été compliquée par le prolapsus du cordon ombilical du bébé, qui en soi est déjà très grave.

— Docteur Clarke, je vais vous montrer la pièce numéro cinquante et un du dossier. Pourriez-vous, s'il vous plaît, l'identifier ?

— C'est un diagramme obstétrique d'un prolapsus du cordon ombilical.

Blythe se leva pour se diriger vers le poster affiché sur un tableau.

— Vous voyez, le cordon ombilical fournit l'oxygène au bébé. Quand le cordon sort avant le bébé, c'est une urgence obstétrique, parce que le bébé peut y laisser la vie. À l'hôpital, nous aurions emmené Ellie directement au bloc pour une césarienne, nous l'aurions endormie en cinq minutes. Et même comme ça, il n'est pas sûr que le bébé aurait survécu. Matt avait une petite expérience en obstétrique et a pu déterminer une présentation podalique, ce qui veut dire que le bébé sortait par les pieds et non par la tête. Un autre problème. Les accouchements par le siège sont plus compliqués pour plusieurs raisons. Et enfin, Ellie saignait abondamment. Matt voulait savoir quoi faire.

— Qu'est-ce que vous lui avez dit ?

— Il a mis le téléphone sur haut-parleur pour que je le guide. Au début, nous savions que le bébé allait bien parce qu'un pouls très fort battait dans le cordon. Si nous pouvions amener Ellie à l'hôpital avant que l'apport en sang dans le cordon ne cesse, nous avions une chance de sauver le bébé. Je voulais que Matt empêche le bébé de comprimer le cordon en le repoussant manuellement par le col. Pas très agréable à faire, mais il a essayé. Malheureusement, quand Ellie a eu une nouvelle contraction, le bébé est passé dans le canal utérin et a sectionné sa propre arrivée d'oxygène. C'était un accouchement précipité, donc très douloureux avec des contractions très fortes. Le pouls dans le cordon s'est arrêté. Matt est un homme intelligent, je n'ai pas eu à lui dire qu'on perdait le bébé. Il m'a demandé ce qu'il devait faire, mais c'était d'un miracle que nous aurions eu besoin.

— Qu'est-ce que vous lui avez dit ?

— Ce qu'il savait déjà... Que s'ils avaient été à l'hôpital, on aurait pratiqué une césarienne. Mais à la maison...

Blythe secoua la tête.

— Je lui ai juste dit qu'il fallait qu'il essaye de sortir le bébé aussi vite que possible.

— Vous entendiez ce qui se passait chez les Beaulieu à cet instant ?

— Oui, Ellie pleurait et elle a demandé à Matt qu'il l'opère.

— À la *maison* ?

— Elle le suppliait de sauver le bébé. Matt lui disait qu'il ne pouvait pas le faire, parce qu'il n'est pas obstétricien. Il ne pouvait pas opérer sans anesthésie. Il lui a dit qu'elle se viderait de son sang.

— Comment a-t-elle réagi ?

— Elle a affirmé qu'il y avait un couteau tranchant dans le tiroir de la cuisine et que Matt devait sortir le bébé, même si ça devait la tuer.

Un soupir d'épouvante collectif s'éleva dans l'auditoire. Jake ouvrit de grands yeux, et honnêtement, si je n'avais pas su qu'il avait déjà entendu cette histoire, j'aurais pensé que son attitude était authentique.

— Évidemment, il a refusé, poursuivit Blythe. Mais Ellie continuait à le supplier de sauver le bébé, de faire passer le bébé d'abord.

— Que s'est-il passé ensuite ?

— J'appelais Matt, mais il ne semblait pas m'entendre. Il disait à Ellie de se calmer.

— Mais il ne l'a pas… ouverte avec le couteau ? demanda Jake.

— Non, bien sûr que non. Il lui disait de pousser. Et c'est ce qu'elle faisait. Mais cela a pris près de dix minutes pour sortir le bébé. Et ce n'était pas bon. Pire encore, Ellie saignait abondamment.

— Elle était consciente ?

— Objection, Votre Honneur ! s'exclama Klein en bondissant sur ses pieds. Votre Honneur, le témoin n'était même pas sur place. Ce ne sont que des propos rapportés !

— Est-ce que vous entendiez ce qui se passait à l'autre bout du fil ? questionna le juge.

— Oui, Votre Honneur. J'étais sur haut-parleur.

— Objection rejetée. Continuez votre interrogatoire, pria Wheeler.

Ma mère reniflait, essuyant les larmes qui coulaient sur ses joues, dégageant ses cheveux de son visage.

— Est-ce qu'Ellie était consciente ? répéta Jake.

— Par moments. Matt n'arrêtait pas de lui dire de rester éveillée. Le bébé n'avait pas de pouls, par conséquent, Matt avait commencé un massage. L'ambulance est arrivée une minute ou deux après l'expulsion.

Blythe lança un regard à Klein.

— Je les entendais très bien.

— Est-ce que vous entendiez aussi la réaction d'Ellie quand Matt pratiquait le massage cardiaque ?

— Elle pleurait et priait. Elle avait l'air très faible.

Blythe prit une gorgée d'eau dans son verre.

— Matt disait à Ellie de rester allongée, mais apparemment elle n'arrêtait pas d'essayer de se relever pour l'aider à sauver le bébé. C'est là qu'elle s'est évanouie, selon les secouristes.

— Objection ! lança Klein.

— Je serais heureux d'appeler les secouristes à la barre, si vous le voulez, maître Klein.

— Je retire mon objection, concéda Klein, vaincu.

— Vous pouvez continuer, invita Wheeler.

— Malgré son hémorragie, elle a essayé de se lever pour sauver le bébé ? interrogea Jake.

— Oui.

J'enfouis le visage dans mes mains. Les souvenirs déferlèrent.

Jake posa une main sur mon épaule.

— Tu veux qu'on fasse une pause ? Tu n'as pas l'air bien, murmura-t-il.

— Ça va.

Je ne me sentais pas bien du tout, mais ne voulais pas admettre que, submergé par l'émotion, je ne pouvais plus respirer.

— Docteur Clarke, étiez-vous à l'hôpital quand l'ambulance a emmené Ellie, le bébé et Matt aux urgences ?

— Oui, je suis partie directement. La neige a rendu les routes difficilement praticables, ce soir-là. Je suis arrivée à l'hôpital près de trente minutes avant l'ambulance.

— Quand l'ambulance est finalement arrivée, quel était l'état d'Ellie et du bébé ?

— Le bébé, Dylan…

Blythe leva les yeux vers moi, comme pour me dire qu'elle se souvenait du nom qu'on lui avait donné.

— Dylan était mort. Quant à Ellie, elle avait perdu

beaucoup de sang. On avait commencé à la perfuser sur la route, mais elle perdait connaissance régulièrement.

— À quel mois de grossesse était-elle ?

— Trente-quatre semaines de grossesse. Par définition, le terme est entre trente-sept et quarante semaines de gestation, mais comme je l'ai dit, les nouveau-nés de mères souffrant de SAPL sont légèrement prématurés parce qu'on a constaté plus de complications autour des dernières semaines. Nous avions donc programmé de provoquer l'accouchement d'Ellie neuf jours plus tard.

— Excusez-moi, docteur, qu'est-ce que vous entendez par provoquer ?

— Nous l'aurions admise à l'hôpital, nous aurions arrêté ses prises d'héparine et nous lui aurions administré une autre médication, de la pitocine, pour provoquer l'accouchement.

— Est-ce que cela veut dire qu'elle était pratiquement prête à accoucher ?

— Oui, et tout se serait bien passé, probablement, sans le prolapsus du cordon.

— Avant cet accouchement prématuré, et hormis le SAPL, pour lequel vous traitiez Ellie, a-t-elle rencontré d'autres complications au cours de sa grossesse ?

— Non. Elle se plaignait de vertiges au début et de nausées, quelques bleus supplémentaires dus à l'anticoagulant, mais sinon elle avait tout de la femme enceinte rayonnante.

— Une dernière chose, docteur. Est-ce que vous avez vu Ellie signer son formulaire d'admission, précisant qu'elle n'avait pas de directives anticipées ?

— Non.

Jake présenta à Blythe un document.

— Voici la pièce numéro cinquante-deux. Pouvez-vous l'identifier, s'il vous plaît ?

— C'est le dossier d'admission d'Ellie dans mon service.

— Où aurait-elle mentionné qu'elle avait des directives anticipées ?

— Ici, mais elle n'a pas coché cette case.

— Donc, elle n'a pas dit qu'elle avait des directives anticipées quand on le lui a demandé ?

— Pour moi, une case vide ici veut dire non. Le patient n'a pas de directives anticipées.

— Après qu'Ellie a perdu le bébé, est-ce que vous l'avez revue ?

— Oui, pour le suivi postnatal. Elle disait qu'elle voulait réessayer de tomber enceinte le plus vite possible. Je voulais qu'elle attende six semaines et je lui ai dit que c'était possible de retenter une grossesse encore une fois... si nous faisions très attention.

— Et depuis cette visite, est-ce qu'elle est venue consulter ?

— Non, mais ma secrétaire m'a dit qu'Ellie avait appelé le matin de l'accident pour un rendez-vous prénatal. C'était dans notre registre.

Était-ce possible qu'Ellie ait su qu'elle était enceinte ?

— Plus d'autres questions, Votre Honneur.

Jake s'assit à côté de moi et chuchota dans mon oreille.

— Tu n'as vraiment pas l'air bien. Je vais demander une suspension d'audience.

Secouant la tête, je me versai un verre d'eau.

— Voulez-vous procéder au contre-interrogatoire, maître Klein ?

Tapotant son crayon sur la table, Paul Klein retira ses lunettes.

— Oui, Votre Honneur.

Pendant près d'une heure, Klein posa question après question sur ce qui pourrait mal tourner avec cette grossesse-là. La vérité, c'est que tout pouvait mal tourner et Klein s'attarda sur toutes les complications possibles.

— Docteur Clarke, interpella Klein en roulant entre ses doigts un crayon mal taillé. Vous avez dit qu'Ellie Beaulieu est arrivée aux urgences en état de choc, le 2 février. Est-ce exact ?

— Oui. En choc hypovolémique, dû à sa perte de sang, répondit Blythe.

Klein s'empara d'un document déjà consigné et le montra à Blythe.

— Vous reconnaissez ce document ?

Elle l'examina un instant.

— C'est un consentement pour une hystérectomie. À cause de son hémorragie, je pensais que j'aurais peut-être besoin de retirer son utérus pour lui sauver la vie, mais j'ai réussi à arrêter le saignement sans cette intervention.

— Qui a signé le consentement ?

— Son mari, le docteur Beaulieu. C'est habituel que le parent le plus proche signe ce genre de formulaire avant une opération d'urgence.

— Je vois. Pourquoi est-ce que ce n'est pas Ellie qui l'a signé ?

— Comme je l'ai dit, elle avait perdu beaucoup de sang, elle perdait connaissance régulièrement. Elle n'était pas en état de signer un formulaire.

— Pour être clair, l'état d'Ellie ne lui permettait

pas de comprendre les implications de ce qui était écrit sur le consentement ?

— Sans doute que non.

— Mais elle a signé l'admission qui lui demandait si elle avait ou non des directives anticipées ?

— Je ne l'ai pas vue le faire.

— Mais, en tant que médecin, vous ne lui auriez pas permis de signer un consentement pour sa propre opération. Est-ce exact ?

— Oui, répondit Blythe, la mâchoire serrée.

— Je n'ai plus de question, Votre Honneur, lança Klein.

J'examinai Jake en quête de sa réaction. Il avait les yeux fermés et la bouche crispée. Il se tourna vers moi.

— Je crois encore qu'on pourra présenter l'affaire devant la Cour suprême si on perd toutes nos cartes. Mais la route risque d'être longue et chaotique.

Maman m'attrapa le bras, durant la pause, alors que je tournais au coin d'un couloir.

— Il faut que je te parle, lança-t-elle.

— Je ne peux pas. Pas encore. Pas maintenant.

Je me dégageai juste au moment où un photographe m'aveugla de son flash. Je me sentais déjà tangent et cet éclat de lumière me poussa à bout. Je me frayai un chemin parmi la foule.

— Docteur Beaulieu, vous êtes le prochain à témoigner, cria une femme, le micro à la main. Comment pouvez-vous affirmer en toute bonne foi que votre femme aurait voulu être maintenue sous respirateur alors qu'elle avait des directives anticipées ?

Jake se trouvait encore dans la salle, et même si je savais bien qu'il me conseillerait de répondre par un

« Pas de commentaire », je me tournai vers la journaliste et remarquai qu'il s'agissait de celle qui me provoquait chaque fois.

— Mon épouse, la femme que j'aime, la femme que je pleure, avec une tristesse d'une profondeur que je doute que vous compreniez, la femme que je connaissais plus que qui que ce soit sur cette planète, me faisait confiance. Et je ne ferais jamais une chose pareille si ne je ne pensais pas que mon fils ou ma fille a des chances de survivre. Le fils ou la fille d'Ellie est encore en vie. Mon enfant. Et je dois me battre pour mon enfant. Quoi que les gens en pensent.

— Même si Ellie n'aurait pas voulu ça ? Vous faites vivre un enfer à Ellie pour sauver…

— Elle aurait voulu que je fasse tout ce qui est en mon pouvoir pour sauver notre enfant.

Je la bousculai pour passer.

— Matt, s'il te plaît… appela ma mère.

Juste avant que j'entre dans les toilettes, je vis la journaliste brandir son micro devant le visage de ma mère.

Maman la fusilla du regard, l'index levé.

— N'essayez même pas de laisser entendre qu'il ne l'aimait pas.

Après la suspension d'audience, Jake me convoqua à la barre et procéda aux questions préliminaires, puis consigna la vidéo de notre mariage comme pièce à conviction.

— Votre Honneur, j'aimerais présenter un bref passage à la cour, pour ensuite interroger le docteur Beaulieu.

— Faites donc, maître.

L'associé au visage de poupon de Jake déroula un

écran et glissa dans le lecteur DVD l'enregistrement de notre mariage. C'était la réception, tenue dans la salle de banquet d'une auberge du coin.

Je savais que je devais m'attendre à quelque chose quand la fossette d'Ellie apparaissait. Elle n'en avait qu'une, du côté droit de son menton, et on ne la voyait que quand Ellie était d'humeur malicieuse. Elle se penchait et chuchotait à mon oreille : « Souviens-toi toujours que je t'aime. »

Plus belle qu'une princesse dans sa robe en soie blanche, elle levait sa flûte de champagne.

— J'étais la petite voisine, la morveuse qui traînait derrière l'enfant chéri. D'accord, tous les fils Beaulieu étaient des enfants chéris, mais c'était Matt que j'adorais.

Clin d'œil dans ma direction.

— Mais les années ont passé, et il y a quatre mois, quand nous avons enfin décidé de nous marier, pouvez-vous croire que tous les Beaulieu sont venus me voir pour me demander si j'étais consciente de l'erreur que je faisais ? « Non, franchement, Ellie, je veux dire, Matt ? C'est impossible. » Et vous savez ce que je leur ai répondu ? Je leur ai répondu : « J'ai parié avec le chef des majorettes que j'arriverais à lui passer la corde au cou avant elle. » Ouaip. J'ai parié une bouteille de gomina. Maintenant…

Avant d'enchaîner, Ellie passait une main dans sa longue chevelure blonde et lisse, si soigneusement coiffée pour notre mariage.

— Je n'ai plus utilisé de gomina depuis la grande mode des années quatre-vingt. Donc, ce n'est pas vraiment pour ça que je me marie avec Matt.

Petit regard à mon intention.

— Je me marie avec lui parce que j'admire son intelligence et sa compassion. Je me marie avec lui parce qu'il fait déjà partie de moi. Je me marie avec lui parce que c'est la personne qui a toujours compris ce qui se cachait dans mon cœur. Parce que je me fierai toujours à lui pour savoir ce dont j'ai besoin si je n'arrivais pas à le savoir moi-même. Parce qu'il m'aime et que je l'aime. Et j'ai besoin de lui.

Elle se penchait et m'embrassait. Tous les invités applaudissaient.

Je l'avais mise sur mes genoux, lui avais pris le visage dans mes mains et l'avais serrée contre moi. J'aurais tant voulu que ce moment ne s'arrête jamais.

Jake appuya sur pause de sorte que la dernière image reste à l'écran : Ellie assise sur mes genoux dans sa robe de mariée, moi, dans mon smoking. La douleur insoutenable du vide entre mes bras me foudroya. D'abord le bras gauche, puis la mâchoire et enfin le torse.

Jake s'avança vers le juge, me cachant l'image.

— Matt, est-ce qu'Ellie avait répété pour prononcer ce discours ?

Je ne me sentais pas bien. Je devais couver quelque chose, mais il fallait que j'en termine avec ce témoignage. Il fallait que je convainque le juge.

— Je suppose qu'elle l'avait préparé, mais c'est la première fois que je l'entendais.

— Depuis combien de temps connaissiez-vous Ellie ?

Je m'éclaircis la voix et essayai d'aspirer plus d'air.

— Toute notre vie, et à l'exception de quelques années après une grosse dispute, nous avons toujours été très proches, les meilleurs amis. Même quand elle était avec Adam, nous n'avons jamais perdu le contact. Nous nous parlions une fois par semaine. Parfois plus, parfois moins. Même quand j'étais fiancé à une autre femme, nous avons continué à nous parler. Je lui faisais confiance, Ellie me faisait confiance.

Jake s'était légèrement écarté. Je ne pouvais pas quitter du regard l'écran, le visage d'Ellie. Je me concentrai sur elle plutôt que sur la douleur.

Je ne compris même pas ce qui se passait. Je pensais que mon malaise était l'effet du chagrin. Mais je ressentis un poids immense sur la poitrine. C'est là que je pris enfin conscience de la situation : j'étais en train de faire un infarctus. J'ouvris et refermai la main gauche, fixant mon alliance. Je vis le visage de mon père, pas beaucoup plus âgé que moi aujourd'hui. Je le vis gisant dans son cercueil, mort. D'une crise cardiaque. Et soudain je fus terrorisé. J'avais besoin d'Ellie, il fallait que je sache que j'allais la revoir. Je me penchai sur ma chaise pour pouvoir contempler son visage, une dernière fois. *Dieu, je t'en conjure*. Au lieu de cela, je m'effondrai et je ne vis rien d'autre que les ténèbres.

47

27e jour

Une brûlure intense me traversa, une secousse qui incendia mon sang. Mon corps fut saisi de spasmes comme s'il était secoué par une force inconnue. Je restai allongé dans le noir. La douleur écrasante dans ma poitrine était la seule chose qui me rattachait au monde. Puis plus rien.

Le silence.

Une lumière crue.

La chute.

Et le bruit revint. *Bip, bip, bip, bip*, qui se fondait en un long écho. Je fus pris de panique comme si je me noyais, comme si je manquais d'air.

Se tenant au-dessus de moi, Ellie portait une tenue de secouriste, ses longs cheveux blonds caressant ses épaules en un halo.

— Matt, garde le masque à oxygène sur ta bouche. Calme-toi.

Mais sa douce voix était étrangement grave et forte. Peut-être que la trachéotomie avait endommagé ses cordes vocales. Devant moi, un type baraqué prit sa place.

Dans ma bouche, je sentais le goût d'une aspirine amère.

— Ellie ?

— Chut, Matt. Ellie va bien. Elle est à l'hôpital, souffla une voix de femme, mais toujours pas Ellie.

Je reconnus Blythe.

— Elle était là, je l'ai vue !

La panique déferla dans mes veines tel un cyclone. Il fallait que je retrouve Ellie, mais la douleur était si intense que je pouvais à peine bouger.

— Ce n'est pas grave, Matt. Tu rêvais.

— J'ai mal !

Je me débattis, incapable de supporter cette torture. Bon Dieu, ma poitrine me faisait souffrir ! Qu'est-ce qui m'était arrivé ? J'étais attaché à une civière, à l'arrière d'une ambulance, ce qui expliquait la sensation d'être remué. Nous longions une rue de Portland. J'avais une transfusion dans le bras et un électrocardiogramme sur le buste. J'essayai de m'asseoir. Il me fallait de l'air.

— Reste tranquille, ordonna Blythe. On dirait bien que tu as fait une crise cardiaque. Il faudra que je te facture une intervention à domicile. Ou plutôt au tribunal.

Son rire me parut forcé, un moyen de me calmer.

Le tribunal… Mon témoignage… Le visage d'Ellie sur l'écran. Ellie ! Elle était tombée et j'avais eu un infarctus. Mon père. Mon père décédé. Papa. Et j'étais toujours aussi terrorisé. Je voulais ma femme, même si je savais qu'elle gisait sur un lit d'hôpital avec des lésions fatales au cerveau, perdue. Même si je savais tout cela, j'interrogeai Blythe.

— Où est Ellie ? lançai-je en direction de l'obstétricienne et du secouriste tout en muscles.

Je l'avais vue, elle était là.

L'ambulance s'arrêta au moment précis où un éléphant s'assit sur mon torse. Je ne pouvais plus respirer. Fini.

Pendant quelques minutes ou quelques heures, je restai allongé sur une civière dans une salle des urgences ou au service de cardiologie. Je ne savais plus rien, juste que je me trouvais quelque part. Les narcotiques soulagèrent la douleur, mais me brouillèrent la vue. La lourdeur sur mon buste me retenait à la vie. Et puis, plus rien. Le chariot d'urgence s'approcha de mon lit et j'entendis quelqu'un donner l'ordre de m'intuber.

Et alors que le monde autour de moi se perdait dans les brumes, il me vint à l'esprit que je devais dire à quelqu'un qu'Ellie voudrait encore sauver le bébé. Il fallait que le bébé vive, même si nous étions tous les deux morts.

Hormis la fois où je m'étais cassé la jambe quand j'avais dix-sept ans, je n'avais jamais été du côté des malades à l'hôpital, et même à l'époque, ma fracture ne m'avait fait passer que quelques heures aux urgences. Au cours de ma carrière, j'avais erré plus d'une nuit dans les couloirs, examinant les patients, incisant les chairs. En tant que membre de la famille, j'avais assisté à la mort de ma femme pendant ce qui me semblait avoir duré des siècles.

Mais mon point de vue désormais était différent… déroutant, étroit, détaché de tout.

— Doucement, Matt. Je vais retirer ce tube dans

votre gorge. À trois, je veux que vous toussiez, lança un type en blouse blanche. Un… deux… trois.

Il tira sur le tube endotrachéal et je manquai de m'étouffer. Une horrible douleur dans ma gorge rivalisa avec la brûlure dans ma poitrine sur la liste de mes inconforts.

— Qu'est-ce qui s'est passé ? bafouillai-je.

Il enfonça une canule dans mon nez.

— Je suis Randall Zane, votre sympathique chirurgien cardiothoracique. Je ne pense pas qu'on se soit déjà rencontrés. Voilà la situation en deux mots : vous avez perdu connaissance, ensuite vous êtes entré en fibrillation ventriculaire, ou c'est peut-être dans l'autre sens. Apparemment, ce n'est pas votre premier infarctus, alors on vous a fait la totale : lidocaïne, fentanyl, nitroglycérine, tout ça en intraveineuse. Vous étiez un peu délirant, à cause du fentanyl sûrement.

Il desserra les sangles autour de mes poignets.

— Avec vos antécédents familiaux, vous auriez dû faire attention à votre taux de cholestérol. Il est très élevé.

— Comment va l'infarctus du myocarde ? m'enquis-je d'une toute petite voix rauque.

— Pas terrible, mais il est petit. Votre cathéter cardiaque montre en revanche que votre artère coronaire droite est obstruée à quatre-vingt-quinze pour cent. Il va vous falloir un PAC.

— Un pack de médocs ? demandai-je, toujours hébété par les médicaments qu'on m'avait administrés.

— Non, Matt. Un pontage aorto-coronarien.

— Oh, non. Je sais, oui, j'ai fait la fac de médecine, je suis vraiment dans les vapes. Qu'est-ce que vous m'injectez avec cette perf' ?

— Du fentanyl, je vous l'ai dit. Vous ne suivez pas trop, plaisanta-t-il. Je promets que je ne dirai pas à vos collègues que vous avez oublié les bases.

Mais il retrouva vite son sérieux.

— On vous emmène au bloc dans une heure ou deux pour vous remettre d'aplomb.

— Où est Ellie ? Est-ce qu'elle sait que je suis ici ?

Le silence s'installe et une expression de pitié déforme les traits d'un médecin quand il sait quelque chose que son patient ignore. J'en avais bien conscience, j'avais moi-même plus d'une fois adopté cette attitude.

— Qu'y a-t-il ? demandai-je, la peur affluant à nouveau dans mes veines. Où est Ellie ? Dites-le-moi.

Une longue pause précéda sa réponse.

— Je ne connais pas l'état de votre femme. Vous êtes en cardiologie.

Et soudain, tout me revint en mémoire. Bien sûr, Ellie ne pouvait pas venir me voir. Elle était à l'unité des soins intensifs, dans une autre aile de l'hôpital. Mais la partie d'Ellie qui comptait, la partie qui était mon amie, celle qui me rendait entier et humain et en vie, cette partie avait disparu. Ma solitude faillit m'engloutir. J'avais besoin d'elle plus que jamais par le passé, et elle était partie.

— J'ai besoin d'elle ! criai-je tout haut, à la manière d'un gosse qui réclame quelque chose qu'on lui refuse.

Je sanglotai, toutes mes inhibitions explosant comme un barrage qui cède.

Depuis le coin de la pièce, j'entendis la voix de ma mère.

— Oh, Matt, mon chéri.

Elle s'approcha de moi et prit ma main perforée de perfusions.

— Je sais que tu veux Ellie. Je le sais, mais il faut que tu te reposes.

— Ellie, pleurai-je. Oh, Ellie, je ne veux pas. Peut-être qu'on était destinés à mourir ensemble. Peut-être…

— Je t'interdis de baisser les bras !

Elle me fixa, la mâchoire serrée, mais je remarquai qu'elle tremblait.

Ma mère ne me semblait pas plus réelle qu'Ellie tout à l'heure dans l'ambulance. J'avais l'impression qu'elle aussi pouvait disparaître, ou en tout cas s'effacer de ma vue. Je me sentais tellement impuissant qu'il n'en fallait pas plus pour que s'évanouissent tous ceux que je connaissais.

— Je dois voir Ellie, suppliai-je.

— Je vais la voir, moi.

— Non, ne t'approche pas d'elle !

Ma voix se cassa alors que j'essayais de sortir de mon lit. Le bébé. Il ne fallait pas que maman soit la seule personne qui parle au nom d'Ellie maintenant.

— Matt, mon chéri, écoute-moi. Je comprends combien tu l'aimes. Si elle pouvait être là, elle serait à tes côtés.

— Alice ! Le journal sur Alice ! menaçai-je, suffoquant.

Maman m'attrapa le menton pour que je ferme la bouche et que l'oxygène entre dans mon nez.

— Respire, mon chéri. Prends de grandes bouffées. Tout va bien, je comprends. Personne ne va débrancher le respirateur d'Ellie. Personne. C'est ce que je voulais te dire au palais de justice, après le témoignage de Blythe. Je crois que j'ai enfin compris ce que tu t'efforçais de me dire. Grâce à la façon dont Ellie s'est comportée avec Dylan. Mais, pour l'instant, s'il te plaît, contente-toi de respirer par la canule. Il faut que tu te rétablisses. Ensuite nous pourrons en reparler. Ensemble. Nous discuterons de ce qu'Ellie aurait voulu et nous nous battrons ensemble.

Je repoussai la main de ma mère parce que mon manque d'air devenait oppressant.

— Vous devriez sortir, madame Beaulieu, intervint le docteur Zane. Je ne veux pas qu'il s'agite.

— Non… hurlai-je.

Je voulais crier « N'y va pas, maman », mais le tube m'avait abîmé la voix et le seul son qui sortit de ma bouche fut un couinement pitoyable. J'étais un petit garçon effrayé, avec un cœur douloureux qui cognait en vain. Je tremblais devant ce que ma mère toute-puissante pourrait faire et à l'idée de ce qu'elle pensait avoir compris à présent. Je pleurais pour que ma mère me tienne la main pendant que je mourais.

— Aide-moi, Ellie. Mon Dieu, Ellie !

— Du calme, Matt, lança Zane. On va s'occuper de vous et on va vérifier que tout va bien pour votre femme et le bébé. Je vais demander qu'on vous envoie quelqu'un des soins intensifs pour qu'il vous donne des nouvelles.

Il se tourna vers l'infirmière.

— On le met sous masque, ordonna-t-il.

L'infirmière me retira la canule nasale et posa un masque à oxygène sur mon visage.

Maman, pensai-je, *reviens*. J'inspirai et cessai de lutter, alors que ma mère sortait de la chambre et passait à côté du poste des soins infirmiers, me jetant un dernier regard. Je soulevai le masque.

— Blythe Clarke ! m'écriai-je. Il faut que je parle à l'obstétricienne d'Ellie.

— Je connais Blythe. C'est un bon médecin, affirma Zane. Je suis sûr qu'elle s'occupe bien de votre femme.

Ensuite, il se pencha vers moi, pour me parler avec un air de conspirateur.

— Écoutez. J'ai entendu dire que, quand vous aviez une idée dans la tête, vous ne l'aviez pas ailleurs. Vous êtes quelqu'un de très tenace, alors je veux que vous vous concentriez sur cette idée-là : calmez-vous. Laissez-moi soigner votre cœur. Allez, utilisez le masque à oxygène, sinon il va falloir que je vous intube de nouveau.

Je retirai le masque.

— Je ne peux pas me faire opérer maintenant. Il faut que je voie Ellie ! Elle est enceinte !

Il replaça le masque sur mon visage.

— Ça ne peut pas attendre. On se revoit au bloc.

— Arrêtez ! Accordez-moi une seconde !

Je m'efforçai de m'extirper du brouillard des médicaments, secouant la tête comme un boxeur sonné.

— Je refuse d'être opéré !

L'expression paternaliste qui s'afficha sur le visage de Zane disait : *Idiot.*

— Vu votre réaction aux médicaments, vous ne pouvez pas donner un consentement éclairé. Je vais demander à votre mère d'agir en votre nom.

— Non, pas elle ! Je veux parler à mon avocat. Jake Sutter.

— Votre avocat ? répéta Zane.

Les avocats terrorisent les médecins, redoutant plus que tout la faute professionnelle. Même dans ma semi-léthargie, je m'en souvenais.

— Je voudrais écrire des directives anticipées et m'assurer que personne ne les remettra en question. Et il faut que je voie ma femme. Emmenez-moi aux soins intensifs. Soignez-moi là-bas, il faut que je la voie.

Il fallait que je constate par moi-même qu'Ellie était encore en vie. Si le bébé était mort, je n'avais plus aucune raison de me battre.

Ses lèvres se pincèrent en signe de désapprobation.

— Si vous ne m'y descendez pas sur-le-champ, et je sais que vous pouvez le faire, je m'en vais tout de suite, contre avis médical.

— Ce serait stupide. Et de toute façon, vous ne dépasseriez pas le pas de la porte.

— On parie ? lançai-je, essayant de paraître le plus convaincant possible. Je vais peut-être en mourir, mais il faut que je la voie avant que vous m'ouvriez le torse.

Je somnolais, mon sens du temps noyé par la quantité de narcotiques dans mon organisme. Une main se posa sur mon bras.

— Matt ? C'est Blythe. Ton médecin a dit que tu voulais avoir des nouvelles d'Ellie avant l'opération.

Je n'arrivais pas à voir net, j'avais l'impression de regarder à travers un bloc de glace, mais je distinguais le ruban rose qui attachait les cheveux blancs de Blythe.

— Comment va-t-elle ?

— Toujours pareil. Stable.

— Ses reins ?

— Arrête de te faire du souci.

— Est-ce que son état empire, Blythe ?

— Non, il n'empire pas. Si nous arrivons à maintenir Ellie assez longtemps, ce bébé aura besoin de toi.

J'inspirai à travers le tuyau dans mon nez.

— Tu m'as sauvé la vie.

— C'est la première fois depuis des années que je pratique un massage cardiaque, tu as de la chance que je m'entraîne. Et tu as aussi de la chance qu'ils aient un défibrillateur au tribunal. Il a fallu te choquer.

— Merci, mais quoi qu'il m'arrive, s'il te plaît, je t'en supplie, sauve le bébé.

Le bébé. Des soubresauts dans le ventre d'Ellie. Il donnait des coups, même si elle ne le sentirait jamais.

— Écoute-moi. C'est toi qui dois prendre soin de ce bébé.

Après le départ de Blythe, je glissai dans des rêves où Ellie se tenait sur le belvédère, pour regarder le ciel étoilé. Je rêvais que je la prenais dans mes bras. Je rêvais de l'époque où nous étions enfants et que nous plongions dans la rivière devant la ferme de son grand-père. Je faisais des cauchemars me ramenant au temps où elle m'avait rejeté parce que je l'avais trompée. Je n'arrêtais pas de l'implorer : « Reviens ! »

Si Jake Sutter avait été encore un peu plus pâle, je me serais levé de mon lit pour lui offrir ma place. Il n'était jamais venu voir Ellie, mais il se trouvait à présent dans ma chambre d'hôpital.

— Et, euh… comment va la douleur… dans le torse ? s'enquit-il en s'essuyant le front.

Les médicaments atténuaient la souffrance. J'inspirai profondément par la canule nasale.

— Supportable. Ma mère a parlé d'arranger la situation. Mais je ne sais pas si elle a dit ça, juste parce que…

— Parce que tu t'es écroulé en pleine salle d'audience.

— Je ne suis pas mort.

— Ça y ressemblait fort, affirma-t-il en penchant la

tête. En attendant la fin de ta… crise… on ne devrait faire aucune conjecture. Mais oui, il est possible qu'elle retire sa requête.

— Tu n'en es pas convaincu ?

Il pinça ses lèvres fines.

— Non. C'est ta mère. Elle ne veut pas que tu meures.

— Il faut que je m'assure qu'elle n'a aucun droit de regard sur mes soins.

— Je ne pense pas que tu doives redouter qu'elle te débranche.

Je secouai la tête.

— Non, mais elle pourrait chercher à me déclarer incompétent ou quelque chose. C'est mon parent le plus proche désormais.

— Il faudrait qu'elle passe devant un juge, d'abord. Pour ta tranquillité d'esprit, tu préférerais un de tes frères ?

— Les choses peuvent mal tourner au bloc. C'est une grosse opération. Je vais sûrement sortir d'ici dans quelques jours, mais si c'est impossible, mes frères ne lui tiendront pas tête. Je voudrais rédiger des directives anticipées et je veux que ce soit toi l'exécuteur testamentaire.

— Moi ? Tu veux que je prenne pour toi les décisions médicales ? demanda Jake en se frottant les tempes. Dans un hôpital ?

Je hochai la tête.

— Tu es sûr que tu ne préférerais pas un membre de ta famille ?

Il tremblait comme un homme sur le point d'être pendu.

— Tu peux empêcher ma mère de débrancher Ellie.

— Me nommer ton exécuteur testamentaire ne me donnera aucun droit pour contrer les décisions de ta mère concernant Ellie. Ni le pouvoir qu'Ellie a donné à Adam Cunningham.

Jake grommela quelque chose d'incompréhensible.

— Légalement, ce n'est pas le même problème que des directives anticipées, expliqua-t-il, ses yeux devenant encore un petit peu plus ronds. Mais tu pourrais confier cette responsabilité à ton beau-père. Et comme ça, si quelque chose devait t'arriver – Dieu nous en préserve –, étant son père, il est en position de se battre pour maintenir Ellie sous respirateur jusqu'à la naissance du bébé.

Un bébé que je pourrais très bien ne jamais voir. Qu'Ellie ne verrait jamais.

— Seulement jusqu'à la naissance du bébé. Après, il faut que tu t'assures que Hank laissera Ellie partir en paix.

La messe est terminée. Allez dans la paix du Christ, résonnait dans ma tête en boucle.

Jake baissa les yeux et hocha la tête.

— Au cas où il t'arriverait quelque chose, tu devrais rédiger un nouveau testament, désigner un exécuteur, un tuteur pour le bébé et ouvrir un compte en banque. Je t'épaulerai pour tout ce qui te paraît important. Mais, Matt, franchement, *ne meurs pas*.

— Mon père est mort d'une crise cardiaque.

— Ça ne veut pas dire que c'est ce qui va t'arriver.

Mais peut-être que oui. Il fallait que je m'assure que quelqu'un prendrait soin du bébé, se battrait pour lui.

— Mon frère Mike et sa femme s'occuperont du bébé, si je meurs. J'ai déjà un testament. Et nous avons confié les questions financières à Hank, parce que c'est son domaine. Il peut être mon exécuteur testamentaire, ou je ne sais pas comment ça s'appelle. Hank ne laissera jamais tomber ce bébé.

— Je rédige tout ça, promit Jake en détournant le regard.

À moins que ce ne fût l'effet des médicaments, je crus le voir pleurer. Je devais être frappé d'hallucinations.

Une infirmière entra dans ma chambre.

— Vous avez des pics d'extrasystole. Le médecin voudrait que vous vous reposiez.

— C'est quoi l'extrasystole ? demanda Jake.

— De l'arythmie, répondis-je. Le cœur qui bat de façon irrégulière.

Très mauvais. Bon sang, j'étais en piètre état !

Avant que je ne puisse protester, l'infirmière enfonça une seringue dans ma poche à transfusion.

— Je vous augmente la dose de calmants.

En moins de temps qu'il ne m'en aurait fallu pour dire « Je n'ai pas encore fini », le produit se répandit dans mon sang et je me retrouvai avec Ellie. Je rêvais, sa tête était blottie au creux de mon bras, et ses cheveux d'une douceur inégalable me caressaient le visage. Insatiable, je l'attirai plus près de moi encore. Nous étions sur un lit d'hôpital tous les deux, un lit à la Salvador Dalí, tordu et très large. Dans mon état de léthargie médicamenteuse, c'était tout à fait naturel qu'ils nous mettent ensemble. C'était logique, on guérirait plus vite ainsi.

J'essayai de me repérer. Était-on aux soins intensifs ou en cardiologie ? Ni l'un ni l'autre. Nous étions chez nous, dans le grenier, les portes menant au belvédère ouvertes, laissant l'air d'automne nous envelopper, charriant les senteurs de la rivière.

— Essaye de profiter du moment, chuchota Ellie. C'est le nôtre. Le dernier ensemble.

— Je suis mort ?

Étrangement, je n'avais pas peur. Si j'étais avec elle…

— Non, tu es sous sédatifs. Ta mère le leur a sans doute demandé. Pour les empêcher que Jake… Ah, peu importe. Tu es ici avec moi. Tu me manques.

Je repoussai ses cheveux de son visage, me souvenant d'elle ainsi de nouveau. Elle était en vie, alors que pendant des semaines, je l'avais vue devenir de plus en plus immobile.

— Tu es un fantôme ?

— Tu ne crois pas aux spectres ni aux fantômes. Ni à rien de ce que tu ne peux pas voir.

— Je crois en toi.

— Tu es en train de rêver. Je suis ici. Tu es ici. Mais…

Elle se rassit brusquement et le drap tomba sur sa taille. Elle était nue et clairement enceinte.

— Tu as entendu ?

Je tendis l'oreille. Des bruits d'hôpital.

— On dégage ! criait quelqu'un.

— Ils réaniment quelqu'un, lança-t-elle.

— C'est moi ?

J'avais peur, mais pas tant que ça, parce qu'elle me tenait dans ses bras. Je pouvais rester avec elle.

Ses yeux bougèrent dans tous les sens.

— Non, tu vas bien. Tu es sonné par ce qu'ils t'ont donné, mais tu vas sûrement mieux. Ton instinct de survie n'est pas au beau fixe. C'est drôle, tu as toujours dit que c'était moi l'intrépide.

— Pas vraiment intrépide. Mais tu ne prenais pas en considération autant que moi ta propre sécurité.

— Oh… je n'ai jamais pris de si gros risques.

— Tu n'aurais pas dû monter sur cette échelle. Tu savais que tu étais enceinte.

— Tu n'as pas tort, mais c'est poétiquement ironique, tu ne trouves pas ? Je n'ai pas eu de problème pour marcher dans l'espace. Et sur Terre, je tombe d'une échelle. Je ne suis pas si héroïque que ça.

Elle m'embrassa le front, le bout du nez, la bouche.

Je passai une main sur son corps, les courbes pleines de ses seins, son ventre. Il était tellement plus rond que quelques instants plus tôt.

— Je veux que ce bébé survive, dis-je.

— Elle a un nom.

— Elle ? Tu sais quelque chose que j'ignore ?

— Je sais tout ce que tu ignores, plaisanta-t-elle. C'est une fille.

— Une fille ? Celina ?

— Non, pas Celina. Celle-ci, c'est notre espoir, un miracle, une raison de continuer d'y croire. Pose ta main ici, elle donne des coups. Eux, ils ne peuvent pas encore la sentir, mais toi, si. Tu as vu l'échographie. Elle est vivante. Elle fait des soubresauts. Et personne ne se battra pour elle si tu ne vis pas.

— Peep, tu m'as permis de sentir que le bébé donnait des coups.

— Bien sûr, c'est notre bébé.

— Notre bébé, oui. Pourquoi ne m'as-tu jamais parlé des directives anticipées ? Pourquoi ne pas m'avoir nommé ton exécuteur testamentaire ?

— Tu es hors sujet, dit Ellie en haussant les épaules.

Elle pressa ma paume contre son ventre, qui paraissait soudain à terme. Je sentis de nouveau un coup. C'était si réel.

— C'est la seule partie de moi qui soit en vie, Matt. Elle est tout ce qui compte.

Je fermai les yeux. Pour moi, Ellie comptait. Et je ne pouvais détourner mon regard d'elle. Plus jamais. Même pas pour cligner des paupières. Quand j'ouvris grands les yeux, Ellie tenait dans ses bras un nouveau-né, tout emmailloté de rose.

— Tu ne veux pas connaître son nom ?

Le bébé avait les cheveux blonds d'Ellie et son menton pointu.

— Elle s'appelle Hope, affirmai-je. « L'espoir », notre espoir.

— Tu veux prendre ta fille dans tes bras ? demanda Ellie, rayonnante.

— Oui. Oh, oui.

Je tendis les bras vers le bébé, notre bébé.

— Alors, pour ça, il faut que tu vives.

Et subitement, elles disparurent toutes les deux.

48

32e à 35e jour

Je ne peux rapporter ce qui s'est passé au cours des cinq jours qui suivirent, même si j'ai lu mon dossier. En termes simples, j'ai fait de mon mieux pour y passer. J'ai encore fait un arrêt cardiaque avant d'être emmené au bloc. Ensuite, une hémorragie. Ils ont même eu du mal à faire redémarrer mon cœur après le pontage.

Avais-je vu une petite lumière accueillante ? Non. J'avais vu Ellie, un rêve, une hallucination, ou des endorphines qui se déversaient dans mon cerveau. Peu importe ce que c'était. Je n'avais jamais cru à ces sornettes auparavant, mais désormais je n'étais plus sûr de rien.

Parfois, tout dépend de ce à quoi on veut croire ; le père Meehan appelle cela la foi, et ma foi avait toujours été en Ellie. Je ne voyais pas pourquoi cela devait changer. Je voulais croire en elle et que nous avions un moyen de nous dire au revoir.

Le père Meehan vint me rendre visite et, quand je lui dis que j'avais vu Ellie, il me demanda pourquoi je pensais que ça n'avait pas été réel.

Parce que… cela n'arrive pas.

Il me rappela que mon nom de confirmation était Thomas, l'incrédule, et me dit que j'avais bien choisi.

— Mais, souviens-toi, Matt, Thomas finit par croire. Il est le premier à avoir pour la première fois proclamé Jésus « mon Seigneur et mon Dieu » !

Bien sûr, pensai-je avec une bonne dose de scepticisme. Mais peut-être, seulement peut-être, qu'il se cachait bien quelque chose derrière toute cette poudre aux yeux.

Le docteur Zane me dit de l'appeler Randall, alors qu'il retirait le pansement de mon sternum.

— Vous en avez encore pour une bonne quarantaine d'années, ou cent cinquante mille kilomètres.

— Seulement cent cinquante mille ? Avec ma voiture, ça ne doit pas faire plus de trois ou quatre ans.

— Alors faites un peu attention à l'essence que vous mettez dans le système. Sans acide gras insaturé.

— Génial, un comique avec un bistouri.

— Oui, je les ai tous fait mourir de rire pendant que je vous sauvais la vie. Mourir de rire, vous pigez ?

— Bravo, m'esclaffai-je en touchant la cicatrice. Bon sang, ça fait mal !

— Toute l'équipe chirurgicale a bien mérité son salaire en vous empêchant de mourir, Beaulieu.

— J'apprécie.

Ma crise cardiaque et le fait que j'avais frôlé la mort de près firent la une des journaux. J'aurais dû m'y habituer, mais je n'y parvenais pas. Comme si j'avais fait exprès d'ajouter à la tragédie, certains me condamnaient et d'autres m'encensaient. Même si aucun de nous deux n'avait tenté de se suicider, je devenais Roméo et Ellie, Juliette. Mais tout ce que je savais, c'est que, quand j'avais repris connaissance, Ellie s'était réveillée.

Du moins c'est ce que les journaux écrivirent. C'est ce dont les pro-vie se réjouirent. Et c'est ce que crut Hank au début.

— Je vous avais dit que ma petite fille s'en sortirait !

Pas exactement. Elle s'était remise à respirer seule, mais son réflexe laryngé était inexistant. Elle n'avait toujours pas de réflexe cornéen et ne réagissait pas aux stimuli douloureux. Elle était dans une autre sorte d'état végétatif permanent, plus proche de celui de Terri Schiavo, qui semblait sourire, et dont la presse avait fait ses gros titres.

Cependant, Ellie ne souriait pas, même pas une fois. On ne peut pas dire qu'elle grimaçait ou qu'elle semblait souffrir, mais il était plus difficile de la regarder maintenant qu'elle avait l'air consciente. Je voulais qu'elle réagisse. L'homme en moi, et pas le neurochirurgien, voulait qu'elle réagisse.

— Mais… lança Hank.

Je secouai la tête sur mon lit d'hôpital.

— Il n'y a rien à faire, Ellie est partie. Elle ne souffre pas. Et le bébé a plus d'oxygène désormais, c'est bien.

Hank se tourna vers ma mère.

— Linney, tu crois qu'il est possible qu'Ellie continue à aller de mieux en mieux ? Tu as changé d'avis.

Maman détourna le regard et secoua la tête à son tour.

— Je sais qu'Ellie est ton bébé, Hank, mais non. Il faut accepter qu'elle soit partie, en revanche, nous allons essayer de sauver ton petit-fils ou ta petite-fille.

— C'est le tien aussi, maman, remarquai-je.

— C'est vrai. Ce bébé est à nous tous.

Pendant deux jours, les infirmières me laissèrent regarder Ellie *via* une Webcam, une idée de Jake. Chapeau bas, Jake. Il m'avait soutenu durant ces jours à l'hôpital, signant des consentements en mon nom, prenant des décisions de santé sur des sujets qui dépassaient largement ses fonctions d'avocat. Il n'avait rien vu venir de tout cela quand je l'avais engagé.

Une fois que je fus assez vaillant pour quitter l'unité de soins intensifs pour celle de télémétrie, où mon rythme cardiaque pouvait être mis sous surveillance en permanence, ils transférèrent Ellie dans ma chambre. Elle allait assez bien pour ne plus avoir besoin de soins intensifs.

Toujours hyperautoritaire, ma mère protesta que cela me stresserait trop d'être dans une chambre avec Ellie, mais ce fut tout le contraire. Je pouvais tourner la tête et la voir. Ainsi, j'étais sûr que le bébé et Ellie allaient bien et étaient en sécurité, parce qu'ils étaient tout près de moi. Je pouvais enfin trouver le sommeil.

Keisha agita le dessus-de-lit vert et marron dans l'air et il se posa comme un huard sur une rivière d'Amérique du Nord.

— Voilà, ponctua-t-elle.

Je ne savais pas comment réagir à ce geste. Quand Keisha avait apporté l'autre dessus-de-lit pour Ellie, je savais que c'était pour elle une façon d'agir alors qu'il n'y avait plus rien à faire.

— Merci, dis-je.

Elle hocha la tête, me regardant à peine. Je voyais bien que quelque chose n'allait pas, mais cela faisait déjà trois heures et demie que j'avais pris mes analgésiques, je venais à peine d'arpenter le couloir, aller-retour, et la douleur grandissait. Dans une demi-heure, je pourrais demander une autre dose. Je fermai les yeux une minute, cherchant le soulagement qu'apporte le sommeil et me disant que Keisha était venue pour Ellie, pas pour moi. De toute façon, c'est au visiteur de faire la conversation.

— Le bébé ira bien, maintenant ? demanda-t-elle soudain.

Ou peut-être que la question me parut soudaine parce que je m'étais assoupi.

— Je ne sais pas, bafouillai-je, en me frottant les yeux.

— Il me faut une histoire qui finit bien. Je suis désolée, c'est juste…

— Qu'est-ce qui ne va pas, Keisha ? l'interrogeai-je, levant la tête de mon lit d'hôpital.

— Rien, lâcha-t-elle dans un sourire forcé, puis elle enchaîna malgré tout : Guy ne veut plus qu'on essaye d'avoir un bébé. Il dit que ça suffit. Et il ne veut pas adopter.

Nous quatre, Ellie et moi, Keisha et Guy, formions une sorte de club pour les aspirants parents désespérés. Guy disait vouloir des enfants et j'étais assez stupéfait qu'il y renonce.

— Désolé de l'apprendre, compatis-je en clignant plusieurs fois des yeux, essayant de trouver les mots de soutien qu'aurait prononcés Ellie pour réconforter son amie.

— En ce qui te concerne, Ellie m'a dit que tu insistais pour qu'elle réfléchisse à l'option de l'adoption, affirma Keisha.

— Après Dylan, oui, confirmai-je en jetant un coup d'œil à Ellie. Je ne voulais pas la perdre. Peut-être que c'est ce que Guy essaye de te faire passer comme message. Il ne veut plus que tu te gaves d'hormones ou que tu sois déçue tous les mois. Guy n'a pas besoin que tu lui donnes un enfant. C'est de toi qu'il a besoin. En tout cas, c'est ce que je ressentais. Je voulais oublier tout ce que nous avions perdu. Et si nous adoptions… mais…

— Mais quoi ? demanda Keisha.

— L'attente. Ça prend des années. Et les mères biologiques changent parfois d'avis après avoir vu le bébé, très souvent, même. Je voulais juste qu'Ellie soit en bonne santé. Qu'elle soit de nouveau heureuse.

— Tu le lui as dit ?

Je revis Ellie la veille de sa chute, debout sur la pelouse. Elle disait que nous devrions faire un bébé. *Je regrette qu'on se soit disputés.*

— J'ai essayé. Mais je ne sais pas si je le lui ai dit comme il le fallait. Je ne sais pas si elle écoutait… comme il le fallait. La prochaine fois que tu parleras avec Guy, écoute bien ce qu'il te dit. Lui aussi écoutera. Vous surmonterez ça. Avec Ellie, nous y serions parvenus.

Jake entra dans ma chambre, le visage un peu moins pâle.

— Les médecins te laissent sortir demain.

— Je sais. Maintenant que je suis de nouveau à moitié en vie, ils m'annoncent ce genre de nouvelles directement. Mais merci de t'être occupé de tout.

— Pas de problème, tu recevras ma facture, ironisa Jake. Ne prends pas cet air affolé. Je ne te fais rien payer pour toutes les décisions médicales que j'ai eues à prendre. Je l'ai fait en ami.

Et je m'interrogeai : étions-nous amis ?

— Tu penses que j'aurais passé la plus grande partie de ma semaine dans les couloirs d'un hôpital pour un simple client ? Je le fais seulement pour un ami ou pour quelqu'un de la famille, assura-t-il.

J'avais peut-être souffert d'hypoxie cérébrale due à mes nombreux arrêts cardiaques, parce que j'avais maintenant la certitude que Jake lisait dans mes pensées. Je sortis du lit, mes jambes encore douloureuses.

— D'accord, on est amis.

Il leva les yeux au ciel.

— Bon, en tout cas, une fois qu'ils t'auront libéré, il ne faut pas que tu restes seul, et la ferme est trop isolée.

— Oui, sans doute pas durant une semaine ou deux. J'essaye de m'organiser. Mike m'a proposé d'emménager chez lui pendant ma convalescence, mais il a trois chambres et quatre gosses. Ma mère veut que je vienne chez elle, je ne pense pas en être capable. Je suis toujours furieux. Enfin, moins maintenant qu'elle a retiré sa requête dans l'affaire, mais…

— Tu peux venir vivre à la maison. En fait, Yvette insiste pour que je te ramène. Nous avons une chambre d'amis au rez-de-chaussée et nous sommes à deux minutes de l'hôpital. Pas de discussion, c'est réglé.

— Vraiment ?

Une grande chambre dans la demeure géorgienne du XIXe siècle de Jake serait incomparablement plus confortable qu'un lit de camp au milieu de mes neveux, même si cela m'obligerait à faire la conversation avec Yvette.

— Merci.

— Bien sûr, je te fais payer un loyer, plaisanta-t-il avec un clin d'œil. Tu es en état pour parler de l'affaire ?

Je levai la tête, surpris.

— Mais ma mère a laissé tomber, non ?

Hochant la tête, Jake grimaça.

— J'ai de mauvaises nouvelles. Adam Cunningham a retrouvé l'original des directives anticipées. Et Christopher continue à réclamer qu'Ellie soit débranchée.

— Et merde !

— Oui, ça veut dire qu'on recommence. Cunningham a porté plainte. Je ne sais pas qui il a choisi pour le représenter.

— Pas Klein ?

— Non. Klein, c'est fini. Ce serait un conflit d'intérêt parce que Klein représentait ta mère qui est maintenant à tes côtés, affirma Jake en se mettant à chuchoter. Mais, comme Ellie respire désormais, cela devient bien plus difficile de la débrancher. La mort par déshydratation est lente et inhumaine.

La tension crispa tous mes muscles, brûlant ma chair déjà à vif. Qu'Ellie respire sans assistance augmentait les chances de survie du bébé, mais cela voulait aussi dire qu'Ellie pourrait rester dans cet état végétatif indéfiniment, contre sa volonté. Que le bébé vive ou qu'il meure, Ellie pourrait stagner comme cela pour toujours.

— Ça va ? s'inquiéta Jake. Tu veux que j'appelle un docteur ?

— Je vais bien. Tu as trouvé les journaux d'Ellie ?

— Personne ne les a vus.

— Bon sang ! J'aurais juré que je les avais laissés

dans sa chambre d'hôpital. Quand aura lieu la prochaine audience au tribunal ?

— Dans une heure, répondit Jake en consultant sa montre.

— Quoi ?

Pas moyen que je signe les papiers de sortie de l'hôpital et que j'arrive au palais de justice en une heure.

— Wheeler te déconseille vivement de remettre les pieds dans son tribunal. Enfin, peut-être pas indéfiniment, mais, en tout cas, jusqu'à ce que tu aies récupéré. Alors ne t'emballe pas. Quand tu t'es écroulé, Wheeler s'est figé sur place. Les journalistes l'ont remarqué et ont parlé de « son incompétence à présider », ce qui est bien sûr totalement absurde. Ça n'a rien à voir avec ses compétences de juge. Il a juste été choqué.

— Je suis sûr que tu le comprends très bien.

— Oui, mais j'ai réussi à appeler les secours, pendant que Blythe et ta mère se relayaient sur ta poitrine.

Jake me lança un regard, comme si je revenais de chez les morts, ce qui dans un sens était vrai. Il secoua la tête.

— Il faut que je parte au tribunal.

— Je veux venir avec toi.

— Tu rêves. Je te raconterai. Je vais convoquer le père Meehan à la barre. Tu sais ce qu'il va dire. Ensuite, je ferai une demande de tutelle pour le fœtus. J'espère que le juge acceptera de considérer cette option et qu'il ne la rejettera pas immédiatement. Mais s'il le fait, nous présenterons cette requête devant la Cour suprême. On cherche à gagner du temps, pour que le bébé grandisse. Il ne nous faut que trois mois, et je ne vois pas comment on pourrait décider d'en finir avec la vie d'Ellie, alors que celle d'un bébé en dépend.

— Trois mois, ça ne suffit pas.

Le bébé avait besoin de plus de temps que cela, ou il risquait d'avoir des séquelles insurmontables : cécité, problèmes aux poumons, lésions cérébrales.

— Ellie aura atteint la vingt-cinquième semaine de grossesse.

— C'est encore bien trop prématuré.

— C'est pour cela que le juge attendra. Du moins, c'est ce qu'on espère.

Hope – je m'accrochais à mon espoir avec plus de détermination que jamais.

Après le départ de Jake, l'infirmière du soir, Ava, vérifia mes constantes vitales, écouta mes poumons et ausculta mes plaies. Celles qui étaient visibles.

Ava était une force de la nature d'un mètre cinquante. Même si mes patients se retrouvaient rarement dans l'unité de télémétrie, il m'arrivait de passer à cet étage pour rendre visite à un malade au cours de mes rondes. Nous nous étions rencontrés dans des circonstances bien différentes. Ava était formidable et me rappelait Ellie sur bien des plans, à part physiquement. Comme Ellie, elle dégageait une assurance évidente tout en étant chaleureuse.

— Je vais survivre ? demandai-je, mi-sarcastique, mi-sérieux, un brin provocateur.

— On dirait bien. La question, c'est : est-ce que vous allez dormir ? À ce qu'on dit, c'est le manque de sommeil qui vous a conduit là où vous êtes.

— Et le cholestérol. C'est de famille.

Elle lança un regard à Ellie.

— Sans parler d'un chouia de stress…

Ava s'occupa ensuite d'Ellie, signes vitaux, soins de la trachée.

— Pourtant Ellie dort comme un ange. Qu'est-ce qu'on va faire de vous ce soir ?

Ce n'est pas exactement comme cela que j'aurais décrit ce que faisait Ellie, mais il est vrai qu'elle semblait en paix, même si cela ne voulait pas dire grand-chose quand vous ne vous réveillez pas et que vous ne vous réveillerez jamais. Au moins, elle ne souffrait pas.

— Vous avez droit à un somnifère si vous voulez, l'ordonnance est là. Ou je peux vous donner de l'Oxy-Norm, si vous préférez, proposa Ava.

— Va pour les analgésiques. En fait, j'en veux bien maintenant, si ça ne vous dérange pas.

— J'ai eu une autre idée. Et si, seulement pour cette nuit, je rapprochais vos deux lits ? Je suis sûr que vous partagiez le même lit avec votre femme. Est-ce que cela vous aiderait à mieux dormir ?

Je fus pris de l'envie de serrer Ava dans mes bras.

— Oh, oui, bien sûr que oui ! Merci.

Elle desserra les roues du lit d'Ellie avec le pied et le poussa tout près du mien. Je pris la main d'Ellie dans la mienne.

— Peep, je suis juste là, dis-je en posant la main sur son ventre. Je suis là, bout de chou. Papa est là.

Dans les hôpitaux, entre la fin des visites et l'arrivée de l'équipe de nuit, il règne un moment de calme absolu. Pas de silence. De calme. De temps en temps, une sonnerie appelle une infirmière. Des pas continuent d'arpenter le couloir. Mais une sorte de tranquille certitude envahit le bâtiment, comme si l'espace d'un instant, ce n'était plus la mort qui dirigeait les opérations.

Je dormais sereinement, réconforté par la proximité d'Ellie et par la torpeur induite par les antidouleurs. Je ne remarquais pas les bruits d'hôpital au loin. Je n'entendis pas Christopher entrer dans la chambre et prendre une chaise pour s'asseoir au chevet de sa sœur. En fait, quand je me réveillai enfin, il me dit qu'il était là depuis trois heures et qu'il était venu bien avant la fin des heures de visite pour que nous puissions discuter. Mais j'avais dormi profondément aux côtés d'Ellie. Il m'avait accordé ce temps de répit. Je lui en fus reconnaissant.

Christopher possédait un talent, dont sa sœur était dépourvue : une oreille absolue. Il chantait une berceuse à Ellie. Doucement. Je me souvins que leur mère la leur chantait, *Too-ra-loo-ra-loo-ral. Too-ra-loo-ra-li.* Sa voix était pleine de tendresse, de chaleur et de profondeur.

J'ouvris les yeux et scrutai l'obscurité. Un filet de lumière seulement perçait par la porte de la salle de bains.

— Salut, Matt. Comment vas-tu ?

Je grognai et pris un verre d'eau sur la tablette.

Il fit le tour du lit, saisit le verre et tordit la paille pour m'aider à boire.

C'était quoi ?

— Merci, dis-je. Qu'est-ce que tu fais ici ?

— Je rends visite à Ellie. Et à toi.

— J'essaye de dormir.

Il hocha la tête.

— Je t'ai laissé te reposer. J'avais l'intention de

t'écrire un mot, mais comme tu es réveillé, je voulais juste te dire que je suis content que tu ailles bien.

Je ne réagis pas. Je n'avais rien à dire.

— Je voulais te parler de quelque chose, lança-t-il.

— Vois ça avec mon avocat. Je ne suis pas en état de me battre.

— Je ne veux pas me battre et on n'a pas besoin d'avocats. Tu as failli mourir, et même si on est adversaires dans cette affaire, je veux que tu ailles bien. Tu es mon beau-frère. Linney dit que tu rentres à la maison demain.

— Ils me laissent sortir, oui.

— Je voulais que tu saches que j'ai ramené la voiture d'Ellie chez toi aujourd'hui. J'avais peur que tu rentres à la ferme et que tu sois surpris de la voir là. Je veux dire, ç'aurait pu te faire bizarre. Je n'arrête pas de prendre le téléphone pour l'appeler et après je me souviens que je ne peux plus. Ça fait mal, tu sais ? Je ne veux pas être pour toi une cause de stress, en plus de tout ce que j'ai déjà fait. La voiture est chez toi. Je voulais juste te prévenir avant que tu rentres.

— Oui, d'accord. Mais je ne rentre pas chez moi, pas encore. Je vais rester chez Jake quelque temps.

— C'est bien, j'imagine. Au fait, j'ai entendu dire que tu cherchais le sac qui était dans la chambre d'Ellie.

J'appuyai sur le bouton de ma télécommande pour remonter la tête de lit.

— Tu sais où il est ?

— Je l'ai récupéré. Il est chez moi. Quand tu as eu ton attaque, une des infirmières m'a dit qu'il était à toi. Je l'ai pris pour le mettre à l'abri.

— Tu as regardé à l'intérieur ?

— Oui, j'ai vu les journaux intimes d'Ellie.

— Tu les as lus ?

Christopher se tassa un peu sur sa chaise et grogna.

— J'en avais très envie, mais je n'ai pas pu. Tu sais, quand on était gosses, elle gardait un coffre sous son lit pour que je ne lise pas ce qu'elle écrivait. Donc, non, je n'ai rien lu. Mais toi, tu les as parcourus, n'est-ce pas ?

— Oui. Je suis en train de le faire. Elle me manque, Chris. Elle me manque tellement.

Je tendis la main pour prendre celle d'Ellie.

— À moi aussi.

Pendant une ou deux minutes, Christopher s'appuya contre le rebord de la fenêtre pour contempler Ellie dans le noir. Puis il posa son regard sur moi.

— Tu sais, quand tu t'es écroulé au tribunal, tout ce que j'avais en tête, c'était : « Non, pas toi, pas toi aussi ! » Tu as toujours été comme un grand frère pour moi.

Il s'arrêta de parler afin de prendre une profonde inspiration et expira tout aussi lentement.

— Tu te trompes pour Ellie, Matt. Mais je ne veux pas qu'il t'arrive quoi que ce soit.

Il se gratta l'arrière du crâne.

— C'est tout ce que j'étais venu te dire. Soigne-toi bien. Je te laisse dormir.

Il traversa la pièce pour revenir auprès d'Ellie et l'embrassa sur le front avant de sortir.

— Je viendrai te déposer le sac.

— Chris ? appelai-je.

Il pivota.

— Qu'est-ce que je peux faire pour te convaincre ?

— C'est impossible, rétorqua-t-il en secouant la tête.

49

36e jour

Jake tira le rideau pour que le soleil ne m'éblouisse pas, tandis que j'étais assis sur le bord de mon lit.

— Adam Cunningham est un imbécile arrogant et imbu de sa personne. Il se représente lui-même. Malheureusement, il est aussi assez intelligent. Il n'y connaît rien en droit, rien du tout, mais il semble avoir des facilités pour le raisonnement déductif.

— Qu'est-ce qui s'est passé ? demandai-je.

— Je te donne la version courte. Après le témoignage du père Meehan, j'ai demandé la tutelle du fœtus au juge Wheeler, qui nous a alors convoqués, Adam et moi, dans son bureau. J'ai évoqué le droit de pratiquer sa religion. Et Wheeler, par pitié pour Adam et son manque d'expérience dans la justice, a évoqué le manque de statuts existants pour la tutelle d'une non-personne. J'ai cité le Unborn Victims of Violence Act de 2004, j'ai cité le premier amendement, j'ai énuméré les États qui maintiendraient en vie une femme enceinte. Wheeler va prendre son temps pour considérer les faits. Je ne suis pas particulièrement confiant, mais on pourra toujours faire appel. On a les éléments, comme je te l'ai toujours dit, pour une ordonnance en *certiorati*. Ça pourrait se révéler intéressant.

— Je me fiche que ce soit intéressant ! protestai-je en faisant mes lacets de baskets.

Mon frère avait eu la gentillesse de m'apporter quelques habits pour ma sortie de l'hôpital, mais me pencher pour attacher mes chaussures me faisait atrocement mal. Il m'aurait fallu des charentaises.

— Tout ce qui compte pour moi…

— Oui, je sais, c'est le bébé. Laisse-moi te poser une question. Quand tu es confronté à une difficulté, un mystère médical, qui te demande de la réflexion, ne trouves-tu pas cela plus intéressant que tes appendicectomies de base ?

— Je ne fais pas d'appendicectomies. Mais si je pratiquais ce type d'opérations, je n'irais pas dire à mon patient avec un tératome qui lui pousse dans le cervelet que son cas est bien plus intéressant qu'une banale appendicectomie. Tu as déjà entendu cette insulte chinoise : « Puisses-tu vivre des événements intéressants » ? Épargne-moi l'intéressant.

Remis à sa place, Jake s'appuya contre le rebord de la fenêtre.

— Quoi que ça veuille dire, ton tétratruc, tu t'es bien fait comprendre.

— Tu as appelé Carol au sujet du procureur général ?

— Oui. Elle m'a dit de te transmettre ses vœux de prompt rétablissement.

— Et ?

— Le procureur général et moi-même avons eu une fascinante conversation de dix minutes. Sans surprise, l'affaire est un des sujets les plus controversés à Washington aussi bien chez les démocrates que chez les conservateurs. Pourtant, nous n'avons rien à chercher là-bas avant d'avoir épuisé tous nos recours légaux ici. Même au niveau de l'appel, ça risque de ne nous être d'aucune utilité.

— Tu penses que Wheeler va m'accorder la tutelle du fœtus ? Ou que la Cour suprême accédera à notre demande ?

— Difficile à dire. J'espère. Je pense.

— Quand est-ce que je termine mon témoignage ?

— Je ne suis pas sûr de vouloir te rappeler à la barre. Qui va me payer si tu meurs ?

Il me gratifia d'un sourire qu'il remplaça vite par une expression sévère d'instituteur.

— Sérieusement, je ne veux plus que tu témoignes.

— Il faut que je dise au juge ce que j'ai trouvé dans les lettres d'Ellie.

— Je sais. Mais tu t'es effondré dans le box des témoins, Matt. À ta place, cet après-midi, c'est Keisha que je convoque, et elle est vraiment irrésistible.

— Je voudrais avoir une chance de lui expliquer ma position.

— Remets-toi un peu d'abord, d'accord ?

Après un petit tour en fauteuil roulant jusqu'à la sortie de l'hôpital, suivi de deux minutes de route dans la voiture de Jake, celui-ci m'aida à gravir les trois marches de son perron, me prenant par le coude, comme un invalide. L'ironie du sort voulait que j'emménage chez mon ancien colocataire d'université, alors que je m'apprêtais à me lancer dans ma nouvelle vie. Pourtant, je devais reconnaître que son goût en matière de décoration s'était largement amélioré.

— Tu vas arrêter de me dévisager comme si j'allais

m'écrouler d'une minute à l'autre ? grondai-je en pénétrant dans son entrée tout en marbre.

— D'accord, mais à la condition que tu ne t'écroules plus, OK, imbécile ?

— Jake, ne dis pas des choses pareilles, intervint Yvette.

— Ne t'inquiète pas, Yvette, il comprend ce que je dis, n'est-ce pas, Matt ?

Elle le fixa, consternée, avant de détourner le regard vers moi.

— Ne l'écoute pas, Matt. Je peux t'offrir quelque chose à boire ?

— Non, ça va. Merci de m'accueillir chez toi.

— Oh, je t'en prie... lança-t-elle en nous quittant.

Jake la suivit des yeux.

— Elle a une sœur, mais pas de frère. Sa famille ne se dispute jamais, d'ailleurs, ils ne plaisantent jamais non plus. Jamais. Allez, assieds-toi sur le canapé et discutons.

Jake ouvrit sa mallette qui était posée sur la table Louis XIV.

Je préférai prendre place sur un fauteuil avec des accoudoirs, de peur de ne pas pouvoir me relever du siège qu'il me proposait.

— Les médecins d'Ellie voudraient qu'elle sorte. Qu'elle soit transférée dans une maison de repos.

— Oui. Ça ne me réjouit pas. Je voudrais la ramener à la maison, plutôt.

— C'est impossible. Tu n'es pas en état de prendre soin de toi, alors encore moins d'elle. Tu penses à un endroit qui conviendrait ?

L'idée d'une maison de repos me hérissait le poil.

Je ne pensais qu'à l'odeur, aux escarres et à la négligence, bien trop courante.

— Je vais réfléchir.

Il m'examina.

— Ça va ? demanda-t-il. Parce que si tu clamses dans ma maison, la valeur de ma propriété va chuter.

— Je vais bien. Merci de t'inquiéter pour moi. Si je ressens une douleur dans la poitrine, je cours vers le porche, d'accord ?

50

37e jour

Maman s'invita chez Jake, les bras chargés d'une valise remplie de mes vêtements et de brochures sur trois maisons de repos de la région. Hank la suivait de près, bougonnant et grommelant. Plusieurs personnes avaient pensé que ma mère et Hank finiraient ensemble après la mort de mon père, mais l'idée était grotesque. Papa et Hank étaient les meilleurs amis du monde. Maman et Alice aussi. Maman et Hank étaient davantage liés par les circonstances.

— Comment es-tu entrée chez moi ? demandai-je à ma mère, essayant de lui arracher la valise des mains.

— Oh, non, surtout pas ! Tu ne dois rien porter !

Elle la posa de côté, jeta les dépliants sur le lit et commença à ouvrir les tiroirs pour les remplir avec mes caleçons, mes chaussettes et le reste de mes vêtements. Je m'élançai vers elle, mais avec lenteur, plutôt qu'avec mon pas vif habituel.

— Tu ne m'as toujours pas dit comment tu étais entrée chez moi, maman.

— J'ai une clé.

— Tu me l'as rendue !

— Je t'en ai rendu une. J'en ai une autre, affirma-t-elle en m'adressant un clin d'œil complice.

— Comment ai-je fait pour ne jamais remarquer combien tu étais envahissante ?

— Ce n'est pas parce que j'ai une clé de ta maison que j'ai fourré mon nez dans tes affaires ou que je me suis imposée entre toi et Ellie. Je ne sais pas comment ni pourquoi j'ai cette deuxième clé, mais c'est une bonne chose, parce qu'en ce moment il faut que quelqu'un jette un œil là-bas de temps en temps, et tu avais besoin de quoi te changer.

— Oublions la clé, lança Hank. Il faut que nous décidions dans quelle maison on va transférer Ellie.

— Ça dépendra de l'endroit où on trouvera de la place.

— Pas forcément, reprit Hank.

Je m'écroulai sur une chaise en geignant. La douleur me lançait depuis l'incision dans ma poitrine jusqu'aux muscles de la jambe. Je frottai les points de suture, prenant conscience que j'avais failli y passer.

— Comment ça, pas forcément ?

— J'ai réfléchi à la question depuis que les médecins ont retiré le respirateur et nous ont informés qu'on pourrait enfin la sortir de l'hôpital. Les places manquent dans les maisons de repos, n'est-ce pas ?

— Exactement. C'est pour cela qu'on ne peut pas faire les difficiles, déclara maman.

— Oh, que si, on va être difficiles. On manque de maisons de repos à Portland. Je suis un homme d'affaires. Si je dirigeais une maison de retraite, je chercherais à m'agrandir.

— Je ne te suis pas, m'étonnai-je. On n'a pas vraiment le temps de construire une nouvelle maison de repos !

— Non, pas une nouvelle. Je vais proposer de financer l'extension d'un bâtiment déjà existant.

— Mais ça ne nous aidera pas si… commençai-je.

— Bien sûr que si. Pas l'extension elle-même, mais si le directeur est intelligent, il nous fournira ce que nous voulons en échange.

— C'est-à-dire ? demanda maman.

— Le contrat indiquera qu'au moins une chambre – et pas un lit – soit libérée pour accueillir Ellie le temps qu'il sera nécessaire. La dernière chose qu'il nous faille, c'est avoir à marcher sur la pointe des pieds pour ne pas déranger une voisine de chambre. En plus, après ta crise cardiaque, il n'est pas pensable que tu passes tes journées et tes nuits sur une chaise. Et à mon âge, je ne me vois pas le faire non plus pendant des mois. Donc, je demanderai qu'Ellie obtienne une chambre privée pour une durée indéterminée. Ça tourne toujours, dans ce genre de maisons. Ellie montera tout en haut de la liste d'attente. Et dès qu'une deuxième chambre se libérera, nous obtiendrons également celle-là. Deux chambres côte à côte en échange d'une nouvelle aile à leur bâtiment.

Je jetai un regard à maman. Je ne savais pas ce qu'elle en pensait, mais moi je me disais que Hank avait perdu la tête.

— Je rachèterai l'endroit, s'il le faut.

Maman resta bouche bée.

— C'est très généreux comme projet, commentai-je. Mais tu as une idée de combien cela te coûterait ? Sans parler des réglementations à respecter.

— Bien sûr que je sais ce que ça coûte. Je travaille énormément dans le marché de l'immobilier. C'est même devenu l'essentiel de mon activité désormais. D'ailleurs, j'ai vendu quelques maisons de repos. Alors, laquelle de ces maisons a la meilleure réputation ?

Maman jeta un œil aux brochures sur le lit et prit un air pensif.

— Je sais que tu as bien réussi dans ta carrière, mais…

— C'est ma fille, Linney. Je peux me permettre de prendre soin d'elle, crois-moi.

Hank se redressa un peu, comme pour montrer qu'il était de taille à tenir sa parole.

— Mais… tenta de protester maman.

— Ça ne me ruinera même pas, Lin, assura Hank.

Maman hocha la tête, mais je voyais bien qu'elle avait la gorge serrée. Nous étions tous à fleur de peau, dépassés par nos émotions. Même un sentiment de soulagement pouvait nous pousser à éclater en sanglots. Y compris ma mère si pragmatique. Elle montra un des dépliants de la main.

— Celle-ci est tout près de l'hôpital.

— Et elle a un excellent centre de rééducation, ajoutai-je.

Jamais Ellie ne reprendrait connaissance, toutefois un bon kiné pourrait éviter toutes les complications dues à l'immobilité, et Ellie devait à tout prix être protégée d'éventuelles complications.

— Mais personne ne s'y connaît en obstétrique là-bas, remarqua ma mère.

— C'est là que tu interviens, expliqua Hank, se calant sur sa chaise. Tu fais passer le mot que nous aurions besoin de quelques infirmières spécialisées en obstétrique pour la surveiller pendant quelques mois. Nous les paierons le double de ce qu'elles auraient touché ailleurs pour les mêmes services privés. Il ne faut pas la lâcher des yeux.

— Excellente idée, le félicitai-je. Mais les assurances refuseront de payer…

— Matt, pour un neurochirurgien, tu ne réfléchis pas très vite, parfois. Tu penses que j'ai observé le boom de l'immobilier sans investir dans une propriété moi-même ? J'ai de l'argent, crois-moi, c'est le moindre de nos problèmes.

Je regardai mon beau-père dans les yeux. Je n'arrivais pas à y croire, et pourtant je savais que, s'il affirmait avoir les moyens, on pouvait lui faire confiance.

— Tu penses réussir à libérer une chambre en combien de temps ? demandai-je. Ils veulent la faire sortir dans quelques jours.

— Donne-moi deux ou trois heures et je te le dirai.

Hank se leva, faisant mine de se diriger vers la porte.

— Laissez-moi faire ce que j'ai à faire, et espérons que ce sera aussi facile que je le prévois. Toi, repose-toi le plus possible pour te préparer à donner le biberon la nuit d'ici quelques mois.

Il m'asséna une tape dans le dos, oubliant manifestement que je venais de me faire ouvrir le buste en deux. Mes yeux se remplirent de douleur et de gratitude pour son optimisme.

— Merci.

Mais je savais qu'il faudrait encore que nous affrontions Adam et Christopher. Et je récitai une nouvelle prière pour qu'Ellie ne fasse pas une autre fausse couche.

51

38e jour

J'ouvris grand le sac.

— Je n'ai sorti aucun cahier, si c'est ce que tu penses, lança Christopher en jouant avec les volets indiens dans le cabinet de Jake. Ça alors, si Jake vend sa maison, je veux bien me porter candidat. J'adore les détails architecturaux. Regarde un peu les moulures de plafond, ça doit bien dater du XVIIIe siècle, ça. Et il est où, Jake, au fait ?

— À Boston. Sa fille a une compétition de gymnastique ce week-end, répondis-je, regardant le portrait de Janey sur le bureau de Jake.

Leur maison était remplie de photos de famille. La plage, Halloween et des gâteaux d'anniversaire constituaient le cadre d'une famille souvent photographiée en pleine crise de rire spontanée, plutôt que posant artificiellement devant l'objectif.

— Il t'a laissé seul ? s'étonna Christopher.

À trente-sept ans, s'il y a bien deux choses auxquelles on ne s'attend pas, c'est avoir besoin d'un baby-sitter et subir une opération à cœur ouvert.

— Ma mère a dormi ici hier soir, mais elle a dû

partir travailler. Mike m'a emmené à l'hôpital pour que je reste avec Ellie un moment. Et Jake revient cette nuit.

— Tu n'as besoin de rien d'autre ?

— Un chauffeur. Je n'ai pas le droit de conduire pendant quelques semaines. Mais ça attendra.

— Où est-ce que tu dois aller ?

— Chez moi. Je voudrais chercher deux, trois affaires.

— Je peux t'y conduire.

Le ciel gris recouvrait la rivière Harraseeket tel un linceul de nuages bas. Chris arrêta sa voiture de sport dans mon allée. La voiture d'Ellie attendait là où elle la garait toujours, à côté de la porte du fond. Chris avait bien fait de me prévenir. J'aurais été choqué sinon.

— Tu es en état de monter l'escalier ? demanda Chris en contemplant les quelques marches du perron comme si c'était une tour à escalader.

Sept marches, même pas un étage, je pouvais y arriver.

— Je ne suis pas à ce point invalide. Tout bien considéré, les muscles de mon cœur n'ont pas été trop abîmés.

— Et c'est pour ça que tu as failli mourir, dit-il, me fixant comme si j'étais sur le point de défaillir.

— Oui, je l'admets, mais franchement il n'y a pas de quoi en faire tout un plat, frôler la mort de temps en temps… plaisantai-je.

Pourtant, je ne sais pas pourquoi, la supériorité que j'avais toujours ressentie envers lui avait disparu. C'était lui le plus fort, le plus puissant maintenant.

— Content de voir que tu n'as pas perdu ton sens de l'humour.

— Je vais bien. Plus ou moins, assurai-je, « moins » étant plus proche de la vérité.

— Viens, on va chercher ce qu'il te faut, et je te ramène chez Jake, lança-t-il, sceptique.

Nous entrâmes par la porte de derrière dans la buanderie puis la cuisine. Ça sentait le renfermé, la maison semblait savoir qu'Ellie et moi ne respirions plus ici. Sur le comptoir, le sac d'Ellie, un grand fourre-tout en toile, attendait, comme si elle était revenue à l'instant et l'avait déposé là. À côté, j'aperçus une note griffonnée par Christopher.

— Son portefeuille est à l'intérieur. Je ne voulais pas le laisser dans la voiture.

J'adorais la taquiner en disant qu'elle trimballait la Terre entière dans son sac avec elle. Elle y jetait une serviette et allait à la plage, ou y rangeait tout un déjeuner quand elle venait me chercher au travail pour m'emmener pique-niquer. Elle y gardait les copies de ses étudiants, ainsi que son ordinateur portable. Aujourd'hui, tout ce qui y restait était un portefeuille, des lunettes de soleil, un paquet de chewing-gums sans sucre et ses clés de voiture. Comme cela me manquait de ne pas la voir entrer par la porte, jeter ses clés ici, ses chaussures là ! Malgré son immense intelligence, elle pouvait être un peu désordonnée et ne pas vraiment se soucier des petits détails de la vie. Pourquoi diable ces bêtises m'agaçaient-elles ?

— Où as-tu laissé le reste des lettres ? demanda Chris.

— Regarde sur la table de la salle à manger.

— J'aurais pu venir chercher ça sans toi, remarqua Christopher en se dirigeant vers le cabinet.

— En effet, admis-je.

Mais, après avoir frôlé la mort, je voulais voir si le monde avait changé, s'était transformé, pour prendre de la profondeur ou des couleurs nouvelles.

À première vue, il n'était que plus pâle, plus plat et plus vide. La réalité de l'accident d'Ellie s'était imposée. Nous étions en automne. Tout périssait. Une vague de tristesse me submergea alors que je parcourais du regard notre cuisine vide. Puis je me dis que la vie renaîtrait au printemps et que c'était à ce moment-là que le bébé devait arriver. Je déambulai vers le salon.

— Je les ai, annonça Christopher en revenant vers moi.

— Attends une minute.

Sur la cheminée était posée une photo d'Ellie et moi qu'un ami avait fait encadrer en guise de cadeau de mariage. Je devais avoir huit ans et Ellie, cinq ou six ans. Nos familles étaient parties camper ensemble. Alice, qui adorait la photographie en noir et blanc, nous avait immortalisés sur une pellicule à gros grain. Nous étions assis tout près l'un de l'autre, en contre-jour par rapport au feu de camp, des ombres, des apparitions. Seuls nos yeux étaient éclairés, une étincelle chatoyant déjà entre nous.

— Carrie ressemble à Ellie, commenta Chris en parlant de son bébé de quatre mois qui était en effet le portrait craché de sa tante.

— Dis-le-lui quand elle sera assez grande pour comprendre.

— Bien sûr, acquiesça Christopher, sa voix se brisant.

Je me tournai vers lui.

— Ce bébé pourrait aussi ressembler à Ellie.

— C'est un coup bas, Matt.

— Comment ça ?

— Tu essayes de me manipuler.

Je m'assis sur le bras du canapé.

— Pourquoi ? C'est la vérité. Ta sœur porte un

bébé, son bébé, une partie d'elle qui continuera à vivre. Ce bébé ne sera pas Ellie, mais tu sais à quel point elle voulait un enfant. Souviens-toi comment elle était. Elle veillait sur toi, quand tu étais un petit garçon effrayé qui avait perdu sa maman. Elle a renoncé à ses rêves pour toi, Chris. Elle s'est détachée au beau milieu de l'espace, d'une navette qui allait à vingt-sept mille kilomètres à l'heure, à plus de cinq cent soixante kilomètres au-dessus de la Terre, pour sauver un autre astronaute. Elle aurait tout fait pour secourir les gens qui comptaient pour elle.

Ma voix se cassa.

— Elle aurait aimé ce bébé. Elle serait même restée branchée à un respirateur pour lui.

— Je ne sais pas, lâcha-t-il en se frottant les yeux avec le poignet. Je ne sais pas. L'un de mes souvenirs les plus nets, c'est Ellie en train de pleurer. Maman était malade. Et Ellie était assise à son chevet. Soudain, Ellie s'est levée et a détalé vers la cuisine. Elle n'arrêtait pas de dire que c'était mal, qu'on torturait sa maman et que ça ne servait à rien.

— C'est différent. Ta mère allait mourir de toute façon, et tout ce qu'on gagnait à la maintenir en vie, c'était de la faire souffrir plus longtemps encore. Pour Ellie, ça n'a rien à voir, elle est enceinte, la maintenir en vie sert à quelque chose, jusqu'à la naissance du bébé. Tu penses au bébé ? Il ne compte pas ? Et Ellie n'a pas mal. Elle ne sait pas ce qui arrive à son corps. Et après…

Je m'interrompis, m'efforçant de présenter ce que j'allais dire le mieux possible.

— Je m'assurerai qu'elle trouve la paix. Je ferai appel à la cour pour qu'on la débranche.

Ou alors j'ajouterai une substance à son alimentation et elle ne souffrira plus jamais, m'abstins-je de dire. Je me cachai le visage dans les mains.

— Ne nous disputons pas, s'il te plaît, dit-il. Allons-y, d'accord ? Ça va mieux, non ?

Je hochai la tête. Je ne faisais pas une autre attaque, mais il me fallait encore une minute. Je ne bougeai pas.

— Rends-moi un service. Monte à l'étage et assure-toi que toutes les fenêtres sont fermées. Il vaut mieux que j'évite les escaliers.

— Pas de problème, dit-il avant de s'élancer, deux marches à la fois.

— Crâneur, grommelai-je en retournant dans la cuisine.

Je pris les clés d'Ellie dans son sac et sortis de la maison pour déplacer la voiture dans la grange. J'imaginais que ça, au moins, je pourrais y arriver.

Je m'installai laborieusement sur le siège et attendis une minute que mes muscles ne me lancent plus. Quand je mis le contact, du coin de l'œil, je vis quelque chose de mauve du côté du passager. Non. Pas mauve. Bleu indigo, estompé par le soleil qui passait à travers la vitre.

— Bon Dieu ! m'écriai-je à haute voix en m'en emparant.

C'était un petit cahier dont ressortait un stylo qui faisait office de marque-page. Je lus le passage et sus que c'était exactement ce dont j'avais besoin.

— Matt ? appela Chris.

Je baissai la vitre.

— Je suis là. Lis ça.

52

40e jour

Adam s'élança vers le juge avec la violence d'un taureau qui se rue sur le matador. Le greffier se posta devant lui.

— Docteur Cunningham ! lança le juge Wheeler en tapant avec son maillet. Vous n'approchez de la cour que quand je vous en donne la permission, vous m'entendez ? Je comprends que vous ayez choisi de ne pas vous faire représenter, mais vous devez tout de même respecter la procédure. Je ne voudrais pas vous condamner pour outrage à magistrat. Dernier avertissement.

— Oui, Votre Honneur, mais pourquoi n'avons-nous jamais entendu parler de ce cahier avant ? C'est quoi cette découverte ? demanda Adam à Jake.

— Vous vous adressez à la cour, docteur Cunningham, intervint Wheeler. Cela signifie que vous ne pouvez pas parler directement à maître Sutter. Vous avez demandé à vous entretenir avec moi. C'est une affaire importante, pas une question de circulation. Je vous l'ai déjà dit, vous auriez dû vous faire représenter.

— D'accord. Veuillez m'excuser, Votre Honneur.

Jake se tourna lentement vers Adam, un sourire supérieur aux lèvres.

— Votre Honneur, nous n'avons trouvé ce cahier que ce week-end. Il était dans la voiture d'Ellie, qui était restée dans l'allée de son frère depuis le jour de l'accident. Mon client était bien trop préoccupé par l'état de sa femme, et plus récemment par le sien, pour penser à cette voiture.

— Ou peut-être cachiez-vous des preuves ? protesta Adam.

— À moi, insista le juge. C'est à moi que vous adressez vos remarques.

Jake afficha l'expression d'un parent sévère.

— Comme je vous le disais, Votre Honneur, le frère d'Ellie a déplacé la voiture jeudi dernier, pour la ramener dans la propriété des Beaulieu. Le docteur Beaulieu était encore à l'hôpital. Samedi, il s'apprêtait à rentrer la voiture dans le garage, quand il a trouvé le cahier. Nous n'avons rien essayé de cacher.

— J'accepte cette pièce, conclut le juge. Maître Sutter, vous pouvez poursuivre l'interrogatoire du docteur Beaulieu.

Adam se rassit, sans cesser de me foudroyer du regard.

— Merci, Votre Honneur.

Jake revint vers le box des témoins et me tendit le cahier.

— Reconnaissez-vous l'écriture d'Ellie dans ce cahier ?

— Oui, c'est bien la sienne.

— Pourriez-vous lire ce qu'elle y a consigné ?

Je me rappelai le message que j'avais trouvé quelques jours après son accident, sur le miroir de notre salle de bains embuée. Voilà ce qu'elle voulait dire.

— C'est daté du 13 août, dis-je avant de me lancer dans la lecture du texte qu'Ellie avait écrit.

Tu es la plus douce des choses... un petit miracle. Chère petite chose douce, voilà comment je vais t'appeler jusqu'à ce que je te trouve un vrai nom.

Je lisais en entendant la voix d'Ellie, pas la mienne.

Il y a une heure, j'ai découvert que tu étais à l'intérieur de moi. Tout d'abord, ce que tu dois savoir, c'est que ta maman t'aime déjà. Ton père ne va pas tarder à t'aimer aussi, dès que je lui annoncerai la nouvelle ce soir. Nous avons toujours voulu des enfants. Nous t'avons toujours voulu, toi.

J'inspirai profondément, me demandant comment j'aurais réagi ce soir-là, si elle n'était pas tombée de l'échelle et que nous nous étions baladés sur la plage comme elle l'avait proposé dans son message. J'aurais eu peur pour elle et pour le bébé. Je me serais fait du souci pendant des mois. J'aurais mille fois préféré ces angoisses plutôt que d'être là à plaider pour notre enfant.

— Matt, lança Jake. Continuez, s'il vous plaît.

Nous n'avions pas décidé d'attendre si longtemps, mais parfois il survient des événements que les mamans et les papas ne prévoient pas.

Je m'éclaircis la voix en jetant un regard au juge.

Plus rien de tout cela n'a d'importance, maintenant. Tu vas arriver dans ce monde merveilleux. Oh, il y a tant de choses que j'aimerais partager avec toi. Le monde est un endroit immense. Et tout petit aussi. Un jour, je te raconterai que j'ai eu le privilège de le voir comme peu de gens en ont eu l'occasion. Mais, pour l'instant, tout ce qu'il t'importe de savoir, c'est que nous t'aimons. Il faut que tu te sentes en sécurité, au chaud, et jour après jour, ton monde va grandir. Il te faut seulement un peu de chance. Et du temps. De l'amour.

Nous te donnerons tout cela, je te le promets.

Moi aussi, je l'avais promis au bébé. J'aimerais cet enfant suffisamment pour Ellie et pour moi.

Tu vas naître robuste et en bonne santé. Je mangerai bien, je vais rester au repos pendant neuf mois, si nécessaire. Je vais, ouille, accepter toutes les piqûres. Je t'en parlerai un jour quand tu seras plus grande. Maman a peur des seringues, mais je ne rechignerai devant aucune injection. Je ferai n'importe quoi pour toi. N'importe quoi.

Oh, mon bébé ! Une fille ? Un garçon ? Une fille, je pense. Pourquoi est-ce que je pense que tu es une fille ? Peut-être que tu es un garçon. Un garçon serait aussi merveilleux qu'une fille. Quoi que tu sois, qui que tu sois, tu es aimé.

Je pourrais rester assise ici toute la journée, à te parler, mais il faut que j'aille chez ton oncle dans quelques heures. Demain nous irons voir le médecin, et je recevrai les premières piqûres. Pour moi. Pas pour toi ! Pas encore. Et ne t'inquiète pas si je dis « aïe ! ». Ce n'est vraiment pas si terrible que ça.

Tout ira bien. Je te le promets. Je vais tout faire pour.

Je t'aime,

Ta maman

J'avais lu et relu cette lettre. Ce n'étaient pas ses derniers mots, mais ils étaient les derniers qui comptaient.

Le cahier devait suffire. J'étudiai le visage du juge. Il n'était pas facile à déchiffrer, pourtant sa mâchoire semblait s'être légèrement détendue.

Je jetai un œil à l'auditoire. Maman était assise derrière Jake, reniflant. À côté d'elle, Chris se frottait les yeux. Après avoir lu le cahier samedi, il avait fini par reconnaître qu'Ellie aurait tout fait pour mettre au monde cet enfant.

Jake fixait le juge de façon insistante.

— Je n'ai plus d'autres questions.

Wheeler passa une main dans la manche de sa robe et joua un moment avec son poignet.

— Docteur Cunningham, avez-vous des questions pour le docteur Beaulieu ?

Même Adam avait l'air un peu ébranlé.

— Pourrais-je avoir quelques minutes, s'il vous plaît, avant de lui en poser ?

— L'audience reprendra dans dix minutes.

Tous se levèrent quand le juge sortit.

Je ne sais pas par quel miracle je parvenais désormais à ignorer la présence des journalistes, je ne me sentais plus agressé par leurs regards. Treize jours après un infarctus, un arrêt cardiaque et une opération à cœur ouvert, je descendais du box des témoins. Phil sortit du public et vint vers moi pour me prendre le pouls.

— Des douleurs dans la poitrine ?

— Je suis juste un peu fatigué.

Il ronchonna. Inquiet que j'aie à témoigner de nouveau, Phil avait réussi à convaincre quelques secouristes d'assister aux débats.

— Tu ne réponds pas à ma question. Des douleurs à la poitrine ? Oui ou non ?

— Non, docteur. Tu peux dire à tes amis de partir, maintenant. Je promets de ne pas mourir, mais remercie-les pour moi d'avoir sacrifié leur déjeuner pour venir au tribunal.

— Tu ne devrais pas subir de telles épreuves si tôt après l'opération.

— Tu me l'as déjà dit, mais si cette lettre a convaincu le juge, mon niveau de stress va beaucoup baisser.

— D'accord, concéda-t-il en claquant la langue. Viens t'asseoir par ici et laisse-moi te prendre la tension.

Je grinçai des dents, mais retroussai une manche.

— Ce n'est pas nécessaire.

— Tu vas bien, Matt ? demanda Jake.

— Très bien. S'il vous plaît, arrêtez de me tourner tous autour.

Phil me tapota l'épaule.

— Ta tension est bonne. D'accord. Au fait, j'avais tort. Le passage que tu as lu m'a convaincu.

— Merci, dis-je en le regardant droit dans les yeux. Mais c'est le juge que j'essaye de convaincre.

Maman posa devant moi une bouteille d'eau.

— Merci, maman.

Je bus une grande gorgée.

Peu de temps après, le greffier annonça le retour du juge.

— Mesdames et messieurs, la cour.

Pour la première fois depuis le début du procès, les yeux de Wheeler s'arrêtèrent sur les miens, alors qu'il prenait place.

— Êtes-vous prêt à continuer, docteur Beaulieu ?

Je m'avançai vers le devant de la pièce, espérant qu'Adam ne piétinerait pas mon témoignage.

Adam semblait un peu las en approchant du box des témoins.

— Est-ce qu'Ellie t'a déjà demandé de prendre des décisions médicales à sa place ?

Je me frottai le menton.

— Eh bien, j'ai déjà signé des consentements médicaux pour elle, par le passé, quand elle a été admise à l'hôpital en février dernier. Elle avait besoin d'une transfusion sanguine. Et elle a été emmenée au bloc à cause de son hémorragie. J'ai signé ce consentement. Elle ne s'y est pas opposée.

— Mais elle n'a jamais rédigé de directives anticipées te donnant procuration, n'est-ce pas ?

— Pas que je sache, non.

— Quand elle a écrit son testament, y a-t-elle ajouté de nouvelles directives anticipées en te nommant responsable des décisions médicales la concernant ?

— Non.

— Elle ne te faisait pas confiance, hein ?

— En fait, je crois que si, au contraire. Et pour tout. Notre argent, notre amour. J'étais son meilleur ami. Même quand elle habitait avec toi, Adam, j'étais son meilleur ami. Elle était à moi, ajoutai-je en haussant les épaules. Mais je pense que je sais pourquoi elle a décidé de ne pas rendre la chose officielle.

— J'ai hâte de l'entendre…

— Docteur Cunningham, docteur Beaulieu, abstenez-vous de faire des remarques personnelles, je vous prie, ordonna Wheeler en secouant la tête.

— Oui, Votre Honneur, acquiesça Adam avant de

se tourner vers moi. Ne serait-ce pas parce qu'elle ne croyait pas que tu ferais ce qu'elle souhaitait ?

— Non, je ne voulais même pas faire un testament. Je repoussais l'échéance. Je ne voulais pas en entendre parler. Elle savait que je me faisais beaucoup de souci pour sa santé depuis que nous avions découvert son SAPL, même si tout indiquait que nous pourrions avoir un enfant sans grand danger. Mais, en tant que médecin, j'ai vu bien trop d'horreurs. Elle savait que je ne supportais pas l'idée de la perdre. Je ne voulais même pas affronter ma propre mortalité. Les dernières semaines ont été un vrai supplice pour moi.

Quelques rictus embarrassés dans l'auditoire.

— Je ne suis pas un homme courageux, bien moins courageux qu'elle en tout cas. Jamais je n'aurais pu devenir astronaute. Jamais je ne me serais ligoté à des fusées porteuses. Et Ellie, elle l'a fait.

— Oui, merci, ironisa Adam.

— S'il vous plaît, laissez-moi finir, Votre Honneur.

— Docteur Beaulieu, nous avons une procédure à suivre, affirma Wheeler. L'avocat, euh… pardon, la partie adverse pose les questions. Vous, vous devez y répondre.

— Tout ce que je veux dire, c'est qu'Ellie était une personne profondément altruiste, non pas qu'elle ne nourrissait pas ses propres rêves, mais…

— Votre Honneur, vous venez de lui demander de se taire et il… m'interrompit Adam.

Le regard de Wheeler se posa sur Adam.

— Ce que vous devez dire, là, c'est « objection », déclara Wheeler avant de faire une courte pause. Donc, objection accordée.

— Il faut être courageux pour prendre des décisions difficiles, n'est-ce pas ? demanda Adam.

— Ce n'est pas là où je voulais en venir.

— Et elle savait que tu ne serais pas capable de prendre une décision difficile.

— Je prends des décisions difficiles tous les jours.

— Mais pas celle de laisser Ellie partir en paix, n'est-ce pas ?

— Objection, lança Jake en se levant. Votre Honneur ? Le témoin…

— Je voudrais répondre à cette question, s'il vous plaît, dis-je en coupant Jake.

Wheeler plissa les yeux.

— Nous vous écoutons, docteur.

— Elle savait que je pouvais prendre des décisions de vie ou de mort. Je suis neurochirurgien. Je comptais la laisser partir. Mais j'ai découvert qu'elle portait notre bébé. J'ai réfléchi à ce qu'Ellie aurait voulu que je fasse. Laissez-moi essayer de vous expliquer… Elle possédait une carte de donneur d'organes. Elle était prête à donner ses organes pour sauver un inconnu. Si elle était prête à cela, bien sûr qu'elle aurait accepté que son bébé utilise ses organes pendant quelques mois. Elle est partie. Elle est déjà partie. Elle ne souffre pas. Elle n'est pas consciente de ce qui l'entoure. La douleur et l'idée d'être prisonnière, voilà ce qui l'effrayait. Elle a assisté à la longue agonie de sa mère. Comme nous tous.

Je tentai de reprendre le contrôle de ma voix. *Du calme*, songeai-je.

— Vous avez entendu ce qu'elle a écrit. Elle aurait fait n'importe quoi pour ce bébé, elle serait restée alitée, elle aurait reçu des injections quotidiennes. Je sais que ce n'est pas comme être maintenue en vie grâce à une assistance respiratoire, mais connaissant Ellie, elle aurait tout accepté. C'était une femme d'une intelligence remarquable et devant un tribunal, tout ce qui compte, c'est ce qu'elle aurait voulu. Je la connaissais. Je suis sûr qu'elle se serait sacrifiée pour ce bébé qu'elle appelait « la plus douce des choses ».

La conclusion d'Adam fut étonnamment éloquente. Il ne me parla plus ensuite, mais se contenta de rester assis dans la salle d'audience, dans son costume, le regard droit et chargé de chagrin. Plus tard, Adam accorda une interview à Barbara Walters où il dépeignait Ellie comme une héroïne des temps modernes. Joli hommage, assez fidèle à ce qu'elle était. Malgré son opinion farouche, il prononça quelques belles paroles qui témoignaient bien de la personne qu'elle était.

On me demanda de parler à toutes sortes de personnes, depuis Katie Couric jusqu'à Oprah. Je ne donnai jamais mon accord. Pour moi, c'était une affaire personnelle, et Ellie n'avait jamais tenu à faire la une des journaux. Même après l'incident survenu dans *Atlantis*, quand elle était apparue sur les couvertures du *Time* et de *Newsweek*, jamais elle n'avait abordé des sujets personnels. Elle aurait détesté que sa vie soit au centre des discussions publiques.

Quand Wheeler prononça son jugement, je pensai que mon cœur allait définitivement s'arrêter de battre, ce qui n'aurait plus surpris personne.

Sa robe se gonfla alors qu'il s'asseyait. Tout me semblait exagéré. Depuis l'éclat du soleil à travers les vasistas, en passant par l'odeur musquée de ma propre sueur, jusqu'à la sécheresse de ma bouche.

— Dans l'affaire qui nous est présentée, je rejette la demande de tutelle du fœtus. L'État du Maine ne reconnaît pas de tutelle pour un enfant à naître et n'a jamais rencontré de précédent. Une tutelle ne peut donc être accordée pour un fœtus. Et il n'existe pas de précédent pour appliquer à une situation pareille le premier amendement donnant le droit de pratiquer sa religion.

J'essayais de continuer à respirer tandis que Jake griffonnait dans son calepin. *Pouvait-on encore faire appel ?*

Jake se concentra sur le juge et hocha la tête.

Wheeler enchaîna.

— En ce qui concerne les directives anticipées, qui désignaient Adam Cunningham comme ayant le pouvoir de prendre des décisions médicales par procuration pour Ellie McClure, je ne tiendrai pas compte des lois du Texas. Le Maine ne rejette pas des directives anticipées en cas de grossesse à moins que cela ne soit explicitement stipulé. De plus, je remets en cause l'idée qu'elle ait révoqué ces dispositions de fin de vie rédigées en 2003, parce qu'elle n'a pas coché de case sur le formulaire d'admission à l'hôpital le 2 février de cette année.

Il s'adossa contre son fauteuil, tandis que nous restions tous accrochés à ses lèvres.

— Il est tout à fait possible que, vu le choc qu'elle venait de subir le 2 février, elle n'ait pas fait attention à la portée de son acte. Ellie Beaulieu avait depuis longtemps mis un terme à sa relation avec Adam Cunningham et n'avait gardé aucun contact significatif avec lui ensuite. Et désormais Linney est en accord avec son fils.

J'arrêtai de respirer.

— Ce n'est pas le rôle de la cour de prendre des décisions d'ordre moral. Nous sommes ici pour déterminer ce qu'Ellie Beaulieu aurait choisi si elle en avait eu les moyens. D'après ce qu'elle a écrit dans son cahier le matin de l'accident, j'ai la conviction qu'elle aurait voulu mener à terme cette grossesse.

Jake posa une main sur mon épaule.

— Cependant, elle a également spécifié très clairement à ses proches qui ont témoigné qu'elle ne voulait pas continuer à vivre si elle n'avait aucun espoir de guérison. J'ordonne qu'elle soit maintenue en vie jusqu'à la fin de sa grossesse.

— Merci, mon Dieu, murmurai-je.

— Docteur Beaulieu… commença le juge en se tournant vers moi. J'admirais votre femme. Et je suis vraiment navré pour vous. Je vous souhaite d'avoir un beau bébé en pleine forme. Je souhaite à votre famille tout le bonheur du monde. Au moment où Ellie Beaulieu accouchera, une audience déterminera les termes de l'arrêt de ses fonctions vitales. La séance est levée.

Je serrai Jake dans mes bras. Ainsi que toutes les personnes qui s'approchèrent de moi. Mais Adam resta seul à fixer la fenêtre.

53

160e jour

Quand la mère d'Ellie était malade, je me souviens d'avoir pensé que son agonie prenait bien trop de temps. Chaque gémissement et chaque halètement torturait Ellie, et j'ai fini par comprendre que la maladie d'Alice avait tout autant affecté Christopher. Et Hank. Regarder Ellie dans cet état était un réel supplice, mais je ne perdais pas de vue que chaque jour de plus était une chance supplémentaire pour le bébé.

L'échographie de la fin octobre indiqua qu'il s'agissait d'une fille. À Thanksgiving, on en eut la confirmation. L'espoir est rempli d'incertitudes, mais malgré sa nature si précaire, il vous permet de surmonter la peur, le chagrin et même la mort. J'appelai donc ma petite fille Hope.

Pourtant, elle n'était pas encore sortie d'affaire. La tension artérielle d'Ellie constituait une source constante de préoccupation et Blythe faisait désormais une échographie quotidienne du bébé, pour déterminer si Hope supportait la dégradation du corps de sa mère. J'essayais d'être présent à chaque fois, mais, ce jour-là, j'étais en retard. Un de mes patients avait rencontré de légères complications avec son anesthésie, ce qui contraria mon planning. Je traversai le parking couvert de neige jusqu'à la maison de repos et longeai en courant le hall d'entrée rempli de fauteuils roulants transportant des vieilles femmes fragiles aux cheveux blancs, ainsi que quelques hommes, qui avaient vécu assez longtemps pour finir dans un endroit pareil.

Notre famille occupait les deux chambres au bout du couloir de l'aile nord de la Seashore Nursing Home. La plupart des nuits, je dormais là. Hank passait pratiquement toutes ses journées à lire des histoires à Ellie. Elle ne pouvait pas l'entendre, mais je ne le décourageai jamais.

Elle me manquait, et la seule solution que j'avais trouvée pour supporter son absence, c'était de lui écrire mes propres lettres, « Chère Peep ». Peut-être qu'un jour Hope voudrait connaître l'histoire d'amour de ses parents. Mais pour l'instant ces lettres m'évitaient de sombrer dans la démence.

Blythe nettoyait la sonde alors que j'entrai dans la chambre d'Ellie.

— Il est temps de retirer les décorations de Noël. Janvier se termine demain.

— Ellie adorait Noël, rétorquai-je, songeant que c'était son dernier Noël. Comment va le bébé ?

Blythe se détourna de moi pour me répondre.

— Plutôt bien, elle suce son pouce, en fait. Mais Ellie… Matt, elle chute. L'état de son sang empire. Je voudrais la transférer à l'hôpital aujourd'hui. Ses reins fonctionnent à peine et sa tension artérielle monte encore. Même si j'ai diminué la dose d'héparine hier, ses résultats aujourd'hui indiquent que le temps de coagulation est bien trop élevé. Elle risque de faire une hémorragie. Je peux continuer encore et encore, mais je crois que tu as compris l'idée. Ce n'est pas bon.

Son ruban rose tomba de ses cheveux et elle se pencha pour le ramasser.

— Tu avais remarqué la pétéchie ? demanda-t-elle.

— Non, où ?

Blythe me montra de petites taches de sang, autre indication d'un saignement anormal, sur le bras d'Ellie, son ventre et son front, à la base des cheveux.

— Il est trop tôt pour qu'elle accouche.

— Les chances sont assez élevées à trente et une semaines. Et vu les circonstances, les chances seront meilleures si le bébé est dehors, mais nous allons essayer de lui accorder encore vingt-quatre heures. Je voudrais administrer à Ellie une nouvelle dose de stéroïdes pour les poumons du bébé.

Je tirai une chaise vers le lit d'Ellie et pris sa main dans la mienne.

— Quand veux-tu la transférer ?

— J'ai déjà appelé une ambulance. Elle sera là d'ici une heure.

Blythe me tendit un rapport de laboratoire.

Les résultats d'Ellie étaient bien pires que je ne le pensais.

— Mais le bébé va bien ?

— Elle tient bon, mais elle ne grandit pas autant que je l'aurais souhaité. On ne peut plus attendre. Les choses peuvent vite mal tourner. Je vous laisse une minute seuls tous les deux.

Blythe referma la porte derrière elle en partant.

Je gardai la main d'Ellie dans la mienne.

— Je t'aime, Peep. Voilà, c'est la fin.

Le silence peut être assourdissant. Ellie était partie depuis si longtemps.

— Tu me manques…

Je me penchai pour embrasser son ventre.

— Tout va bien, Hope. Papa est là et maman a écrit tout un tas de lettres. Je te jure que tu connaîtras toutes ses histoires.

En général, les gens attendent avec impatience d'accueillir une vie nouvelle dans une maternité. C'était aussi ce que j'attendais. Mais je m'apprêtais aussi à ressentir un chagrin immense. J'avais peur. Peur pour le bébé, peur pour Ellie, peur du moment où son corps finirait par mourir. Je savais que ce moment approchait. J'avais peur du vide qui m'engloutirait sans Ellie à mes côtés sur cette Terre.

Les procédures habituelles suivirent, un passage de la civière au lit d'hôpital, la pose du moniteur pour surveiller l'état du bébé, la transfusion dans le bras d'Ellie. Elle qui avait eu tellement peur des piqûres toute sa vie ne broncha pas.

Les procédures moins habituelles ensuite. Le visage de ma mère apparut dans l'embrasure de la porte. Elle se mit à pleurer et je la suivis, quand je lui expliquai que le corps d'Ellie se détériorait, lentement peut-être, mais de façon irréversible.

Je faisais les cent pas dans les quelques mètres carrés de la chambre. Deux pas dans un sens, deux pas dans l'autre. Ma mère me prit dans ses bras, pour me soulager, pour me calmer. Mais l'immobilité me contrariait. L'immobilité, c'était la mort. L'immobilité d'Ellie.

— Viens, sortons marcher un peu, mon chéri, proposa ma mère.

Je secouai la tête.

Elle me serra le bras, comme elle le faisait quand j'étais enfant, quand elle voulait que je l'écoute sans qu'elle n'ait à élever le ton. Ce n'était pas une suggestion, mais un ordre.

— Il faut que tu prennes soin de toi. Le bébé aura besoin de toi, et se faire du souci pour Ellie ne l'aidera pas. Tu ne peux pas te permettre de faire une autre crise cardiaque maintenant. Il ne va rien se passer pendant des heures. Viens manger quelque chose.

Je suivis ma mère hors de la chambre, non sans jeter un regard derrière moi d'abord. Je regarderais toujours en arrière désormais.

— Tu dois penser au bébé et pas à Ellie. Il faut que tu regardes devant toi, affirma maman, qui semblait lire dans mes pensées.

Ma mère avait raison. Je ne voulais pas me souvenir d'Ellie ainsi. Je voulais la revoir telle que je l'avais laissée le matin de l'accident, éclairée par le soleil rayonnant dans le ciel bleu, qui se reflétait dans la rivière. Je voulais me souvenir d'elle forte et vaillante. Je voulais qu'elle me revienne ainsi. À présent, Ellie allait donner naissance à notre fille. Et je voulais donner à Hope les souvenirs d'Ellie, comme elle était à trente-cinq ans, pas ceux d'une femme mourante sur un lit d'hôpital.

J'emboîtai le pas à ma mère en direction de la cafétéria, où je décidai d'appeler Keisha et Jake. Phil m'assura qu'il s'arrangerait pour me remplacer.

Le portable de maman sonna et, après une minute d'interjections monosyllabiques, elle raccrocha.

— Christopher ne tient pas à être à l'hôpital plus de temps que nécessaire, mais il demande qu'on le prévienne quand ils commenceront l'accouchement. Il patientera dans la salle d'attente.

Je m'efforçai de penser que, si Ellie avait été là, elle m'aurait rappelé que Christopher faisait du mieux qu'il pouvait, qu'il n'était qu'un enfant quand Alice était morte et qu'il était terrorisé, lui aussi.

— Hank est en rendez-vous, mais il arrive dès qu'il peut se libérer, déclara maman.

Le son amplifié des battements du cœur de Hope me rassurèrent quand j'entrai dans la chambre d'Ellie, mais je n'avais pas remarqué à quel point ils étaient lents. Le brouhaha avait dû me distraire. Un infirmier anesthésiste ballonnait Ellie pour lui insuffler de l'oxygène dans les poumons. Elle avait respiré seule depuis mon infarctus, mais plus maintenant.

— Qu'est-ce qui se passe ? demandai-je.

Une infirmière posait une poche de sang et une autre commençait une intraveineuse.

— Sa pression sanguine a chuté. On l'emmène au bloc pour une césarienne.

Je bousculai tout le personnel présent dans la chambre pour embrasser Ellie sur le front, remarquant que les taches rouges s'étaient propagées durant les quarante minutes qui s'étaient écoulées.

— Accroche-toi, Peep. Encore un tout petit peu.

Maman examina la feuille qui sortait du moniteur du fœtus.

— Comment va le bébé ?

Elle pâlit.

— Allons, Matt. Ne reste pas dans leurs pattes. Laisse-les emmener Ellie en salle d'opération.

Elle me prit par le bras pour m'entraîner dehors.

— Le bébé ? Maman, qu'est-ce qui ne va pas ?

— Bradycardie. Son rythme cardiaque a chuté à soixante.

C'est là que j'en pris conscience. Je n'avais pas entendu le rythme rapide habituel. Celui de Hope était plus lent que le mien. Quand le cœur d'un bébé bat si lentement, il a besoin d'un massage cardiaque d'urgence.

— Je vais enfiler une blouse, m'exclamai-je en m'engageant dans le couloir.

— Ils ne vont pas te laisser entrer au bloc, Matt.

— Oh, que si !

— Pas comme ça ! cria maman derrière moi, ses yeux se remplissant de larmes. Tu sais bien qu'Ellie va mourir dans les quelques heures à venir, ou même peut-être avant.

— Je sais et c'est pour cela que je veux être présent. Pour elle. Pour Hope.

J'entrai dans les vestiaires pour hommes. Même si je ne pouvais plus sauver Ellie, il fallait que je sache que je ne l'avais jamais abandonnée. Moins d'une minute plus tard, je ressortis dans ma tenue bleue de chirurgien pour voir Ellie sur une civière passer les portes battantes de la salle des césariennes. Je m'élançai vers elle, m'arrêtant pour enfiler un masque, une charlotte et des chaussons. Paré, je me postai dans un coin de la pièce, tandis qu'ils installaient Ellie sur la table d'opération.

Son moniteur cardiaque s'affola.

— Extrasystole, le rythme cardiaque est déchaîné. Et elle fait une hémorragie digestive. Dépêche-toi de sortir le bébé, Blythe ! lança l'anesthésiste.

— Ajoutez de la lidocaïne pour l'arythmie, ordonna Blythe.

Ma mère entra dans la salle.

— Tu es sûre que tu veux être ici, Linney ? demanda quelqu'un.

Maman me prit la main, se pencha contre moi et rassembla son courage pour répondre.

— Oui.

L'équipe de néonatologie arriva. Ils étaient trois, un néonatologiste, une infirmière et un réanimateur. Ils vérifièrent leur matériel pour le bébé.

— Comment bat le cœur du bébé ? demanda l'un deux.

— On l'a perdu il y a une minute.

Mon propre cœur s'emballa. Je reçus un tabouret dans les jambes pour m'asseoir.

— Je te sors d'ici, proposa ma mère.

— Non, dis-je en plaçant la tête entre mes genoux. Non.

Blythe ouvrit l'abdomen d'Ellie d'un coup de scalpel assuré.

— Aspiration. Il me faut plus d'aspiration, demanda-t-elle.

Un des membres de l'équipe de néonatologie commença à lancer des ordres, ne se rendant pas compte que j'étais présent.

— Appelez du renfort. Ça ne va pas être bon, il nous faut d'autres médecins. Je veux un bolus de solution saline et…

Il continua encore et encore, jusqu'à ce qu'une infirmière lui donne un coup de coude.

— Attention, c'est le père.

— Qu'est-ce qu'il fiche ici ?

Blythe incisait rapidement. Un autre médecin tira avec les écarteurs. Plus de sang se répandait toujours sur le sol.

Puis, avec une force mêlée de tendresse, Blythe sortit du corps d'Ellie ma petite fille toute bleue.

L'équipe des soins intensifs la plaça dans une couveuse.

Je t'en prie, mon Dieu, sauve Hope !

Je me levai pour me placer à côté de la tête d'Ellie, tout près de l'anesthésiste. Je le connaissais. Il me connaissait. Il détourna le regard. Je n'aurais certainement pas dû être là à cet instant, mais ils avaient tous décidé d'un accord tacite de ne rien dire.

Blythe opérait rapidement, cautérisant le saignement. Comme si cela avait une quelconque importance, maintenant. Comme s'il était possible de sauver ma femme.

Je tombai à genoux, à côté de la table d'opération, et entourai les doigts d'Ellie des miens. *S'il te plaît, Ellie, sache combien je t'aime.*

— Le cœur s'arrête, dit l'anesthésiste à Blythe.

— Matt, qu'est-ce que tu veux que je fasse ? Je tente quelque chose ?

J'hésitai un moment. J'avais promis de respecter les volontés d'Ellie.

— Non, ne fais rien. Laisse-la partir en paix.

Ça n'avait rien de paisible.

Même si tout le monde avait dit que c'était impossible, j'avais tout de même choisi de sauver le bébé. Je leur avais dit d'essayer. Je voulais ce bébé, quoi qu'il en coûte, mais je n'avais pas imaginé que cela donnerait lieu à un tel cataclysme, une telle violence envers Ellie. Et un bébé mort, pour couronner le tout. L'équipe des soins intensifs faisait de son mieux pour réanimer Hope, pourtant elle avait la même apparence que Dylan, mort-né.

— Allez, respire ! lança le néonatologiste. Ça y est. C'est mieux. Elle remonte.

Je bondis sur mes jambes.

— Elle prend des couleurs, annonça le médecin en se tournant légèrement vers moi.

Et soudain, ma minuscule fillette poussa un puissant hurlement.

— Et voilà ! s'exclama l'infirmière.

Maman s'était frayé un chemin jusqu'à la couveuse.

— Matt, elle est splendide !

Je pris à mon tour une inspiration, peut-être la première depuis l'accident d'Ellie.

— Je veux la voir !

L'infirmier anesthésiste s'écarta et je vis ma fille, couverte de sang, mais bien rose et braillant à pleins poumons.

Je me tournai vers Ellie au moment où l'anesthésiste débranchait son moniteur cardiaque.

— Heure du décès, 13 h 13, annonça Blythe, tout bas.

Épilogue

Quatre mois plus tard

Viens encore à moi dans mes rêves,
que je puisse sentir
Ma respiration dans la tienne,
mon souffle dans le tien :
Parle-moi doucement, parle-moi tout bas,
Comme il y a longtemps, mon amour,
il y a si longtemps.

Christina Rossetti

Au cours de l'année passée, j'ai fini par voir le chagrin comme un raz de marée. Sans crier gare, il monte des tréfonds de votre être, entraînant avec lui les débris qu'il ramasse sur son chemin. Parfois, je me réveille furieux contre Ellie, pour ne pas s'être montrée plus prudente. Certains matins, je tends la main vers elle, encore dans le déni, oubliant qu'elle est partie pour toujours. Ensuite, je reste allongé là, à implorer Dieu, à le supplier, lui assurant que je ferais tout s'il arrêtait ce cauchemar. J'ai pleuré. J'ai accepté l'amour et le soutien de ma famille et de mes amis.

Et j'ai connu de grandes joies, parce que ma fille s'épanouit. Je jette un œil dans la chambre de Hope.

Notre labrador, Hubble, s'est autoproclamé son ange gardien le jour où j'ai ramené Hope à la maison et maintenant il lève la tête comme pour m'indiquer qu'il n'a pas lâché son poste de surveillance.

Dans son berceau, elle dort, les bras écartés, ses petits doigts de bébé ouverts. Elle a tellement grandi, je n'en reviens pas. Elle pesait moins d'un kilo trois cents à la naissance. Elle a déjà plus que triplé son poids. Elle a les cheveux blonds de sa mère et son menton pointu. Je me vois, moi, dans ses autres traits. Ses yeux deviennent plus sombres chaque jour, marron comme les miens. Elle tient de nous deux. Elle est sa propre petite personne.

Hope ne montre aucun signe de vouloir se réveiller bientôt pour m'aider à tuer le temps. Elle est sûrement en train de rêver. Demain, elle sera baptisée.

Tout le monde viendra, maman et Hank, mes frères et leurs familles, Chris, sa femme et sa fille, Phil et Melanie, Blythe, et même le juge Wheeler. Grâce au rôle que Jake a joué pour sauver Hope, le père Meehan autorise mon meilleur ami non catholique à être le parrain de ma fille. Officiellement, il suffit que le parrain ou la marraine le soit, et Keisha est catholique.

Keisha est tout excitée ces jours-ci, et pas seulement à cause du baptême d'Ellie. Avec son mari, Guy, ils ont décidé d'accueillir un enfant plus grand, qui devrait pouvoir être vite adopté. Hier soir, elle m'a appelé pour m'annoncer qu'ils ont reçu l'assistante maternelle chez elle, alors cela ne devrait plus tarder. Je suis heureux pour eux.

— Dors encore un peu, ma beauté, je murmure à Hope en repartant. Demain est un grand jour.

Dans le couloir, vers l'escalier, je passe à côté de la chambre de Hank. Il a emménagé avec nous, « pour l'instant », comme il dit. Il s'occupe de Hope quand je suis au travail et la nuit quand je suis appelé à l'hôpital.

Maman m'aide aussi, à sa façon. Elle a beaucoup insisté pour peindre la chambre de Hope en rose. J'ai trouvé ça trop « fifille », et ma mère a rétorqué : « C'est bien l'idée. » Elle me répète que je ne sais pas comment on élève une fille, par conséquent, j'ai accepté certaines de ses suggestions, mais pas la chambre rose fuchsia. Alors maman a bourré les armoires de Hope de robes plissées qui, j'imagine, auraient fort déplu à Ellie. Mais elle garde Hope deux jours par semaine, et je suis sûre que ça, Ellie aurait adoré.

Avant la cérémonie, avant le sacrement, j'ai une autre chose à faire.

La décision d'enterrer Ellie ici, dans la ferme, n'a pas été difficile à prendre, mais la réalisation est plus complexe. Légalement, on ne peut enterrer quelqu'un que dans des cimetières, et la ville nous a refusé un permis pour enterrer Ellie dans le caveau familial. La seule concession qu'ils ont bien voulu faire, c'est que, si elle était incinérée, je pourrais répandre ses cendres où je voulais sur la propriété.

Notre famille n'aimait pas l'idée d'une incinération, mais Ellie m'avait convaincu de le faire pour Celina. Et pour Dylan.

— Ils sont des poussières d'étoiles, avait-elle dit.

Et aucune étoile n'avait jamais brillé plus intensément qu'Ellie.

Maintenant que le sol n'est plus gelé, je vais tenir

la promesse que je lui ai faite il y a si longtemps. Les cendres de Celina reposeront avec les siennes, et bien sûr celles de Dylan, elle le voudrait aussi avec elle. Mais ce n'est pas tout. Après les deux autres fausses couches, celles arrivées trop tôt pour déterminer le sexe, Ellie avait eu besoin d'un moyen pour se souvenir de ses « bébés ». Alors elle avait acheté deux petits fragments de météorite, et nous les avions enterrés dans le jardin à l'intérieur de petites boîtes en orme.

— Poussières d'étoiles, avait dit Ellie.

Ce matin, je ressors les deux urnes, celle de Celina et celle de Dylan, ainsi que les fragments de météorite.

Et là, enterrés dans le jardin, je trouve les cahiers que je cherchais sur les bébés, enfermés dans une boîte en verre scellée. Ceux-là, Ellie ne me les avait pas adressés à moi, mais à eux. Celina était son « Cher ange ». Le deuxième cahier était pour « Mon petit chéri », le troisième pour « Ma minuscule étoile », et Dylan… était « Mon petit amour ». Je lirai ces cahiers avant de les enterrer de nouveau. Je suppose qu'elle les a placés dans le jardin en tant qu'épitaphes.

J'étale du papier journal sur la table de la cuisine et pose dessus les trois urnes. Je ne m'étais plus senti aussi hésitant depuis ma première opération chirurgicale. Je me mets à genoux, ouvre l'urne d'Ellie en tremblant. Je me console en lui parlant.

— Poussière d'étoiles. Tu n'as pas idée à quel point tu me manques, Peep.

J'ouvre l'urne de Dylan et verse ses cendres dans celle d'Ellie.

— Je t'aime, mon fils. Repose en paix auprès de ta mère.

J'ajoute les deux fragments de météorite, puis fixe l'urne de Celina quelques secondes.

— Celina, tu serais une vraie jeune fille maintenant. Nous t'aimions tant, toi aussi.

Je regarde à l'intérieur et vois quelque chose.

Au début, je me dis qu'après tout ce temps les cendres se sont prises en paquet, mais en regardant de plus près, je constate qu'il s'agit d'une enveloppe enroulée dans un sac plastique. Choqué, je m'en empare tout doucement, époussetant délicatement les cendres de Celina dans l'urne d'Ellie.

C'est l'écriture d'Ellie, et l'enveloppe m'est adressée.

Docteur Matthew Beaulieu

Je l'ouvre.

Cher Matt,

C'est ce que la NASA appelle la lettre des imprévus. En général, pendant la quarantaine, les astronautes écrivent leurs adieux à ceux qu'ils aiment. Alors que j'écris cette lettre, je suis encore dans la ferme, mais je ne pense qu'à toi. Nous avons passé la journée sur un grand huit et à se balader sur la plage. Je voudrais que tu saches que j'ai adoré la moindre minute. Ces heures passées ensemble constituaient nos vrais adieux, mais je dois laisser ces mots derrière moi. Au cas où. Je sais ce que tu as dit sur la plage. Tu ne veux pas entendre que je pourrais y laisser ma vie. Mais c'est vrai. Et si tu lis cette lettre, c'est que je suis morte.

Je ne veux pas te mettre dans une situation inconfortable avec ta fiancée. Je sais que tu l'aimes et je ne veux pas te laisser une lettre qui pourrait soulever des questions et compliquer ta vie, alors je range cette mis-

sive où je sais que tu la trouveras en toute discrétion. Tu m'as fait une promesse, et je sais que tu la tiendras. Je sais que tu l'as tenue, parce que c'est comme ça que tu as trouvé cette lettre. Mais si tu veux lui en parler, vas-y. Je suis d'accord, tu as ma bénédiction.

Je connais les risques de ce que je m'apprête à accomplir. Les voyages dans l'espace sont dangereux, pourtant certaines choses valent qu'on se sacrifie. Ça en fait partie. Je suis heureuse, aux nues même, de me lancer, de m'approcher des étoiles, de toucher un petit morceau du paradis. Tellement peu de gens accèdent à cette jubilation. J'ai la chance immense de réaliser mon rêve.

Je t'aime, Matthew. Je ne me souviens pas d'un moment où je ne t'ai pas aimé. Tu as toujours été mon plus cher ami. Tu étais mon premier amour. Et le père du seul petit bébé que j'aurai jamais. Je l'aimais même si je n'étais pas prête à être mère. Nous étions trop jeunes. Merci d'avoir été si bon avec moi, à l'époque. Et merci de supporter la douleur de l'enterrer avec moi à présent.

Je ne devrais probablement pas te dire tout ça. Après tout, tu épouses une autre femme. Mais je sais qu'une part de toi ressent la même chose pour moi, et je veux te dire que ces sentiments ne sont pas mauvais. Nous avons notre histoire ensemble, une histoire qui a précédé toutes les autres. Ce n'est pas trahir ta fiancée que de me pleurer.

J'emporte une part de toi avec moi pendant cette mission. Tu m'as rendue plus forte, plus douce et plus sûre de moi. Tu as rendu ma vie plus riche, et je pense que je t'ai offert tout ce que j'avais dans mon cœur.

Cela restera dans tes souvenirs. Un jour, tu parleras à tes enfants de cette fille qui aimait tant les étoiles qu'elle est montée dans une fusée pour réparer un télescope.

Tu es un homme tendre et bon. Tu feras un excellent mari et un merveilleux père. Je veux que tu aies une vie remplie. Promets-moi encore une chose. Promets-moi d'être heureux.

Avec tout mon amour,

Peep

Promets-moi d'être heureux ? Je relis toute la lettre encore une fois. Elle l'avait écrite avant sa mission, quand j'étais fiancé avec Carol. Comme pour ses fichues directives anticipées, Ellie avait veillé à tout laisser en ordre.

Je mets un moment à me relever. Je la lis encore une fois. Je voudrais dire à Ellie que je n'ai jamais épousé Carol. Je voudrais lui dire que Celina n'est pas le seul bébé qu'elle a eu. Je veux qu'Ellie monte l'escalier et qu'elle ouvre la porte de Hope pour s'émerveiller de notre plus douce des choses. Encore maintenant, je me raccroche au déni pour ne pas sombrer dans la folie.

Je secoue la tête. Elle est partie. Je relis la lettre une nouvelle fois. C'est toujours la dernière ligne qui me bouleverse. Elle m'oblige à être heureux.

Hubble descend l'escalier et gémit. Hope doit être en train de se réveiller, mais elle ne pleure pas encore. Je sors le chien dans le jardin avant de verser le reste des cendres de Celina dans l'urne d'Ellie.

— Poussière, tu retourneras à la poussière. Poussière d'étoiles.

À l'étage, Hope se met à crier. Je me lave d'abord les mains et ensuite je vais la voir.

— Salut, mon cœur, dis-je en la soulevant de son berceau.

Elle se calme immédiatement. Petite charmeuse, elle sait comment capter mon attention. Elle sourit. Elle est rayonnante. Elle est légèreté et bonheur.

— D'accord, Ellie. D'accord, je te le promets.

Une couche changée et un biberon chaud plus tard, Hope est installée dans mes bras sur la terrasse de derrière. C'est une matinée de printemps ensoleillée et le parfum du lilas embaume l'air. La rivière miroite gaiement. La vie reprend au printemps. Une vie nouvelle.

Je pose Hope sur mon épaule pour qu'elle fasse son rot et descends les quelques marches, admirant le paysage, le jardin, la pelouse et la forêt. Peut-être n'est-ce qu'une illusion due à un rayon de soleil, mais l'espace d'un instant, je crois voir une silhouette entre les arbres, Ellie à contre-jour et souriante. Elle s'est déjà évanouie. Mais elle est toujours là. Dans mes souvenirs. Dans mon cœur. Et une partie d'Ellie est dans notre fille.

— Hope, il était une fois une petite fille qui aimait tant les étoiles qu'elle est partie dans une fusée…

Note de l'auteur

Note historique : J'ai regardé la catastrophe de la navette *Columbia* avec beaucoup de tristesse. J'admirais déjà profondément l'héroïsme et le dévouement de tous ces explorateurs de l'espace avant, je les admire encore plus aujourd'hui.

Cependant, dans l'intérêt du roman, j'ai placé la mission fictionnelle d'Ellie dans *Atlantis* en mai 2004, quatorze mois avant la reprise du programme spatial. En réalité, l'équipage de la navette *Discovery* s'est relancé courageusement dans l'espace le 26 juillet 2005. Même si la NASA a bien utilisé *Atlantis* pour réparer et remettre à jour Hubble, elle ne l'a pas fait avant 2009, et heureusement la mission s'est relativement bien passée.

Enfin, il est vrai que les micrométéorites représentent un grand danger pour les astronautes, lors de leurs sorties dans l'espace, mais ce que je décris dans la mission d'Ellie et dans le reste de l'histoire est purement fictionnel.

En ce qui concerne les questions juridiques que j'aborde, les lois touchant aux directives anticipées et à la grossesse varient d'un État américain à l'autre.

Certains n'autorisent pas à débrancher l'assistance respiratoire quand une femme est enceinte. Certains se fondent sur les chances que la grossesse parvienne à son terme. D'autres encore ne mentionnent absolument rien dans ce cas. Je vous encourage à trouver ce qu'il en est dans votre région.

Remerciements

Sincèrement, je n'aurais jamais pu écrire ce roman sans l'amour et le soutien de ma famille. Mon mari et mes fils m'ont encouragée à continuer quand j'étais sur le point d'y renoncer. Ils m'ont accordé le temps de réaliser mes rêves. Ils ont célébré mes victoires et m'ont prise dans leurs bras quand j'en avais le plus besoin. J'ai énormément de chance de t'avoir comme mari, Tim. Robert, Cole et Ethan, vous êtes ma joie de vivre. Je vous aime.

Mes sœurs, Sherron Small et Lou Symington, m'ont toutes les deux aidée pour les petits détails de ce livre. Et vous savez que je vous suis infiniment reconnaissante pour votre amitié et votre force.

Je voudrais présenter toute ma gratitude à mon agente littéraire, Laney Katz Becker. Sa sagesse, sa perspicacité et sa confiance en moi m'ont fait avancer plus loin que je ne l'aurais cru possible. Merci du fond du cœur pour ta présence tout au long du processus.

Je tiens également à remercier : Linda Retstatt, Carol McPhee, Judi Romaine, Verna LaBounty, Deborah Nemeth, Kathleen Lutter. Vous m'avez tant appris sur l'art de l'écriture. Amy Nathan et Catherine DiCairano, merci d'avoir été mes premiers lecteurs et de m'avoir encouragée et conseillée. Maria Imbalzano, merci pour votre expertise juridique et votre esprit logique. Les bourdes éventuelles ne sont que de mon fait, pas du vôtre. Merci, Mary Otis, d'avoir répondu aux questions concernant l'unité de soins intensifs. Je voudrais également tirer mon chapeau au docteur Leroy Chiau, qui a su répondre à mes quelques questions concernant les astronautes.

Je me suis également appuyée sur un merveilleux cercle d'écrivains, le Backspace Writer's Forum. Merci, Karen Dionne et Chris Graham, d'avoir créé cette communauté. C'était un refuge pour moi.

Enfin, je voudrais exprimer toute ma reconnaissance à mon incroyable éditrice, Emily Krump, parce qu'elle a su comprendre parfaitement mes personnages et leur monde. Merci, Julia Meltzer, Martin Karlow, Juliette Shapland et tous les employés de William Morrow pour leur soutien et leur enthousiasme.

Composition et mise en pages
Nord Compo à Villeneuve-d'Ascq

Achevé d'imprimer en décembre 2015
par CPI à Barcelone

POCKET – 12, avenue d'Italie – 75627 Paris cedex 13

Dépôt légal : décembre 2015
S23957/01